세 가지 사랑

세 가지 사랑

김하인 장편소설

bookin

작가의 말

저는 오랫동안 순수 서정소설만을 집필해 왔었지만
언제고 때가 되면 깨끗한 성애소설을 써보고 싶었습니다.
팍팍하기 그지없는 일상이 이어지는 삶 속에서
마음이 몸을 찾아가는 오솔길을 그려내고 싶었습니다.
제 소설의 숙제는 언제나 여성이고 사랑이었습니다.
그렇다면 자식을 다 키워낸 중년의 여자들은
어떤 마음으로 세상을 살고 있을까?
이 소설은 그렇게 그녀들의 삶에 담긴 마음을 들여다봅니다.
세월의 비루함과 곤고함에 빠진 이 나라 사십대 여성들이
그리고 앞으로 사십대가 될 이, 삼십대 여성들이
제가 그려낸 이 얘기를 통해 마음과 몸이 다시금
삶 내내 어여뻐지고 아름다워지시길 바랍니다.
눈부시게 고운 당신들에게 이 책을 바칩니다.

2013년 4일

김하인 드림

차례

1장
가족

마음

당신을 그리워할 때마다
마음이 피어납니다.

잠은 잘 잤는지, 식사는 했는지,
지금 일하는 중인지…….
애틋한 궁금증이 꽃잎 되어
흐드러지게 피어납니다.

살아감 속에서 부지불식간
사랑이 꽃 피어나듯
지금 내 마음은
당신으로만 한창입니다.

삶 내내 당신이란 그리움
자잘하게 꽃 피울 수 있어
전 차암 행복합니다.

1장
가족

— 엄마, 내일 점심 때 시간 낼 수 있지?

— 내일? 왜?

— 내가 밥 한 끼 사려구.

— 갑자기 밥은 무슨?

— 그냥, 훗후후…….

조붓한 흰 턱을 장난스레 갸웃거리며 딸 인영은 시금치국에 숟가락을 담갔다.

아침 식탁 자리였다.

'내일이 무슨 날인가……? 아무 날 아닌데. 근데 저 녀석 표정이 뭔가 있긴 한 모양인데. 대체 뭐지?…….'

혜연은 딸의 입가에 엷게 고인 웃음을 힐끗 돌아보았다. 저마다 바쁜 아침 시간이어서 딸을 다그칠 여유는 없었다. 중년의 나이임에도 불구하고 아담한 몸매와 고운 얼굴인 그녀는 국자와 국그릇을 양 손에 들고 욕실 쪽으로 채근의 소리를 던졌다.

— 진철아! 너, 빨리 안 나와? 학교 늦잖아.

— 아, 알았어. 지금 나가고 있잖아.

욕실에서 수건을 목에 두른 아들이 걸어 나왔다. 아들은 엄마보다 키가 머리 하나는 더 컸다. 훈기가 오르는 시금치국그릇을 아들 밥그릇 옆에 놓아준 그녀는 머리카락 끝을 쭈뼛 세운 아들 앞머리를 보고 미간을 찌푸렸다.

— 너, 무스 바르지 말랬지? 엉!

— 티 나나?

— 티 나지 그럼. 잘 한다. 고3인 녀석이 머리나 신경쓰고.

— 봐줘. 오늘 금욜이잖아. 모임 있는 거 뻔히 알면서…….

— 모임은 무슨 모임! 남들은 죽을 동 살 동 입시 준비를 하는 판에…….

엄마는 기가 막혀 잠시 말을 잇지 못했다.

— 인석아! 속상하니까 빨리 밥이나 먹기나 해. 지각하지 말고.

엄마가 눈치를 주는데도 아랑곳하지 않은 채 머리끝을 손가락으로 매만지며 싱글벙글 표정인 아들이었다. 녀석은 고3인데도 불구하고 학교 힙합동아리를 이끌고 있다.

요즘 세상이 얼마나 살기 힘든 줄 아니? 대학 나와도 취업하기 힘들고 설령 취업을 한다고 해도 비정규직이네 뭐네 고용불안에 시달려야 해! 그러니까 네 장래를 위해선 우선 제대로 된 대학부터 들어가야 해. 그러니 지금부터라도 제발 정신 똑바로 차리고 공부 좀 열심히 해라!, 평소 엄마는 아들에게 귀에 못이 박히도록 말해 왔었다. 하지만 녀석은 잔소리쯤으로 치부하고 귓등으로도 듣지 않는 눈치였다.

아들은 초등학생 때 서태지에 미쳐 모든 걸 따라하더니만 중학생이 된 후부터 완전히 랩에 심취했다. 고등학교에 들어가면서부터는 외부 공연까지 뛰는 정도의 수준급 래퍼가 됐다고는 하는데, 엄마 마음은 그런 아들의 횡보가 영 마뜩지 않았다. 챙모자를 뒤집어쓰고 바지 단이 땅바닥에 질질 끌리는 통 넓은 힙합바지를 입고 다니는 꼬락서니하며……. 미국 슬럼가 흑인들 마냥 어깨를 앞뒤로 크게 깝죽거리면서 주변 공기를 손가락으로 마구 휘젓고 다니는 모습을 보면 한숨이 저절로 흘러나왔다.

아들은 제 특기를 살리겠다며 서울 소재 예술대 실용음악 계열로 진학 목표를 삼고 있다. 하지만 지방의 예술대도 개의치 않는 모양이다. 원서만 내면 다 갈 수 있는 지방의 그런 대학과 과에 들어가서 도대체 앞으로 뭘 어떻게 하자는 건지. 아들이 성인이 되면 남자와 가장 역할을 제대로 해낼 수 있는 건실한 사람으로 자라주기를 바라는 엄마로선 진작부터 아들 취향과 진로 모두가 맘에 안 들었다. 하지만 아들은 그 길만을 가겠다며 고집을 피우고 있는 바에야 엄마는 그 고집을 꺾을 방법이 없었다.

이혜연은 혼자서 두 아이를 길러내는 중이었다. 그녀는 큰 아이인 딸 인영이가 중학생이 되던 해에 남편과 이혼했다. 딸이 지금 스물세 살이니까 그녀가 혼자가 되어 살아온 지 햇수로 십 년째다.

— 할아버진?

— 나중에 드신대. 너나 후딱 먹고 학교 가기나 해.

혜연은 어제 남은 밥을 국그릇에 말아 식탁 위에 올려놓고 의자에 앉았다. 젓가락을 집어 들면서 거실 벽시계를 쳐다보았다. 여덟 시 십오 분……. 그녀 또한 식사를 마친 후 개수대 물에 빈 그릇을 담가놓자마자 후닥닥 옷을 갈아입고 출근길을 나서야 한다.

이혜연이 사는 곳은 경상북도 내륙지에 위치한 조그만 M시.

삼십 분 내에 차가 없는 딸을 먼저 시내 직장까지 태워주고 그녀 직장으로 가기에 빠듯한 시간이다. M시가 지방 소도시고 딸의 직장과 그녀 일터가 직선거리로 오백여 미터밖에 되지 않아 지금이라도 서두르면 지각은 면할 수 있다.

딸 인영은 혜연보다 키가 십 센티나 더 크고 덩치도 컸다. 초등학교 때엔 반장도 여러 번 했을 정도로 똑똑하고 예뻤다. 하지만 딸은 제 부모가 이혼한 뒤부터 공부를 등한시 했다. 열심히 할 욕구를 잃어버려서인지 매사가 무덤덤했고 행동도 느려졌다. 사춘기 내내 무표정했고 말이 없었다. 특히나 자기 물건에 손을 대면 못 참고 길길이 날뛰었다. 즐겨 입는 옷에 주름이 잘못 잡혀졌다고 그 옷을 발기발기 찢어버리기까지 했다. 혜연은 그렇게 엇나가는 딸 때문에 속도 참 많이 썩었었다.

딸은 고등학교 2학년 말경에서야 갑자기 간호대학에 들어가겠다며 뒤늦게 책상 앞에 붙어 앉기 시작했다. 머리가 있는 아이라 내심 서울

사대문 안 번듯한 대학에 가주리라 기대했지만 그것은 엄마 욕심이었다. 딸은 김천시에 소재한 간호전문대학에 들어갔다.

딸은 대학기간 내내 청바지만 입었다. 엄마가 봄꽃 같은 원피스며 스커트를 사서 방에 걸어놓았어도 쳐다보지도 않았다. 재가 혹시 제 엄마가 이혼한 것 때문에 아예 남자를 거들떠보지 않는가, 걱정이 될 정도였다. 그랬던 딸 인영이는 졸업을 하고 취업을 한 뒤부터는 눈에 띄게 얼굴이며 몸가짐이 확 밝아졌다. 제 손으로 돈을 벌게 되어 그런 건지 모르겠지만 표정에 완연히 자신감도 붙은 것 같고 행동도 활달해졌다.

딸 인영이는 커갈수록 제 아빠 쪽 얼굴을 닮았다. 미운 얼굴은 아니지만 입을 다물고 있으면 고집을 부리는 듯한, 영락없는 뚱한 표정으로 비춰진다. 긴장해서 조금이라도 입술에 힘이 들어갈라치면 입매며 눈빛이 여지없이 새초롬히 삐져 보이고 화나 보이는 인상이었다. 하지만 간호사란 직업이 의무적으로라도 친절하고 상냥해야 하기 때문일까. 유니폼을 벗고 난 일상까지 딸의 표정이 한결 나긋나긋 부드러워졌다. 꽃문양이 들어간 치마까지 즐겨 입고 말투까지 사근사근해진 것은 정말 다행스런 일이었다.

2장
살아온 나날들

신호등을 바라보며

달이 저 별로 건너가기를 기다립니다.
빗방울이 나뭇잎이 되기 위해, 꽃이 되기 위해 기다립니다.
입술이 키스가 되고 사랑이 되기 위해 기다립니다.
바로 그 지점에 서서 나는 당신을 기다립니다.
이 건널목을 건너면 난 당신을 만날 것이고
이 세상에서 절대 헤어짐 없는 운명이 되고 말 것입니다.

2장
살아온 나날들

이혜연 직장은 M군청이다.

지금 시간은 열두 시 사십 분. 점심을 먹고 난 후 남은 자투리 시간이다.

혼자인 그녀는 2층 복도 자판기에서 커피가 든 종이컵을 뽑아들고 거대한 벽유리를 향해 걸어갔다. 점심은 군청 실내청소를 하는 나이 든 아줌마와 함께 지하 구내식당에서 먹었다. 그녀는 바깥 풍경을 바라보며 커피를 홀짝홀짝 마셨다. 오전엔 정신이 없을 만큼 일이 바빴었다. 군내 이런저런 공사가 많아지는 봄이고 5월이어서 오후도 눈코 뜰 새 없는 업무가 이어질 것이다.

중년인 그녀는 정규 공무원은 아니었다. 연말마다 계약을 연장해야 하는 계약직이었다. 그녀가 하는 일은 업무가 과다한 몇 부서를 옮겨 다니며 돕는 보조일. 외부에서 걸려오는 전화를 주로 받고, 민원인들을 안내해 담당자와 연결시켜주고, 산더미처럼 쌓인 업무 처리와 관련된 서류 정리를 도왔다. 월급은 백십만 원이 약간 넘는 정도. 홀아버지를 모시면서 두 아이를 키우는 덴 부족한 봉급이었다. 하지만 최근에 생겨난 딸의 수입을 떠나 지금까지 받아온 그녀 월급은 가계를 꾸려내는 데 없어서는 안 되는 주 수입원이었다.

그녀는 M군청 앞마당에 주차된 빨간 색 조그만 자동차를 내려다보았다. 꼬마자동차 붕붕이,라고 일컬어지는 마티즈가 그녀 차였다. 그녀는 몇 년 전만 해도 중형차를 몰았었다. 그러다가 가계에 부담감을 줄이기 위해 저 경차로 바꾸었다.

군청 보조직원이 되기 전 그녀는 M시에서 가구 매장을 운영했다. 엔티크풍 고급스런 장식가구를 파는 일이었다. 트럭을 모는 일과 배달 일을 하는 오십대 아저씨 한 사람을 직원으로 뒀었다. 그녀가 사장님 소리를 들었던 기간은 사 년 남짓이었다. 삼 년 전, 가구 매장을 정리했다. 폐업신고를 한 후 그녀에겐 남은 것은 궂은 날씨면 어김없이 어깨와 허리가 결리고 쑤시는 증상뿐이었다. 키가 백육십 센티 남짓에다가 야리야리한 몸매인 그녀가 목장갑을 끼고 매일 무거운 가구를 들어서 날라야만 했기 때문이다. 혜연은 엔티크 가구를 몹시 좋아해 그 장사에 뛰어 들었다.

그녀는 결혼시절에 대전에서 가장 큰 아파트에서 살았었다. 팔십 평 아파트를 엔티크 가구로 가득 채울 만큼 부유하게 살았었다. 사업을 크게 했던 남편이 부도를 내고 빚에 몰려 도망 다니게 되면서 그녀 결혼생활은 위기를 맞았다. 결혼생활이 끝장난 이유는 경제적 파국만은 아니었다. 빚쟁이에 쫓겨 전국을 떠돌던 남편이 어느 날 갑자기 그녀 앞에 나타나 본인이 한 여자와 함께 살고 있다는 얘기를 털어놓았기 때문이다.

전 남편은 사업이 잘 나갈 때 참 화려하게 살았던 사람이었다. 배포도 컸고 씀씀이도 컸다. 본인 생일날이면 누구나 알 만한 연예인들을 서울에서 대전 축하연 자리로 불러 내렸다. 연기자도 있었지만 대중가수가 많았다. 초대된 가수는 파티 분위기를 돋우기 위해 노래 대여섯 곡을 부르는 건 기본이었다. 까닭에 전 남편 주변에는 늘 사람들이 들끓었었다.

나중에 알게 된 사실이지만 남편의 여자는 그 당시 알고 지냈던 사람들 중 한 사람이었다. 그 여자는 경기도 양평에서 커다란 숯불구이집을 운영하는 독신녀였고 남편과 동갑내기였다. 부채가 많아 재기가 불가능할 정도로 경제적으로 몰락했던 남편은 그녀의 안정된 품속을 은신처 삼아 뛰어든 것이었다.

혜연으로선 느닷없다 못해 적반하장격으로 느껴진 남편의 이혼 요구는 굳이 그의 입을 빌리지 않아도 짐작가는 대목이 있었다. 도도한 콧대로 세간에 알려진 그 여자가 먼저 법적인 관계를 깨끗이 정리하고 오라고 남편에게 요구했을 것이다. 그렇다고 결혼까지 하진 않겠지만 그래도 그녀 본인의 사생활에 흠집이 되는, 불륜이니 뭐니 하는 냄새는 풍기기 싫었기 때문이다. 이혼을 요구하는 남편 얼굴은 태연

자약했고 짐짓 뻔뻔하기까지 했다.

— 당신 그동안 충분히 잘 살았잖아! 내가 당신 해달라는 거 다 해줬구 말야!

통보성 얘기를 마치고 현관에서 구두를 신으며 남편은 그렇게 얘기했다. 혜연에겐 어처구니없게 들렸었지만 곰곰이 생각해보면 그 말이 사실이긴 했다.

혜연은 대학 삼 학년 때 미팅에서 전 남편인 그 남자를 만났었다. 그리고 그녀는 대학 졸업과 함께 그와 결혼했다.

그녀는 처녀 시절 첫인상이 목련꽃 봉오리가 연상될 만큼 깨끗하고 예뻤다. 피부가 눈부시게 하얗고 눈동자가 까만 자수정처럼 반짝거렸다. 그녀는 지방인 M시 근처 면단위 마을에서 태어나고 자랐지만 도회지 아이 같았다. M시에서 여중 · 여고를 다닐 때 그녀가 시내를 걸어가면 그녀를 지나친 사람들 중, 열에 아홉이 뒤를 돌아볼 정도였다.

그녀가 대학 다닐 무렵 집안 형편이 몹시 안 좋았다. 그래서 아르바이트를 해서 학비 대부분을 충당해야만 했다. 학교에서 늘 근로장학생 티오를 받았었고 과외 두어 개는 기본이었다. 그녀는 불고기집에서 쇠브러시로 석쇠판을 닦는 아르바이트만 제외하고 웬만한 아르바이트는 거의 다 해봤었다. 그녀가 대학 졸업반일 땐 집안이 유복했었던 그 남자가 그녀의 학비 조달에 직접적인 도움을 주기도 했었다.

혜연 아버지는 젊은 시절 M시 변두리에서 양복점을 운영했다. 아버지에게 일 년에 한 벌 이상 양복을 맞춰 입는 단골 고객들도 많았다. 까닭에 그녀의 어린 시절은 시골에서 유일하게 양복 기지로 치마와 바지를 해 입었을 정도로 살림이 윤택했었다. 고향 마을에서 TV와 컬러TV를 제일 먼저 들여놓은 집도 그녀 집이었다. 하지만 그녀가 초등학교 고학년이 되었을 무렵 공장에서 양복을 다량으로 기성복으로 만들어 출시하는 세상으로 바뀌었다. 그때부터 양복점 경기는 급전직하였고 수입과 가계는 악화일로였다. 특히나 그녀가 대학 이 학년 때 엄마가 돌아가셨다. 그 뒤 아버지는 일할 의욕을 완전히 잃어버렸다. 안 그래도 양복 맞춰 입는 사람이 가뭄에 콩 나듯이 하는데 아버지가 술까지 입에 달게 되자 양복점 문을 닫아거는 날이 잦아졌다. 일 년도 채 안 돼 뜸했던 일거리마저 완전히 끊겼고 가게가 작파되었다.

그녀는 일남이녀 중 장녀였다. 집안 형편상 대학을 졸업했을 때 그녀는 취업해 돈을 벌어야만 했다. 그러나 그녀는 졸업한 지 두 달이 채 안 돼 결혼했다. 남편의 호언장담 때문이었다.

'아무 걱정 하지 마. 내가 네 동생들 뒷바라진 충분히 해줄 테니까!'

그는 하루라도 빨리 그녀와 결혼해 함께 살기를 원했다. 그는 여자가 사회에 나가 돈 버는 것을 마뜩잖아 했다.

'여자가 벌면 대체 얼마를 번다는 거야? 글쎄, 원하는 그 이상을 내가 벌어 너한테 줄 테니까 넌 그냥 집안에 편하게 들어앉으라구! 안 그래도 너 학교 마치느라 그간 이런저런 아르바이트로 고생 많이 했었잖아!' 하고 그가 그녀의 가녀린 어깨를 감싸안아준 것이다.

그는 아버지로부터 물려받은 유산으로 사업자금을 마련했다. 해외브랜드 골프용품을 국내로 수입해 파는 사업을 시작했다. 당시만 해도 골프는 일반 대중들에게까진 저변확대가 안 됐었다. 사업 초기 남편은 자리를 잡느라 애를 먹었다. 하지만 삼 년째 되던 해부터는 남편 사업은 날개를 단 듯 승승장구했다. 박세리가 LPGA에서 첫 우승을 하고 난 후 고급 골프용품 매수가 폭발적으로 늘었기 때문이다. 남편 사업이 가장 호황기였을 적엔 중부권 도시 아홉 군데에다가 수입골프용품 전문매장 체인점을 냈을 정도였다. 수도권역 빼고 지방 쪽에선 남편이 골프용품 판매상으로 선두를 달렸었다.

혜연은 첫 아이 인영이가 초등학교에 들어갈 무렵 대전시에서 가장 넓고 값비싼 아파트로 이사했었다. 고급차도 세 대나 있었다. 그녀는 가사도우미를 집안에 뒀고 하루 주요 일과는 브랜드 쇼핑이었다. 그녀는 남편 사업엔 일체 관여하지 않았다. 관심이 없었다기보단 남편이 그것을 싫어했기 때문이다. 남편은 전형적인 경상도 남자였다. 원래부터가 남자는 바깥일, 여자는 집안일이라는 원칙과 신념이 강했다. 그 안과 밖이 두 손바닥처럼 잘 마주칠 때 인생에 흥겨운 박수소리가 절로 난다고 믿는 사람이었다. 까닭에 그녀는 두 아이를 낳아 아무 걱정 없이 인영이와 진철이를 잘 길렀다. 친정 동생들 학비도 아낌없이 대주었다. 아버지 용돈도 풍족하게 드렸다.

남편이 사람과 어울리는 것을 좋아해 한 달에 두어 번씩 파티를 준비해야 하는 번거로움이 있었지만 혜연은 별다른 불만이 없었다. 남편은 특히 유명 연예인들을 좋아했다. 그들을 파티 자리에 초대할 때마다 상당한 비용을 치르는 모양이었지만 그것 또한 그녀가 가타부타 할 성질이 아니었다. 남편 일이 고급 골프 사업인 만큼 매장용품 판매에 유명 연예인을 많이 필요로 하는구나, 정도로만 이해했었다.

정말이지 그녀는 남편 사업이 부도날 때까지 속사정을 전혀 몰랐었다. 남편은 사업과 관련해선 집안에서 일체 입을 떼지 않는 사람이었다. 까닭에 살던 대형 아파트가 하루 아침에 날아가고 남편이 도망을 다니게 된 상황은 그녀로 볼 때 마른 하늘에 날벼락이었다.

결국 그녀는 남편이 원하는 이혼 서류에 도장을 찍었다.

그녀는 두 아이를 데리고 전 남편이 예전에 장인을 위해 M시 한 켠에 마련해주었던 고향 쪽 아파트로 돌아왔다. 처음에 그녀는 어느 정도 목돈을 수중에 지니고 있었다. 남편이 그 와중에도 챙겨준 돈이었다. 자식과 함께 먹고는 살라는 뜻이었기에 그 돈으로 뭔가를 해 꾸준한 소득을 창출해야만 했다.

그동안의 생활비는 M시에서 결혼해 사는 여동생 집에 맡겨둔 그녀의 엔티크 가구들을 하나씩 팔아 충당했다. 대전시내 가장 큰 아파트에서 옮겨온 그녀의 엔티크 가구들은 여동생 집으로 옮겨져 보관돼 있었다. 여동생 집은 농가 단독주택이고 버섯농사를 위해 견고하게 잘 지어진 창고가 비어 있었기에 가구 보관이 용이했다.

로마네스크 장식에 기품 있는 꽃무늬 문양이 들어간 엔티크 가구들은 주변 사람들 입을 통해 하나씩 팔려나갔다. 그때 그녀는 남몰래 눈물도 참 많이 흘렸었다. 크고 작은 다양한 모양의 탁자들이며 장식대, 화장대, 우아한 단식 농들은 그녀가 부드러운 수건으로 매일매일 닦아주면서 애지중지 했었던 물건이었기 때문이다. 행복했던 결혼생활을 내다파는 것 같았다. 어쩔 수가 없었다. 아이들 학비를 대고 생활비를 마련하느라 결국 그 많던 엔티크 가구들은 모두 사라져버렸다.

지방 소도시지만 M시는 전형적인 소비형 도시였다. 그녀는 여동생 창고가 텅 빌 때쯤에서야 만만찮은 가격의 고급 엔티크 가구에 대한 수요가 의외로 많다는 걸 경험했다. 그녀는 결정을 내렸다. 수중에 감춰온 목돈 전부를 투자해 M시 주택가에 위치한 상가 매장 하나를 세 얻어서는 엔티크 가구 판매점을 시작했다. 그러나 막상 판을 벌여보니 상황은 달랐다. 매달 수입과 지출을 따져봤을 때 마이너스는 아니었지만 생각만큼 그리 잘 되진 않았다. 원래 가지고 있던 쓰던 가구를 팔 때는 확실하게 싼 가격으로 내놓았었기에 잘 나갔었다. 하지만 서울에서 현찰로 새 가구를 사다가 이윤을 남기고 팔아야 하는 가격은 역시나 고가였다. 이 주일에 한 번씩, M시에서 새벽 4시에 직원 아저씨랑 트럭을 타고 출발해 서울 동대문 쪽 엔티크 전문도매점에서 물건을 떼어오는 일은 몸집이 작은 그녀에겐 고된 일이었다. 서울 다녀오는 날은 그야말로 혀를 빼물 정도로 녹초가 되었다.

요행히 물건 하나를 팔았을 때도 마찬가지였다. 인건비를 아끼기 위해 그녀는 목장갑을 끼고 아저씨랑 함께 배달을 다녔다. 트럭에다가 가구를 올리고 내리는 것에서부터, 계단을 올라가 엘리베이터에 싣고 고층 아파트 안에다가 가구를 옮겨놓는 일은 그녀 힘에 몹시도 부쳤다.

허리며 팔에 파스 냄새가 가실 날이 없었다. 하지만 그녀는 사 년을 그렇게 버텨냈다. 팍팍했지만 어쨌든 엔티크 가게 덕분으로 아이들을 길러내고 조금씩이나마 저축도 할 수 있었다. 그녀가 엔티크 가구를 좋아하고 아꼈던 만큼 물건 특성에 대해서도 잘 알았기 때문에 가능했던 장사였다. 그러나 M시가 지방 소도시인 만큼 수요 창출에 근본적인 한계가 있었다. 초기, 한두 해 동안은 주요 고객들이 하나둘씩은 물건을 구입해가서 장사가 그럭저럭 괜찮았었다. 하지만 엔티크 가구는 몇 년이 지났다고 신형으로 새로 갈아주는 가구 품목이 아니다. 오래된 성이나 귀족들의 방에 놓이면 어울림직한 테와 분위기를 갖춘 엔티크 가구는 고색창연한 기품이 기본 콘셉트이다. 전혀 유행을 타지 않는 가구이기에 더 이상 수요가 창출되지 않는 한계상황을 삼 년째부터 맞았다. 사 년째 접어들면서부터는 한 달에 겨우 한두 물건이나 팔렸을까. 매장 세 내는 것도 부담될 정도여서 그녀는 결국 점포를 정리할 수밖에 없었다.

이혜연은 가구 장사를 접은 뒤 이런저런 일을 모색하느라 한동안 손을 놓고 세월을 보냈다. 뭔가를 쉽사리 시작하기엔 불안했고 모은 돈이 충분치 않았다. 까닥 잘못하면 쥐고 있는 목돈마저 그나마 날려버릴 공산이 컸다.

그녀는 여학교 때 친구인 남의 가게 일을 틈틈이 봐주었다. 두 달간 유명 의류매장 직원으로도 있어 봤다. 하지만 생활비 일부를 버는 정도였다. 모아둔 돈도 점차 줄어들어 가고. 아이들도 중고등학교를 다니기 시작해 한창 돈이 들어갈 때였다. 그녀는 입술이 바짝바짝 말라갔다.

더군다나 세상은 가속도가 붙어 빠르게 변해갔다. 상가와 음식점은 대기업 계열 매장과 프랜차이즈 분점 형태로 변했다. 그녀는 더 이상 장사엔 자신감이 없었다. 아이들과 먹고는 살아야 하는데 걱정이 태산이었다. 정수기 외판원을 해야 하나, 화장품 외판원을 해야 하나, 보험설계사를 해야 하나, 그녀가 조바심에 찬 궁리를 하던 차에 아는 사람이 군청 행정보조직 자리가 났는데 해보지 않겠냐는 제의를 해왔다. 월급이 백만 원 남짓이라 많지는 않지만 지방 소도시에서 그런 일자리 또한 많지 않았다. 그리고 무엇보다도 반듯하고 깨끗한 일자리라는 것이 그녀 마음에 들었다.

그녀는 이력서를 제출하고 면접을 보았다. 열세 명의 응시자가 면접을 봤는데 두 명이 합격되었다. 심사를 본 과장급 두 사람은 그녀의 고운 용모와 세련된 자태에 높은 점수를 주었다. 뽑는 자리가 행정보조 일이자 대민행정 쪽이어서 첫인상이며 자세, 말솜씨가 주요 심사항목이었다. 그녀는 대졸자인데다가 얼굴뿐만이 아니라 천성이 차분했다. 목소리는 물론이고 교양이 스민 깨끗한 미소는 누가 봐도 호감이 갔다. 그래서 그녀는 지금 군청에서 계약직 공무보조 일을 삼 년째 해오고 있었다.

혜연은 빈 종이컵을 만지작거리며 자신도 모르게 깊은 한숨을 내쉬었다. 세상살이의 고단함이 짙게 배인 표정이었다. MB정부가 들어선 후 경제가 좋아지리라 기대했었다. 하지만 오히려 지난 정부보다 서민과 중산층은 살기가 훨씬 더 힘들어졌다. 대학을 졸업한 젊은이들은 일자리가 없다고 아우성이고 직장에 다니는 사람들조차 고용불안과 명예퇴직에 시달렸다. 거리를 걷다 보면 장사가 안 돼 폐업하는 점포가 눈에 띄게 늘어났다. 기름값이며 물가는 천정부지로 뛰고 각종 공과금과 전기료, 세금도 덩달아 뛰었다. 가계 수입은 제자리거나 이

전보다 훨씬 못한데 지출해야 할 돈은 엄청 늘어났으니 많은 사람들이 마이너스통장을 쓰면서 빚에 내몰리고 있었다.

혜연은 내년에 아들이 대학에 들어가게 되면 돈이 많이 들어 걱정이었다. 일 년에 들어가는 대학 등록금이 천만 원 시대라는 얘기를 들으면 가슴부터 답답하고 소화가 잘 안 됐다. 그나마 큰딸이 제때 취직을 해주어 천만다행이었다. 백짓장도 맞들면 낫다고, 둘이 힘을 합치면 바닥까지 떨어질 일은 없겠다 싶긴 하지만……. 그렇다고 언제까지 임시방편인 행정보조직만을 할 순 없는 노릇이었다.

나이도 점점 들어가는데 겨우 먹고 사는 일만으로 세월을 다 보낼 순 없었다. 그리고 설사 지금 하는 이 일이라도 오래 하고 싶다고 해도 위에서 그만두라고 하면 군말 없이 즉시 그만둬야 한다. 비정규 계약직이란 게 원래 그런 거니까. 그래서 그녀는 어떻게 손맛이 필요한 조그만 음식장사라도 해볼까 싶어 작년 중반기부터 지금까지 요리학원 등록을 해놓고 틈틈이 요리를 배우러 다니는 중이었다.

한식요리사 자격증을 따는 게 목표였다. 하지만 그것도 생각보다 어려웠다. 외워야 할 이론도 만만찮았고 무엇보다도 칼을 손에 잡거나 프라이팬에 식용유를 두르다보면, 내가 과연 이 일을 남보다 더 잘해낼 수 있을까, 하는 의구심부터 들곤 했다. 그렇다고 달리 무슨 뾰족한 방도도 없었다. 미래가 불안하고 불확실했다. 그녀는 하루하루 별 수가 없다는 심정으로 집과 군청, 그리고 사흘에 한 번씩 저녁 시간에 나가는 시내 요리학원을 관성처럼 오가고 있는 중이었다.

혜연은 두 눈을 즈려 뜬 채 군청 담장 안쪽을 물들이고 있는 연둣빛과 초록빛 큰 나무들을 건너다보았다. 지난 주 어버이날도 지나갔다. 그녀 생일은 어린이날과 어버이날 사이에 끼였다. 이제 마흔여섯 살이 되었다.

전 남편은 한 달에 한두 번씩 아이들 안부를 휴대폰으로 물어올 뿐이다. 그는 이혼 후 지금까지 경제적인 도움을 준 적은 없었다. 예전에 그 여자가 운영하는 양평 숯불구이집에서 그가 숯불을 나르는 것을 보았다는 얘기를 지인으로부터 전해 들었었다. 목장갑을 낀 그가 벌건 숯이 든 조그만 화덕을 걸쇠에 걸어 두 손으로 나르느라 땀을 뻘뻘 흘리고 있었다는 얘기는 혜연을 한동안 우울하게 만들었다.

대체 그렇게 사는 게 뭐가 좋다고? 그 남자는 속도 없고 배알도 없나?, 자식과 아내를 이 냉혹한 세상에다가 내팽개쳐 두고 왜 그 여자 일을 돕고 있어?, 그리고 월급이든 용돈이든 받은 게 있으면 의당 몇 십만 원, 몇 만 원이라도 애들 학비에 보태 쓰라고 부쳐줘야 하는 거 아냐!, 하는…… 그런 분하고 억울한 심정만은 아니었다. 그 사람이 가여워서였다.

전 남편은 자존심이 하늘을 찌르던 남자였다. 고기를 구워먹는 사람들 앞에서 전 남편이 무릎을 꿇고 화덕을 바꿔 끼워주는 장면을 그녀로선 상상조차 할 수 없었다. 유명 연예인들과 호형호제하며 늘상 한 손으로 고급 양주를 받아 마시며 껄껄거리던 사람이었는데……. 어쩌다가, 어떻게 하다가 그 지경까지! 그녀는 자신보다도 전 남편 처지를 생각하다가 속이 상해 눈물까지 흘러나왔었다.

전 남편은 혜연과 이혼한 지 사 년차 되던 해에 그 여자와 법적으로도 완전한 부부가 되었다. 결혼식은 치르지 않았다지만 두 사람은 사내아이도 하나 낳아 기르고 있었다. 그야말로 완전히 다른 여자의 남자가 돼버린 것이다. 그녀는 그 즈음해서 전 남편에 대해 '고마웠던 사람'이란 딱지를 붙여선 기억 속 과거를 깔끔하게 정리해버렸다.

지난 십수 년의 결혼생활 동안 그는 그녀에게 많은 것을 해줬었다. 한 번도 돈 걱정을 하지 않도록 했고 그녀가 생각도 못했을 만큼 풍족한 삶을 누리게도 해줬었다. 하지만 원망하려 들자면 어디 원망할 게 없겠는가? 서운하고 야속함을 넘어서 배신감에 치를 떨며 이를 앙다물고 얼마든지 전 남편을 저주할 수도 있었다. 하지만 그녀는 그런 부정적인 생각이 자신의 삶을 망가뜨리고 아이들 미래 또한 무너뜨린다고 생각했다. 자신이 전 남편을 원망하고 저주하는데 아이들이 어떻게 제 아버지를 싫어하고 미워하지 않을 수 있겠는가.

그녀는 아이들에게 아버지에 대해 말하게 되는 혹간의 경우가 생기게 되면 언제나 '너희 아빠는 좋은 사람'이라는 표현을 썼다. 그 사람이 아무리 사람들과 어울려 놀기 좋아하는 성격이라고 해도 사업까지 망해먹으려고 했던 것은 결코 아닐 것이다. 친자식들을 보지 못하고 새 여자에게 목이 잡혀 사는 것이 뭐 그리 좋아서 그 사람이 그리했겠는가. 그냥……. 어쩌다보니 모든 일이 그렇게 돼버린 것이다.

전 남편이 진 빚의 상당 부분을 그 여자가 해결해 줬다고 한다. 그 점으로 미뤄보면 자연스레 다른 생각도 짚어졌다. 만약 전 남편이 혜연과 살기를 고집했다면 남편 빚을 그녀가 고스란히 떠안게 됐을 터. 그것은 그녀 역량으로는 헤쳐 나오기 힘든 삶의 질곡이 됐을 것이다.

그렇다고 전 남편이 이혼한 속뜻이 그러한 이유 때문이었다고 말한 적은 없었다. 전 남편은 사업을 하는 그녀의 화통한 성격에 매료되었다고 했었다. 어쨌든 전 남편은 본인의 경제적 절박함에서 구해줄 사람으로 그 여자를 선택했을 것이다. 혜연은 그렇게 믿고 있었다.

— 시간 다 됐는데 안 들어갑니까?

누군가 사무실 문 앞에서 복도 창가에 서서 등을 보인 혜연에게 굵직한 목소리를 던져왔다. 돌아보니 서너 명의 사무실 직원들이었다.

— 네. 식사 맛있게들 하셨어요?

— 그래요, 근데 아까 우리 식사 하러 나갈 때 찾았더니 안 보이시더구먼.

— 아, 복사실 일이 좀 늦어져서요.

— 그래요, 식사는?

— 구내식당에서 했어요.

머리가 벗겨진 부서 계장이 사무실 문을 힘차게 밀어 열어젖히고는 혜연을 돌아보았다.

— 담엔 꼭 같이 가십시다. 맛있는 거 먹게.

— 네, 그럴게요. 감사합니다.

3장
남자가 간호사라구?

휴대전화

울리지 않는 휴대전화 너머에 당신이 있습니다. 당신이 저에 대한 그리움을 눌러주지 않는 한 내가 당신에게 연결될 수 있는 방법은 없습니다. 당신이 전원을 꺼버리자 내 삶은 완전 고립되었습니다. 온 세상이 캄캄합니다. 끝내 당신은 절 지워버리고 싶은 겁니까? 그렇다면 그 즉시 난 세상 밖에 살고 당신은 세상 안에 사는 겁니다. 제발……. 전 당신 세계 안에서만 살아갈 수 있습니다. 부탁드립니다. 부디, 제가 당신에게 갈 수 있는 길을 열어 주세요.

3장
남자가 간호사라구?

— 엄마! 여기……!

인영이가 음식점 방안에서 한 손을 번쩍 쳐들었다.

— 으응, 그래…….

딸 옆에 젊은 남자가 앉아 있다가 황급히 자리에서 일어났다. 키가 크고 몸매가 마른 그는 두 손을 앞으로 모아 공손하게 여며 쥐었다. 매장 내부가 깔끔한 버섯 전문요리점이었다. 기본 가격대가 비싸지 않아 혜연도 군청 관계자들과 몇 번 와본 곳이었다.

웬 괜찮은 청년……?

미색 블라우스를 입은 혜연은 조금 당황한 기색으로 딸을 힐끗 돌아보고는 방석에 앉았다. 딸이 남자 친구를 소개하는 건 처음이었다. 그녀는 오늘 직장에 출근할 때 검은 색 바지를 입을까 하다가 딸애와의 점심 약속이 생각나 블라우스를 챙겨 입었었다.

이그, 녀석! 진작에 귀띔이라도 해주면 얼마나 좋아.

— 엄마! 승모 씨야! 김승모!

— 안녕하세요. 김승모입니다. 잘 부탁드리겠습니다.

— 네에, 인영이 엄마예요. 불편하게 그렇게 서 있지만 말고 편하게 앉으세요.

— 네, 감사합니다.

혜연은 딸애 얼굴 가득 기쁨이 번져 있는 것을 보고 슬며시 미소를 머금었다. 딸이 몹시 좋아하는 사람임을 한눈에 알 수 있었다. 그녀는 청년에게로 찬찬한 눈길을 돌렸다. 홑눈에다가 눈빛이 깊고 코도 오똑하니 아주 잘 생긴 청년이었다. 어디서 봤을까, TV 브라운관에서 아주 많이 봐온 듯한 인상이었다. 누굴 닮았냐 하면……. 그래, 드라마 〈커피프린스 1호점〉에서 나왔던 탤런트 공유 이미지와 아주 흡사했다.

'웬일이라니? 언제 이렇게 준수한 청년을 사귄 거야? 우리 딸 제법이네! 엄마한테 떡, 하니 깜짝 소개도 시켜주고!'

혜연은 그런 흐뭇한 눈빛으로 딸을 바라보았다. 딸 곁에 앉은 청년에게도 미소를 머금은 호감 어린 눈길을 건넸다. 두 사람이 나란히 앉아 있는 것을 보니 참 잘 어울려 보여서 마음까지 뿌듯해졌다.

딸애가 어린 줄만 알았는데 이젠 자기 짝을 찾아 엄마에게 보여줄 만큼 다 자랐구나, 싶었다. 초등학교 땐 영민했던 녀석이 중학교 들어서는 공부를 도통 하려들지 않아 애도 많이 태웠었는데. 간호전문대학에 들어갈 때만 해도 인영이가 어릴 적부터 유난스레 피를 무서워하는 녀석이라 도중에 학업을 포기하지 않을까 염려도 했었다. 그러나 다행스럽게도 그런 생각은 한갓 기우에 불과했다. 딸은 졸업과 함께 튼실한 직장도 가졌고 직장을 가진 지 사 개월차에 저처럼 보기 좋은 듬직한 청년과도 사귀고 있었다니.

— 승모 씨는 우리 병원에서 같이 일해. 선배님이고 팀장님이야.

우리 병원이라면, M시에서 하나뿐인 M종합병원이다.

— 그렇구나…….

— 호호호호…….

— 왜? 갑자기 왜 웃어?

— 눈을 토끼처럼 똥그랗게 뜬 엄마 표정이 재밌어서. 근데 난 말야, 어릴 때부터 누가 되게 맘에 들면 그 사람 엄마한테 곧바로 보여주기로 생각했었다.

— 왜애?

— 그냥…… 왠지 그러고 싶더라구. 그런데 어때?

— 응?

— 우리 팀장님, 첫인상이 어떻냐구?

혜연은 대답대신 그를 향해 다소 머쓱한 미소를 지어보이며 마음에 든다는 뜻으로 고개를 두어 번 끄덕거렸다.

대화를 더 진행시켜 보니 김승모, 라는 청년은 나이가 스물일곱이었다. 인영이보다 네 살 더 많았다. 차이가 안성맞춤이었다. 그런데 하는 일은 병원 행정과 직원이 아니라 간호사였다. 그것도 많지 않은 나이에 중환자실 A팀을 책임진 팀장이라고 했다.

남자가…… 간호사라구? 남자로선 흔치 않은 직업이었다. 그의 직업에 대해 알게 된 혜연은 마음이 조금씩 무거워지는 것을 느꼈다. 그녀는 김승모를 바라보았다.

— 어떻게, 진로 정할 때 평범한 선택이 아니었을 텐데……. 간호사 일을 다 하게 됐어요?

— 아, 네에……. 전, 경기도 수원에서 자랐습니다. 집 가까운 곳에 간호대학이 있었거든요. 거기 캠퍼스 운동장에 가서 많이 뛰어 놀았었죠. 청소년일 때도 그렇게 수시로 캠퍼스에 드나들다보니 남자도 그 학교에 입학할 수 있다는 걸 알게 되었고…… 네, 그렇게 해서 발을 들여놓게 되었습니다. 환자 돌보는 일이 제 적성에 잘 맞을 것도 같았구요.

— 그렇군요. 요즘 참 보기 드문 청년이네요. 쉽지 않은 생각이고 결정이었을 텐데!

버섯전골 요리가 나왔다.

인영이는 벙싯거리는 표정으로 국자를 들고 각 그릇에 버섯요리를 담아냈다. 엄마 밥그릇 옆에다가 국물을 떠담은 그릇을 먼저 놓은 그녀는 남자 친구에게도 그릇을 다소곳이 내려놓았다. 그릇마다 담백한 훈기가 모락모락 피어올랐다.

— 아무튼 반가워요. 초면인 자리긴 하지만 우리 편하고 맛있게 식사하도록 해요.

— 네……. 근데, 사실 전 초면이 아닙니다. 인영 씨 어머님 뵌 적이

있거든요.

— 그런가요? 언제……?

— 아니 왜 저지난 달 말, 할아버지가 심한 기침감기로 우리 병원에 오셨던 적이 한 번 있었잖아.

인영이가 두 사람 대화 사이에 뛰어들었다.

— 엄마랑 같이 말야. 그때 내가 업무과 처리까지 도와줬었고. 팀장님이 그때 나와 같이 있는 엄마를 보셨대나봐.

— 아하……, 그러셨어요?

— 네. 근데 편하게 말씀 낮추세요.

— 아뇨. 어디 그럴 수 있나요. 본 지 얼마나 됐다고. 앞으로 오래 보게 되고 나중에 익숙해지게 되면 천천히 그렇게 할게요.

— 네에…….

— 풋, 엄마는! 무슨 말이 그래? 당연히 오래오래 봐야지. 내가 팀장님 얼마나 좋아하는데!

혜연은 속으로 또 한 번 딸에게 놀랐다.

녀석은 사춘기 이후 고집을 부릴 때를 제외하곤 쉽게 제 감정을 드러낸 적이 없었다. 이렇게 발랄한 성격도 아니었다. 근데 오늘 보니 남자 옆에서 딸은 전혀 다른 모습이었다. 딸애 성격이 어둡고 의뭉스러워지는 것만 같아 걱정이 됐었는데 알고 보니 그게 아니었다. 여우짓도 곧잘 능숙하게 잘 해내고 있었다.

녀석이 오늘 엄마 여러 번 놀래키네. 애 키우다보면 깜짝깜짝 놀랄 일 여러 번 생긴다고 하더구만서도.

혜연은 전에 없이 말과 행동이 많아져 있는 딸애가 낯설어 보이기까지 해서 고개를 한번 갸웃, 하고는 버섯국물을 뜬 숟가락을 천천히 입술에 가져갔다.

— 그래, 승모 씬…… 우리 인영이를 어떻게 생각하나요?

— 아, 김 간호사요? 아니, 인영 씬 우리 직원들 중에서도 착하고 맡은 바 일처리도 잘해내 좋습니다. 예쁘기도 하구요. 여동생처럼 귀엽게 느껴집니다만…….

— 그 말은 아직 연인 사인 아니다, 하는 건가요?

— 그렇습니다. 인영 씨에게도 어머님 도착하시기 전에 그렇게 말해줬었구요. 하지만……. 네, 남 같지 않은 마음이 드는 건 사실입니다.

— 그렇다면 어쨌든 지금은 직장 선배로만 여겨도 되겠군요?

— 네, 그렇습니다.

혜연은 맞은편 자리에서 자신의 눈동자를 똑바로 들여다보는 그의 깊은 응시에 내심 당황했다. 살짝 불쾌감마저 느꼈다. 인영이가 그렇게 두드러지게 예쁜 용모는 아니지만 그래도 엄마에겐 세상에서 가장 예쁜 딸이었다. 딸애의 부탁이었든 우격다짐이든지 간에 그래도 두 사람이 이런 자리에 함께 나와 앉아 있다면 딸애 남자 친구로서의 자격이 어울리고 마땅하다. 맘이 있었으니까 따라나선 것이지. 이게 어디 가벼운 자리일 것인가. 그렇다면 말이라도 '저도 인영 씨가 좋습니다' 라든지, '앞으로 따님과 사귀어보고 싶습니다. 아무쪼록 잘 부탁합니다' 정도의 말이 제격일 것이다. 그것이 딸애를 지금까지 공들여 키운 엄마를 대하는 최소한의 예의일 성도 싶고.

혜연은 낯선 청년만 앞에 없다면 딸아이 머리통을 가볍게 쥐어박고 싶었다.

에구, 이 녀석아! 넌 속도 없지. 아직 사귈지 안 사귈지도 모르는 사람을 엄마한테 무작정 데리고 나오는 녀석이 세상에 어디 있어? 괜스레 엄마까지 무안하고 민망하잖아!,라고 말이다.

혜연은 그때부터 눈에 띄게 표정과 말을 아꼈다. 밥을 먹으며 간간히 나누는 화제는 남녀 사이가 아닌 두 사람 직장과 관련해 이런저런 얘기를 나눴다.

요즘 모든 환자들이 큰 병이든 작은 병이든 무턱대고 서울쪽 큰 병원으로만 가려 한다. 실력 있는 수도권 전문의를 두 분이나 모셔왔는데도 소도시 지역병원이라는 선입견과 한계를 못 벗어나고 있다. 그래서 앞으로 M종합병원이 살아남을 수 있는 유일한 활로는 일반병원에서 벗어나 치매환자들을 돌보고 치료하는 대규모 치매 전문병원으로 전환하는 것이다, 그래서 현재 병원 주분야를 서서히 탈바꿈하는 중이다, 등등의 얘기였다.

혜연은 숟가락을 놓을 즈음에서야 딸이 왜 이 남자를 좋아하는지 그 이유를 충분히 알 것만 같았다.

우선 그는 눈에 띄는 큰 키에다가 누가 봐도 잘 생긴 외모였다. 그리고 눈빛이 깊고 진중했다. 식사하는 몸짓과 대화하는 표정도 어느 것 하나 군더더기 없이 자연스럽고 깔끔했다. 보통의 스물일곱 살 정도 남자라면 과다한 젊은 혈기 때문에 말과 행동에 허점이 보이게 마련이다. 숨기려 해도 인간관계나 경험미숙으로 인한 설익은 치기가 엿보인다. 특히나 자기보다 나이가 한참이나 많은 사람이 앞에 앉아 있으면 젊은 사람들은 대개 눈을 어디에 둘지 몰라 연신 사방을 두리번거린다. 잠시간 침묵도 못 견뎌 해서 마시지도 않는 물잔을 몇 번이나 들었다 놨다, 하는 과다행동도 곧잘 내비친다. 그런데 이 청년에게선 그런 생경스런 구석이 전혀 없었다. 분명 나이보다 훨씬 어른스런 내면을 갖춘 남자였다.

그래, 넓게 생각하면 참 괜찮은, 보기 드문 청년이다 싶었다. 하지만 혜연은 딸과 나란히 앉아 있는 그를 계속해 건너다보면서……. 그리고 딸이 그를 훨씬 좋아한다는 것을 또렷하게 느끼면서……. 결정적으로 남자 직업이 간호사란 게 점점 더 맘에 걸렸다.

혜연이 알기로는 딸 인영은 스물세 살이나 먹도록 연애경험이 전혀 없었다. 얼굴도 몸매도 제 나이에 맞게 예쁜 편이지만 대학 기간 내내 남자 사귀는 것엔 심드렁해 했었다. 그 언젠가 엄마가 '대학생인데 넌 남자 친구 안 사귀니?' 하고 딸에게 물었을 때 '글쎄…… 나 좋다고 커피 마시자는 사람은 많아. 근데 내가 별루 내키질 않네!' 라고 대답했었다. '그러지 말고 대학 때 사람 사귀어봐야 돼. 그래야 나중에 제대로 된 사람을 고를 수 있지!' 하고 말해줬더니 '글쎄! 난 전혀 관심 없다니깐!', 하고 딸이 잘라 말했었던 기억을 혜연은 떠올렸다.

그랬었기에 이렇게 갑작스레 낯선 남자와 딸이 앞에 나란히 앉아 있는 모습을 처음 지켜보는 엄마 마음은 결코 가볍지가 않았다.

정말 처음 연애하는 거라면 딸은 앞뒤 가리지 않고 깊이 빠져들 우려가 컸다. 지금 딸애의 얼굴 표정과 행동은 대학 때와는 백팔십도 달라져 있었다. 표정이며 목소리가 한껏 여성스러웠다. 남자 앞 쪽으로 반찬 그릇을 옮겨주는 딸의 몸짓이 생기발랄함으로 가득했다. 저 정도로 눈에 띄게 좋아하는 사람이고 보면 만약 이 사랑이 순조롭지 않다면 딸은 깊은 상처를 입게 될 가능성이 컸다.

인영이 나이는 스물세 살, 생일이 팔월 중순이므로 머잖아 스물네 살이 된다. 요즘 시대는 여자들이 결혼적령기를 한껏 늦춰 서른 전후에 하는 게 보통이고 결혼 안 하고 혼자 살겠다는 여자들도 태반이긴 하지만. 어쨌든 현재 딸아이 나이가 가볍게 연애를 할 수 있는 적은 나이는 분명 아니다. 더군다나 한 가지에 몰입하면 그것에만 깊게 빠져드는 딸아이 성정으로 미뤄볼 때 지금 한 남자를 좋아하고 사귄다는 것이 곧장 결혼까지 연결될 가능성이 아주 컸다.

딸의 애교를 받아주는 그의 표정은 시종일관 담담했고 깍듯했다. 혜연은 그게 또 속이 상하고 맘에 걸렸다.

엄마는 딸이 자신이 좋아하는 남자와 사귀기보다도 남자가 딸을 더 애틋하게 좋아하는 사람을 만났으면 싶었다. 둘이 똑같이 열렬히 사랑한다면 더 바랄 게 없겠지만 그렇지 않다면 남자가 딸을 더 사랑하는 사람을 만나 결혼했으면 싶었다. 물론 혜연 자신의 경우를 보자면 남자가 여자를 더 사랑해 결혼하는 게 반드시 인생 끝까지 행복을 보장해주는 것은 아니다. 하지만 혜연은 결혼생활 내내 나름 행복했었다.

그런 맘으로 두 사람을 지켜보는 혜연은 딸과 관련된 남자 직업이 간호사, 라는 게 점점 더 가시처럼 맘에 걸렸다. 아니, 이 넓은 세상에 남자 할 일이 얼마나 많은가? 수만 가지 하고 많은 직업이 있다. 의사나 변호사 같은 사위야 언감생신이겠지만. 그래도 사내다운 남자 직업이라면 다리를 놓거나 빌딩을 짓는 건축 설계사나 감리사가 더 어울렸다. 선입관이라고 해도 어쩔 수 없다. 차라리 9급 공무원이거나 회사를 다니는 평범한 회사원이거나 자영업을 하는 남자가 남자 간호사보다는 낫겠다 싶었다. 까닭에 김승모가 첫인상이 반듯한 청년이긴 하지만 사랑이든 삶이든 딸애와 함께 나눌 남자로서는 마뜩치가 않았다.

저녁 때 집에서 마주친 모녀간 대화는 점심 식사 자리 연장이었다.

— 그러니까 엄만 우리 팀장님 맘에 안 든다는 거야?

— 아니, 맘에 안 든다는 게 아니라 네가 깊게 사귈 남자로선 좀 그렇다는 거야. 우선 네가 가볍지가 않잖아.

— 왜? 뭐가 그런대? 내가 대단한 게 뭐 있어서? 돌려 말하지 말고 알아듣기 쉽게 말해봐. 엄마가 태글 거는 이유가 사람이 마땅찮다는 거야? 아님 직업이 그렇다는 거야?

— 그래…… 솔직하게 말하면 직업이 좀 그래. 남자가 하고 많은 일 놔두고 왜 하필 환자 돌보는 일 같은 걸 하니?

— 그건 엄마가 병원 인사를 잘 몰라서 그래. 팀장님, 우리 병원에서 초고속 승진했어. 중환자실 내에선 수간호사 위치라구. 입사 사 년차에 팀장이 된 사람은 그 사람뿐이야. 그게 어떤 의민 줄 알아? 무지 성실한데다가 능력까지 있단 뜻이야. 엄만 아무 것도 모르면서 공연히…….

— 아, 글쎄 어쨌든! 난 남자 직업이 간호사란 게 무조건 싫어. 하다

못해 경찰이나 직업하사관인 게 좋지……. 안 그래? 남자면 남자다운 일을 해야지. 하루 종일 크레졸 냄새 맡아가면서 인상 찌푸린 환자와 병균 속에 파묻혀 사는 게 어디…….

— 칫!, 그럼 엄마는 그 사람이 의사라고 해도 싫었겠네? 그게 아니잖아. 그거 선입관이고 직업적 편견이야.

— 뭐래도 하는 수 없어. 난 네가 오늘 무턱대고 내게 사람을 보여준 이상 난 엄마 입장에서 내 생각을 말했을 뿐이야……. 참, 그러고 보니 그 사람 나이가 스물일곱이랬지?

— 응. 그런데?

— 군댄 다녀왔어? 직장 년차가 사 년이라면 나이가…… 군대는 언제 다녀온 거야?

혜연의 갑작스런 물음에 당당하던 딸의 기세가 한풀 꺾였다. 혜연이 재차 묻자 인영은 괜스레 휴대폰을 집어 들고 문자메시지를 뒤지느라 손가락으로 바삐 버튼을 눌러댔다.

— 왜 그래? 뭐야? 말을 해봐. 그 사람 군대 안 간 거야? 그럼, 이제라도 가야 된다는 거야?

— 군대는…… 안 가도 된대. 면제래.

— 면제? 왜?

— ……!

— 대체 이유가 뭐야? 우리나라 남자가 모두 가는 군대를 왜 안 가도 된다는 거지? 혹시 몸 어디가 안 좋아? 신체검사에서 떨어질 만큼?

— 어휴, 그게 아니고……!

— 그럼?

인영은 말하기를 잠시 머뭇거렸다.

— 그 사람……. 어릴 때 부모님이 모두 차사고로 돌아가셨대.

— 저, 저런! 어쩐다니? 근데, 아니! 그, 그렇다면……. 그 사람이 고아였단 거니? 그 사람이 고아원에서 자랐단 거야?

— 고아원은 아니고……. 이모 댁에서 자랐대. 승모 씨가 간호사 된 것도 중환자실에서 부모님이 돌아가시는 걸 어릴 때 지켜봤었기 때문에…… 아마도 그게 계기가 되었을 거라고 우리 병원 직원이 얘기하더라구.

혜연은 깊은 한숨을 내쉬며 슬픈 표정을 짓는 딸을 보는 순간 마음이 철렁 내려앉는 심정이었다. 반듯하고 밝아보이던 김승모에게 그런 딱한 사연이 있었다니. 하지만 그건 그거고……, 엄마인 그녀는 이내 현실적인 생각으로 돌아왔다.

이모 집에 얹혀서든 뭐든 친부모 없이 고아처럼 자란 남자에게 내 딸을 시집보낸다……? 아니! 절대 그럴 수는 없었다. 인영이는 하나밖에 없는 딸이자 장녀였다. 아니, 설령 딸이 셋 있거나 다섯이 있다 해도 마찬가지다. 세상에 어느 부모가 고아나 다름없는 남자와 자신의 딸이 사귀길 바라겠는가. 성장기 내내 눈칫밥을 먹으면서 천덕꾸러기로 자랐으리라 짐작 되는 남자와 결혼까지 염두에 두고서 말이다.

물론 남 얘기라면 얼마든지 이해하고 좋게 말할 수 있다. 사람 됨됨이가 우선이고 먼저지 그 사람 배경이나 자라온 환경을 문제 삼는 것만큼 비교양적이고 치졸한 건 없다고 말했을 거다. 그러나 혜연 자신이 막상 이런 경우를 당하자 그녀는 세상 여느 엄마 심정과 별반 다르지 않았다.

혜연은 남편 없이 이제껏 혼자 힘으로 자식을 키워 왔다. 혼자 돌봐 온 만큼 더 신경이 쓰였다. 이혼하긴 했지만 만에 하나 장녀를 그런 출신의 남자와 짝 지워주게 된다면 나중에 전 남편 얼굴 보는 것도 껄끄럽고 미안할 것 같았다. 이젠 딸이 좋아하는 남자 직업이 간호사란 게 문제가 아니라 부모 없이 자랐다는 것이 더 심각한 결격 사유로 여겨졌다.

— 인영아, 도저히 안 되겠다! 앞으로 그 남자, 그냥 직장 선배로만 대해라. 엄마가 부탁할게.

— 왜? 그 사람이 부모 없이 자란 그것 때문에……?

딸은 기가 찬다는 표정을 지을 정도로 어이없어 했다.

— 아니, 엄마가 어떻게 그렇게 말할 수가 있어? 그게 어디 그 사람 잘못이야? 그 사람 잘못 전혀 아니잖아. 오늘 엄마한테 정말 실망이야. 난 우리 엄마만은 다른 엄마들과는 조금은 다를 줄 알았거든!

인영이가 화를 내며 거실 바닥에서 벌떡 일어났다. 그리고는 이내 쏜살같이 제 방 안으로 걸어 들어가서는 방문을 소리나게 닫았다.

혜연은 거실 바닥에 앉은 채 닫힌 방문을 멀거니 건너다보았다. 한숨이 저절로 흘러나왔다. 엄마인 자신이 과한 욕심을 부린다고 여겨지진 않았다. 딸이 그냥 무난한 사람을 만나 사귀고 사랑했으면 싶었다. 무난한 가정에서 무난하게 자란 사람과 사랑하고 결혼했으면 했다. 무슨 대단한 부잣집 아들이나 능력이 특출한 사위를 원한 것도 아니잖는가. 남들이 다 그러하듯 양가의 축복을 받는 것, 두 사람이 결혼한 뒤 서로 마음과 힘을 합쳐 오순도순 알콩달콩 살아가는 그 정도의 평범함을 바라는 게 딸 키운 엄마로서 분에 넘치는 걸 원한다고 생각되진 않았다.

물론 타인이 객관적으로 본다면 남자가 이모 밑에서 자란 것이나 이혼 가정인 편모슬하에서 딸이 성장한 것이나 오십 보 백 보로 비춰질 수도 있다. 하지만 팔이 안으로 굽는다지 않는가. 혜연 입장에서는 자신의 딸이 편모 아래에서 성장했기 때문에 더욱더 결손가정이 아닌 평범한 집안 출신의 남자가 딸의 배우자가 돼주길 바랐다. 그런 치우친 생각은 생각을 깊이 할수록 더욱 간절해졌고 그만큼 완강해졌다.

그날 밤 내내, 혜연은 잠을 이루지 못할 만큼 맘이 불편했다.

자리에 누워도 이런저런 생각이 돌멩이가 되어 머릿속에서 덜거덕거리는 소리를 내며 굴러다녔다. 딱딱하게 굳은 마음에서 빠져나온 돌멩이가 등배기나 옆구리 밑에 끼워진 듯 누운 자세가 불편해서 잠자리를 자주 뒤척거렸다. 혹시나 자신이 잘못 생각을 하고 있지 않나 해서였다.

자기 자식에 대한 과한 욕심 때문에 어려운 환경에서도 꿋꿋하게 제대로 성장한 젊은이를 칭찬하고 격려하지는 못할망정 선입관만으로 하자 많은 사람으로 치부하고 폄훼해서 곧장 관계에서 내친다면. 그것은 분명 공정치 않고 온당치도 못한 짓이다. 나이 먹은 어른으로서 사려 깊은 생각이 아니고 올바른 처사도 아니다. 혜연도 그렇게는 생각했다. 하지만 마음과 현실과는 큰 차이가 있다. 딸이 그 사람과 평생을 살아야 한다는 자각이 곧 현실적 판단이다. 애시당초 시부모 사랑을 받을 수가 없고 시댁 도움이란 것도 있을 수 없다. 만약 내 딸의 경우가 아니고 혜연 자신이 처녀 시절 때였다면 그런 세상 편견과 현실적 불편에 대해 자신 또한 얼마든지 인영이처럼 개의치 않아 할 수도 있었다. 하지만 지금 그녀는 엄마였다. 자식의 삶이 혹시라도 그르칠까, 행여 불행하게 될까, 끊임없이 염려스러운 엄마 입장은 본인 감정만 중시하는 자식 마음과는 판이하게 다른 것이다.

세상엔 평범한 아들들이 얼마나 많고 많은데 하필이면 내 딸이 그런 배경 없는 사람에게 마음을 줬을까 생각하니 혜연은 속이 체한 듯 가슴이 답답했다. 자격지심도 떨칠 수가 없었다.

그렇게 또 가슴이 체한 듯한 하루가 지나갔다. 퇴근한 딸 인영이는 직장에서 곧바로 귀가한 시간인데 저녁을 먹고 왔다며 제 방안으로 곧장 걸어들어 갔다. 딸까닥! 문을 걸어 잠그는 소리가 나는 걸 보니 저녁밥을 안 먹은 게 확실한데 저녁을 건너뛰면서까지 무언의 시위를 계속 할 작정인 모양이었다. 식탁에 밥을 차려놓고 나와 저녁밥을 먹으라고 해도 딸은 먹었다고 그러면서 코빼기도 비치지 않고. 잠긴 딸애 방에서 커다란 음악소리가 한 시간 넘게 울려나오는 것을 거실 소파에 앉아 마냥 듣고 앉아 있으려니 혜연은 골머리가 다 지끈거렸다. 그녀는 한동안 잠잠했던 우울기가 다시 도질 것처럼 가슴이 답답했고 속이 상했다.

— 인영아, 엄마랑 얘기 좀 더 하자!

혜연은 딸아이 방문 손잡이를 돌렸지만 문은 여전히 굳게 잠겨 있었다. 그녀는 손바닥으로 세차게 방문을 두드렸다.

— 인영아! 문 좀 열어봐. 얘기 좀 하자니깐! 인영아! 인영아!

— 글쎄, 나 좀 내버려둬. 혼자 있고 싶다니깐!

— 그러면 볼륨이라도 좀 낮춰. 밤이잖아. 헤드폰 끼고 듣던지! 위층 사람들 관리실에 신고할지도 몰라! 응?

요란스런 전자기타 음과 울부짖는 괴성으로 뒤섞인 헤비메탈 음악이 대답 대신 문틈 사이를 날카롭게 뚫고 나왔다. 딸이 맘 상할 때마다 듣는 신디사이즈 음악이었다. 한 번 고집을 부리기 시작하면 드센 기세며 격한 감정을 절대 꺾지 않는 딸아이였다.

어휴! 저걸 그냥 확!

속에서 천불이 나긴 하지만 이럴 땐 그냥 두는 게 상책이다. 애를 키운 엄마가 딸의 성격을 모르겠는가. 감정 내키는 대로 맞부딪쳤다간 딸이 벌이는 이런 속상한 내전이 한 달이고 두 달이고 장기전으로 갈 공산이 컸다.

그녀는 낭패스런 기색으로 주방 식탁으로 걸어가 의자에 털썩 주저앉았다.

세상살이가 참 마음 같지 않았다. 혜연은 딸을 기르면서 지난 번 그 경우를 많이도 기대하고 혼자 상상했었다. 인영이 재가 언젠가는 남자 친구를 데려오리라. 그러면 부드러운 표정으로 딸의 남자 친구를 참 다정하고 살갑게 맞아줘야지. 엄마로서 한껏 교양 있고 품위 있게 대해줘야지, 딸과 딸의 남자 친구의 만남을 포도주 잔으로 우아하게 축하해 줘야지, 했었는데……. 그런데 이게 대체 뭔가!

그녀는 쓰디쓴 미소를 지으며 고개를 설레설레 가로저었다.

혜연은 밤이 이슥해졌는데도 아직도 귀가하지 않는 아버지에게 휴대폰을 연결시켰다. 아버지는 동네 노인회관 옆 가게 앞에 놓인 평상에 앉아 친구 분들과 맥주잔을 기울이고 있는 중인 모양이었다.

'아빠는! 술도 잘 이기지도 못하시면서 왜 또 술이야! 국 다 식기 전에 빨랑 들어와요……. 그래, 십 분 안에 꼭 와! 안 그러면 내가 그쪽으로 내려갈 테니까……. 알았어요. 그 잔만 비우고 들어와요. 얼른요!'

관자놀이를 손가락으로 꾹꾹 눌러가며 통화를 끊은 그녀는 이번에는 고3 아들에게 문자메시지를 넣었다.

'우리 아들 뭐하니? 자율수업중이니?' 그러자 답신이 이내 그녀 휴대폰 액정화면에 떠올랐다. '아니! 지금 일 마악 마치는 중!'

일이라니? 무슨 일? 인석이 대체 또 뭔 짓을 하는 거야?

그녀는 아들과 전화 연결되는 단축버튼 1번을 황급히 눌렀다.

— 여보세요? 너 거기 어디야? ……. 뭐라구? 고3 녀석이, 남들은 다 학교에서 눈에 불을 켜고 공부중인 이 시간에, 여고 오월축제 랩공연에 초청을 받았다구?……. 그래서 너흰 지금 공연 마치고 무대에서 마악 내려온 거라구? ……. 야, 이 녀석아! 너 지금 그게 말이 된다고 생각하니? 니가 아무리 예술대를 간다지만 예술대는 어디 수능 안 치고 거저 들어간다니? 엉!……. 뭐라구? 실기가 젤 중요하다구? 그리고 엄마가 왜 그렇게 화를 내느냐구? 인석아! 지금 엄마 화 안 나게 생겼어? …… 그래, 좋아. 아무리 실기 평점이 높다고 해도 수능 성적을 무시할 순 없잖아. 수능이 사십 퍼센트 배점이던데 어디 그게 적은 거

야? ……. 그러니까 넌, 서울쪽 대학은 아예 포기를 한 모양이구만! 잘하는 짓이다! 알았어. 너, 말 길게 할 필요 없고 지금 당장 집에 돌아와!……. 뭐라구? 아직 초청사례비를 못 받았다고? 그게 얼마나 된다고? 너희 래퍼들 다섯 명 한 끼 밥값 정도가 고작일 텐데. 그걸 받기 위해 공연 끝나길 기다리려면 거기서 두어 시간을 더 노닥거려야 한단 말이야?……. 어휴! 너 잔말 말구 삼십 분 안에 집에 들어와. 만약 그렇지 않으면! 너 엄마한테 오늘밤 무지무지 혼날 줄 알아……. 그래, 인석아! 엄마 지금 얼마나 화나 있는지 목소리 듣고서도 몰라? 한심한 녀석 같으니라구!…… 빨랑 집에나 와. 그만 끊어!

속이 상할 대로 상한 혜연은 요란한 록음악 소리가 신경에 거슬려 딸애 방문 앞으로 곧장 걸어가 주먹을 들고 쾅쾅 두들기려 했다가 그만두었다. 대신 그녀는 베란다로 나가 창문을 열고 위층을 올려다보았다. 소음에 민감한 위층 사람들이 오늘은 웬일인지 조용했다. 이 정도 큰 음악소리면 득달같이 층계를 달려 내려오거나 아파트 관리소를 통해 항의를 해오는 게 보통인데. 거실이며 베란다 쪽 불이 완전히 꺼져 있는 걸로 보아 가족 전체가 아직도 귀가를 안 한 모양이었다.

두통약을 한 알 삼킨 그녀는 베란다 창문을 열고 밖을 내다보았다. 지대가 높은 산기슭을 깎아 높다랗게 지어진 아파트. 그녀가 사는 11층 1105호 베란다에선 M시의 밤의 전경이 한눈에 내려다보였다.

길을 따라 켜진 가로등과 끊임없이 빛의 물방울처럼 흘러가는 중앙로의 차량 행렬들, 주택과 상가에서 뿜어내는 불빛들을 하염없이 바라보던 그녀 눈에서 어느 순간 눈물이 주루룩 흘러내렸다.

딸아이가 취업하고 별 탈 없이 직장생활을 해줘서 오랜 만에 근심을 덜었다 싶었는데. 결국 그것도 아니었다. 가족 중 그 누구에게도 맘을 둘 만한 사람이 없었다. 지난 주말엔 만취한 아버지 때문에 한바탕 소동이 벌어졌었다. 아버진 담배는 끊었지만 술에 한해선 여전히 작심삼일이었다. 오늘도 아버진 맥주잔을 들이켜고 있고 딸은 방문을 처걸고 앉아 에미 속을 벅벅 긁어대고 있질 않나, 고3인 아들 녀석은 여학생들 축제에 가서 알아들을 수도 없는 랩질을 하느라 오후 공부 시간을 통째로 빼먹지를 않나!

휴우, 정말 내가 못 산다 못 살아!

그녀를 에워싼 식구인 딸과 아버지, 아들 모두가 한 날 한 시에 그녀 속을 썩이고 있었다. 뭐 하나 제대로 굴러가는 게 없었다.

5월 중순의 밤바람이 창 밖으로 머리를 내민 혜연의 머릿결을 흩트렸다. 그녀는 가장 먼 풍경에다가 시선을 던졌다. 자꾸만 마음이 생선가시 같은 흰 뼈를 드러내는 것 같았다. 을씨년스런 서러움의 물기가 밤바람결에 스며 있었다.

에이휴! 사는 게 대체 뭔지……!

지금껏 가장 역할을 짊어져 온 어깨가 너무나 무거웠다. 만약 애들 아빠가 함께 살았다면, 지금 자신 곁에 함께 있다면, 이런 절망감을 혼자 짓씹으며 느끼지 않아도 되었을 것이다.

혜연은 지금껏 살아오면서 애들이 문제를 일으켰다고 해서 애들 아빠한테 연락을 취한 적은 없었다. 어떻게든 그녀 혼자 힘으로 해결했다. 전 남편은 자유로운 사람이 아니었다. 그 사람과 함께 사는 여자가 전 부인에게서 걸려오는 전화를 좋아할 리가 없었다. 전 남편은 얹혀 사는 남자이지 않는가. 혹시라도 그녀가 건 전화 한 통이 그의 불안한 평화와 가정을 뒤흔들고 깨뜨릴 수 있었다. 그래서 그녀는 언젠가부터 마음 한켠으론 애들 아빠를 이 세상에 없는 사람으로 여겼다. 하지만 두 자식을 머리 굵게 키워내면서, 자식들의 이런저런 문제로 힘에 부칠 때마다 왜 전 남편 생각이 안 떠올랐겠는가.

'애가 다 컸다고 도무지 내 말은 귓등으로도 안 듣네요. 당신이 직접 애한테 전화 좀 해서 단단히 혼내주세요!'

이런 말 한마디라도 제때 전할 수 있고 대답을 전해 받을 수 있었다면 삶에 참 많은 응원이 되고 격려가 되었을 것이다. 이런 날은 더더욱 야속한 사람이고 참으로 원망스런 사람이었다.

혜연은 넋 놓은 듯 어둠 속에 잠긴 소도시가 내뿜는 반짝거리는 불빛들을 하염없이 바라보았다. 모든 게 막막하고도 휑뎅그레했다. 앞으로 살아나가야 할 세상과 삶이 저 멀리 산과 강을 삼키고 지워버린 짙은 어둠같이 느껴졌다.

진철이 녀석은 대학에 못 들어가도 걱정이고 들어가도 걱정이었다. 학비는 지금 제 방에서 골이 잔뜩 나 있는 제 누나가 도와줘야 가능했다. 대학 들어가면 기숙사에 꼭 들어가면 좋을 텐데. 아님 녀석의 생활비는 갑절로 더 들 것이다. 어쨌든 아들에게 고교 졸업장만 쥐어주고 반편이로 이 엄혹한 세상 속에 내놓을 수는 없었다. 들여야 할 학비며 생활비가 아깝지 않을 만큼의 대학과 학과에 들어간다는 건 이미 물 건너갔지만. 그래도 어떻게든 제 적성에 맞는 과라도 진학시켜 자신이 하고 싶은 일이라도 원 없이 하게 해줘야 한다. 그러다보면 언젠간 아이도 정신을 차릴 거고 정신을 차린 만큼 제 일에서 열심을 다해 제 삶의 길을 뚫어내리란 기대를 하는 수밖에는 없다.

그러고 보면……. 혜연은 딸아이 대학 공부 시키는 내내 혀를 빼물고 싶을 정도로 힘들었었다. 그 기간 동안 그녀는 택시 한 번 탄 적이 없었다. 화장품도 샘플만 얻어다 썼지 제 값 주고 사 쓴 화장품은 없었다. 옷도 구두도 마찬가지였다. 있던 것을 손질해서 입고 여동생으로부터 품이 안 맞아진 멀쩡한 옷을 얻어다가 수치를 줄여서 입었다. 수돗물도 전기도 허틈 없이 아껴 썼다. 남의 경조사에는 봉투 대신 으레 늦은 시간까지 허드렛일을 해주어 몸으로 충당했었다.

— 얘! 너, 대체 왜 그러고 살아? 남편도 없는 것이 왜 그렇게 미련퉁이처럼 사냐구?

M시에 사는 여학교 적 어떤 친구들은 혜연에게 대놓고 그렇게 투박을 줬었다.

— 그렇게 돈 없어 쩔쩔 매지 말고 밤에 잠깐잠깐 아르바이트라도 해. 네가 우리 가게 나오면 내가 남 주는 거 두 배를 쳐줄게. 진짜라니깐. 하지만 세상에 공짠 없는 법이다. 내가 미쳤다고 너한테 그냥 갑절을 주겠니? 네가 아직은 그만큼 예쁘고 뭇 남자들한테 인기가 있을 게 확실하니까 그러는 거야. 돈 필요하면 언제든지 얘기해. 내가 너 필요한 만큼 선불금 당겨줄 테니까. 세상 변했는데 사람 안 변하는 것만큼 우스운 것도 없다. 생각해봐라. 여자 예쁜 거 잠간이고 금방 지나가. 이제 너도 곧이고 마지막이야. 예쁜 구석이 너한테 그나마 지금처

럼 남아 있을 때 하루라도 빨리 너 맘 단단히 고쳐먹어야 돼. 나중에 너 늙고 아무 것도 가진 게 없다는 걸 알았을 땐 늦어도 한참 늦은 거다. 그때 땅 치고 후회해도 아무 소용이 없다구!

큰딸 대학 공부 시키느라 한창 허덕거릴 때 혜연은 여고 동창생으로부터 그런 제의를 받았었다. 남편과 일찌감치 이혼한 뒤 M시에서 호프집을 오랫동안 운영해왔던 친구였다. 동업하자고도 했다. 밤에 몇 시간 알바를 뛰어도 그 시간에 혜연이 의류매장에서 진종일 버는 거 최소한 서너 배 이상은 벌게 해준다는 친구 말에 맘이 흔들리기도 했었다. 하지만 그녀는 끝내 밤에 화장하는 그 일만은 하진 않았다. 친구 말마따나 먹고 사는 일보다 중요한 일은 없다. 더군다나 여자 혼자 힘으로 자식을 키우기 위해 하는 일인데 무슨 일인들 못할 것이며 그 누가 욕을 하겠는가. 그러나 혜연은 비 내리는 날 친구 호프집 앞까지 찾아갔다가 조그만 색전구가 가득 달린 그 가게 문을 끝내 열지 못했었다. 한참이나 밖에 서 있다가 우산으로 얼굴을 가린 채 돌아섰었다. 마지막 남은 자존심 때문도 아니었고 배가 덜 고파서도 아니었다.

그건 역설적으로 두 아이들을 위해서였다. 술병을 탁자 위에 세워놓고 남자 앞에서 웃음을 파는 일이 두 아이 장래에 안 좋은 영향을 미칠 것 같았다. 두 아이를 잘 길러내기 위해 한 행동이 오히려 두 아이를 그르칠 것 같아서였다. 그래서 그녀는 악착같이 버텼었다.

혜연에겐 오랜 습성이 하나 있었다.

아무리 몸이 피곤하고 늦게 잠이 들어도 새벽 세 시 전후가 되면 마치 뇌 속에서 자명종이 울리는 것처럼 잠자리에서 화들짝 깨어났다.

남편과 이혼한 지 일 년여 시간이 흐른 뒤부터 생겨난 습관이다. 깊고 편한 잠에 들지 못하게 돼버렸다. 아마도 가냘픈 여자 혼자서 맞서야 하는 세상과 삶에 대한 두려움 때문이고 그 불안함이 빚어낸 강박증 때문일 것이다. 한 번 눈이 떠지면 다시 잠을 이루기 힘들었다. 수면제를 먹고 자도 오밤중에 눈이 떠지는 건 마찬가지였다. 약물 복용은 그 다음날 신체리듬을 엉망으로 만들어버렸다. 진종일 졸리고 마음까지 눅진하게 가라앉히는 부작용 때문에 그녀는 수면제 복용을 그만뒀다.

그 후, 혜연은 창문이 밝아올 때까지 잠자리에서 뒤척거리는 게 오랜 습성이 돼버렸다. 초창기엔 새벽 세 시 전후에 예외 없이 잠을 깨는 게 진저리가 쳐질 정도로 끔찍해 혼자 일어나 울기도 참 많이 울었었다. 이불을 뒤집어쓰고 펑펑 울기도 하고 베갯잇으로 입을 틀어막고 꺼이꺼이, 곡을 하듯 서럽게 울기도 했었다. 이제 그녀는 홀로 깨어나면 방안 불을 켜지 않고 요 위에 오도카니 무릎을 싸안고 앉아 어둠 속에 마냥 멍하니 잠겨 있었다.

어떤 날은 방안 어둠이 점액질처럼 끈적거려서 숨이 막혔다. 어떤 날은 가슴 속으로부터 몸 밖으로 바람소리가 새나오는 게 귀에 들렸다. 어떤 날은 한겨울이 아닌데도 치아가 딱딱 마주쳐 소리가 날 정도로 온몸이 추웠다. 모포를 뒤집어쓰고도 전신이 오한 들린 것처럼 밤내내 덜덜덜 떨어야만 했었다.

이혜연은 그런 증세를 통해 마음이 몸을 지배한다는 것을 느꼈다.

단순히 전 남편이 그리워서가 아니다. 완전하고도 철저하게 고립된 자각의식 때문이었다. 이 세상에 자신 한 사람만이 이 시간에 깨어서 사각진 방에 오도카니 담겨져 있다는 절대고독감 말이다. 그 무서운 외로움에 휩싸인 채 멍하니 벽을 응시하고 있노라면……. 어느 순간 마치 영사기를 틀어놓은 것처럼 북극의 거대한 빙하 위에 서 있는 펭귄 한 마리가 흰 벽에 보였다. 그러면 그녀는 몸이 아니라 마음이 얼어붙는 고통을 느꼈다. 환영을 보고 있는 두 눈마저 추위로 얼어붙는 듯 두 눈동자가 아렸고 아팠다. 그럴 때면 그녀는 두 팔이 저리도록 무릎을 가슴에 꽈악 싸안은 채 그저 빨리 아침이 오기만을 기다렸다. 하지만 창문이 희부윰하게 밝아 와도 그녀는 안도의 한숨조차 내쉴 수가 없었다. 그녀는 어제와 똑같은 오늘이란 세상이 거대한 괴물처럼 깨어나 꿈틀거리는 것이 또다시 무서웠었다.

그러고 보면 세상으로부터, 삶으로부터, 상처 입은 마음 하나를 덮어 따스하게 잠재운다는 것이 얼마나 힘이 드는 일인가.

혜연은 베란다 창문에 붙어 있다가 거실 벽시계를 돌아보았다. 어느덧 시침은 밤 열 시를 넘겨 열한 시를 향해 가고 있었다.

십 분 만에 집으로 돌아오겠다고 대답했던 아버지는 두 시간이 지나도 집에 돌아오지 않는다. 삼십 분 안으로 집에 돌아오라고 소리쳤던 아들 진철이 또한 집에 돌아오지 않고 있었다. 딸아이 방문은 여전히 굳건히 잠겨 있다. 방에선 요란한 음악 소리가 사라진 대신 그 어떤 소리도 미동도 방안에서 새어나오지 않는다. 싸늘한 고요와 침묵이 딸의 굳은 마음을 대변하고 있었다. 저녁도 안 먹고 화장실도 안 가고 씻지도 않고 제 엄마에게 무언의 항변을 하며 온몸으로 시위를 하고 있는 것이다. 그 남자에 대한 엄마의 선입관과 고정관념을 버리라고. 그렇지 않다면 누구 고집이 더 센지 어디 끝까지 겨뤄보자고.

닫힌 문을 지켜보는 동안 혜연은 숨이 터억 막혔다.

그녀는 차려놓은 저녁 음식들이 놓인 주방 식탁 쪽을 건너다보았다. 그릇들이 차디차게 식은 잿빛으로 보였다. 그녀는 입술을 질끈 깨물었다. 눈을 잘못 깜박거리면 눈물 따위가 아니라 막을 수 없는 커다란 울음소리가 입에서 봇물처럼 터져 나올 것 같았다. 어금니를 질끈 깨물었다.

— 휴우, 정말이지……. 이건 사는 게 사는 게 아니야!

혼잣말로 중얼거린 그녀는 두 손으로 창문을 닫으려 했다.

먼지 때문인지 창문 여닫음이 빽빽해 말을 듣지 않았다. 그 언젠가 몇 번이고 세상 밖으로 뛰어내리고 싶었던 11층 베란다 창문이었다. 그녀는 자신을 집어삼킬 것 같은 무서운 창문을 안간힘을 다해 간신히 처닫을 수 있었다.

4장
매일, 두 통의 전화가 걸려오고

냉장고

어둠 속에서 달을 꺼내고 빛 속에서 태양을 꺼내듯,
씨앗 속에서 꽃을 꺼내고 얼굴 속에서 미소를 꺼내듯이
그렇게 나는 당신 일상 속에서 매일매일 맑고 신선한
내 사랑을 꺼내고 싶습니다. 부패하지 않는 하루치 내 사랑을
평생토록 당신 가슴에게만 먹여주고 싶습니다. 당신 아시나요?
내 마음 속엔 당신에 대한 사랑이 가득하답니다.

4장
매일, 두 통의 전화가 걸려오고

그로부터 2주쯤 날이 흐른 뒤였다.

이른 아침 인영이는 무뚝뚝한 표정으로 배낭을 싸, 직장 MT를 떠났다. M종합병원 3층에서 근무하는 B팀 간호사 여섯 명이서 구미 금오산으로 일박이일을 떠난 것이다. 간호업무 시스템은 하루 삼교대로 돌아간다. 그들은 일박이일을 다녀오는 대신 나흘 동안 두 시간씩의 근무를 연장해 그 시간을 보충해야 한다. 각 층 간호사들 간의 단결과 화합을 꾀하며 활기찬 에너지 충전을 위해 병원 행정사무처에서 주관하는 6월의 첫째 주부터 시작하는 연례적 프로그램이다.

"챙겨야 할 빠진 게 없는지 다시 한 번 확인 하지?"

"자기 전에 엄마랑 통화하자. 니가 할래? 아님 내가 할까?"

혜연은 현관 턱에 엉덩이를 붙이고 앉아 등산화 끈을 매느라 등을 구부리고 있는 딸에게 이런저런 말을 붙였다. 하지만 딸은 대답을 아예 안 하거나 무성의한 단답형 반응뿐이다. 녀석은 김승모 건으로 아직도 이렇게 시위를 하고 있는 것이다.

딸은 어릴 때부터 고집을 부릴 적엔 제 엄마를 유령 취급하는 버릇이 있다. 엄마가 김승모에 대한 생각을 고쳐먹기 전에는 정상적인 대화를 하지 않겠다는 건데. 어릴 때는 애가 어리고 철이 없어서 그렇거니 했었다. 그런데 이렇게 다 커서까지 속 좁아 보이고 융통성 없는 행동을 내비치니 혜연은 내심 속이 터졌다.

혜연은 그동안 그 건에 대해 몇 번이고 딸과 대화를 시도했었지만 모두 거부당했다. 엄마가 '사귀면 절대 안 돼!'라고 결론을 못 박아놓고 설득만 하려는 건 대화가 아니란 거다. 딴은 맞는 말이긴 하다. 그렇다면 결국 딸과 이전의 좋은 관계로 다시 돌아가려면 엄마가 맘을 고쳐먹어야 한다는 건데. 혜연 또한 그럴 맘이 전혀 없다. 까닭에 딸이 인사도 안 하고 휭하니 엘리베이터 안으로 사라지는 것을 혜연은 뒤에서 팔짱 끼고 지켜볼 수밖에 없었다.

혜연은 아들과 아버지와 함께 아침밥을 먹었다.

아들이 책가방을 나꿔채 들고 아파트 문 밖으로 뛰어나간 뒤 아버지가 출근을 서두르는 혜연 등에다 대고 말했다.

— 지금 시외버스터미널까지 날 태워다줄 시간 있겠냐?

방에서 걸어 나온 아버지 복장이며 머리 빗질이 말끔했다.

— 왜요? 어디 가시게?

— 상주.

— 상주는 왜……?

— 내가 어제 얘기하려다가 깜박했었다만. 내가 말이다, 그동안 빈둥빈둥 놀 만큼 놀았으니까……. 흠, 이제 나도 어디 취직 한 번 해보려고.

— 취직요? 아버지가?

아버지 얘기는 이웃 도시인 상주에 아파트 경비원 자리가 났다는 거다. M시에서 상주까지는 승용차로 삼십 분 거리. 소개해준 사람은 옛날 양복점 할 때 단골고객이었다는데 지난 주 길에서 우연히 만났다고 한다. 며칠 전 경비 일자리가 하나 났는데 해보지 않겠냐며 전화 연락이 왔었다고. 거기 아파트단지 부녀회장이 자기 며느리이니까 채용될 가능성이 많다는 귀띔까지 얹어서다.

혜연은 조수석에 탄 아버지를 돌아보며 빨간 마티즈의 시동을 걸었다.

— 근데 만약 아버지 채용되면 어떻게 하지? 매일 출퇴근하려면 힘드실 텐데……?

— 그거야 일단 붙고 난 뒤 생각해도 늦지 않다. 거기가 상주에서 제일 큰 아파트단지래서 근처에 경비원 숙소인 원룸도 따로 구비돼 있다고 카더구만서두.

— 그래도 아버지가 고생이실 텐데. 드시는 식사도 그럴 테구…….

— 헛허허허, 그럼 나 이대로 계속해 띵까띵까 놀까나? 나 구박 안 할 거야? 앞으로?

— 내 참, 내가 언제 구박했었다구? 술 좀 덜 드시라고 잔소리한 것뿐이지. 장녀가 엄마 대신인 것도 모르시나?

터미널 쪽으로 차를 모는 혜연은 마음이 아려왔다.

칠순을 넘긴 아버지가 돈을 벌기 위해 아파트 구내를 빗질 하며 주민 아줌마들에게 연신 허리를 굽신굽신 조아려 인사하는 모습이 눈에 선했기 때문이다. 상주 역시 지방 소도시이기에 경비원 월급 수준이래야 뻔할 것이다.

염색약 아니면 머리카락이 온통 하얗게 센 노인네가 돈을 벌면 얼마나 버신다고. 제가 용돈 듬뿍 더 얹어드릴 테니까 아버진 친구들과 게이트볼이나 치고 앞산에 산책 겸 운동으로 등산이나 다니면서 그냥 편히 집에서 쉬고 노세요, 하는 말을 아버지에게 할 수 있다면 얼마나 좋겠는가 싶었다.

그동안 혜연이 아버지에게 한 달 용돈으로 드린 금액은 고작 몇 만 원이었다. 담배를 끊지 않았다면 담배값도 안 되는 돈이다. 아무리 노인이라고 해도 친구들과 어울리려면 수중에 돈을 지녀야 어깨를 쭈욱 펴실 텐데. 평소엔 아무 일도 하지 않고 그저 세월아 네월아 하는 아버지를 지켜보면서 '노시는 것도 지겹지 않나? 무슨 일이라도 좀 하시면 참 좋으련만!'하고 생각했던 적도 여러 번 있었다. 그런데 막상 아버지가 경비원 면접을 보러간다고 하자 그녀 마음이 착잡하고 복잡해졌다. 아버진 겉보기엔 육십대 중반쯤으로 보이지만 일흔하나의 연세다. 그 연세쯤이면 일터에서도 진작에 손을 탁탁 털고 나왔어야 하는 게 정상이다. 남은 생을 더 여유 있고 한가롭게 좋아하는 취미생활이나 즐기며 보내시는 게 열 번이고 백 번이고 맞는 얘기다.

혜연은 늙으신 아버지가 일터를 찾아가는 게 모두 자신 탓 같았다. 장녀로서 남 보기 좋게 살기를 평탄하게 잘 살았거나, 아님 대학까지 나왔기에 본인 능력이라도 경쟁력 있게 갖췄었다면 아버지가 칠순 나이에 이렇게 돈 벌러 나서실 필요까진 없었을 텐데.

시외버스터미널이 저만치 보이는 곳에서 교통신호가 바뀌길 기다리는 혜연은 눈에 자꾸만 물기가 차올라 코를 훌쩍거렸다.

— 얘가, 자꾸만 왜 이런다냐?

— 뭐가……?

— 너 그거 오버다. 나 아직 취직된 것도 아녀. 나이 많다고 면접에서 영락없이 미끄러질 것 같구만서도.

— 아니, 아버진 틀림없이 붙을 거야.

— 으응? 왜?

— 따악 보기에 정정하시고……. 아주 잘 생기셨잖아.

— 흐음, 뭐 그건 내가 좀 그렇긴 하지.

아버지와 딸은 서로를 바라보며 빙긋이 웃었다. 혜연은 차에서 내려 버스터미널 앞 인도 쪽으로 발을 올리는 아버지 등을 향해 말했다.

— 혹시라도 떨어져도 너무 속상해 하진 말아요.

— 알았다.

— 그리구, 붙었다고 해도 말야?

— 응?

— 아버지 맘에 안 드는 게 있으면 그만둬.

— 인석이 뭐래는 거야? 일을 하라는 거야, 말라는 거야?

— 어휴, 그 어느 쪽이라 해도 내 속이 안 편하단 거지 뭐.

아버지는 그 맘 안다는 듯 고개를 끄덕거렸다. 혜연은 아버지를 향해 조그만 주먹을 힘차게 쥐어 보였다.

— 울 아버지, 힘내! 파이팅!

혜연은 차 방향을 틀어 이미 지나쳐온 직장인 M군청을 향해 차를 몰았다. 가방에 넣어둔 휴대폰이 울렸다. 그녀는 한 손으로 가방 지퍼를 열고 휴대폰을 향해 손을 집어넣었다. 그 사람이었다.

이 년 전부터 한 남자가 그녀에게 매일 두 번씩 꼬박꼬박 전화를 걸어왔다. 오전 여덟 시 반에서 아홉 시 사이에 한 번. 그리고 별 일이 없다면 저녁 여섯 시에서 여섯 시 반 사이이다.

— 네에……, 저예요!

— 굿모닝! 오늘, 기분 어떤가요?

— 괜찮아요. 날씨도 좋구.

— 그런가? 여기 날씬 좀 흐린데……. 같은 경상도라도 하늘이 다르다는 게 신기하구만. 여긴 구름이 꾸무리하고 공기가 습습한 게 금방이라도 비가 올 것만 같은데.

— 그래요?

— 아마도 오전 중에 내 쪽 하늘이 당신 쪽 하늘로 번져갈 거야. 혹시라도 오후에 비가 오면……. 그 비의 진원지가 말야, 당신 많이 보고 싶은데, 당신 있는 곳으로 많이 가고는 싶은데……. 못 가는 내 마음이라고 여겨줘요. 알겠지?

— 훗후후후, 알았어요. 그럼, 좋은 하루 되세요.

— 그래요. 당신 또한 좋은 하루!

박현식으로부터 걸려온 통화를 마쳤다.

박현식은 혜연이 M군청 계약직 보조공무 일을 시작한 지 이 년차에 접어들던 그해 연말, 대구도청 주요 공무원들까지 회동한 공식 회식자리에서 처음 본 사람이었다. 그는 M군청의 주요 업무를 관할하는 직속 상부 책임자이고 기획관리실 실장이다. 행정고시 출신자여서 사십대 후반 나이임에도 불구하고 도청 넘버 세 손가락 안에 드는 고위직을 수행하고 있었다.

혜연은 그 사람이 고위 관료라서 관심을 가졌던 것은 아니다. 우선 그 사람에 대한 첫인상이 정갈했고 점잖았었다. 눈빛과 말씨가 부드러우면서 겸손했고 술자리에서의 행동 또한 다른 사람들과 달리 시종일관 점잖았다. 특히나 2차로 간 단체노래방에서 그가 불렀던 노래들이 참 듣기 좋았다. 한바탕 트로트메들리 광풍이 휩쓸고 지나간 뒤에서야 그가 마이크를 잡았다. 그는 주로 가수 김광석 노래를 불렀었다. 삶의 허전함과 쓸쓸함이 연륜에 맞게 그의 깊은 음색에 잘 배여 있었다. 그 사람 노래를 눈 감고 듣고 있노라니 낙엽이 떨어지는 늦가을 숲과 적막한 호반 풍경이 보이는 듯했다. 행정공무원이 아니라 대학교수가 됐으면 훨씬 더 잘 어울릴 것 같은 학자풍 사람이었다.

어느 날 오후였다. 그녀는 주요 서류를 도청에 가져다주기 위해 부랴부랴 혼자 대구로 올라갔었다. 그날 안으로 서울 세종로와 과천 종합청사까지 올라가야 할 서류여서 사람이 직접 움직이지 않으면 시간적으로 촉박했었다. 그녀는 제 시간을 지켰고 서류 처리는 시한을 넘기지 않고 중앙 부처까지 올라갈 수 있었다. 긴급을 다투던 일은 다행히 잘 해결되었다.

책임자인 박현식은 그녀에게 고맙다며 저녁 한 끼를 대접했다. 커다란 팽나무가 내려다보이던 정원 있는 고급 레스토랑이었다. 일이 잘 끝났다는 안도감과 함께 그들은 포도주 한 잔도 자연스레 곁들였다. 이런저런 얘기를 나누다보니 두 사람 대화는 공감대가 커졌다. 공적인 일로 시작됐지만 사적인 만남이 돼버린 식사 자리였다.

며칠 후 그는 그녀에게 적극적인 호감을 드러냈다. 그녀가 근무하는 군청 사무실로 꽃을 보내왔다. 보낸 사람 이름은 다른 직원들 모두에게 낯설었지만 혜연은 누군지 단번에 알 수 있었다. 박현식 그 사람의 아명(兒名)이었기 때문이다.

그 후, 두 사람은 사람들 눈을 피해 만났다. 그가 퇴근 후 차를 몰고 대구에서 M시로 한 시간 거리를 달려왔다. 그들은 저녁을 함께 먹었고 낙동강이 흐르는 강변로를 나란히 산책했다. 자연스레 개인사적인 얘기도 나누게 되었다. 남에게는 함부로 말할 수 없는 삶의 슬픔이 묻은 가슴진 얘기 말이다. 그렇게 한 달쯤 지났을까. 그가 그녀에게 사랑의 감정을 정중하게 표시해 왔다. 혜연은 많은 갈등과 고뇌가 교차했다. 도덕과 비도덕, 윤리와 비윤리 사이에서 그녀 마음은 갈대처럼 흔들렸다. 그녀는 일주일 넘게 대답을 못 주고 머뭇거리고 주저했다. 그녀는 문득 그 사람이 그녀 삶 안에서 존재가 사라진다는 생각을 하자 마음이 너무나 쓸쓸하고 허전했다. 생각보다 의미가 깊어진 사람이었다. 결국 그녀는 그 사람을 남자로 받아들였다.

박현식은 젊어서부터 탄탄대로를 밟아온 지방 고위직 공무원인데다가 그의 아내 또한 변호사였다. 고시 출신자인 젊은 엘리트끼리 만나 결혼하고 가정을 이룬 만큼 누가 봐도 경제적이든 명성이든 부러워할 만한 조합이었다. 하지만 세상에 문제 없는 가정 없고 근심걱정이 없는 사람이 없다는 말은 맞는 얘기다. 남편과 아내 두뇌가 너무 좋아서였을까? 출산한 첫아이가 사내아이였는데 키워보니 정서장애가 심한 자폐아였다. 세상에 거칠 게 없었고 자신만만했던 두 사람은 크게 낙심했고 낙담했다. 가장 사랑하는 하나뿐인 자식이 아이 때부터 말을 전혀 배우려들지 않고 사람과 한 순간도 눈빛을 마주치려 하지 않았다. 증세는 커갈수록 심해졌다. 부모인 두 사람은 절망했다. 특히나 그의 아내가 받은 충격이 더 심했다.

아들이 다섯 살, 일곱 살이 되었어도 말하기를 거부하고 '으으으, 으잇으잇!' 하는 기괴한 소리만 질러대자 그녀 얼굴에선 웃음이 완전히 사라졌다. 아이를 지켜보는 것만으로도 마음이 지쳤다. 그래서 그녀는 오랫동안 항우울성 약을 복용했다.

어느 시점에서부턴가 그녀는 잠자리에서 남편 손길을 거부했다. 또 다른 자식을 갖는 것도 완강하게 거부했다. 혹시라도 만에 하나 또다시 장애가 있는 자식을 낳지 않을까, 하는 두려움과 공포 때문이다. 그래서 그 후 두 사람은 오랜 세월 동안 한 집에 살면서도 각 방을 사용했다. 두 사람은 아이라는 공동의 문제를 해결해야 할 동지 같은 심정으로 살아왔다. 아이 몸집이 점점 커져갔지만 방 밖으론 도무지 나가지 않으려드는 아들에게 밥을 먹이는 일도, 세수와 목욕을 시켜주는 것도 혼자서는 너무나 힘들었기 때문에 두 사람이 힘을 합쳐 해낼 수밖에 없다는 심정이었다.

까닭에 일상에 기쁨과 휴식이라곤 없었다. 피로가 가중되고 누적될 뿐인 오랜 가정생활은 박현식을 지치게 만들었다. 그는 일과 인생을 모두 다 포기하고 싶은 그 시점에 이혜연을 만났다. 그는 지금까지 집안 문제에 대해, 자식에 대해, 자신의 심경을 세상 그 누구에게도 털어놓은 적이 없었다. 하지만 그는 자신도 모르게 그 모든 것을 한 여자에게 털어놓고 있었다.

부드럽고 사려 깊은 눈빛으로 자신의 눈을 깊이, 오래도록 바라봐주며 고개를 끄덕여주는 그녀였다. 그녀는 슬픔이 깃든 미소를 머금은 채 말없이 모든 얘기를 다 들어주었다. 숨기고 싶은 인생의 고통과 치부를 타인에게 말하기란 결코 쉬운 일은 아니다. 더군다나 자존심이 하늘을 찌르는 행정고시 출신자이고 도청 서열 3위인 고위관료가 말이다.

혜연은 그가 자신에게 상처난 마음을 열어준 것이 고마웠다. 얘기 중에 가끔씩 콧등에서 흘러내리는 안경을 손가락으로 밀어올리는 그 모습이 참 보기 좋았다. 그 사람 삶은 외견상 부러울 것이 없었지만 안을 들여다보면 고통이라는 삶의 수레바퀴에 치여 있었다. 다른 여느 평범한 사람들보다도 더 불행에 익숙해진 마음을 지닌 채 살고 있었다. 그녀는 같은 부모로서 그가 안타까웠다. 자식만 문제되지 않았다면 그의 인생을 거꾸러뜨릴 만한 난관과 불행은 있을 수 없었다. 그의 부드럽고 온화한 인상은 카디건을 입고 흔들의자에 앉아 저녁빛이 스민 포도주잔을 들고 있으면 더없이 잘 어울릴 것 같은 사람이었다.

삶은 저마다 산맥을 넘고 사막을 건너가는 일이다. 인생이 외롭고 고단한 것이긴 해도 지나온 삶에 대해 과장스럽거나 허풍끼 없이 담백하게 말할 수 있는 사람은 드물다. 한 줄기 바람이 불어오듯이……. 노을이 번지고 이윽고 천천히 어둠이 스며들듯이……. 내밀한 말로 가슴 속 풍경을 표현할 줄 아는 사람은 더더욱 드물다. 박현식은 삶의 고통을 충분히 알기에 인생 앞에서 고개를 숙이고 오래된 생각들로만 농밀하게 익은 대화를 나누기에 아주 적합한 사람이었다.

그는 혜연에게 몸을 통해 성급한 욕망을 불태우려 하지 않았다. 그는 대화를 통한 마음의 교감을 더 즐겼고 중요시했다. 그는 고위 공무원이지만 인문학적인 풍부한 교양까지 갖췄다. 인류사와 역사, 미술과 음악, 영화에 대한 예술적 조예도 깊었다. 그는 자연스럽게 우러나오는 품격으로 인해 곁에 있는 여자를 한결 기품 있게 만드는 사람이었다. 삶의 결과 향이 스민 그 사람 표정을 곁에서 지켜보고만 있어도 혜연 마음은 아늑해지고 따스해졌다.

그녀가 사는 M시와 그가 사는 대구는 거리가 백여 킬로미터 떨어져 있다. 그 사람은 업무가 과다할 정도로 많고 아주 많이 바쁘니까 자주 보지는 못한다. 초창기에는 일주일에 한 번 정도 만났지만 이제는 한두 달에 한 번 꼴로 만난다. 하지만 그는 하루에 두 번씩 출퇴근 시간에 맞춰 꼭 그녀에게 전화를 걸어왔다. 비록 몸은 만나지 못하지만 그녀에게 매일매일 좋은 마음을 전해주기 위해 애를 쓰는 것이다.

……!

그 사람에 대한 말이 나온 김에 이 얘기도 해야겠다.

어느 날 박현식은 이혜연에게 다짜고짜 한 가지 약속을 했다. 이상한 약속이었다. 그가 공무원직을 마치고 퇴임하면 그 해가 마무리되기 전 그녀에게 오겠다고 했다. 그래서 혜연과 함께 노후를 보내겠다고, 죽을 때까지 함께 살겠다고 말했다. 혜연은 그 말을 들었을 때 마음이 아득해졌다. 만감이 교차하는 먼 훗날의 약속이었다. 하지만 지금이 아니고, 삼 년 뒤도 아니고……. 정년 후라니!

혜연은 마음은 어두워지고 무거웠다.

왜……? 지금이 아니고 꼭 그때여만 하나? 그렇다면…… 앞으로도 십 년 이상을 이렇게, 이런 불편하고도 정당치 못한 관계를 지속시키며 내내 그림자처럼 지내야 하는가? 그땐 그나마 지금 혜연 자신에게 남아 있는 고움과 아름다움이 다 져버리고 말 텐데…….

몸이 다 늙고 나서야 그와 함께 살 수 있다는 생각은 그녀를 슬프게 했다.

왜 그래야 하죠? 그때까지 당신만을 기다려 늙게 하는 것은 너무 가혹하지 않나요? 누가 들어도 이건 말이 안 돼요. 당신, 생각할수록 너무 이기적이에요. 당신 편한 대로 삶의 주요 시간을 다 재단하고 써버리고 난 뒤 남은 자투리 시간만을 나와 함께 보내겠다는 거……. 그게…… 그런 게……. 날, 진심으로 사랑한다는 사람이 할 수 있는 생각이고 처사이던가요? 누굴 바보천치로 아나요? 솔직하게, 어디 직접적으로 얘기해 볼까요? 당신은 당신 인생에서 당신 몫이 아닌 여자를 차지하고 놓치지 않기 위해서 하는, 그런 빤하고 뻔한 남자 욕심이고 수작 아니던가요? 자기 것은 하나도 포기하지 않으면서, 자기 인생이 위태로워지는 짓은 결코 하지 않으면서, 여자에게만 무조건 기다리라고 하는 짓은 그간에 보여준 당신 인품과는 너무나 어울리지 않는 거 아닌가요? 내가 요구한 적도 없는데, 당신은 왜 그런 터무니없는 말을 부지불식간에 꺼내놓고 약속까지 해서 내 맘을 이토록 아프게 하는 건가요? 왜 내가 당신의 세심한 배려와 진정성에 대해 의심케 만들어버리는 건가요?

한동안 혜연은 그런 약속을 난데없이 한 박현식이 참으로 야속했었다.

누구나 삶은 아프고 힘들다. 하지만 누구나 다 그렇게들 산다. 그러니까 당신도 당신 욕정과 욕망을 그리움으로 사랑으로 과대포장하지 말라. 그게 바로 위악이고 위선이다. 사람의 약속만큼 허망한 게 어디 있는가. 사람 약속이 그 무엇보다도 상처를 주고 배신감을 안겨준다. 함께 나눈 사랑도 결국 그 부질없는 약속으로 인한 상실과 환멸에 치를 떨게 만들 것이다. 그러니까 빤하고 속보이는 그런 약속은 애시당초 안 하는 게 좋았다. 그런 말은 입 밖으로 꺼내지 않는 것이 옳았다. 내 스스로도 모멸감으로 무참하기까지 하니까. 내가 언제 한 번이라도 당신과 함께 살기를 간청한 적이 있는가? 애원한 적이 있었던가? 나도 다른 여자에 의해 가정이 깨져본 사람이다. 그 아픔과 절망감이 어느 정도인지, 얼마나 기기 막힌지 너무나 잘 안다. 알기에 나로 인해 다른 여자 가정과 삶이 깨지기를 원치 않는다. 나는 그저 당신의 자상함과 섬세함에 힘입어 내가 살아나갈 하루치의 위로와 격려만을 욕심 없이 받고 싶었을 뿐이다. 그러니 앞으로는! 제발……. 정년 후, 반드시 꼭 함께 살자!, 는 그 가당치도 않은 말은 절대 입에 담지 마시라!

그녀는 그에게 대놓고 그렇게 말하고 싶었다. 하지만 그렇게 말할 수가 없었다. 그가 술에 취해 그런 맹세를 하고 기약을 다짐할 때마다 닭똥 같은 굵은 눈물을 흘렸기 때문이다.

이혜연은 그의 약속이 아니라 그런 그의 심정을 이해해주기로 했다. 지금 당장이라도 그가 자신과 함께 살고 싶어한다는 건 강하게 느껴졌다. 그러나 각자가 살아온 삶이 어디 그리 단순하고 간단하던가. 현실은 분명 넘기 힘든 벽이 무수히 많다. 그리고 중년이 된 사람들은 남자든 여자든 상관없이 사랑이라는 것이 현실에선 별 거 아닐 수 있음을 눈치챈 지 이미 오래다. 그 어떤 사랑이든지 끊임없이 현실의 타협점 위에서만 유지되고 지속될 수 있다는 것쯤은 오랜 경험으로 체득했다. 이성적인 판단과 사랑의 감정이 충돌한다고 해도 절대 마음 가는 대로만 살 수는 없다는 것을. 혜연이 중요하다고 여긴 것은 그 사람이 나중이고 먼 훗날이고 간에 상관없이 자신과 함께 살고 싶어하는 그 마음만은 진심이라는 사실이었다.

혜연은 그렇게 느꼈고 믿었다. 결국은 모든 게 이혜연 그녀 마음이고 본인 선택이었다.

만약 그런 그가 이중적으로 느껴져 싫어졌다면! 그가 생각한 삶의 이기적 방식이 도저히 용납되지 않는다면! 그녀는 언제든 그를 거절할 수 있었다. 안 만날 수 있었다. 당신이 싫다고, 싫어졌으니까 만나고 싶지 않다, 고 선을 분명히 그으면 그 사람은 마음을 접을 것이다. 그녀를 포기하는 것 빼고는 그가 당장에 할 수 있는 방법이 아무 것도 없을 것이니까. 현재 진행 중인 삶의 모든 것을 한 순간에 작파해버리고 오로지 그녀만을 선택할 가능성은 전혀 없으니까 말이다.

어쨌든 그 사람 약속대로라면 혜연은 그 사람과 함께 살기 위해선 앞으로 십 년도 넘게 기다려야 한다. 지금처럼 두 달에 한두 번 정도 남몰래 그를 만나면서 세월을 견뎌내야 할 당사자는 그녀 자신이다. 그녀 삶이고 그녀 인생인 것이다.

까닭에 혜연에게 있어 그의 맹세는 사치이고 본질적으로 무의미했다. 지금처럼 혜연이 쭈욱 살아가게 된다면 박현식이 맹세한 십 년 후의 결과가 그녀의 행복과 불행에는 확실한 영향을 미칠 것이다. 그렇다고 그녀에게 다른 대안이 있는 것도 아니다. 그가 약속을 지키든 지키지 않든, 그가 있든 없든지 간에 상관없이, 여자 혼자서 늙어가고 혼자 살다가 어느 순간 혼자 죽는다는 것은 분명 슬프고 두려운 일이다. 그 사실을 잘 알지만 현재 그녀 삶은 하루하루를 헤쳐 나가기도 숨이 벅찰 정도다. 그녀는 십 년 밖까지 가늠할 여유가 없다. 그렇기에 현재로선 그 사람 맹세와 약속이 훗날 거짓으로 판명나든지 진실이든지 간에 아무 상관이 없는 것이다.

이혜연은 오전 근무 중에 사적인 전화 한 통을 받았다.

지난 달 딸과 함께 점심을 같이 했었던 김승모,라는 젊은이였다. 그는 긴히 드릴 말씀이 있다면서 퇴근 후에 만나 뵐 수 있는지를 정중한 어조로 물어왔다.

— 오늘 인영이 엠티 갔어요. 그걸 잘 알 텐데……. 왜 굳이 날 따로 봐야 한다는 건지, 그 이유를 잘 모르겠군요.

하지만 그는 '오늘 꼭 만나 뵙고 싶습니다'는 말만을 반복했다.

혜연은 잠시 생각을 한 뒤, '그럼 그렇게 하죠 뭐' 하고 약속장소와 시간을 정했다. 안 그래도 그녀는 지난 몇 주 동안 딸과의 관계가 껄끄러웠었다. 이 사단을 일으키게 된 근본인 그를 따로 한 번 만나볼까 생각했던 적도 있었다. 어쩌면 딸이 깨끗하게 마음 정리를 못하는 이유가 직장에서 김승모가 인영이에게 특별한 관심을 주기 때문이라고 여겨졌기 때문이다. 저쪽에서 굳이 만나자고 하니 못 만날 것도 없었다. 이참에 딸과는 직장 선후배로서만 잘 지냈으면 좋겠다는 말을 단단히 못박아주고 그렇게 하겠다는 다짐까지 확실하게 받아낼 작정을 굳혔다. 그가 딸을 그렇게는 좋아하는 것 같아 보이지 않았던 만큼 인영이 마음을 예전으로 되돌리는 데 있어 그가 충분히 협조해줄 수 있을 거라는 판단도 있었다.

— 저어, 뭣 하나 물어봐야 허겠꾸마요

민원 접수 테이블 의자에 앉은 혜연은 낱장의 서류들을 항목에 맞게 분류해 서류철에 끼워 넣고 있다가 황급히 자리에서 일어섰다.

— 네에, 어르신! 어서 오십시오. 뭘 도와드릴까요?

방금 논에서 일하다가 온 차림새의 육십대 촌로였다.

— 트랙터와 이앙기를 넣어둘 창고 하나를 새로 큼지막하니 신축하려고 하는디 말이오, 그 절차를 어디서, 누구한테 받아야 쓰것소?

그녀는 싹싹한 표정으로 다시 한 번 허리부터 공손하게 숙여 인사를 한 뒤 말했다.

— 네에, 저기 반대편 사무실로 건너가시면요, 안쪽에 건축행정과 표찰이 붙어 있습니다. 그곳 담당자가 처리해드릴 겁니다.

— 근디 내가 좀 눈이 침침해서 말이라오.

노인은 본인이 글씨도 못 읽는 까막눈임을 말하려는 듯싶어서 혜연은 미소를 지으며 테이블 사이로 빠르게 걸어 나왔다.

— 어르신, 절 따라오세요. 제가 안내해 드리겠습니다.

5장
산원(山園)

DNA

아마도 내 안에서 당신에 대한 DNA가 새로 생겼나봅니다. 밥을 먹으려 숟가락을 국물에 담그면 당신 눈빛이 떠지고 책 페이지 사이사이마다 당신 얼굴이 전등 켜지듯 확 떠오릅니다. 길을 걷다가 당신 생각에 발부리가 걸려 넘어지기 일쑤고 전철을 타면 온통 당신이 가슴속에서 덜컹거립니다. 유리창마다 당신 모습이 얼비쳐져 있고 빈 벤치마다 어김없이 당신이 앉아 있을 정도이니 나도 도저히 어쩔 수 없는 당신의 DNA가 내 속에서 갑자기 생겨난 겁니다. 그렇지 않다면 이렇게 내 모든 것이 당신만을 의식하게 됐는지 도무지 이해가 되지 않습니다. 믿겨지십니까, 나는 이 세상에서 당신이란 DNA를 가진사람입니다. 나는 당신만을 사랑할 수 있는 DNA를 가진 유일한 사람입니다.

5장

산원(山園)

— 이, 이렇게까지나 멀리!…….

혜연은 김승모 차에서 내리며 미간을 살풋 찌푸렸다.

— 보세요, 저기 맑은 계곡물도 흐르고, 주변 풍광이 아주 아름답잖아요!

그는 사륜구동차를 주차시킨 뒤 그녀보다 두어 걸음 앞서 성큼성큼 넓은 마당을 가로질러 걸어갔다.

세 개의 산봉우리가 커다란 한옥 지붕 뒤로 솟아 있어 경치가 절경이었다. 차를 타고 도로변에서 산기슭으로 접어드는 샛길로 꺾어들 때 보니까 커다란 화강암으로 된 간판석에 '山園(산원)'이라고 쓰여 있었다. 산중에 위치한 전문 한정식집이었다.

혜연은 한 시간 전, 시간에 맞춰 약속장소인 시내 레스토랑에 갔었다. 깔끔한 양복 차림인 김승모가 계단 입구에 서 기다리고 있었다.

— 죄송합니다. 번거로울 실테지만 장소를 옮겼으면 합니다. 여기가 실내 인테리어 개조중인 것을 모르고 약속장소로 택했네요. 제가 다른 곳으로 예약해뒀으니까 거기로 가시죠. 정말 죄송합니다.

그는 고개를 숙여 실수에 대한 양해를 구한 뒤 자신의 사륜구동차 뒷좌석 문을 두 손으로 열었다. 정중하게 모시겠다는 몸짓이었다.

— 아니…… 그러실 필요까진 없구요. 난 근처 가까운 커피숍 같은 곳에서 간단하게 얘기를 했으면 하는데요?

— 그렇게 하기는 좀……. 네, 제가 이미 식사 예약까지 해뒀으니까 거기로 가시는 게 좋겠습니다만.

— 거기가 어딘데요?

— 정원에 나무와 꽃이 아주 많은 한식집입니다. 부담 갖지 마시고 그냥 바람 쐬는 기분으로 가주셨으면 합니다.

글쎄, 굳이 그런 데까지 가야 할 필요가……! 라고 그녀는 생각했다.

하지만 차 문을 열어놓고 거듭 권하는 김승모의 예의가 깍듯했고 표정이 밝았다. 그녀는 잠시 망설이다가 차 뒷좌석에 몸을 실었다. 마음 한편으론 그리 기분이 나쁘지 않았다. 이 사람이 이렇게도 세심하게 신경을 쓰는 걸 보니 그래도 내 딸을 좋아하긴 좋아하는가 보구나, 싶었다. 어쨌든 그녀도 여기까지 나온 목적이 있었다. 그가 기분나빠 하지 않는 범위 내에서 자신의 딸과는 남녀관계로 발전시키지 말기를 부탁한다는 얘기를 그에게 납득시켜야 했다. 그래서 현재 진행중인 딸과의 지루한 분란을 깨끗하게 매듭지어야 했다.

혜연은 김승모의 큰 키며 준수한 생김새, 서글서글한 표정, 깨끗한 매너 등을 다시 한 번 눈여겨보았다. 딸의 남자로서 놓치기 아깝다는 생각이 부지불식간에 들 정도였다. 그녀는 내심 고개를 내저으며 마음을 다잡았다. 아무리 그렇다고 해도 딸이 무난한 가정에서 성장한 무난한 직업을 가진 남자를 짝으로 만나 평탄하게 잘 살아줬으면, 하는 마음까지 포기할 순 없었다. 혜연은 자신이 더 어른인 만큼 그가 어떤 식사 자리를 마련하든 거기에 드는 비용을 치를 생각을 하고 있었다. 분위기 좋은 정갈한 한식집이라……. 만만치 않을 밥값이 맘에 걸리긴 하지만, 그래도 뭐 밥값은 밥값일 테니까.

차는 새재로 가는 잘 닦인 도로를 미끄러지듯 달렸다. 그녀는 목적지가 M시 외곽에 흩어진 한 음식점이려니 했었다. 그러나 차가 새재 옆을 곧장 통과해 온천지대로 유명한 수안보 쪽을 향하자 그녀는 당황했다.

— 아니, 가는 곳이 어딘데요? 이렇게나, 멀리 가야 해요?

— 아닙니다. 이제 거의 다 왔습니다. '산원'이라고, 국내산 산나물만으로 깔끔한 식단을 차려내는 집인데 가보셨습니까?

— 아뇨.

— 알아두실 만합니다. 앞으로 입맛 없으실 땐 그 집이 저절로 떠오르실 테니까요.

그렇게 해서 혜연은 자의반타의반으로 이 '산원'에 오게 되었다.

'산원'은 그 상호에 걸맞게 산중에 위치한 아름다운 정원을 갖춘 공간이었다. 아름드리 향나무와 전나무, 단풍나무를 비롯해 다양한 꽃나무들이 꽃과 잎을 마당 넉넉하게 피우고 있었다. 연못 안에는 동그란 연꽃잎이 가득 했다. 여기저기 놓인 커다란 정원석도 보기 드문 품격을 지녔고, 기역자 형태로 지어진 두 채의 우람한 한옥 옆으로 계곡물이 세차게 흘러내렸다. 물빛은 손바닥으로 떠서 마시고 싶을 충동을 느낄 만큼 투명하고 맑았다. 주변 형세가 깎아지른 기암괴석과 소나무들이 병풍처럼 둘러싸고 있어 옛날에 신선이 내려와 살았음직 했다. 마음 편한 동료나 친구들과 함께 왔었다면 야하! 그리 멀지 않은 곳에 이런 멋진 곳도 있었네!, 하고 그녀는 탄성을 내질렀을 것이다.

한갓진 곳이고 시간이 일러서 그런지 손님들은 거의 없었다. 주황색 앞치마를 두른 여직원이 기본 음식을 정갈하게 차려놓은 방으로 두 사람을 안내했다. 여러 종류의 분재와 난 화분이 황토빛 벽 전시대에 놓여 실내에 은은한 향을 퍼뜨렸다. 격자무늬 한지로 도배된 방 안까지 계곡 물소리가 명징하게 흘러들어왔다.

혜연은 방자로 만든 수저까지 신경쓴 것을 보면 음식값이 만만찮겠구나, 하는 생각부터 먼저 들었다. 준비된 음식이 마저 상 차려진 뒤 여직원은 머루주가 든 조그만 백자를 소반에 담아 왔다.

— 아니, 무슨 술까지……?

— 따로 시킨 게 아니고 이곳만의 서비스입니다. 주인이 직접 담근 머루준데 양이 서너 잔밖에 들어 있지 않습니다. 알코올 도수는 낮은 대신 음식 미각을 돋워주니까, 편하게 한 잔 받으시죠.

— 그래요? 그럼, 그럴까요?

그녀가 그로부터 잔을 받아 상 위에 내려놓은 다음 '차 운전에 괜찮다면……'하며 조그만 백자를 손에 들고 그를 바라보았다. 김승모는 기다렸다는 듯 두 손으로 냉큼 잔을 받쳐 들었다.

— 고맙습니다. 한 잔만 주십시오.

그는 그녀에게 고개를 숙여 예를 표한 뒤 고개를 반쯤 돌려 잔을 베어 마시고는 내려놓았다. '역시나 맛이 농밀하고 향이 좋은데요' 하면서 그가 그녀를 바라보며 환하게 웃었다. 보는 사람의 기분을 아주 정갈하게 만들어주는 싱그러운 웃음이었다. 젊음만큼 눈부시게 보기 좋은 것도 없구나, 싶었다.

그 사이 준비된 음식이 모두 상 위에 차려졌다.

— 입에 맞으실지 모르겠지만, 맛있게 드셔주세요.

— 그럴게요. 이렇게나 신경써줘 고마워요.

— 별 말씀을요. 저는 여기, 이 구운 산더덕이 되게 맛있더라구요. 입안에 넣고 씹으면, 어떻게 입안에 더덕향이 가득 퍼지게 구워낼 수 있는지 신기할 정도였거든요. 먼저 드셔보시겠어요?

— 아, 아니에요. 난 알아서 천천히 먹을 테니까 식욕 당기는 것부터 많이 드세요.

그녀는 젓가락으로 오이소박이 한 쪽을 집어 접시 위에 올려놓았다.

혜연은 식사를 하는 그의 표정과 자세를 눈여겨보았다. 음식을 대하는 그의 온몸엔 활기가 가득하면서도 절제력 또한 깃들어 있었다. 음식에 입이 다가가는 게 아니라 입에다가 알맞은 양의 음식을 가져갈 줄 아는 것을 보니 음식 먹는 예법을 제대로 익히고 있었다. 젓가락을 쥔 손을 한 손에 받친 두 손으로 알맞은 양의 음식을 각 접시에 옮겨 담는 예스러움 하며……. 그 어디를 봐도 모자란 구석을 찾기 힘들었다. 혜연은 내심 탄복을 할 정도였다.

부모 없이 자랐다고 하던데. 대체 어디서 이런 예의바른 식사법을 익혔을까? 김승모는 첫 만남에서도 그랬던 것처럼 시종일관 음식과 사람을 대하는 표정과 몸짓이 자연스러웠다. 활력이 넘치는데다가 예의까지 적절하게 갖춘 젊은 사람을 바라보고 있으려니 혜연은 기분까지 덩달아 좋아졌다.

그와 분명한 마음거리를 둬야 함에도 그러기가 쉽지 않았다. 바라볼수록 딸의 배필감으로 탐나는 젊은이였다. 간호사라는 직업은 그렇다 손치더라도 고아로 자란 그 내력만 없었다면 얼마나 좋았을까, 싶었다.

그녀는 천천히 밥알을 씹어 삼켰다. 정말 내가 나만의 편견과 선입관에 사로잡힌 게 아닐까, 하는 생각도 곱씹어 보았다. 이제라도 맘을 바꾸어 딸과 사귀는 것을 허락해줄까, 하는 마음이 들 정도였다. 이렇게까지 저 사람이 혜연 자신을 정성스럽게 대접하는 까닭은 인영이 때문일 것이다. 하지만 딸과 사귀도록 허락해준다는 의미는 곧장 결혼까지 허락해주는 것과도 같은 무게여서 그녀에겐 커다란 부담감이었다.

잘 손질해 천연양념으로만 맛을 낸 산채나물이나 우엉국 맛은 담백하고도 깊었다. 한정식에 관해선 학원이 아니라 여기서 배워보고 싶을 만큼 음식 맛과 색색의 음식을 그릇에 담아내는 모양새가 나무랄

데가 없었다. 그러나 배가 고픈 시간임에도 불구하고 혜연은 심적 부담감으로 인해 생각만큼 식욕이 나지 않았다.

— 아니, 왜 벌써 수저를 놓으십니까? 더 드시지 그러세요?

— 아뇨. 신경쓰지 말고 많이 들어요. 난 천천히 먹을 테니까. 그래, 승모 씨는……. 평소 식사는 어떻게 하나요? 점심은 직장에서 할 테고, 아침과 저녁 같은 경우 말이에요?

— 제가 직접 해먹습니다. 전 요리하는 거 좋아합니다. 핫하하하, 사실 요리랄 것까지는 없지만서도요.

— 그렇군요…….

그녀는 고개를 끄덕거렸다. 일상적 얘기가 몇 마디 더 오갔다. 이쯤해서 마음에 부담되는 말이긴 해도 어쩔 수 없이 얘기를 꺼내야 할 것 같았다.

— 이렇게까지 애써줘 무척이나 고마운 일이긴 한데요…….

— ……!

— 승모 씨가 엄마인 제 마음을 이해해주길 바라요. 딸을 혼자 키워냈고, 과년한 딸을 데리고 있다 보니까 더 많이 조심스럽고 세상에 대한 겁도 더 많아지거든요. 그래서 하는 말인데…….

— 잠깐만요. 네, 말씀하지 않아도 지금 무슨 말씀하시려는 건지 잘 압니다. 이제서야 사실대로 말씀드리자면……, 저도 지난 번 그 자리에 인영 씨 어머님께서 나오실 줄 전혀 몰랐습니다.

— 그게……. 무슨 말이죠? 그, 그럼……?

— 네. 인영 씨가 직장 선배인 저한테 밥 한 끼 하자고 해 가벼운 마

음으로 나갔던 자리였습니다. 엄마가 오실 거라는 얘긴 저도 그 자리에 나가 앉고 나서야 알게 됐었죠. 그래서 사실 저도 좀 당황했었고 난처했습니다. 지난 번에도 말씀드렸지만 인영 씬 제게 좋은 직장동료이자 귀엽고 예쁜 후배일 뿐이니까요.

— 아……! 그랬었군요.

혜연은 내심 안도의 한숨을 내쉬었다. 팽팽하게 당겨진 긴장이 풀려지는 것 같았다. 그러면서도 동시에 그녀는 얼굴이 삽시간에 달아오를 정도로 무안해졌다. 그럼 이 자리 정체는 뭐야? 이게 어떻게 된 일이지!, 하는 그 떨떠름한 기분은 언짢음을 넘어서 점차 불쾌감으로까지 마음이 번져나갔다.

그동안 혜연은 딸의 불확실한 장래를 가늠하느라 십수 일을 잠자리에서 뒤척거렸었다. 그런데 정작 그게 아니었다니! 당사자는 전혀 생각도 하지 않는데 헛다리 짚은 쓸 데 없는 고민에 빠져 있었던 거다. 대체 딸이나 그 엄마나 꼬라지가 이게 뭔가 싶었다. 그리고 지난 두 주가 넘는 기간 동안 딸과 자신이 치른 냉전의 정체는 또 뭔가 싶었다.

그녀는 얼굴이 화끈거렸고 자리에 없는 딸을 떠올리자 부아까지 치밀었다. 공들여 키워놨더니만 녀석이 여자 자존심이 그리도 없나. 그야말로 떡 줄 사람은 생각도 않고 있었는데 왜 저 혼자 김칫국물을 벌컥벌컥 마셔대면서까지 엄마 속을 공연히 뒤집어 놓는가 말이다.

— 근데……. 이상하군요.

혜연은 표정을 굳히며 그의 눈을 정면으로 쳐다보았다.

— 그렇다면 굳이……. 이런 자릴 만들어야 할 필요가 없을 텐데요?

— ……!

— 그렇잖아요? 인영이 건이 아니라면 우리가 이렇게 마주 앉아 식사를 해야 할 다른 이유가 없잖겠어요?

— 네, 무슨 말씀인지 압니다만…….

잠시 고개를 숙였던 김승모는 고개를 천천히 들었다. 그리고 맞은편에 앉은 혜연의 눈동자를 깊이 응시하였다. 잠시 눈빛이 흔들렸지만 이내 무게 중심을 잡은 그의 눈빛은 엄정한 결의감에 차 있었다.

— 제가, 많이 사랑합니다……. 진심입니다.

— 넷? 뭐라구요?

혜연은 뭔가 잘못 알아들은 듯 어리둥절해 했다.

— 아니, 앞뒤 말이 틀리잖아요. 좀 전에 우리 인영이를 직장 후배로서만 아낄 뿐이라고 분명히 말했었는데……?

— 아뇨. 제가……. 당신을 아주 많이 사랑합니다.

— 네, 넷? 저, 저요?…….

혜연의 눈동자가 한껏 크게 부풀려 떠졌다. 그녀 표정과 움직임이 그 순간에 굳어버린 듯 딱 멈춰졌다. 그녀는 두어 번 눈만 깜박거렸다. 고개를 한 번 갸웃거린 그녀는 잠시 자신이 뭔가를 분명히 잘못 들었다고 여겨졌다.

— ……. 누굴 사랑한다구…… 요? 누굴요? 나, 나를요……?

— 네. 제가 이혜연 씨를 사랑합니다.

— 에그머니나!

그녀는 가슴이 철렁 내려앉았다. 앉은 자세에서도 허리와 상체가 뒤로 젖혀진 채 크게 휘청거려져 저절로 작은 엉덩방아가 찧어질 만큼 소스라치게 놀란 것이다.

— 아니 이, 이 사람이 대체 지금 뭐라는 거야?

진지한 그의 표정을 확인한 그녀는 미간을 잔뜩 찌푸렸다. 그러면서도 대체 이게 무슨 일인가 싶어 그녀 얼굴이 새파랗다 못해 차츰 하얗게 질리기까지 했다.

— 나요……? 날 말이죠?

— 네, 그렇습니다.

— 마, 마, 말도 안 돼! 이봐요! 젊디젊은 사람이, 어떻게…… 미치지 않고서야 그런 말을 이렇게 대놓고 할 수가 있어!

혜연은 기가 막혀 더 이상 말이 나오지 않았다. 하지만 그는 무겁게 눈을 한 번 내려감았다 떴고 턱이 각지게 보일 만큼 어금니를 단단히 물고 있었다. 이미 이런 모든 상황을 충분히 가늠했다는 기색이었다. 그의 표정은 한 치 흔들림도 없었다. 그는 앉았던 양반자세를 풀어서는 그녀를 향해 천천히 두 무릎을 꿇고 앉았다.

'헛! 이 사람이!, 무릎은 또 왜 꿇는담? 점점 갈수록 태산이네!'

— 죄송합니다. 허락하시지도 않았는데……. 제가 당신을 먼저 사랑하게 되어서 말입니다.

— ……!

혜연은 김승모 얼굴을 뚫어져라 쳐다보았다.

아니, 이 사람이 도대체 뭔 생각으로 내게 이러는 거야? 생각머리가 있는 청년인가? 사람 놀라게 하려고 작정을 한 건가? 아님 어른을 놀려 먹는 고약한 장난짓인가?

— 아뇨, 아닙니다. 절대 쉽게 시작한 마음이 아닙니다. 저 그동안 많이 생각하고 또 깊이 생각했습니다. 이러면 안 된다고 수십 번 마음을 돌려 세웠더랬습니다. 그런데 당신에 대한 제 마음을…… 네, 저도 어쩔 수가 없었습니다. 너무 힘들었습니다. 이대로 끙끙 앓기만 하다가 그냥 죽을 것만 같아서……. 그래서 제가……. 이렇게 무례함을 무릅쓰고서라도 지금 제 마음을 고백하는 겁니다.

— 어머어머, 어쩌면 좋아. 이, 이 사람이 점점……!

— 제 마음은 정말로 미치듯이 당신 이름만 부르고 당신 모습만 떠올립니다. 제 마음이 당신만을 무조건 사랑하겠답니다. 부디……. 이런 간절한 제 마음을 받아들여 주십시오.

혜연은 기가 차 말을 할 수가 없었다.

어이가 없는 것도 분수가 있는 법이거늘. 어느 순간 그녀 입가에서 헛웃음이 피식 새어 나왔다. 그녀는 어떻게든 이 순간을 희화시켜 넘겨볼 심산이었지만 그가 꽈악 붙들고 있는 분위기가 너무나 틈새 없이 간절했다. 그 분위기에 짓눌린 방 안 공기가 어디론가 빠르게 새어나가 실내 공간이 진공상태가 돼버린 것처럼 그녀는 숨쉬기조차 힘들었다.

— 아니, 이, 이봐요!

손을 두어 번 내젓는 그녀 손끝이 떨렸다. 그리고 이내 온몸이 경기 들린 것처럼 파들파들 떨려왔다.

— 이게 대체 무슨 무례한 짓이에요? 어떻게! 어떻게 엄마뻘 되는 나

한테 이런 돼먹잖은……. 고약한 짓거리를 할 수 있다고 생각한 거지? 대체 사람을 뭘로 보고, 나 원 참!

혜연은 분을 못 이겨 자리를 박차고 벌떡 일어났다. 방문을 향해 곧장 몇 걸음을 내쳐 걸어갔던 그녀는 아차!, 싶었다. 이곳은 M시와 수십 킬로 떨어진 곳이다. 걸어서 돌아갈 수 있는 거리가 아니었다. 인가와 동떨어진 산중이고 차도까지도 도보론 한참이나 걸린다.

'내가……. 이 사람 차를 타고 여기까지 왔었지! 나 원 참! 참 황당하기 짝이 없는 일을 오늘 다 겪네.'

그녀는 방문 앞에서 어금니를 질끈 깨문 뒤 차가운 표정으로 돌아섰다. 여전히 무릎을 꿇고 묵연히 앉아만 있는 그를 한참 동안이나 쏘아본 그녀는 깊은 한숨부터 내쉬었다.

— 이봐요, 장난 그만 치세요. 난 하나도 재미없거든요. 그리고 이제 식사를 어느 정도 마쳤으니 그만 갑시다. 빨리 돌아가기나 해요.

— ……!

— 어휴, 이 사람이! 사람을 이런 먼 곳까지 데려온 꿍꿍이가 바로……. 이런 황당한 거였어? 정말 이게 대체 뭐하는 수작이야! 얼른 못 일어나요! 좋아, 그렇다면 나 혼자 택시를 불러서라도 가야겠구먼.

그녀가 찬바람을 일으키며 등을 돌렸다.

— 잠깐만요! 그렇게, 화만 버럭 내지 마시구요. 말씀드릴 시간을 제게 조금만 더 주십시오.

— 필요 없어요. 어디 말이 말 같아야 내가 듣고 앉아 있지. 하이구, 이게 대체 무슨 일이래? 낯부끄러워서……. 얼굴까지 다 화끈거리네!

세상에 어떻게 이런 일이 내게 일어날 수 있는 거지?

혜연은 미닫이문 손잡이에 손을 뻗은 채 그를 힐끗 돌아보았다. 젊은 사람이 실성을 하지 않고서야! 생각할수록 부아가 치민 그녀는 기세등등한 표정으로 바뀌었다.

— 이봐요! 이제 겨우 나이 스물일곱인 작자가……. 마흔여섯인 나를 사랑한다니, 그것도 미치듯이 사랑한다니. 이게…… 이게…… 제 엄마연배의 사람한테, 뭐 하자는 겁니까? 수작인 거야? 사람 희롱을 하자는 거야? 공연히 가만히 있는 사람을 능멸하고 모욕주자는 게 아니라면……. 이게 어디 가당키나 하고, 될 법이나 한 소리냐구!

그녀는 붉어진 얼굴로 씩씩거렸다. 가슴 속 심장과 맥박이 쿵쾅거리며 들뛰자 그녀는 비칠거리며 한 손으로 벽을 짚었다. 갑작스레 어지럼증이 밀려 왔다. 혈압이 높은 것도 아닌데 갑자기 왜 이러나? 그녀는 잠시 눈을 내려 감고 흥분을 가라앉히려 애썼다. 거친 숨결이 잦아들기를 기다렸다.

'정말 지금이라도 택시를 불러 타고 가버릴까?'

그래, 그 방법이 이 말도 안 되는 현장을 빨리 벗어날 수 있어 제일 현명한 생각이겠다 싶었다. 하지만 다시 한 번 더 생각해보니 마음이 걸렸다. 그는 딸아이의 직장 선배다. 그렇기도 하거니와 저 사람 결의를 볼 때 이 난처한 일을 어떤 식으로든 이 자리서 매듭짓는 게 나중의 번거로움을 줄일 수 있지 않을까, 싶었다.

지금 저 사람은 젊은 혈기로 인해 감정과 마음의 분별력을 잃었을 뿐. 무례하거나 위협적인 행동을 하는 건 아니다. 그렇다면 저 사람이

헝클어진 감정을 수습할 수 있도록 차분하게 설득시키고 이해시키는 것이 더 어른스런 처사일 것도 같았다. 황당하고 놀라기로는 말로 다 하지 못하겠지만 저 사람이 어떻게 해서 나처럼 나이가 훨씬 많은 여자에게 이성적 감정을 느낄 수 있었을까, 의아스러웠다. 남모를 무슨 계기라도 있었나? 한편으론 궁금하기도 했다.

그녀는 어느 정도 마음이 가라앉자 원래의 차분한 목소리로 돌아갔다.

— 그래요. 젊었을 때는 피가 너무 뜨겁기 때문에, 사람 경험이 부족해서 분별력을 잃은 행동을 잠시 할 수도 있어요. 그 정도는 나도 이해할 수 있어요. 휴우……. 그러니까요, 좀 전 그 얘기는 우리 없던 일로 합시다. 그쪽도 내게 말한 적 없고, 말한 적이 없으니 나도 말 듣지 않은 게고.

— ……!

— 그러니까 자리에서 일어나요……. 어서요! 어서 일어나지 못해요? 사람 더 이상 놀라게 하지 말고!

하지만 그의 무릎 꿇음은 요지부동이었다. 그녀를 올려다보는 눈동자에는 자잘한 물기까지 빠르게 스며 올랐다.

— 이, 이 사람이 점점 더……!

— 죄송합니다. 저도 제 자신이 감당 안 될 만큼……. 네, 이미 당신을 아주 많이…… 그리고 깊이 사랑하게 돼버렸습니다. 난처하게 해드리고 놀라게 하려는 건 아니지만, 정말 죄송합니다.

— 어휴, 또 그런 말을……! 승모 씨!, 아니 승모 군은 그 말이 얼마나

무섭고 엄청난 얘기인지 지금 제대로 알기나 하고 말하는 건가요?

이혜연은 그에 대한 호칭을 갑작스레 '~씨!'에서 '~군!'으로 바꾸어 불렀다. 의당 그는 청년이고 성인인 까닭에 '~씨!'라고 부르는 게 마땅하다. 하지만 그 호칭에는 남성이 강하게 느껴져서 그녀는 그 어감을 배제하기 위해 '~군'으로 황급히 대체한 것이다. 그에게 나이 격차를 더 느껴주기 위해서고 호칭부터라도 명확하게 방어벽을 쳐두기 위해서였다.

바꿔 부른 호칭으로 인해 조금 침울해진 그의 표정을 확인한 그녀는 아랫입술을 잘근잘근 깨물며 일말의 자신감을 되찾았다.

— 그래요, 좋아요. 터무니없는 상황이긴 하지만……. 그런 이상한 말이 나온 김에 우리 이 자리서 그 문제를 깔끔하게 마무리 지읍시다.

그녀는 생각을 고쳐먹고는 다시 자신의 자리로 가 허리를 단단히 곧추세우고 앉았다.

— 승모 씨, 아니 승모 군이 대체 날 언제 봤다고 이렇게 사랑타령을 하는 거예요? 나에 대해 대체 뭘 안다고……?

— ……!

— 더 이상의 감정은 자제하고 우리 이성적으로만 얘기합시다. 내가 승모 군과 지금 이런 얘길 나누고 있다는 자체가 황당하고 가당치가 않아요. 남들이 알아봐요. 전부 다 뒤로 벌렁 나자빠질 만한 얘기예요. 그런데 우리가 지금 여기서 그런 말도 안 되는 얘기를 하고 있다구요. 알겠어요? 허이구, 참 생각할수록 기가 막힐 노릇일세.

그녀는 부드럽게 타이르는 어조로 바꿨다.

— 이봐요. 승모 군! 난 나이가 벌써 마흔여섯인 여자예요. 머리가 굵을 대로 다 굵은 두 아이 엄마구요. 본인을 보세요, 승모 군은 이제 파릇파릇한 스물일곱 살 젊은이잖아요. 가장 좋은 나이지요.

— 그걸 몰라서 제가…….

— 아니, 우선 내 얘기부터 먼저 들어요. 그러면 자신 나이에 맞는 사람을 만나 사랑을 하는 게 순리이고 보기도 좋잖아요. 남들에게서도 축하와 축복도 많이 받을 수 있구요.

— ……!

— 내 딸 인영이를 떠나 말인데요, 지난 번에 병원에 가보니 곱고 예쁜 간호사 아가씨들도 참 많더구만요. 승모 군은 잘 생기고 키도 크고 생각도 깊은데다가 행동도 남자답게 신중해서, 좋아하고 따르는 아가씨들도 참 많다고 들었어요. 그런데도 불구하고 나를……? 그건 말이 안 되죠. 하필이면 어떻게 날 그 선상에 둘 수 있는지……? 이해도 안 되고 도저히 용납도 할 수 없는 잘못된 생각이고 발상이에요.

— 무슨 말씀이신지 잘 압니다. 하지만 제가 사랑하고 싶은 여자는 세상에서 당신뿐인데 전들 어떡합니까? 제가 어디 지금 제게 주신 그런 말씀들을 제 생각 속에서 백 번이고 천 번이고 안 짚어본 게 아닙니다.

— 이봐요, 승모 군! 더 이상 내게 사랑, 이란 말은 쓰지 말아요. 몹시 듣기 거북하니까. 휴우, 나는 지금 이 자리가……. 도무지 현실 같지 않네요. 너무나 황당하고 당혹스러워서 가슴이 벌벌 떨리는 게 무슨 아주 나쁜 꿈을 꾸는 것 같네요…… 그래요, 어디 이렇게 된 까닭이 있

다면 한번 들어나 봅시다. 왜? 대체 내가 무슨 이유로 승모 군에게 이런 가당찮은 지목을 당했는지?

— 얘기를 들어주시겠다니 감사합니다.

— 휴우, 그래요. 나는 인영이가 마련한 지난 번 자리에서 승모 군을 처음 봤을 뿐이고…….

— 전 그 전에도 여러 번 뵌 적이 있었습니다.

— 여러 번요? 어디서요?

— 작년에 군청 안에서도 여러 번 뵈었고 식당에서 혼자 식사하는 모습도 몇 번 뵌 적 있었습니다.

— 그, 그런가요? 네, 그랬었군요. 근데요?

— 네. 처음 뵈었을 때……. 아!, 그때 제 마음을 도대체 어떻게 표현해야 할까요? 솔직하게 말씀드리면 또 영락없이 어이없어하고 많이도 나무라실 것 같은데요?

— 상관없으니까 얘기 해보세요.

— 네. 처음 뵙던 날…… 그날부터 당신의 그 모습이 도무지 제 머릿속에서, 가슴 속에서 지워지질 않았습니다. 그날 하루 종일 제 마음은 구름을 타고 둥둥 떠다니는 것 같았고……. 뭐랄까요, 내가 오래도록 그토록 찾아왔던 내 운명의 사람은 바로 저 여자이다! 바로 그런 느낌이었습니다. 그렇게 제 머리와 제 가슴 속을 동시에 뇌성 번개가 쳐서 반으로 가르는 듯 했었거든요.

— 흐으음……!

혜연은 신음소리를 삼키며 고개를 설레설레 가로저었다.

— 그 후 제 일상이 아주 많이 달라졌습니다. 전 테니스 치는 것을 아주 좋아합니다. 직장 일만 끝나기 무섭게 늘 병원 테니스코트로 달려가곤 했었는데 더 이상 치지 않게 되었습니다. 공을 쫓아다니는 것보다도 가만히 앉아 당신 생각을 하는 게 더 좋았거든요. 그렇게 생각이 깊어질수록 당신에 대한 그리움이 열병처럼 점점 더 깊어만 지더군요. 직장에서 숨가쁘게 일할 때만 제외하곤 하루의 나머지 시간 전부를 온통 당신 생각만 했었습니다.

— ……!

— 당신과 함께 커피를 마시고, 당신과 함께 산책을 하고, 당신과 함께 영화관에 가고, 당신과 함께 밥을 같이 먹고…….

— 됐어요. 그 얘긴 그만요!

— 네. 작년 연말 눈 내린 날, 어떤 자리에서 우연히도 당신을 잘 아는 분으로부터 당신 얘기를 듣게 되었습니다. 당신께서 홀아버지를 모시고 있고 두 자식을 키우면서 혼자 산다는 얘기를 들었습니다. 전 그날 그 얘기를 듣고 너무나 기뻐서 난생 처음으로 제 방에서 엉엉 소리내 울었습니다. 왜 저는 그때까지만 해도 유부녀일 거라는 생각에서 한 치도 벗어나지 못했던 걸까요? 기분 나쁘게 들리실지 모르겠지만, 혼자시라니! 정말 내 여자가 될 수 있겠다 싶어서 저는 혼자 미친 놈처럼 방 안을 펄쩍펄쩍 뛰며 환호했었습니다.

— 어휴!……. 맙소사!…….

그녀 난색에도 그는 아랑곳하지 않았다. 그는 그때를 떠올리곤 정말로 기쁘고 행복한 표정이 돼 있었다.

— 그날부터 전 하루라도 빨리 혜연 씨 앞에 나타나고 싶었습니다. 하지만 맘과는 달리 함부로 나설 수가 없었죠. 지금처럼 미친 놈 취급 당할 게 뻔했을 테니까요. 처음을 서둘러 모든 것을 망쳐버리기 싫었습니다. 그렇게 되면 제 스스로가 용서가 안 될 것 같았습니다. 그래서 이렇게 저렇게 당신을 자연스럽게 만날 수 있는 방법을 모색했었습니다. 하지만 아무리 골똘하게 모색해 봐도, 자연스럽게 만날 수 있는 마땅한 계기를 마련하기 힘들었습니다. 그러던 중 당신께서 연초에 아버지와 함께 저희 병원에 오셨었고. 그 자리에 김 간호사가, 아니 인영 씨가 있어서 비로소 한 가족이란 것을 알았습니다. 놀랐습니다. 그리고 아주 많이 기뻤습니다. 지성이라면 감천이라구, 제게 한 줄기 빛이 비치는 것 같았었거든요.

— 그, 그렇다면 설마 나 때문에……. 우리 인영이에게 잘해준 건가요?

— 죄송합니다만……. 네, 그런 마음이 일부 있었던 건 사실입니다. 인영씨를 이용했다기보다도, 네, 인영 씨와 친해지면 한 발자국이라도 당신께 더 가까이 갈 수 있지 않을까 했습니다.

혜연이 고개를 돌리고는 나지막하게 혼잣말로 중얼거렸다.

— 참, 내……. 내가, 도무지 딸 얼굴을 볼 면목이 없네.

— …….

— 근데 조금이라도 이해해주려고 얘기를 경청해 봐도 그저 참 기이하기만 하네요? 그러니까 그쪽 얘기를 한 마디로 압축하자면 나를 보자마자 반했단 건데! 허참! 도대체 내가…… 왜 좋은데요? 나는 이혼도

했고 다 큰 두 자식도 있는데다가 나이도 훨씬 많고……. 네, 난 그저 아주 많이 늙은 아줌마일 뿐인데요?

— 아닙니다. 절대 아닙니다. 당신은 무척이나 곱고 예쁩니다. 여전히 귀엽고 아름답습니다. 세상에 그 어떤 여자보다도요.

— 아뇨, 아니에요, 잘못된 거예요. 내가 영문은 잘 모르겠지만 승모 군은 지금, 일시적으로 눈에 콩깍지가 씌어 이성적 판단력 전반이 흐려진 거예요.

— 아닙니다. 당신께선……. 제가 여자에게 원하는 모든 것을 다 가졌습니다.

— 네……? 여자에게 원하는 모든 것,이라뇨?

그녀를 바라보는 김승모 눈빛은 한결 부드러워졌다.

— 당신은 엄마 같고…… 누나 같고……. 또 소녀 같습니다. 세 이미지가 당신에게 모두 있습니다. 나는 여러 여자 이미지를 전부 가진 혜연 씨가 정말 좋습니다. 그런 여자는 세상에서 무척이나 드물죠. 당신이야말로 제가 오랫동안 찾았고 그리워했었던 바로 그 사람입니다.

— 네에, 네에…… 그래요, 그랬었군요. 그 말을 들으니 승모 군 마음이 무슨 맘인지 이제야 좀 이해가 되네. 네에, 그런 것 같아요.

혜연은 스스로에게 고개를 끄덕거렸다.

— 그러니까 승모 군은 성장기 때부터 지금까지 무척이나 많이 외로웠던 거예요. 엄마와 누나가 없었으니까…… 그런 이미지에 대한 그리움이 가슴 한 켠에 가득 쌓여 있었을 거구요……. 하지만 말예요, 세상 모든 여자들은 모두 엄마와 누나, 그리고 또 다른 여자 이미지를 함

께 가지고 있어요. 승모 군 또래 여자나 몇 살 아래 처녀들도 마찬가지예요. 그러니까 승모 군이 앞으로 만날 여자 친구에게 맘을 주고 깊이 사귀다보면 어느 날 문득 방금 내가 한 말이 맞구나, 하고 알게 될 거예요.

— 아뇨. 전 제 또래나 저보다 어린 여자들에 대해선 전혀 관심 없습니다.

— 그렇다면 서너 살 연상의 누나들을 사귀어 보세요. 요즘 연상연하 커플도 많은 만큼 그 정도 나이 차이라면 성숙된 면모가 많은 승모 군에게 잘 맞을 것도 같네요. 그렇게 하도록 해요. 네? 내 말 뜻 알겠죠?

— ……!

— 서너 살, 너댓 살! 그 정도 나이 차이가 세상에서 용인해줄 수 있는 사랑이고 결혼이고 가정생활이에요.

— 그런데 말입니다! 왜 자꾸 생물학적 나이만 가지고서 말씀을 하고 결론을 내려하세요?

— 그럼 또 다른 뭐라도 있나요?

— 저는 말이죠……. 제 정신연령은 잘 모르겠지만 사람 감정 나이로는 제가 쉰도 훨씬 넘은 거 같아요. 왜인 줄 아세요?

— ……!?

— 제가 하는 일 때문이죠. 저는 지난 삼 년 넘게 중환자실에서만 근무했었습니다. 그동안…… 제가 돌봤던 환자 분들이 백여 분도 더 넘게 저세상으로 보내드렸어요. 직장 초기엔 정성을 다해 살펴드렸던 환자 분들이 돌아가실 때마다 충격이 무척 컸었죠. 마음 상처도 깊었

구요. 제 일이 그렇게 사람의 기나긴 삶의 매듭을 묶는 일이다보니 저도 모르게 제 마음이 자꾸만 나이를 먹게 되더라구요. 사람 산다는 것에 대해, 인생에 대해서, 저만의 굵은 뿌리가 생겨났고 가슴 속 깊이 그 뿌리가 내려 붙박이게 되었죠.

— 흐으음…….

— 제가 살고 싶은 삶은 한 사람과 평생을 같이 살든 일 년을 같이 살든 아무 상관이 없습니다. 중요한 것은 정말로 제가 간절히 원하는 사람과 함께 일상을 보낼 수 있어야……. 그게 바로 진정 사는 거고 살아 있는 삶이라고 전 믿고 있습니다. 어쩌면 당신께서 이런 제 말조차 어쭙잖게 여겨지실지 모르겠지만. 제가 제 사람에게 중요하게 여기는 건 돈도 나이도 그 무엇도 아닙니다. 제 마음이 반기는 사람! 제 마음이 예뻐하고 아껴주고 싶은 사람! 제 마음이 저보다 훨씬 더 소중하게 느껴지고 생각되어지는 그런 사람입니다.

김승모 목소리에는 물기가 차올라서 목이 메었다.

— 진정입니다……. 제가 여태껏 드린 말씀이 진심이고 그게 바로 저입니다. 제가……. 추구하는 삶은 성공하거나 돈을 많이 벌어 큰집을 짓고 사는 게 아닙니다. 그저 열심히 하루를 일한 만큼 마음에 꼭 드는 사람과 함께 그 하루하루를 즐겁고 행복하게 사는 겁니다. 하루를 일 년처럼 평생처럼 그렇게 애틋하게 사람을 아껴주며 사는 겁니다. 불행인지 다행인지 모르겠지만 제게 있어 그 사람이……. 네, 바로 당신입니다.

— ……!

— ……!

혜연은 손등으로 천천히 이마를 부볐다.

— 휴우, 얘기를 들을수록……. 혼란스러워지는군요. 내가 알아듣기 쉽게 다시 얘기해 봐요. 그럼 그쪽이 지금 내게 원하는 것이 정확히 뭔가요? 우선 내가……. 그쪽과 사귀게 해달라는 것인가요? 그쪽 여자가 되길 바라는 건가요?

— 네, 그렇습니다. 맞습니다.

— 훗후후후…….

— 왜 그렇게……. 웃으십니까?

그녀는 그의 면전에다 대놓고 비웃음을 지우지 않았다.

— 그러니까…… 그쪽은 그동안 젊은 여자 친구와 많이 사랑해 봤으니 이젠 엄마뻘 되는 늙은 여자 친구도 한 번 사귀어 보고 싶은 모양이구만. 어떤 느낌인지 궁금하기도 하고. 호기심도 드니 말이야.

— 그렇게 얘기하진 마십시오. 제 진심을 말씀드렸지 않았습니까? 제가 지금부터 삶 끝까지 당신과 함께 살고 싶다구요. 지금 저는 제 모든 것을 걸고 한 점 거짓 없이 당신께 말씀드린 겁니다!

—……!

김승모는 처음으로 화난 기색이었다.

— 그럼 이번에 제가 한 번 여쭤볼까요?

— ……?

— 당신과 제가 사랑하는데 도대체 뭐가 문제입니까? 안 되는 이유가 고작 나이 차이 그거뿐입니까? 나이는 숫자에 불과하다고 하잖습

니까. 이제부터는 나이는 생각지도 말고 거론치도 마십시오. 지금 제 눈에는 당신이 그저 서른 안팎으로만 여겨지고 느껴질 뿐이니까요.

— ……흐으음!

서, 서른 안팎이라구!……?

과연 그게 그럴 수 있는 것인가? 가능한 얘긴가?

혜연은 자신이 그의 눈에 서른 안팎으로 밖엔 안 보일 뿐이라는 얘기를 듣자마자 머릿속이 둔중한 충격을 받은 느낌이었다. 급작스레 빠르게 뛰는 듯한, 가슴 밑바닥에서부터 차오르는 들끓음이 있었다. 연둣빛과 분홍빛이 배인 부글거림과 형체 없는 광채들……. 오래도록 반복되는 생활과 먹고 사는 거에 치여 잊고만 살았었던 그런 속살의 시큰거림이, 아픔이, 되살아나 가슴 한 켠을 빠르게 저며오는 느낌이었다. 그녀는 한시도 눈길을 떼지 않고 있는 그의 시선을 온몸으로 느끼며 몇 번이고 긴 신음소리를 삼켰다.

불가해한 일이지만 이런 일이 실재할 수 있구나! 하는 아슴프레한 생각이……. 그녀의 마른 입 속에서, 혀 밑으로 고여드는 미량의 물기처럼……. 그녀 가슴 속에서 푸른 그림자 하나가 자라나 넓게 드리워지고 바람결에 일렁거린다는 느낌이 마음속을 연이어 빠르게 지나갔다.

사랑이라는 게 참으로 오묘하구나 싶었다. 그래서 사랑이라는 게 제 눈에 안경이라는 말이 세상에 생겨난 것인가. 어쨌든 현재로선 사랑을 판별하는 시력을 떠나 김승모는 사람과 세상에 대한 사고력이 사리분별력을 잃은 게 분명했다. 두 사람 간에 메울 수 없는 생각의 오차에는 그것이 문제일 수밖에 없었다.

— 제가 이제…… 정말 드리고 싶은 말씀을 드리겠습니다. 이렇게 제 맘을 털어놓는 기회가 앞으로 쉽사리 오지는 않을 테니까요. 부디 철없는 말이라고, 미친 녀석의 말이라고, 성급하게 예단하지는 말아 주시길 부탁드립니다.

— ……!

— 전 앞으로 혜연 씨와 결혼을 전제로 사귀었으면 합니다. 부디 허락해 주십시오.

혜연은 그 말을 듣는 순간 다시 숨이 턱 막혔다.

그녀는 뒷머리를 세차게 가격당한 것처럼 아무런 표정 없이 잠시 눈만 끔벅거리면서 그의 얼굴을 망연자실 쳐다보았다. 그녀 표정은 한 점 바람 없이 고요했지만 실제로 그녀 가슴 속에선 광풍이 불고 마음속에서 수천 개의 연식 정구공이 들뛰고 있었다.

지금 내, 내게 무슨 일이 벌어지고 있는 거지……? 어, 어떻게 이렇게나 멀쩡하게 잘생긴 젊은 청년이 날 사랑한다고 말할 수가 있는 거지? 얘, 얘가 나를 너무나 사랑해서 결혼까지 하고 싶다고 하네……. 지금 내가 평소, 그 옛날 꿈꾸었던……. 이젠 까맣게 잊었지만 그립던 그 젊은 꿈을 지금 이 순간 어거지로 다시 꾸고 있는 건가? 인생에 있어서 누구나 단 한 번은 느끼고 걸릴 수 있다는 무슨 신비한 마법의 시간 속에, 내가 지금 넋 놓고 앉아 있는 게 아닌가……? 근데 가만!…… 겨, 결혼? 얘가 결혼을 전제로 나랑 사귀고 싶다구? 지금 분명 그렇게 말했는데!? 잠시 생각이 몽롱해져 있던 그녀는 결혼,이라는 말을 상기해내고는 정신이 번쩍 들어 다시 한 번 경악하는 표정으로 깨어났다.

— 제 말을 의심하십니까? 절대 아닙니다. 혜연 씨가 원한다면 전 내일이라도 혼인서류를 작성해 관청에 제출할 수 있습니다. 결혼식은 나중에 하더라도 말입니다.

— 이 사람……! 저, 정말 미쳤어…….

— 결혼 얘기까지 한 자리에서 일사천리로 말씀드린 게 분명 과하다 싶긴 합니다만……. 현재 제 마음을 더 분명하게 전달해 드리기 위해섭니다. 조급해 보이고 상식에서도 많이 어긋나 제가 제 정신이 아닌 사람으로 여겨질 수도 있겠습니다만. 당신을 향한 제 마음은 너무나 확실하고 명확합니다. 저를 한 번 생각해 보십시오. 현실적으로 전, 그 어떤 장벽도 없습니다. 이미 알고 계시는지 모르겠지만 전 이모님께 얹혀 고아로 자라났기 때문에 제 생각과 결정을 가로막을 그 어떤 사람도 이 세상에 없습니다. 그 이모님마저 돌아가셨습니다. 제게는 오직 당사자인 혜연 씨뿐입니다…….

— ……!

— 그러니까 부디 결혼을 전제로 당신과 사귈 수 있도록 허락해주십시오. 오늘 반지까지 준비해 오긴 했지만 차마 꺼내지는 못하겠습니다. 당신은 전혀 준비가 안 돼 있는데, 마치 무슨 날벼락 맞은 심정이실 텐데…… 제 마음이 아무리 당신을 간절하게 원해도 그렇게 혼자서만 앞서 성화를 부려댈 수는 없는 노릇이지요. 하지만 믿어 주십시오, 세상의 뭇 시선과 편견이란 장벽이 만만찮을 것은 잘 알지만 전 잘 이겨내고 반드시 극복해낼 자신이 있습니다.

그의 표정과 목소리는 한층 더 간절해졌다.

— 저는……. 젊고 건강한 만큼 당신 한 사람을 충분히 잘 지켜낼 수 있습니다. 도울 수 있는 능력도 있습니다. 전 당신이 앞으로 저로 인해 아주 많이 행복해지길 원합니다. 그래야 저도 진정 행복해질 수 있으니까요. 그러니까 한번만, 이런 제 맘을 믿어주십시오. 정말이지 제 모든 것을 바쳐서라도 당신을 행복하게 해드리고 싶습니다. 그래서 당신의 기쁨 안에서 저도……. 아주 오래도록 행복하고 싶습니다. 당신 존재만이 제게 행복이니까요!

혜연은 조금 입술을 벌린 채 그저 가쁜 숨만 내쉬고 있었다.

눈앞에서 그를 보고 있어도…… 그의 말을 듣고 있어도…… 도무지 믿겨지질 않았다. 가슴 속에서 뜨거운 물기가 눈을 향해 왈칵 치밀어 오르는 느낌이었다. 그녀 삶에서 한 번도 들어보지 못한 열렬한 프러포즈였다. 여자 나이 마흔여섯에 이처럼 간절한 프러포즈를 받게 되리라 꿈도 꾸지 못했었다. 그것도 열아홉 살이나 어린 스물일곱 살 젊은 남자에게서라니! 혜연은 그의 열렬한 구애로 인해 어느 순간은 모든 것을 잊어버리고 자신이 한 여자로 되돌아간 느낌이었다. 모든 것을 떠나 그저 한 여자로서 말이다. 이처럼 소나기같이 쏟아지는 한 남자의 마음으로 인해 그녀 마음도 흠뻑 젖었고 몸도 리트머스 시험지처럼 빠르게 젖어오는 느낌이었다.

그녀 속에 오랫동안 잠들어 있던 젊고 어여쁜 여자가 긴 잠을 깨고 일어나 앉는 것만 같았다. 일상에 지쳐 죽어 있던 세포들이 일제히 미세한 눈을 뜨고 열려서는 안개 입자 같은 수증기를 탄성으로 내뿜으며 생생하게 살아나 꿈틀거리는 느낌이었다. 그녀는 황급히 고개를 떨구고 눈가에 고여드는 물기를 참아내느라 아랫입술을 앞니로 질끈 깨물었다.

혜연은 혼자서 두 아이를 키우며 사는 동안 그녀의 고움을 훔쳐본 주변 사람들을 통해 재혼자리 제의를 여러 군데서 받았었다. 거의 해마다 그런 일들이 있어 왔다. 하지만 그녀는 아이들이 혹시라도 천덕꾸러기가 될까 싶어 모두 거절했었다. 하지만 만에 하나 그 어떤 다리 한쪽을 저는 홀아비라 할지라도 이처럼 간절하게, 마음과 목숨이 오롯이 담긴 프러포즈를 해왔다면! 그녀는 두 말 하지 않고 그 사람과 재혼했을 것이다. 사랑을 하고 사랑을 받는다는 건 부와도 능히 견줄 만한 세상을 살아나갈 커다란 힘이었다. 혼자 세상을 헤쳐 나가는 것보다 두 사람 마음을 합치는 것이 훨씬 힘이 되고 남 보기에도 좋다는 것을 너무나 잘 알기 때문이다.

세상은 혼자 사는 여자에게 무례하게 굴고 함부로 대한다. 옆에서 한 몸이 되어 편들어줄 사람이 없다는 약점을 간파했기 때문이다.

— 으음……!

그녀는 고개를 들어 아무 말 없이 그의 얼굴을 건너다보았다. 그의 간절한 표정이 그녀 눈빛 안으로 빠르게 번져드는 느낌이었다. 그녀는 천천히 고개를 돌려 그를 외면했다. 자신도 모르게 연거푸 깊은 한숨을 내쉬었다.

얼굴을 모로 틀고 방바닥 무늬에 시선을 둔 채 잠시 생각해보면……. 이렇게 자신을 사랑하는 사람이 세상에 있다는 것은 분명 눈물겹게 고마운 일이다. 감사한 일이었다. 하지만……. 사람에게 사랑

받는다는 것도 세상에선 정도라는 게 있고 상식에 준한 한계가 있는 법이다. 나이가 열아홉 살이나 차이가 나고, 총각이고, 멀쩡하고 잘 생기까지 한 청년이 한 프러포즈는 방금 들었는데도 여전히 비현실적으로 느껴진다. 지금 이상한 꿈을 꾸고 있는 게 아닌가 여겨질 정도였다.

혜연이 마음을 다잡자 가슴 깊은 곳에서 무겁고도 스산한 바람이 불었다.

그래, 안 되는 건 안 되는 것이다. 이 청년의 마음을 고스란히 인정하고 받아들인다 해도 넘어서야 할 벽이 하늘에 닿을 정도로 높다. 애시당초 이뤄질 수 없고 이뤄져서도 안 되는 관계이기에……. 혜연은 내심 혼자서 천천히 고개를 몇 번이고 가로저었다.

이혜연은 예기치 못한 그의 맹렬한 불길에 분명 가슴이 데였다. 지금껏 살아오면서 이렇게 가슴이 두방망이질 친 기억이 언제 있었을까 싶었다. 철없다기보다는 무모하기 짝이 없는 그의 대시에 직면한 그녀는 내내 감정을 잘 억누르고 있었다. 그러다가 어느 순간 코르크마개가 마음 어딘가에서 팡! 하고 뽑혀 날아가는 느낌이 든 후, 그녀는 감당키 힘들 만큼 코끝이 찡해지고 눈시울이 뜨거워졌다.

혜연은 여자였다. 천상 여자인 여자였다. 그녀는 어느 순간 엄마가 아니고 여자로서만이 남아 멍하니 앉아 있었다. 처음엔 그저 어이없고 황당할 뿐이었는데 시선을 허공으로 올리면 가슴이 터질 듯이 벅찼다. 지금이 한 여자로서 다시 없을 너무나 행복한 순간이고 시간이었다.

하지만 짧은 시간 내 아무리 최선을 다해 생각해봐도, 안 되는 것은 안 되는 거다. 필경 현실의 두꺼운 장벽에 부딪혀 이내 무화돼버릴 열정이고 사그라질 감정의 불꽃이다. 그렇기에 자신을 향한 그의 맹렬한 열정이 안타까워서 그녀는 가슴이 아렸고 저렸다.

이 아이는 내게 너무 늦게 왔다. 너무 늦었거나 내가 너무 빨리 삶이라는 기차에 올라탄 것이리라. 그래서 두 사람간 감당하기 힘든 시간의 오차가 가득 적재된 세월의 수레바퀴에 교통사고처럼 가슴과 마음이 느닷없이 정통으로 치인 것이다. 불을 보듯 뻔하다. 비극적 연기가 저 앞에서 매캐하게 피어오르는 게 눈에 보이는 듯하다.

한 여자를 향한 한 남자의 간절하고도 열정적인 사랑!

여자라면 누구나 삶 내내, 아니 삶이 끝나는 그 순간까지 바라고 또 바랄 일이다, 여자의 몸과 마음을 채워주는 남자의 사랑은 눈부신 태양과도 같다. 그런 한 남자의 마음이, 사랑이, 너무나 말이 안 되는 모양으로……. 관계로……. 와버렸다. 엄두가 안 나는 정도가 아니다. 조금이라도 욕심을 내는 것조차 허용이 안 되는……. 그렇게 되도록 세상 모든 사람들이 절대 용납하지 않을 것이다. 철저한 파멸뿐이다. 관계가 드러나자마자 단숨에 가진 모든 것을 잃어버리게 될 것이다.

그렇지 않은가? 세상 모든 사람들이 너나 할 것 없이 입방아를 찧으며 손가락질 할 것이 뻔한데. 그것을 어떻게 무슨 수로 감당하겠는가? 두 아이들은 물론이고 그 누구에게도 고개를 떳떳하게 들 수 없을 뿐더러……. 그녀 자신조차도 지금 맞닥뜨린 일이 현실에선 절대 있을 수 없는 일이라고 목이 부러져라 연신 마음이 도리질 쳐대지 않는가!

그런데 이 젊은 아이는……. 도대체 어쩌자고, 가능치도 않은 사랑에 목을 매게 됐단 말인가? 가엾어라. 내게 좋고 안 좋고를 떠나 도리 없이 무참히 꺾일 꽃 같은 그의 질푸른 마음이 아깝고 또 안타까웠다.

고개를 숙이고 있던 혜연은 결국 눈꼬리에 맺힌 눈물을 손수건으로 황급히 찍어냈다.

— 죄송합니다. 힘들게 해드리고자 한 건 아닌데…….

— 그, 그만!

— 넷?

— 이제 그만 얘기하라구요.

— ……. 네에, 알겠습니다.

혜연의 얼굴빛이 백지장처럼 창백해져 있었다. 그녀는 한 손으로 방바닥을 짚어 밀어내면서 앉은 자리에서 천천히 일어섰다. 그의 갑작스런 강렬한 열정과 고백에 전혀 무방비 상태였던 그녀 마음이 심하게 다쳤다. 방문을 향해 걷는 그녀 움직임은 풀칠이 덜 마른 종이인형처럼 꾸덕꾸덕 했다.

— 갑자기……. 네, 너무 많이 피곤하네요. 이제 내 차 있는 곳으로 날 데려다줄 수 있는 거죠? 얘기 다 들어줬으니까.

— 그러겠습니다.

— 그래요, 나가요!

그녀는 먼저 방을 나가 복도를 걸어 나갔다.

대여섯 발자국 걸어가다가 한 순간 그녀는 옆으로 쓰러질 듯 비칠거렸다. 힘이 다 새나가버린 두 다리가 앞뒤 순서를 잃고 겹질려진 것이다. 옆으로 무너지기 직전인 그녀 몸을 김승모가 빠르게 뒤에서 다가

와 그녀를 안듯이 잡아 바로 세웠다.

— 고, 고마워요…….

그녀가 그를 슬쩍 돌아보며 고개를 끄덕거려줄 찰나. 스잔함이 담긴 그녀 젖은 눈길이 불꽃 같은 그의 눈빛과 닿았다. 그 순간이었다. 그가 그녀의 작은 몸을 자신을 향해 순식간에 돌려세웠다. 동시에 두터운 그의 입술로 그녀 입술을 깊숙이 덮쳐왔다.

흐읍! …….

그의 넓은 가슴판 안에 덥석 안겨진 채 그녀 허리가 곡선을 만들며 뒤로 한참이나 꺾여나갈 만큼 깊고도 강한 키스였다.

'지, 지금 무, 무슨, 일이……. 이, 일어나고 있는 거지?! 이, 이럴 수가!'

혜연은 온몸을 부르르 떨었다. 무의식적으로 감겨진 그녀 눈꺼풀 안에선 깨진 사금파리가 날을 세워 희게 반짝거리는 게 보일 만큼 키스하는 내내 매 순간이 위험스럽고 경악스러웠다.

그녀도 모르고 있었지만. 그녀 몸속에 오래 전부터 서 있던 벚나무 한 그루가 세찬 바람에 모든 꽃잎을 한꺼번에 공중으로 흩날려버리는 광경이 그녀의 감은 눈 속에서 보였다. 이어 마음 전체가 흙사태가 나는지 우르릉, 쾅쾅!, 하는 굉음 소리를 내며 무너져 내리는 것 같았다. 그녀는 두 팔로 그의 가슴팍을 세게 밀어보고 몸을 버둥거려도 봤지만 마음이 천근만근 무게로 꼼짝하지 않았다.

깊고 긴 키스 도중 그녀는 순간순간 눈을 번쩍번쩍 떴다. 떴어도 시야 전체가 아롱지고 하얗게 탈색되어 하나도 보이지 않을 만큼 도무지 정신을 차릴 수가 없었다.

김승모는 끝까지 한 치의 주저함도 없었다. 강하고도 대담했다. 깊고 긴 키스 한 번으로 그는 나이가 한참이나 어린 남자에서 한 사람의 굳건한 남성으로 변모해내려던 것이었을까. 문득문득 그녀 혀뿌리가 뽑혀져나갈 것처럼 그녀 입 속에서 그의 혀가 그녀 혀를 휘감고 격렬하게 휘몰아치고 요동쳤다. 그랬던 그의 혀가, 그의 입술이, 어느 순간 수면 위를 스치는 가벼운 바람결처럼 부드럽고도 신선한 촉촉함을 그녀 입술 위에 남기고 사라졌다.

그에게서 비로소 얼굴이 떼어진 그녀는 한 손으로 얼굴을 가린 채 그로부터 등을 돌리고는 바삐 나무복도를 걷기 시작했다. 커다란 섬돌 위에 놓인 구두를 꿰신는데도 그녀는 몇 번이고 발을 잘못 집어넣었다. 마당을 가로질러 걸어가는 그녀 몸 전체가 허둥거렸다. 낮인데도 그녀 앞은 칠흑처럼 캄캄했다. 도대체 눈을 어디에 둬야 할지도 몰랐다. 고개를 이쪽으로 돌리고 보면 보이는 게 전부 다 분홍빛으로 아롱졌고, 또 반대로 고개를 돌려 보면 세상에 살아 있는 뭇 생명체 전부가 무서운 가시눈을 흡 뜨고 그녀를 힐난하듯 노려보고 있다는 느낌이었다.

이, 이런……! 그가 입술을 덮쳐왔을 때 진작에 욕부터 한 마디 대차게 퍼부어줬어야 하나? 아님, 뺨부터 세차게 한 번 갈겨줬어야 하는 게 아니었던가!

그녀는 뒤늦은 망설임보다 앞서 그의 차를 향해 빠르게 걸어갔다. 그녀는 한시라도 빨리 이 기이한 장소를 떠나 현실로 돌아가고 싶은 등을 그에게 내비치고 싶었다. 하지만 결국 도착해 그녀 발이 우뚝 멈춰진 곳은 그 남자 차 앞이었다.

음식값을 치르고 온 그가 가까이 걸어왔지만 그녀는 그의 눈도 모습도 보기가 힘들어 눈길을 돌렸다. 그가 말없이 조수석 차문을 열어주자 그녀 또한 눈뜬 시각장애자 표정으로 조수석 위에 올라앉았다. 그가 차 밖에 서서 담배를 피워 물었다. 혜연은 등을 보인 채 묵연히 담배연기를 허공으로 내뱉고 있는 그를 흘깃 쳐다보았다.

지금 그가 차에 올라타기를 기다리는 그녀는 그녀 자신이 자신같이 느껴지지 않았다. 딴 사람 같았고 딴 여자 같았다. 어떻게 그녀 자신의 존재감이 이렇게 한순간에 바뀌어버릴 수 있을까 싶었다.

음식을 먹으려고 신을 벗고 저길 들어갈 때는 분명 여자로서가 아니었다. 딸의 엄마로서 걸어 들어갔었다. 그런데 다시 그 신발을 꿰신고 걸어 나왔을 때에는 엄마라는 절대적 존재감이 먼지처럼 바람에 날려가버렸다. 지금 혜연은 온몸 가득 여자라는 느낌만으로 오롯이 조수석에 말없이 앉아 있었다.

그런데 이건 아니지 않는가. 나이값도 제대로 못하는 여자의 낯부끄러운 꼬락서니라니! 아, 아냐, 아냐! 이건 없었던 일이야, 일어나지 않은 일이야! 아무 일도 일어나지 않았어. 그래, 아무 일도 없었어!

그가 담뱃불을 끄자 그녀는 지레 눈을 깊이 내려감았다.

그가 운전석에 올라타는 차체의 둔중한 흔들림……. 어라, 올 때는 내가 분명히 뒷좌석에 타고 왔었는데 갈 때는 왜 그의 옆좌석에 타게 됐을까? 싶긴 했지만 혜연은 그것을 굳이 구분하고 시시비비를 따지고 싶은 경황이 아니었다. 머릿속이 온통 뒤죽박죽이었다. 가슴속에선 여전히 놀란 심장이 땅바닥에 던져놓은 가물치처럼 펄쩍거렸다.

김승모의 사륜구동차가 시동 걸리는 소리와 함께 움직이기 시작했다. 산길을 내려가는 자잘한 몇 번의 커브길 뒤에 시멘트로 만든 속도줄임용 방지턱을 넘느라 덜컹,하는 차체의 커다란 움직임이 있은 뒤에서야 차는 아스팔트에 진입했다. 차는 이내 미끄러지듯 달려 나갔다. M시로 돌아가는 잘 닦인 고속도로 위를 매끄럽게 질주하고 있는 것이다.

혜연은 눈을 내려감은 채 얼굴에 떨어지는 햇빛을 피해 고개를 깊이 떨구었다. 그녀는 몇 번이고 잔기침을 했다. 가슴 깊은 곳에서 비릿한 덩어리 하나가 자꾸만 울컥울컥 올라와 그녀 목젖을 간질였다. 서러움과 비슷했다. 그러나 모욕과 수치심으로부터 온 서러움이 아니라 여자의 중심이 여자 마음속에다가 분만하는 슬픔의 원형질 같았다. 그녀가 잔기침을 하고난 뒤부터 온몸을 사시나무 떨듯이 떨었다. 몸이 추운 게 아니라 마음이 추위를 탔다. 그 떨림이 간헐적이긴 했지만 도무지 멎어지질 않았다.

— 미안합니다…….

운전 중인 그가 그녀를 돌아보며 말을 붙여왔다. 그녀는 여전히 눈을 뜨지 않았다.

— 무례인 줄 알지만……. 제가 그렇게 입을 맞춘 건 제 의지이고 결의입니다. 이후 제가 혜연 씨만 바라보고 곧장 가겠다는…….

— 그만!……. 더 이상 얘기하지…… 말아요.

— 네, 부디 언짢게만 여기지 말아주세요.

김승모가 다시 그녀 옆얼굴을 힐끗 돌아보는 기운이 느껴졌다.

— 아, 아뇨. 고개도 내 쪽으로 돌리지 말구……. 그냥 앞만 보세요. 부탁이에요.

— 네, 그렇게 하죠…….

차가 계속 달렸다. 그녀는 어느 순간 살며시 눈을 즈려 떴다. 차창 전면만을 응시했다. 유월의 신록이 길을 따라 물결치듯 펼쳐지고 있었다. 간간히 흐릿하게 남아 있던 연둣빛 이파리들마저 모두 초록색으로, 녹색으로 두터워졌고 두꺼워져 있었다. 하지만 그 짓푸름이 그녀 눈동자 속에서는 자꾸만 연하고도 순하게 물그림졌다.

왜 자꾸만 눈물이 나려 하는 걸까? 내가 왜 중심을 못 잡고 점점 더 이러는 걸까? 체신머리 없게시리!

그녀는 아랫입술이 아프도록 질끈 깨물었다. 조붓한 흰 턱을 한껏 쳐들었다. 그렇게 해서라도 눈앞을 뿌옇게 만드는 물기를 말리려고 애썼다. 하지만 눈물은 마음을 떠나 몸 위에 일단 스며오르게 되면 독자적인 둥근 생명력을 획득한다. 둥글게 맺혀들려 하고 그 둥근 모양새대로 구르려고 하고 흘러내리려 하는 것이다. 사람의 살갗은 절대 마음에서 맺힌 물기를 가둬두거나 잡지를 못한다.

결국 혜연의 눈가에서 넘쳐난 눈물이 뺨을 그어내렸다.

6장
그의 어깨를 깨물다

리모컨

세상 어디에서든 당신은 내 마음 브라운관에 떠오릅니다. 당신의 환하게 웃는 얼굴과 나를 향해 걸어오는 모습……. 그 다정한 눈빛…….

아마도 나는 죽을 때까지 내 기억이 추억을 눌러 당신을 아름답고 눈부시게 떠올릴 것입니다. 아시나요, 당신이 제 안에서 영원히 곱고 아름다운 건…… 당신만을 사랑하기 때문입니다.

6장

그의 어깨를 깨물다

6월 27일, 장마비가 시작되었다.

혜연은 퇴근시간이 지났는데도 사무실 창가에서 팔짱을 낀 채 밖에서 내리는 빗줄기를 하염없이 바라보고 있었다. 간간히 깊은 한숨을 내쉬었다.

그녀는 지난 한 달이 채 못 미치는 기간 동안 애써 김승모를 피해왔다. 걸려오는 전화를 일체 받지 않았다. 문자메시지도 받는 대로 삭제해버렸다. 사흘에 한 번씩 나가던 요리학원도 그만뒀다. 어떻게 알았는지 그가 학원 입구에 서서 기다리고 있는 것을 보자 그녀는 차에서 내리지 않고 곧장 요리학원 앞을 지나쳤었다. 그가 점심시간 때 군청으로 찾아온 적도 있었다. 로비에서 그는 깍듯하게 인사를 했고 몇 마디 말을 걸어왔지만 그녀는 한 마디 대꾸도 하지 않았다. 주변에 사람들이 있어선지 그는 두드러진 행동은 하지 않았다. 그녀가 난처한 지경에 빠지는 것을 원치 않아서였을 것이다. 그녀는 항상 사람들과 함께 다녔고 매일 집과 직장 사이를 최단거리로만 오갔었다.

지난 주 초였다.

그녀는 아파트 관리실을 통해 조그만 물건을 택배로 전해 받았다. 손바닥만한 케이스였다. 열어보니 푸른 에메랄드가 박힌 백금 목걸이였다. 상당히 세련된 디자인이었다. 여자라면 누구나 손뼉을 치고 행복해할 만한 고가의 매혹적인 목걸이, 보낸 사람은 김승모였다. 그녀는 그 자리에서 그 케이스를 다시 포장해 그의 직장 주소로 되부쳤다.

그랬었던 그녀가 바로 오늘, 그것도 이내 곧, 김승모 얼굴을 어쩔 수 없이 또다시 봐야만 했다.

주머니에 든 그녀 휴대폰이 울렸다. 아버지였다.

— 이번 주말에 집에 잠깐 들를까 하는데, 미리 김치 좀 담가뒀으면 한다.

— 저번에 가져간 김치 벌써 다 드셨어요?

— 그래. 동료들 모두가 니 해준 김치가 맛있다고 너나 할 것 없이 젓가락 들고 달려드는데야 뭐, 나만 먹을 수가 없어 아예 통째로 꺼내놨더니만 금방 바닥이 나더라.

— 알았어. 그럼, 이번엔 좀 더 큰 통으로 넉넉하게 준비할게요. 다른 밑반찬도 두어 가지 준비해놓구. 근데 어디 편찮으신 덴 없구?

— 없다. 여기 일정이 시간에 딱딱 맞춰 돌아가니까 몸은 오히려 더

가뿐해진 것 같꾸만.

— 다행이네. 잠자리는요? 같이 주무시는 한 분이 너무 코를 심하게 고신다며?

— 처음엔 벼락치는 것 같던 그 소리도 금방 이골이 나더라. 진종일 아파트 단지 여기저기를 쏘댕기다 보니 요즘은 밥 먹고 드러눕기 바쁘게 내가 그 사람보다 먼저 곯아떨어지는구마.

— 집에서 편히 주무시고 싶음 언제든지 건너와요. 겨우 삼십 분 거리밖에 안 되는데! 내가 아침에 좀 일찍 일어나 상주까지 아버지 바래다드리면 되니까.

— 아니다. 이 주에 한 번 가는 게 딱 좋아. 다른 경비원들도 다 한 달에 두어 번씩만 집에 댕기러 가는데 뭘.

— 술은요? 많이 드시면 건강 해치시는데…….

— 그 점은 염려 붙들어 매라. 저녁에 반주로 소주로 한두 잔 걸치는 것 빼고는 모두들 지레 손사래치는 분위기니까.

아버지는 기분 좋은 목소리로 전화를 끊었다.

아버지는 상주의 H아파트 경비직에 취직되고 난 뒤 목소리에 부쩍 힘이 붙고 음색도 밝아졌다. 동료 경비원들 중 교감으로 정년퇴직한 분이 있는데 그 사람이 참 박학다식해서 세상 이런저런 얘기 골라 듣는 재미가 쏠쏠하다고 했다. 그리고 단지 내에서 평수가 작은 아파트에 혼자 사는 할머니들이 여럿 있는데 그 중 한 할머니가 맘에 들어 조금씩 공을 들이고 있다는 것이다. 지난 번에 집에 왔을 때 장롱에 든 색 있는 와이셔츠를 챙겨가면서 아버지가 한 얘기다.

칠십한 세에 새삼스럽게 무슨 연애를?, 할 수 있겠지만. 옷가방에 아껴둔 넥타이까지 여러 개 집어넣는 아버지 얼굴엔 환한 생기가 감돌았었다. 그런 아버지를 뒤에서 지켜보는 혜연도 기분이 좋았다. 그러고 보면 그것이 몸의 욕망이든 마음이 스민 사랑이든 간에 나이가 아무리 많다 해도 이성을 향한 열정과 욕망만은 삶 내내 전혀 사그라지지 않는다는 게 놀라웠었다.

아버지 전화에 생각이 잠시 끊겼었지만.

혜연은 오늘 점심 무렵 때 현금이 필요해 현금인출기에 은행카드를 집어넣고 돈 십만 원을 뽑았었다. 잔금을 확인한 그녀는 깜짝 놀랐다. 그녀에겐 적금 붓는 통장이 하나 있고 현재 쓰고 있는 입출금통장은 K은행 통장 하나뿐이다. 잔금이 이백육십여만 원이면 얼추 맞는데 인출기 화면에 떠 있는 잔고 액수가 무려 삼천이백육십여만 원이었던 것이다.

이, 이게 도대체 어떻게 된 일인가?

삼천만 원이라는 거금이 어디서 잘못 들어왔나, 싶었다. 대체 이 거금이 어디서 들어온 거지? 이상한데? 돈이 입금되면 휴대폰 액정화면에 문자메시지로 곧장 뜨지 않는가. 그녀는 휴대폰 문자메시지함을 열어 최근 문자부터 뒤로 넘기며 하나하나 확인했다. 확인해보니 삼천만 원이란 거금이 입금된 날짜는 나흘 전이었다. 나흘 전이라면……! 그날은 사무실 전 직원이 점심도 못 챙겨 먹었을 정도로 진종일 눈 코 뜰 새 없이 업무에 바빴던 날이다. 그 통에 문자메시지가 확인도 안 되고 묻혀버린 것이다. 삼천만 원이란 거금을 보낸 사람 이름이 김승모, 라고 찍혀 있는 것을 본 순간 그녀는 충격을 이기지 못하고 의자에 털썩 주저앉았다.

월급쟁이가 삼천만 원을 모은다는 건 결코 쉬운 일이 아니다. 그가 M종합병원에 입사한 지 만 4년 차니까……. 그의 현 직책이 중환자실 A팀 팀장이라고 해도 간호사 월급이래야 빤한 거다. 삼 년 정도 기간에 그 돈을 모으려면 매달 최소한 월급의 절반 이상을 꼬박꼬박 저축했었어야 가능한 거금이었다. 어쩌면 그의 전 재산일는지도 몰랐다. 근데 어떻게 그 큰돈을 남의 통장에 말 한마디 없이 꽂아 넣을 수가 있단 말인가? 그 돈이 어떤 돈인데!

그리고 이 사람은 대체 어떻게 내 통장번호를 알았을까 의구심이 들었지만 그 의문은 이내 풀렸다. 딸 인영이가 매달 직장에서 받는 봉급이 이혜연 통장으로 입금된다. 병원 경리과를 통한다면 통장번호를 알아내는 건 그리 어려운 일이 아닐 것이다(그녀는 딸의 월급 중 삼 분의 이를 딸 이름으로 된 적금통장에다 매달 붓고 있다).

직장 생활 삼사 년 동안 쓸 것 안 쓰고 모은 큰돈을 마치 없어도 된다는 것인 양 보낼 수 있다는 사실에 그녀는 놀랐다. 그리고 이어 든 생각은 그에게 이 큰돈을 원주인에게 빠르게 되돌려줘야 한다는 것. 문제는 돈을 돌려주자니 그 방법이 간단치가 않았다. 딸에게 그의 통장번호를 알아 오라고 시킬 수도 없는 노릇이고. 묵직한 현금뭉치 모양이 우스우니까 수표 한 장으로 끊어 딸을 시켜 그 사람에게 갖다주라고 할 수도 없었다. 결국은 그녀 자신이 직접 만나야 한다는 것! 그 사람을 직접 만나 '앞으로 다신 이같이 황당하고도 엄청난 짓을 하지 말라!'고 못을 박고는 그에게 돈을 돌려줘야만 했다. 번거롭고 골치 아픈 일이지만 큰 금액의 돈이라 중간에 사고라도 나면 큰일이었다.

그렇다면 어떤 장소가 좋을까? 내가 병원으로 직접 찾아가……? 아니다. 거긴 딸의 직장이고 인영이 엄마인 줄 아는 동료 간호사들이 많은 곳이다. 그 많은 눈을 모두 피하기 힘들다. 그러면 시내 커피숍이나 레스토랑 같은 데서 만나야 한다는 건데……. 이 큰돈을 아낌없이, 아무렇지 않게 보낼 수 있는 사람이라면 돌려주기만 하는 일이 수월할 거라고 장담할 수가 없다. 그가 쉽게 보내주리라, 확신할 수가 없었다. 용무를 마쳤으니 그녀는 일어나 가려고 하고 그는 가지 말라고 그녀 손목을 나꿔챈다면 단번에 이상한 그림이 돼버린다. M시 안에서 M시 내에 사는 그 누구의 눈에 띄더라도 그 사람 고개가 단박에 갸웃거려질 것이다.

M시는 아주 조그만 도시다. 시내만 걸어가도 '지난 주 화요일 오후 세 시에 우체국 앞길에서 너 봤다!' 고 나중에라도 말할 사람들이 너댓 명은 족히 더 될 것이다. 그를 만날 장소로 시내는 적합지 않았다. 그렇다고 해서 지난 번 '산원'처럼 M시를 벗어나 한적한 곳으로 간다는 것도, 그녀로선 도저히 자신이 없었고 감당이 안 됐다.

그녀는 고심을 거듭한 끝에 김승모를 집으로 초대하기로 맘을 굳혔다. 아들 진철이가 오늘 학교에서 정기고사를 보는 만큼 학교를 일찍 파하기에 아들을 저녁 자리에 함께 앉히는 일은 어렵지 않다. 인영이는 야간근무인 만큼 집에 없다.

생각을 굳힌 그녀는 그에게 전화를 걸었다.

김승모는 저녁 초대에 아주 기쁜 목소리로 응했다. 혜연은 애시당초 상다리가 부러지게 차릴 생각은 없었다. 평상시 식단에 소고기를 조금 볶고 조기 한 마리 구워 얹어놓는 정도로 번거로움을 피했다. 아들에게는 김승모에 대해 적당히 둘러댈 작정이었다. 김승모는 군청 공무원인데 엄마가 작년에 돈이 필요했을 때 돈을 빌려줬었다. 그래서 오늘 갚으려는 것이다. 사람을 믿고 돈을 꿔줬기에 고마워서 저녁식사 자리에 초대한 것이다. 그리고 아들 앞에서 수표를 담은 봉투를 꺼내 그에게로 밀어 건네는 것으로 일이 마무리 된다.

진철이도 김승모만큼 키가 컸고 힘도 세다.

자, 승모 군! 봐요, 나에게 당신만한 이런 크고 든든한 아들이 있어. 이게 현실이니까, 당신 눈으로 똑똑히 봤을 테니까, 이제라도 맘 고쳐먹어요!

혜연은 굳이 말로서가 아니라 그런 무언의 뜻을 그에게 전달하고 싶은 의도도 있었다. 그녀가 김승모를 집으로까지 초대한 또 하나의 이유는 그 사람 마음이 고마워서였다. 어찌 됐던 간에 이 삭막한 세상에서 그 어떤 사람이 그녀에게 그렇게 할 수가 있겠는가. 남자가 몇 년 동안 땀 흘려 모은 돈 전부를 아낌없이 건네줄 수 있는 사람이 세상에 누가 있겠는가. 그녀는 가슴 한켠으론 그의 마음씀씀이 눈물나게 고마웠다. 물론 이 큰돈을 받아쓴다는 건 말이 안 된다. 있을 수 없는 일이었다. 그의 마음만 받겠지만. 그렇다고 해서 그녀가 자신의 그런 마음을 그에게 대놓고 표현할 수는 더더욱 없는 노릇이었다.

나이를 떠나 자신을 아주 많이 좋아해주는 한 사람에게 이왕이면 예의를 갖춰서 거절하고 싶었다. 그 거절의 의미를 그녀 아들을 그에게 대면시킴으로써 자연스레 그에게 납득시켜졌으면 하는 게 그녀 바람이었다.

속 썩이는 아들일지라도 아들은 그녀에게 든든함이었다. 진철이가 있는데, 진철이 앞에서 그가 무슨 섣부른 말을, 그 어떤 다른 행동을 할 수가 있겠는가. 그녀는 진철이에게 오늘 저녁 일곱 시 반까지 무슨 일이 있어도 집으로 꼭 돌아오겠다는 다짐도 이미 전화를 통해 두 번이나 받아냈었다.

때가 여름의 입구인지라 해가 부쩍 길어졌다.

약속한 그 시간대는 뉘엿뉘엿 해가 질 무렵이다. 김승모는 일곱 시 사십 분에 맞춰 아파트에 도착하기로 돼 있다. 현재 시간 오후 여섯 시 이십 분! 직장에서 차를 몰고 나가면 집까지 딱 십 분 걸린다. 냉장고 안에 부식꺼리도 다 마련돼 있어 음식을 준비해 상을 차리는 시간에는 별 문제가 없다.

이런저런 골똘한 생각에 잠겼던 혜연은 손목시계를 들여다보았다.

— ……. 어서 와요! 과일바구니는 무슨…….

— 갑작스레 비가 엄청 많이 쏟아지네요!

— 그러고 보니 어깨가 다 젖었네요. 마른 수건 갖다줄게요.

— 괜찮습니다.

— 괜찮긴요…… 여깄어요. 팔도 젖었는데 물기 좀 닦구……. 차린 건 별로 없지만 식탁으로 가 앉아요. 그리구, 잠시 기다려줘요.

혜연은 그를 식탁 의자에 안내한 다음 부랴부랴 안방문을 열고 들어가 문을 닫았다. 그리고 방문과 멀리 떨어진 구석진 곳으로 걸어가 휴대폰으로 아들과 연결시켰다.

인석이! 대체 뭐야……!

아들은 이젠 아예 전화를 받지도 않았다. 아들에게서 오후 일곱 시 무렵 전화가 걸려왔었다. 갑자기 중요한 일이 생겨 집에 늦게 들어가게 됐다는 것이다. 혜연의 목소리가 커졌다.

아니, 너 왜 엄마랑 약속 안 지켜? 무슨 일인데? 너, 일곱 시 반까지 들어와서 엄마랑 같이 저녁 먹자고 철석같이 약속했었잖아? 아, 나도 그러려고 했었지. 근데 후배 놈이 갑자기 사고를 쳤는데 내가 어떡해? 모른 척 할 수가 없잖아. 뭐야? 너, 거기가 어딘데? 지금 말하긴 그렇고 내가 집에 들어가면 다 얘기해줄게. 너 무슨 사고친 거 아냐? 너…… 혹시, 거기 경찰서 같은 데 아냐? 야하, 울 엄마 귀신이네. 맞아. 어히구, 내가 못 살아! 너 누구한테 주먹질 했니? 아니라니깐. 가해자가 나라면 진작에 엄마가 호출됐겠지. 너, 정말이지? 글쎄 그렇다니깐. 난 주변에 있었던 목격자로서 후배에게 도움 되는 진술서를 써줘야 해. 일이 아주 웃기게 됐어. 분명 그 자식이 먼저 후배를 발로 찼다니깐. 욕도 먼저 했고. 그래서 후배가 주먹을 날렸는데 그 자식 앞니가 두 개나 부러졌어. 아무튼 나 지금 바빠! 그럼, 너 언제 들어오는데? 앞으로 두서너 시간은 걸릴 거라고 봐야지 뭐. 어휴……. 내가 너 땜에 정말 못 산다 못 살아! 어떻게…… 고3인 녀석이 폭행사건에 휘말려 경찰서에 가 있다는 게 말이 되냐? 말이 돼? 글쎄, 내가 그런 게 아니라니깐 그러네! 그게 그거지 이 녀석아! 몰라. 전화 끊어. 지금 형사 들어왔으니까. 너 정말 직접 연루된 거 아니지? 어휴, 그렇다니깐! 엄만 아들 그렇게도 몰라? 끊어!

— 망할 자식! 정말이지 도움이 안 돼!

그녀는 푸념을 한 뒤 안방 화장대 거울에 얼굴을 비춰보고는 방문을 열고 거실로 걸어나갔다.

— 야하! 정말 제대로 된 집밥, 오래간 만에 먹어보는데요. 너무 맛있습니다.

— 그래요?, 맛있다니 고맙네요. 많이 들어요.

— 네, 보십시오, 벌써 밥 한 공기 뚝딱, 하고 다 비웠습니다. 염치없지만 한 공기 더 주십시오.

— 얼마든지요.

그녀가 밥 한 공기를 퍼주자 그는 정말 맛있게, 열심히도 먹었다. 그녀로선 그런 사람의 모습도 새로운 경험이었다. 지금껏 그녀는 수없이 많은 밥상을 차려냈지만 저렇게 행복한 얼굴로 볼이 미어터지게 자신이 만든 음식을 맛있게 먹어대는 사람을 보지 못했다. 그는 체면 불구하고 세 공기씩이나 밥을 말끔히 비워내고서야 아쉽다는 듯 숟가락을 슬그머니 식탁 위에 내려놓았다.

— 정말 밥 잘 먹었네내요…….

그녀는 과일 대신 그가 원하는 커피를 타 거실 탁자에 내려놓았다.

— 핫하하하, 원래부터 저 잘 먹습니다. 하는 일이 체력을 필요로 하니까요. 근데 왜 제게만 커피를……?

— 난 원래 저녁 땐 커피를 안 마셔요. 마시면 잠을 잘 못 자서요.

— 아, 그러시구나. 아무튼 오늘 정말 저녁 맛있게 먹었습니다. 감사합니다.

— 차린 것도 별로 없었는데요 뭘…….

혜연은 그가 커피를 마시는 사이 준비해둔 봉투를 가져와 탁자 위에 놓은 뒤 그를 향해 밀어 놓았다. 그가 그녀 통장에 꽂아 넣은 금액의 수표가 든 봉투였다.

— 앞으론 절대 이러지 말아요!

— 이게 뭡니까? 아……!

— 애써 힘들게 번, 그 큰돈을 어떻게 남의 통장에 보낼 수가 있어요? 그리고 당사자에게도 한 마디 말도 없이? 결코 좋은 행동 아니에요.

— 도통 전화를 받지 않으시니까……. 그리구요, 돈이란 건 더 필요한 사람이 쓰면 좋은 거잖아요. 전 현재 그 돈 필요치 않습니다. 제 몸과 직장 모두 튼튼한 만큼 앞으로 또 벌면 되구요. 저, 쓸 돈 정도는 충분히 있습니다. 전 괜찮으니까 요긴한 데 쓰세요.

— 어휴, 그게 어디 말이 되나요? 그리고 내가 왜 승모 군의 돈을 받아써요? 그럴 이유가 없잖아요. 그리고 나도 필요한 만큼은 벌고 있어요. 우리 인영이도 함께 벌고 있구. 그러니까 여러 말 하지 말고 다시 가져가도록 해요. 사람 더 이상 난처하고 불쾌하게 만들지 말구…….

— 불쾌하셨습니까?

— 그럼요, 어떻게 불쾌 안 할 수 있겠어요?

— 그저 전……. 단순하고 좋은 마음이었습니다. 당신께서 요긴하게

사용하면 제 마음이 아주 즐겁고 행복할 것 같아서였습니다. 무슨 조건이나 의도 같은 거 전혀 없습니다. 다시 말씀드리지만 제게 그리 필요한 돈도 아니구요.

— 그런 말이 어딨어요? 앞으로 결혼도 해야 하고 집도 사야 하고…… 머잖아 큰돈이 얼마나 많이 필요해지는데.

— 그 정도는 이미 가졌습니다. 제 부모님께서 제게 충분히 남겨주신 것을 제가 성인이 돼 물려받았으니까요. 제 부모님이신 두 분 모두 같은 국립대 교수셨거든요.

— ……!

— 제가 보내드린 이것은 제 노력으로 번 것입니다. 그래서 제 마음이 즐겁고 가장 행복해지는 쪽으로 보내드린 것입니다.

— 어쨌든……. 흐으음, 승모 군 마음만 고맙게 받도록 할게요. 우리, 그만 일어나도록 하죠.

혜연은 서둘러 자리에서 일어섰다. 하지만 소파에 앉은 그는 잠시 골똘한 생각에 잠긴 표정이었다.

— 이제……. 시간도 늦었으니 돌아가도록 해요. 다신 이런 일로 만나는 일, 없어야 할 거구요.

— ……. 나는 말입니다…….

저는,이 아니고 나, 나는,이라구……?

— 네, 나는…… 당신이 너무나 사랑스럽습니다……. 이렇게 보고 있는데도 더 많이 그립습니다. 그리고 당신 생각이 깊어질 때마다 언제나 그 끝에서 매번 눈물이 납니다.

— 스, 승모 군! 또 그런…….

— 나는 당신에 관해 쉼 없이 혼자 이런저런 많은 생각을 합니다. 많은 장면을 떠올려봅니다. 예컨대, 나 없이……. 말입니다. 당신이란 여자가 훗날, 나중에, 나 없이 혼자서 쓸쓸하게 늙어가는 것까지 생각하기도 합니다. 그러면……. 네, 이 가슴이……. 내 가슴이 정말 미어질 정도로 아픕니다. 나도 왜 이렇게까지나 당신을 사랑하는지, 사랑하게 돼버렸는지 잘 모르겠습니다.

— 그런 얘기라면 안 듣겠어요. 안 들을래요. 그리고 난 곧 해야 할 일이 있어요. 오늘밤에 정리해서 내일 출근하자마자 부서에 제출해야 할 중요한 서류 분류예요. 그러니까…….

— 정말입니다. 나는…….

그는 그녀 말에 아랑곳하지 않았다. 그는 급작스레 목이 메여오는지 잠시 말을 끊고는 고개를 깊이 떨구었다.

— 제발 인정해 주십시오. 내가 당신을 아주 좋아하고 사랑한다는 걸 말입니다. 세상 그 누구보다도요. 비교할 수조차 없을 겁니다. 당신을 향한 제가 얼마나 간절하고 목숨 같은지…….

— 어휴, 또…….

— 그럼, 새로운 얘기 해드릴까요?

— ……?!

— 내가 당신을 처음 본 것은 인영 씨 할아버지와 병원에 오셨던 때가 아닙니다. 작년 2월 27일, 기사식당 안이었었습니다. 세광주유소 맞은 편 기사식당 말입니다. 그 식당 안 가장 후미진 구석에 혼자 앉아

점심을 먹고 있는 당신 모습을 처음 봤더랬습니다. 그때 나는 '아!……. 사람이 저렇게 밥을 먹을 수도 있구나!' 하는 충격을 받았습니다.

— 무, 무슨……?

— 그게 말이죠, 당신 움직임에선 아무 소리가 나지 않았습니다. 음식을 먹는 선이 그렇게 곱고 예쁠 수 없었습니다. 그리고……. 나는 왠지 당신이 밥을 먹는 게 아니고 혼자서 슬픔을 떠먹고 있구나, 그렇게만 느껴졌습니다. 꽤나 시끄럽고 번잡한 기사식당 안이었지만 당신 앉은 구석진 자리는 제게 섬처럼 느껴졌습니다. 그날 난 당신 훔쳐보느라 음식을 먹을 수가 없었습니다. 그날 이후로……. 난 지금까지 점심을 그 식당에 가 혼자서 점심을 먹어왔습니다. 당신 앉았던 자리에서만 앉아 밥을 먹습니다……. 이제는 절 좀 이해하실 수 있겠습니까? 나는 밥을 먹는 게 아니라……. 당신 생각을 먹었습니다. 그때부터 지금까지 당신에 대한 그리움을 매일 한 끼씩 빠트림 없이 먹어온 것입니다.

— ……!

— 난 언젠간 당신과 마주앉아 그 기사식당에서 꼭 함께 점심을 먹어보고 싶습니다. 왜냐구요? 다른 이유 없습니다. 너무나 그렇게 하고 싶기 때문입니다.

— 이, 이봐요! 난 말이에요, 난……. 아주 평범한 사람이에요. 승모 씨가……. 아니, 승모 군이 생각하는 그런 특별한 여자가 아니에요. 그저 많고 많은 중년 아줌마 중 한 사람일 뿐이에요.

— 아뇨. 상관없습니다. 내가 그렇다면 그런 겁니다. 내가 가장 예쁘

다면 당신은 세상에서 가장 예쁜 여자입니다. 혜연 씨……!

그가 갑자기 일어나 곧장 그녀에게로 걸어왔다. 그는 그녀 얼굴을 향해 한 손을 천천히 뻗어 왔다. 그녀는 흠칫, 놀라면서 황급히 한 발자국 뒤로 물러났다.

— 이, 이러지 말아요! 이러면 안 돼요!

하지만 이미 그의 손이 부드럽게 그녀 얼굴에 닿았다. 그녀는 목을 한껏 움츠리고 외면했지만 그의 긴 손가락이 다 숨기지 못한 그녀 뺨을 부드럽게 쓸어내리고 있었다.

— 내 눈을 봐요.

— ……!

— 나, 나는, 말이죠…….

그는 깊은 한숨을 내쉰 뒤 말을 이었다.

— 내가……. 당신 남자입니다. 내가 이 세상에 좀 늦게 왔고 당신 삶 안에 늦게 도착하긴 했지만……. 그런 건 아무래도 상관없습니다. 그러니까 혜연 씨, 나를 한 번만 믿어 봐요. 모든 것을 내게 한 번만 맡겨 줘 봐요. 다시 분명히 말씀드리지만 내가, 바로 내가, 당신을 이 세상으로부터 지켜내고 당신 삶 다하는 그날까지 함께 할 사람이에요. 누구보다 더 당신을 행복하게 해줄 사람입니다. 그러니까……. 더 이상 날 회피하지 말고, 외면하지 말고, 도망치지 말고……. 날 지금 있는 그대로만 인정해줘요. 내가 당신 실망시키는 일 결코 없을 거예요. 왜냐하면요, 그건 내가 죽기보다 싫어 하니까……. 당신이 나의 잘못으로 괴로워하는 것을 보느니 차라리 내가 죽는 게 더 나으니까…….

그가 느닷없이 두 팔로 그녀 가슴을 와락 힘주어 껴안았다.

— 아, 안 돼요! 이러면……. 아, 안 돼!

완강하게 그를 밀쳐내려 애썼지만 꽈악 껴안은 그의 두 팔 안에서 그녀의 파닥거림은 아무 소용이 없었다.

— 날 믿어줘요……. 그러면 알게 될 거예요. 그 순간부터 당신은 영원히, 혼자가 아님을 알 수 있을 테니까.

그가 허리와 어깨를 그녀 쪽으로 맹렬하게 구부려 그녀 입술을 뜨겁게 덮쳐왔다.

이런, 이런, 이런 또……! 아……!

그녀는 눈앞이 캄캄해졌다. 지난 번처럼 곧장 절벽 아래로 추락하는 느낌이었다. 그의 힘찬 혀끝이 그녀의 치아 사이를 애써 비집고 들어오더니 그녀의 부드러운 혀를 자신의 혀로 똬리 틀듯이 몇 번이고 휘감았다. 그녀는 그의 뜨거운 입김을 목구멍으로 두어 번 삼켜내면서 너무나 어지러워 눈을 깊게 내려감았다. 눈을 감았는데도 사방 천지가 빙글빙글 돌았다.

이러면 안 된다고! 있을 수 없는 일이라고! 이런 일이 또 일어나선 안 된다고!

셀 수 없이 반복되는 강한 부정이 그녀의 감긴 눈꺼풀 안에서 수만 마리 부나비처럼 파드득거렸다. 그녀는 그의 얼굴에서 자신의 얼굴을 떼어내려 용을 써댔다. 하지만 그럴수록 그의 힘세고 큼지막한 두 손이 그녀 얼굴과 머리를 더욱더 통째로 모아쥐었다. 도무지 한 순간도 그녀를 놓아주질 않았다.

그녀 입술이 가쁜 숨결을 토해내느라 입술 틈이 벌어지면 곧바로 그의 붉은 혀가 그녀 입술 사이로 밀고 들어와 가득 채웠다. 그녀 허리를 옥죄듯이 강하게 끌어당겨 안고 있던 그의 오른팔에 순간적인 힘이 갑작스레 가해졌다. 그녀 허리가 단번에 뒤로 휘어졌다. 그 순간이었다. 혜연의 머릿속을 어지럽히던 그 많던 부정들이 강렬한 발광과 함께 폭발했다. 미세한 빛의 파편이 된 그 눈부신 입자가 한꺼번에 그녀 마음과 가슴 속에서 산지사방으로 아득하고도 아스라하게 퍼져나가는 느낌이었다.

그녀는 거실 바닥 위에 곧장 눕혀졌다. 그의 기다란 몸이 가녀린 그녀 몸 위에 실려졌다.

제발, 제발……. 이러지 말아요. 어쩌자고……. 어떻게 뒷감당하려고 이렇게도 무모하게…….

혜연은 순간순간 얼굴을 도리질치면서 힘껏 그를 밀쳐내려 애를 썼다. 역시나 역부족이었다. 그럴수록 그의 몸짓은 완악스러워졌고 드세졌다. 그의 뜨거운 입술이 그녀의 가는 목에 와닿는 순간 그녀는 몸속 힘이 일시에 썰물처럼 빠져나가버리는 느낌이었다. 그의 뜨거운 손이 내처 그녀 옷 속을 비집고 들어왔다. 흠칫 놀란 그녀가 다시 한번 힘껏 버둥질을 쳐댔다. 하지만 이미 그녀 윗옷이 그녀 목께까지 올라가 버렸다. 그의 붉고도 섬세한 입술이 그녀의 봉긋한 맨가슴에 와닿았다. 그녀는 감전이 돼버린 듯 일시에 관자놀이가 서늘해지면서 전신이 한꺼번에 축 늘어지는 느낌이었다.

그녀는 끊임없이 무슨 말을 했지만 그 말은 소리가 되지 못했다. 쉼 없이 빨아들이는 그의 입술 속으로 모두 다 삼켜져버렸다. 그의 거친 손이 그녀 몸 위를 쓸어내리다가 이윽고 그녀 다리 사이 깊숙이 파고 들었다. 그녀는 너무나 경악스러웠다. 그녀의 두 눈동자가 앰뷸런스 붉은 불빛처럼 심하게 흔들거리면서 휘번쩍거렸다.

그의 긴 손가락이 그녀 몸 속 깊이 침범해 들어오자 그녀는 세상이 무서워서 눈을 질끈 감아버렸다. 동시에 그녀 머릿속 뇌주름이 터져 나갈 듯한 팽팽한 긴장감으로 한껏 움츠러들었다. 바지 혁대를 허겁지겁 끄른 그의 몸이 그녀 몸 사이를 거칠게 비집어들면서 그녀 속을 둔중하게 묵직하게 가르고 들어왔다.

흡!, 으읍……. 흠……!

그녀는 입술을 질끈 깨물었다.

깊은 몸길이 열리자 머릿속 생각이 빠르게 휘발되었다.

두 사람 몸의 중심이 하나로 연결되자 그녀의 살갗과 그의 근육 모두가 빠르게 수축과 팽창작용을 반복하면서 상대를 향해 열렬히 반응했다. 그녀는 열 손가락을 좌악 펴서 그의 어깨 뒷근육에서 용솟음치듯이 부채살처럼 접히고 펴지는 세찬 꿈틀거림을 꽉악 거머쥐고 움켜쥐었다. 그의 매끄러운 복부와 커다란 가슴판은 그녀의 작은 몸 위에서 끊임없는 푸른 물결을 일으켜 그녀 마음을 요동치게 만들었다.

그가 불붙은 숨결을 위에서 뚝뚝 떨굴 때마다 밑에 있는 그녀는 온몸에 불이 붙는 것 같았다. 쉼 없이 꿈틀거렸고 뒤척거렸다. 마치 그녀 두 다리와 두 팔이 허공을 내려진 동앗줄을 잡고 오르려는 듯이 쉼 없이 버둥질을 쳐댔다. 굵고 두꺼운 장작을 패는 듯한 거칠고 세찬 그의 움직임이 반복되었다. 그 충격이 너무나 둔탁하고 묵직해서 그녀는 정신이 단번에 안개처럼 산산이 흩어져버렸다. 실신할 것만 같았다. 그러다가 어느 순간이었다. 거실 바닥에 널브러져 있었던 그녀 두 손이 그의 목뒤를 향해 담장이넝쿨처럼 뻗어 오르더니 완악스럽게 자신의 얼굴 쪽으로 끌어당겼다. 그녀 입술이 먼저 그의 입술을 애타게 찾았고 허겁지겁 그의 두툼한 혀를 강하게 빨아들였다. 그의 혀를 목구멍 안으로 삼켜버릴 것 같은 열렬한 기세였다.

그의 견고한 어깨와 강한 허리, 팽팽한 근육으로 뭉쳐진 허벅지와 엉덩이에서 쏟아지는 갈기 같은 근육들이 일제히 그녀 속길로만 쉼 없이 내달렸다. 커다란 그의 몸 전체가 그녀의 작은 몸 속으로 들어가려고 버둥질을 쳐대는 것 같았다.

가쁜 숨결과 신음소리를 연신 토해내던 그녀는 어느 순간 눈을 번쩍 떴다. 강렬한 눈빛이 그녀 눈에서 뿜어져 나왔다. 그녀는 자신의 몸을 가득 채우고 있는 이 젊고 질푸른 그가 자신의 몸 위에 한 몸처럼 담겨 있고, 산처럼 쌓여져 있다는 게 믿겨지지 않는 듯했다. 그래서 두 손으로 그의 얼굴을 와락 거머쥐었다. 그리고 두 눈을 동그랗게 뜨고 그의 얼굴을 뚫어져라 올려다보았다. 또렷하고 명확하게 이 순간 그의 얼굴을 평생 두 눈동자 속에 새겨두고자 하는 강한 열망이 스며 있었다. 이것이 꿈인지 현실인지 분간을 못하고 있다가 생생한 현실의 뼈만을 명징하게 추려내고자 하는 의지였고 눈빛이었다.

이, 이, 이럴 수도 있는 거구나!

이 아이 의지가…… 넘을 수 없는 경계를 넘어선 거겠지만……. 내가, 내 몸이 이 월경을 애써 막으려고는 했었지만…… 그러나 내가 정작 이 아이를 오래 전 꿈처럼 간절히 목말라 했던 것은 아니었을까. 그래서 이 아이 손이 내 몸에 닿기도 전에 내 마음이 이미 이 아이에게 빗장을 열어줘버린 게 아니었을까…….

그녀가 허공을 향해 턱을 한껏 쳐들었다.

미간을 잔뜩 찌푸린 채 가쁜 숨을 토하는 그녀는 파르르 떨리는 눈꺼풀을 깊게 내려감았다. 짙푸른 초원을 질주해온 눈부신 말 한 마리가 그녀 몸 속으로 무섭게 질주했다. 꼬리를 깃발처럼 높이 세우고 말굽을 멈춰 세울 곳은 그녀 마음이라는 듯. 그녀 속으로 들어온 그의 몸은 그녀 마음을 찾아 헤매고 있었다. 온몸 구석구석을 헤집고 들쑤시는 기세가 대군이 쳐들어온 듯했다. 그 기운에 눌려 그녀의 숨소리는 연신 단말마 비명으로 바뀌었고 공간 가득 울렸다. 감당키 힘들 만큼 젊은 남자 몸은 거칠고도 격렬했다. 온몸이 그에 의해 빠짐없이 짓눌린 그녀는 숨조차 쉴 수가 없었다. 눈 내린 듯 뒤덮인 하얀 그녀 속살은 자잘한 분홍 꽃잎이 피어나는 것처럼 살갗 전체가 발갛게 물들었다. 그 세포 구멍마다 가쁜 숨결로 인해 땀방울이 맺혔고 거실 바닥에 쉼 없이 굴러내렸다. 두 몸이 쉼 없이 부딪치고 거칠게 마찰돼 일으킨 열기가 세포 구멍마다 땀방울로 송알송알 맺힌 것이다. 두 사람 몸은 수면에서 방금 빠져나온 것처럼 쏟아지는 땀으로 인해 매끄러웠고 미끄덩거렸다.

김승모 이마에서, 턱 끝에서, 낙숫물 떨어지듯이 굵은 땀방울이 그녀 얼굴과 봉긋한 가슴 위에 쉼 없이 뚝, 뚝, 뚝, 떨궈졌다. 그러면서도 그는 한 순간도 지침이 없이 그녀 속으로만 온몸으로 집요하게 파고들었다. 잠시 쉬는 듯싶다가도 또다시 태풍이 몰아치듯이 세차게 들이칠 때마다 그 강도는 더더욱 강렬했다.

으읏……! 흐읍, 흡! 흡흐…….으……!

그녀는 결국 가는 울음을 터뜨리며 그의 견고한 어깨살을 어금니로 깨물었다. 그 순간 그의 어깨살이 갈기를 털듯이 부르르 떨었다. 통나무 같은 단단한 근육들을 가득 싣고 폭주하는 기관차처럼 그녀 속으로 깊이 깊이 내달리기만을 계속 했던 김승모의 거대한 몸짓이 이윽고 제동이 걸린 듯 천천히 멈추어 서기 시작했다. 불꽃이 스민 연기 같은 숨결만을 내뱉으며 모든 게 그녀의 속살 안에서 빠르게 허물어지고 사위어졌다.

이제까지의 세상은 불타버렸고 재로 사라졌다.

모든 게 사라진 그 자리에 남자와 여자만이 오롯이 남아 있었다. 그들은 몸을 떼어낸 뒤에도 서로의 손을 잡고 천장을 향해 반듯이 드러누운 채 거친 숨결만 한없이 내뱉고 있었다.

7장
뻔뻔한 마음

노트북

내 가슴속 마음을 열면 당신과의 추억이 눈부시게 내장돼 있습니다. 잔디처럼 깔린 당신 살갗과 머리카락으로 이어진 화원과 나무들, 당신의 말과 숨결로 된 책들과 당신의 기쁨과 슬픔으로 그린 그림들…….

내 기억의 정원은 오로지 당신과 연결돼 있습니다. 그러나 내 마음임에도 나만이 없고 전부 다 당신에 대한 것들만 가득합니다. 지독한 술잔으로 끌 수밖에 없는 단 한 사람……. 너무나 그리운 당신…….

7장

뻔뻔한 마음

모든 남자와 모든 여자의 정사(情事)는 처음이 가장 어렵다. 낙타가 바늘귀에 들어가듯이 말이다. 분명 낯선 타인이었던 사람이 내 사람으로 여겨지려면 먼저 마음부터 무장해제시켜 놓아야 한다. 마음이란 태산을 먼저 몸 밖으로 옮겨놓아야만 한다. 세상의 인위적인 모든 관습과 인식과 이성이 두 사람 몸이 하나로 합쳐지는 것을 필사적으로 저지하고 방어하려 하기 때문이다.

여자가 남자 앞에서 옷의 단추를 끄른다는 건 결코 쉬운 일이 아니다. 남자 앞에서 여자가 알몸이 된다는 건 원칙적으로 불가능에 가깝다. 여자는 더 많이 부끄럽고 더 수치심을 느끼며 더욱 파괴되기 쉬운 육체를 가지고 있기 때문이다. 그러나 이 모든 것이 처음만 그렇다. 일단 두 남녀만의 내밀한 몸의 길이 열리게 되면 남녀 몸은 서로를 부르는 동일한 기호와 암호를 저마다 갖게 된다. 마치 서로만을 끌어당기는 N극과 S극 자성(磁性)처럼 자연스럽게 서로의 마음이 서로의 몸을 그리워하고 끌어당기게 된다.

까닭에 단 한 번의 정사일지라도 남녀 간의 교합은 마음의 길을 따라 몸이 최후까지 간 행위이다. 그 이후 정사는 백 번이든 천 번이든 첫 정사 안에 녹아 있고 포함될 뿐이다. 그러므로 세상의 모든 첫 정사는 마음이 몸보다 절대적인 우위를 점하고 선택권을 가진다. 하지만 그 이후 정사는 몸이 마음을 점차 압도하게 되면서 욕망에 의해 몸이 상대에게 길들여지는 형태를 띠게 된다. 슬쩍이라도 팔에 닿는 순간 펄쩍 뛰며 께름칙했을 타인의 살갗이 내 살처럼 편안하고 아늑해지는 동화 과정인 것이다.

설령 마음이 쉼 없이 '이러면 안 돼! 이제라도 멈춰야 돼!'라고 이성적 잣대를 끊임없이 들이댈 수도 있겠지만 그것을 또 단번에 무화시킬 만큼 첫 정사의 흡입력과 위력은 강렬하고 대단하다. 결국은 몸이 타인이던 그 사람 몸을 먼저 기억해 찾게 되고 애타게 그리워한다. 마음을 묶어두고 감금시켜 놓고도 몸은 발을 뻗어 그 사람 있는 쪽으로 걸어가게 된다. 손이 마음보다 더 빨리 그 사람이 들어올 수 있도록 아파트 문 잠금쇠를 따준다. 그게 강렬한 첫 섹스의 위력이고 치명적인 후유증이기도 하다.

또한 성애(性愛)는 남녀 간에 놀라운 친화력과 친밀감을 동시에 획득시킨다. 접촉했던 그 순간순간의 느낌은 기억보다 앞서 몸이 먼저 살갗 전면에 고스란히 축적시킨다. 서로의 몸에서 공감된 친밀감을 본인만의 몸의 기억 속에다가 비밀리 인식시킨다. 그리고 성애로 분비되는 그 모든 몸의 물기는 두 사람 관계를 유지시키는 접착제 성분을 내포하고 있다. 그래서 마음이 동반된 남녀의 몸은 한 번 붙으면 여간해 서로 떨어지려 하지 않는 항구성을 지녔다. 그렇기에 몸의 최후까지 가본 정사를 나눈 연인들이라면 그 몸을 다시 만나지 못하게 될 것을 두려워한다. 마음보다 먼저 몸이 불안에 떨게 된다. 특히 두 사람의 만남이 은밀하고 금기시될수록 애착과 집착은 빠르게 생겨난다.

그리고 모든 사랑은 만남의 출발이 마음이라면 헤어짐의 주체는 몸이다. 이별이 오면 마음이 갈라지고 뜯어지는 듯한 아픔과 고통을 느끼는 것 같지만 정확한 실상은 상대방에게 익숙했었던 자신의 몸이 먼저 상실된 그의 몸이 그리워 울부짖는다. 연인과 헤어진 사람들은 오랜 세월이 흐르고 나면 저절로 알게 된다. 정사를 나눈 모든 남자와 여자들은 마음보다 몸이 훨씬 더 상대를 깊고 멀리 기억한다.

햇빛이 볍씨처럼 굵어진 7월 초순이다.

혜연과 정사를 마치고 요 위에 배를 깔고 엎드리고 있던 김승모가 전라인 몸을 모로 비틀었다. 옆머리를 한 손바닥으로 받쳐 괸 그는 양반다리를 하고 저만치 방바닥에 앉은 혜연의 가는 등을 바라보았다. 혜연은 안방 화장대 거울을 들여다보며 두 손을 머리 뒤로 해 뒷목에 흘러내린 머릿결을 고무줄로 깐쭝하게 묶어내고 있었다.

— 승모 씨, 물 마실래?

— 옛썰.

— 얼음 띄워줄까?

— 베리 땡큐지.

혜연은 나신 위에다가 커다란 반팔 티셔츠만을 입고는 안방에서 주방으로 걸어나갔다. 티셔츠 길이가 초미니 스커트다. 그녀는 냉장고 문을 열고 유리컵에 물을 따라서 벌컥벌컥 들이마셨다. 안방에 누워 라디오 FM음악을 듣고 있는 그에게 얼음 띄운 물컵을 날라다준 뒤 그녀는 다시 거실로 걸어나왔다. 그녀는 찬장에서 커다란 접시를 꺼내놓고 냉장고에서 참외 두 개를 꺼냈다. 주방 쪽을 향해 선 그녀는 연노란 참외를 과도로 깎기 시작했다.

— 으응……?

발가벗은 채인 그가 어느 새 그녀 뒤로 와 과일을 깎는 그녀를 뒤에서 두 팔로 살며시 껴안았다. 그리고 그는 큰 키를 허리부터 둥글게 구부려서 그녀 귓바퀴에다가 입술을 가져다대고 더운 숨결을 훅,훅, 하고 내뿜었다.

— 아이, 왜 그래? 가, 간지러워!

혜연은 어깨를 앞으로 좁혀 가슴을 움츠렸다. 나이가 들면서 가슴 탄력이 사라지고 있는 것이 신경 쓰이고 부끄러웠다.

— 어허! 가만히 있어.

— 어라! 이젠 대놓고 으름장이네?

— 으름장이면 어때? 내 껀데! 가만히……. 있어봐.

— 어휴, 조금 전에 했잖아……. 그러지 말구 과일 먹어? 응? 우리 과

일 먹자!

— 나는 널 먹는 게 더 좋아!

— 이그, 말 한 번 상스럽게 하네! 어, 어머…….

그의 몸 앞 중앙에서 치솟은 크고 딱딱해진 것이 그녀 엉덩이 사이에 묵직하니 붙여졌다. 그 불끈거림이 뒤에서 성급하게 그녀 엉덩이 골밑에서 들어가는 입구를 찾고 있었다. 하지만 키 차이로 쉽지가 않다.

— 왜 그래? 어휴, 히, 힘들잖아. 그만…… 하고 우, 우리 참외부터 먹자! 응?

— 글쎄, 허리 좀 조금만 더, 이렇게! 앞으로 구부려 보래두!

그녀는 그의 가슴팍이 등짝 가득 무게로 실리자 그 힘을 이기지 못하고 상체가 앞으로 급속하게 짜부라들었다. 몸의 균형이 앞쪽으로 무너진 그녀는 그의 무게를 견디기 위해 왼손으로 주방 턱을 거머쥐었다. 과도를 거머쥔 오른손 주먹바닥을 주방 상판에 대고 버팅겼다.

— 흐읍……. 아, 아퍼!

그녀는 그를 제지하고자 움칠거리며 허리를 곧추세우려 했지만 뒤에서 넓은 가슴판을 이용해 앞쪽을 꾸겨 접듯이 뒤에서 두 팔로 꽉 껴안고 있는 그의 완력에 의해 그녀는 옴짝달싹을 못했다.

— 거기, 맞지?

— 으응, 그렇긴 한데…….

그 말이 끝나기 무섭게 그녀의 골진 엉덩이 사이를 그의 중심이 강렬하게 가르고 들어왔다.

— 아, 아, 아퍼! 아랫배……. 바닥을 찔러. 찌른다니깐! 너, 너무 깊단

말이야!

— 아, 글쎄 버둥거리지 말고 좀 가만히 있으래니깐!

그의 허리가 앞뒤로 강한 반동을 일으키자 그녀는 거머쥐고 있던 과도를 떨어뜨렸다. 두 팔을 삼각지지대 삼아 넓게 펴서는 머리와 허리를 앞으로 숙인 그녀는 엉덩이를 뒤로 쑥 내밀었다. 몸의 연결이 한결 편안했다. 이내 달궈진 그의 거친 숨결이 그녀의 구부려진 등허리 위로 뚝뚝 떨어져 내렸다. 그녀는 눈을 감고 입술을 질끈 깨물어 참아내려 했지만 신음소리가 연신 입꼬리를 타고 흘러내렸다. 도저히 참아낼 수 없는 강하고도 둔탁한 자극이었다. 배 아래 내장 전체가 그의 세찬 움직임에 놀라 푸들푸들 떨었다. 격렬한 그의 움직임 때문에 벽에 걸린 주방 세트 기구가 마구 흔들렸다. 결국 주방 벽 위에 걸려 있던 프라이팬과 국자가 요란한 소리를 내며 거실 바닥까지 떨어져 나뒹굴었다.

— 스, 승모 씨……. 저 쪽으로……. 가, 가자! 자세가 불편하고 힘들잖아. 그러니까 차라리 저 쪽, 소파로 가서…….

현격한 키 차이 때문에 서 있는 두 사람 자세가 불완전하긴 했다. 그러자 그는 대답 대신 뒤에서 두 팔로 그녀의 허리 부위를 껴서는 단번에 그녀 뒤를 높이 쳐들었다. 그녀의 두 발과 엉덩이가 바닥 위 한 자나 번쩍 처들려졌다.

— 엄마야!

— 큿크크크……. 이젠 됐지? 개수대에 머리 안 찧으려면 두 손바닥으로 짚고 잘 버티고나 있어.

— 저, 정말 못됐어! 내려놓아줘. 나, 정말 힘들단……. 마, 말야!

— 아무리 그래도! 흠, 난 이 자세로 끝까지 간다!

그가 뒤에서 그녀 전신을 흔들며 격렬하게 움직였다.

잠시 후, 김승모가 거실 바닥에 발가벗은 채 앉아 포크로 참외 쪽을 찍어 입안에 가져다 넣고는 우적우적 소리내 씹어 먹었다. 혜연은 커다란 목욕 타월을 가지고 와 그의 치부 쪽을 슬쩍 가려주었다. 그의 옆에 다소곳이 한 무릎을 세우고 앉은 그녀는 그가 입에 대주는 달콤한 참외 한 입을 베어 물고는 베란다 창문을 돌아보았다.

이 주째 비가 세차게 내리다가 멎기를 반복하고 있었다.

이 지리한 장마가 대체 언제 끝나려나…… 가는 빗줄기가 진종일 추즐추즐거리고 있었다. 그녀는 모로 누운 그의 눈길을 피해 그의 옆모습을 새삼스런 눈길로 바라다보았다. 깎아놓은 듯 수려한 그의 모습을 뚫어져라 쳐다보았다. 면도한 턱선이 흰 피부빛으로 인해 파랗게 보일 정도다. 이렇게나 가까운 곳에서 그를 보고 있는데도 역시나 문득문득 비현실적으로 느껴졌다.

달포 전만 해도 이런 장면은 상상조차 할 수 없었다.

한참이나 나이가 어린, 겨우 스물일곱 살 젊디젊은 남자가 자신의 아파트 거실에서 발가벗은 모습으로 참외를 맛나게 와작와작 씹어 먹으리라고는……. 어떻게 감히 상상이라도 할 수 있었겠는가. 하지만 첫 섹스 뒤 매일같이 이어진 그와의 정사가 진행될수록 혜연의 감정과 행동은 더 솔직해졌고 용감해졌다. 어떤 날은 '죽을 만큼 안아줘!'라고 외쳤고 정사 중에는 얘와 함께라면 당장 지옥에 떨어져도 좋을 것만 같았다. 한 발 잘못 내디디면 모든 것을 다 잃어버릴 수 있는 위험한 관계라는 것을 잘 알면서도 그를 집안까지 끌어들였다. 매 순간이 너무나 무섭고 너무나 행복했다. 하지만 그가 옷을 챙겨 입고 집에서 나가버리거나 사무실에서 불현듯 그가 떠오르면 그녀는 어김없이 '미쳤어!' '난 제대로 미치고 만 거야!' 하고 혼잣말로 중얼거렸다.

이렇게 그가 옆에서 비스듬히 누워 참외를 버석거리며 씹어 먹고 있는 것을 보자니 혜연은 천천히 본래의 제정신으로 돌아왔다.

얘를……. 아니, 이미 얘가 아니게 돼버린 이 남자를…… 대체 어쩐다니……!?

혜연은 그의 뒷머리카락을 손으로 쓸어보다가 코끝이 찡해지자 미간을 살풋 찌푸렸다.

언제부터였을까. 이 아이와 이렇게 함께 있다 보면 불안감과 슬픔, 외로움 같은 것이 일시에 사라졌다. 가슴 속이 든든했고 밥을 안 먹어도 배가 부른 느낌이었다. 마음이 밝아지고 따뜻했다. 그러다가도 돌연 이 아이 존재가 여지없이 두렵게도 느껴졌다. 이 아이가 갑자기 사라질까봐, 이 아이를 세상 그 어디서고 찾을 수 없게 완전히 잃게 돼버릴까 무서웠다. 물론 머리로는 머잖아 그 어떤 계기를 만들어서라도 이 남자를……. 아니, 이 아이를……. 원래 저 있던 곳으로, 등 떼밀어서라도 보내줘야 한다고 그녀는 이미 몇 번이고 결심을 단단히 못 박아뒀었다.

혜연은 아직까지도 이러고 있는 김승모가 다 이해되진 않았다. 싱싱하고, 풋풋하고, 발랄하고, 예쁘고 젊은 아가씨들을 전부 다 마다 하고 왜 반짝이는 탄력이 피부에서 점차 사라져가는 자신을 좋아하고 사랑하는지……. 물론, 일찌감치 짐작해둔 바는 있다. 자신에 대한 이 아이의 사랑과 욕망의 정체는 이 아이 삶에서 부재했던 그리움들에 대한 갈증 때문일 거라고. 누리지 못한 포근한 것들에 대한 진한 허기 때문일 거라고 말이다. 그렇다고 과거에 마음 그립던 것들이 있었다고 해서 이렇게까지 사랑이 격하게 뒤바뀌어져도 되는 것인지, 오래 전 삶의 결핍이 이토록 뒤늦은 현실에까지 커다랗게 영향을 미치는 게 과연 옳은 것인지,에 관해선 여전히 고개가 갸웃거려졌다. 천연덕스럽게 웃고 있는 그의 표정을 훔쳐보는 그녀 눈빛은 애틋하면서도 허허로웠다.

그래, 어쩌면 그런 의아스러움을 깊이 생각할 필요도 없다. 그 언제고 끝은 머잖아 올 것이다. 조만간 내 몸을 남김없이 이 아이가 경유하게 되면 그동안 뭔가에 홀렸었던……. 나에 대한 신비로움과 환상 같은 미증유 안개가 말끔하게 걷혀질 것이다. 그렇게 되면 아이는 현실의 눈을 정확하게 뜰 것이다. 내 눈가 잔주름부터 탄력이 사라져 조금씩 늘어지기 시작하는 턱밑 살과 뱃살까지 이 아이 눈에 선명하게 보여지게 되겠지. 언제고 이 아이 눈은 자기 앞에 마흔여섯 살 나이테가 오롯이 그려진 중년 여자가 쓸쓸하고 해잔하게 서 있는 것을 목격하게 되겠지.

그러면 그 순간 이 아이는 무척이나 당황하게 될 꺼다. 하지만 나는 괜찮다. 그렇게 뒤늦게라도 삶이 마냥 살고 싶은 대로만 사는 게 아니라는 것을, 그게 반드시 좋은 것만이 아니라는 걸 이 아이도 깨닫게 되겠지. 그렇게 되면……. 어느 날 이 아이가 내 몸 속으로 걸어들어온 적이 없었다는 듯, 내 삶 안으로 발을 들여놓은 적 없었다는 듯, 겁먹은 얼굴로 뒷걸음질 치지 않겠는가. 결국 이 아이는 그렇게 내 앞에서 소리 없는 뒷걸음질로만 홀연히 내게서 사라지게 될 것이다.

혜연은 멀지 않은 앞날에 그렇게 되리라 여겼고 믿었다. 또 그렇게 되는 것이 맞고 그렇게 되어야만 했다. 이 아이가 그녀 자신의 몸 바닥까지 서둘러 확인한 뒤 미련 없이 등 돌려서 그에게 어울리는 짙푸른 세상으로 돌아가 주기를 바랐다.

하지만……! 내가, 내가…….정말로, 진정 이 아이가 그러길 원하는 것인가? 사라져주길 원하는가…… ?

내가 과연 내게서 뒷걸음질로만 떠나가는 이 아이 얼굴을 잠시라도 지켜볼 수나 있을까? 지금까지 난 얘한테 사랑한다고 말한 적은 없다. 염치가 없어서 차마 할 수가 없었다. 그저 중년 여자의 젊음을 갈급했던 본능에 가까운 욕망이란 것을 은연중에 시위하려 했을 뿐이다. 그렇게 했던 까닭은 얘가 언제고 나를 떠나갈 때 가볍게 떠날 수 있도록 해주기 위해서다. 하지만……. 그 생각만 하면 먹장구름이 가슴 가득 몰려온다. 두렵다! 너무나 무섭다! 얘가 내게서 부지불식간에 연기처럼 사라지고 나면 그땐 내 안엔 과연 뭐가 남아 있을까? 내 안을 눈부시게 가득 채웠던 그가 커다란 무 뽑히듯 쑥 빠져나가 버린다면! 나는 단숨에 속이 시커멓게 썩어버린 고목 같은 표정이 내 얼굴 가장자리에서 영원히 우두커니 서 있게 돼버리는 건 아닐까? 그 이후의 나는 아주 아주 기막히게 망령난 노파가 내 삶의 주인이 돼 있지는 않을까?

혜연은 그런 서러운 생각이 들면 마음이 견디기 힘들었다.

어떻게……. 어떻게, 그럴 순 없는 걸까? 아무도 모르는 곳으로 가서 이 아이와 함께 영원히 살 수는 없을까? 다른 생각들일랑은 모두 불살라 버리고 오직 나만을 위해, 그냥 내 욕심만 차리면 안 되나? 이 눈부시게 빛나는 젊은 근육과 살아 있는 탄력으로 가득한 이 아이의 몸! 세상 모든 것을 단번에 휘발시킬 만큼 강렬한 열정이 가득한 이 아이의 육체……. 그리고 나만을 향한 짓푸른 마음…….

이 아이가 내게 손을 뻗어오면 단번에 나를 천국까지 데리고 가준다. 이 아이가 내 속을 침범하는 순간 내 삶은 최고의 행복으로 변한다. 쾌락이 이렇게 싱싱하고 눈부신 것인지 이 아이를 통해 처음으로 알았다. 그래, 추잡하다고 해도 좋다. 음란하다고 해도 좋다. 미쳤다고 해도 좋다. 하지만 나날이 간절해지는 단 한 가지는 내가 이 아이를 결코 잃고 싶지 않다는 것이다. 이 아이가 내 삶 안으로 제 발로 걸어들어온 이상 정말이지 절대 내 속에서 빠져나가지 못하도록 내 안에다가 완전히 이 아이를 가둬둘 수 있는 좋은 방법은 없는 것일까?

김승모!, 이 아이 정체는 열아홉 살이나 나이가 어린 아이가 결코 아니다. 사랑에서 몸이 가장 왕성하게 완성된 스물일곱 살 남자이지 않는가.

— 아이구, 편하다!

참외 접시를 말끔히 비운 그는 혜연 허벅지에다가 뒷머리를 베고 거실 바닥에 벌러덩 드러누웠다. 얼굴 가득 만족스런 미소를 머금은 그는 기분 좋게 눈을 내려감았다.

— 너무 편하네. 아늑하구……. 나, 잠깐 한잠 자도 돼?

— 그럼.

— 머리카락 만져줄래?

— 그래…….

혜연은 그의 머리숲에다가 한 손을 내려 가느다란 다섯 손가락을 풀어 놓았다. 숲으로 소풍을 간 꼬마 형제들처럼 그녀의 손가락들은 그의 검은 머리칼 숲속에서 제각기 즐겁고 부드럽게 노닐었다.

윤기 가득한 이 숲엔 옹달샘 같은 가르마가 대체 어디에 숨어 있을까? 설마 두 번 장가간다는 쌍둥이 가마는 아닐 테지? 그녀 손가락들은 보물찾기 하듯이 그의 머리숲을 은밀히 헤집고 다녔다. 그는 이내 기분 좋은 옅은 잠에 빠져드는 듯했다.

그녀는 천천히 손길을 거두고는 잠이 든 그의 얼굴을 자세히 들여다보았다. 눈꺼풀을 닫고 있으니 참 맑고도 순해 보였다. 잡티 하나 없이 흰 사기그릇처럼 깨끗한 얼굴이었다. 언제나 수염을 바짝 깎아 턱가에 푸른 기운이 엷게 스며진 남자 얼굴은 아름다웠다. 스물일곱 살임에도 십대였을 적의 그의 표정, 그보다 더 어린아이였을 앳된 순수함이 잠든 그의 얼굴 안에 여전히 고여 있었다. 잔영이 맑게 떠 있었다.

그녀는 그의 흰 뺨을 어루만져 보기 위해서 손가락을 살짝 대보려다가 그 동작을 황급히 멈추었다. 그녀의 선부른 손가락 끝에 그의 맑은 잠이, 그의 깨끗한 꿈이 묻어날 것만 같았다. 그것이 그의 잠을 깰 만한 옅은 파문이라도 일으킬까 싶었던 그녀는 손가락을 손바닥 쪽으로 살그머니 오므렸다. 그 대신 한없이 부드러운 눈빛으로 그의 얼굴 안에 담겨 있는 이목구비를 하나하나씩 찬찬히 몇 번이고 들여다보았다.

안녕……! 언젠가는, 분명 이 얼굴을 다신 못 보게 될 것이다. 그리고 아주 먼 훗날, 그녀가 이 삶을 거의 다 살아냈을 때 살아온 지난 날을 가뭇 뒤돌아보게 된다면 틀림없이 지금의 이 아이 얼굴이 가장 그리워질 얼굴일 것만 같았다.

그의 잠에서 번진 엷은 미소가 참 보기 좋았다. 들여다보면 볼수록……. 아……! 정말 너무나 또렷하게 맑고 명징한 사람이지 않는가? 내려다보고 있는 동안 그녀 입가에 미소가 어렸고 눈가에 눈물이 얼비쳤다. 어쩔 수 없이 내뱉어지는 한숨이 깊었다. 보면 볼수록 새삼스런 욕심이 나는 게 속상했고 그 만큼 안타깝고 슬퍼졌다.

어떻게 하나……? 정말이지 무슨 다른 방법이 없을까? 이 아이를 떠나보낼 수밖에 없다면 결국 내 마음 속 깊이 이 아이 얼굴을 영원히 감춰둬야만 한다는 거잖아. 그러면 내 마음이 내 가슴 속을 들여다볼 때마다 난 참 많이도 눈물을 흘리게 되겠지. 언젠간 그럴 테지. 내 마음이 여지없이 철없는 계집아이처럼 내 가슴 한켠에 쭈그리고 앉아 이 애가 보고 싶다고……. 너무나 보고 싶다고…… 눈앞에다 데려다 달라고…… 늘 생각 끝에서 훌쩍거릴 텐데…… 그러면 난 처음에야 모른 척 하겠지만 결국은 울음 그치지 않는 그 계집아이를 어떻게든 달래줘야 할 텐데. 그땐 도대체 내가 어떻게 무슨 방법으로 나를 달래줄 수가 있을까?

우후! 생각만 해도 가슴이 뻐개지는 것처럼 무지 슬프네……. 그렇게 맘 아프고 가슴 슬픈 날들이 내 앞에서 줄 지어 날 빤히 기다리고 있는 게 보이는 것 같아. 그게 난 정말 너무나 싫다…….

할 수만 있다면 이 아이를 아주 작게라도 만들어 내 몸 속에 살게 하고 싶다. 그래서 밤마다, 나 혼자만 내 속에서 이 아이를 꺼내서는 지금처럼 이렇게 몰래몰래 죽을 때까지 벅찬 사랑을 밤마다 나누고 싶다. 그런데 정녕 그렇게 할 수는 없겠지? 어휴, 대체 이 일을 어쩐다니……? 이미 내 몸 가득 이 아이 내음과 향기가 가득 배어들었는데! 내 마음 가득 발가벗은 이 아이가 쿵쾅거리며 뛰어놀고 있는데! 내가 어떻게 이 아이를 떠나보내고 천천히 잊어가면서 살아갈 수가 있을까?

그래…… 물론 안다, 욕심이고 과욕이라는 걸 백 번이고 안다. 이 아이를 진심으로 사랑한다면 보내줘야 한다는 것도 너무나 잘 안다. 나중에 이십 년이나 먼저 늙어 망령난 추한 노파의 꼬락서니를 이 아이 삶에게 보여주지 않기 위해서라도……. 설령 이 아이가 치맛자락을 잡고 날 놓아주지 않는다 해도 어느 시점에선가 이 아이 손을 매정하게 떼내버려야 한다!

혜연은 잠든 승모 얼굴을 내려다보는 내내 생각과 마음과 가슴은 저마다 고삐가 풀려 갈팡질팡하고 있었다.

빗방울 소리가 다시 굵어졌다. 베란다 창문 전체를 후두둑거리며 두드려대기 시작하는 굵은 빗소리였다. 혜연은 갑자기 이 모든 일이 유달리 긴 장마 탓일지도 모른다는 생각에 젖어 들었다.

며칠 전이었다.

결혼식은 나중에 예식장에서 정식으로 하더라도 일단 서류만이라도, 그래서 혼인신고부터 먼저 하자고, 김승모가 혜연에게 아이처럼 무턱대고 졸라댔다.

— 왜 그래? 지금 이대로도 괜찮고 좋잖아.

— 혜연 씨야말로 진짜 왜 그래? 난 정말 당신과 함께 진짜 제대로 살기를 원한단 말이야. 아직도 내 맘 모르겠어?

— 알아. 하지만…….

복잡하게 얘기가 길어질 것 같아 그녀는 한숨부터 푹, 내쉬었다.

— 그래, 언제고 때가 되겠지……. 나중에, 응? 우리 나중에 때가 되면 그때 하자.

— 나중에 언제?

— 글쎄나……, 우리 인영이 시집 보내고……. 내 주변 사람들 모두 다 죽고 나면 그때 하지 뭐.

— 뭐야? 그럼, 내가 내일부터 대체 몇 명의 사람을 죽여야 한다는 거야? 오십 명? 백 명?

— 어휴, 말도 참 끔찍하게 한다.

— 혜연 씨……!

— 응?

— 그러지 말고 우리 눈 딱 감고 후딱 혼인신고만이라도 해치우자. 요즘 나, 은근히 많이 불안해. 무슨 다른 돌발변수라도 생길까봐.

— 아무도 모르는데 그럴 일이 뭐가 있겠어?

— 아무튼 난 정말 혜연 씨 전부를 당장 내 걸로 하고 싶어 미치겠단 말이야. 그러니까 우리, 하자, 응? 응?

그때도 그는 그녀 무릎을 이렇게 베고 누워서는 아이처럼 떼를 쓰며 보채고 칭얼거렸다.

— 어휴, 처음엔 그렇게나 의젓하고 씩씩하더니만. 이젠 갈수록 어린 애가 돼 가네? 남자는 사랑만 하면 어린 애가 된다고 하더니만 정말로 큰일났네. 이걸 어쩐다니?

— 큿쿠쿠쿠, 내 말대로만 해주면 금방 네가 원하는 대로 내가 확 다 변해줄게. 그러니까 소뿔도 단김에 빼랬다고, 우리 내일 확, 해치우자. 이런 건 일단 확, 저질러버리는 게 상책이야! 그 뒤에 오는 것들은 짐짓 모른 체 하면서 버텨내는 게 정답이구. 그러다가 점차 익숙해지면서 모든 게 제자리 잡게 되는 거구!

그때 혜연은 그의 두 눈을 들여다보며 다시 한 번 휴우!,하고 깊은 한숨을 내뿜었었다. 아무리 서류만이라고 해도 결혼신고는 세상을 둘로 쪼개는 것만큼 엄청나게 느껴지는데 이 아이는 아무렇지 않게 말하고 있는 것이다.

— 글쎄, 아무 걱정하지 말라니깐!

— ……?

— 나만 믿어! 나, 무지 성실하고 책임감 강해. 혜연 씨 한 사람 충분히 먹여 살릴 능력 있다니깐. 혜연 씨가 저영 여기가 고향이고 아는 사람들 많아 불편하고 감당이 잘 안 될 것 같으면 말야. 우리 진철이 대학 들어가는 대로 바로 다른 곳에 가 살자. 서울, 어때?, 서울! 서울은 사람 많고 너무 복잡해서 이웃에 누가 사는지도 모르잖아. 그러니까 말야, 내가 내년 초반기에 직장을 서울 쪽으로 아예 옮길게. 이래 뵈도 나, 그동안 서울 대형병원 쪽에서 오라는 곳 많았었거든. 연봉도 훨씬

더 얹어줄 수 있다고도 그랬고.

— 어이구, 그러셔요? 참 장하네!

혜연은 두 손으로 그의 볼을 가볍게 잡아 얼렀다. 그의 마음에 감동한 그녀는 자신의 무릎 위에 맑게 떠 있는 그의 눈을 새삼스레 깊이 들여다보았다. 허공에 고여 있는 그녀의 두 눈은 미소를 머금고 있었지만 슬픈 눈빛만은 감춰지지가 않았다.

그가 함께 살기를 떼까지 쓰면서 간절히 원하고는 있지만 차마 어떻게 그렇게 할 수가 있겠는가. 그렇게 세상을 살아나가기엔 두 사람 나이 차는 결코 극복이 쉽지 않다. 불가능하다고 여겨질 정도다.

남녀 사이에서 남자는 종종 딸 같은 아내를 두고 살기도 한다. 하지만 아직까지도 아들과 같은 남편을 두고 여자가 사는 것을 이 사회가 절대 용납하려 들지 않는다. 왜 남자는 되고 여자는 되지 않는가? 답은 간단하고 명확하다. 세상을 장악하고 있는 게 남성이기 때문이다. 물론 공평치가 않다. 하지만 세상은 원래 사람 간의 모든 관계 자체가 평등치가 않은 법이다.

하지만 정말 두 사람이 기어이 함께 살려고 작정한다면!

우선 혜연에게 드는 생각은 자식들은 물론이고 여타 가족들과도 생이별을 감수할 각오까지 해야만 했다.

어, 엄마가 우리 팀장님을? 진철이는 제 새 아빠 자리에 나타난 이 아이를 보고 제 나이에다가 이 사람 나이부터 손가락으로 먼저 꼽아볼 것이다. 혜연은 딸 인영이와 아들 진철이를 설득한다는 것부터 도무지 엄두가 나지 않았다. 더군다나 인영이는 김승모를 몹시도 좋아하지 않았던가?

불가능하다고 여겨졌다.

피붙이 가족이 그럴진대 하물며 세상 사람들 뭇 시선은 어떻겠는가! 하아, 어떻게 그럴 수가 있지? 여자 나이가 열아홉 살이나 더 많다구? 그럼 스무 살 차이나 진배없네. 미치겠군. 젊은 놈이나 늙은 여자나 할 것 없이 그것들 쌍으로 다 미친 거 아냐? 그 여자 나이 헛먹었나? 이건 도대체가 말이 안 되잖아! 어떻게 아들 같은 젊은 애와 몸을 섞나, 섞길? 그것도 모자라 결혼까지? 제 욕정과 욕심에 눈멀어 젊은 사내아이 인생 하나 완전히 조지고 망쳐버렸군. 뻔뻔스럽고 사리분별력이라곤 전혀 없는 아주 천박한 여자구먼 그래. 분명히 탐욕스럽고 게걸스런 여자일 게 틀림없어. 그 여자, 돈이 무지무지 많은 건가? 안 그렇다면 젊은 남자 놈이 미쳤다고 늙은 여자와 한 집 한 방에서 붙어먹으면서 살아? 어쨌든 그 젊은 놈도 세상 참 아무렇게나 막 사는 놈이군 그래. 아무리 돈이 좋다고 해도 그렇지. 어떻게 제 엄마뻘 되는 여자와 살 붙이고 살 생각을 할 수 있는 거지? 하여튼 간에 요즘 젊은 놈들, 돈이라면 제 인생까지 팔아먹는 막장인 세상인 게야.

세상 사람들은 진실과는 상관없이 그런 질시와 의혹의 눈길을 여지없이 보낼 것이다. 두 사람을 올려놓고 얼마나 이런저런 수많은 가십성 말로 세상 전체가 입방아를 찧어 대겠는가. 설령 만에 하나 그가 원하는 대로 결혼해 몰래 함께 산다고 해도 그런 두려운 꼬리표는 평생을 따라다닐 것이다. 처음에야 견딜 수 있겠지만 세상 고정관념과 평생을 맞설 장사가 어디 있겠는가. 머잖아 두 사람은 지칠 것이다. 상대가 가까이 오는 것도 싫어하게 될 테지? 결국 서로를 원망하게 되겠지? 네 탓이라고 매일 악다구니를 써대며 싸우게 되겠지. 그건 생각만으로도 끔찍하다. 현실에서 그런 일은 절대 일어나선 안 된다. 그것은 자신은 물론이고 김승모 삶까지 덤으로 완전히 망치는 짓이니까.

아……!

그러고 보면 사람 몸은 세월 따라 늙어가는데 왜 사람 마음은 도무지 늙어지지를 않는가.

혜연은 파뿌리처럼 싱싱한 자신의 마음이 원망스러웠다. 중년까지 세상을 살아오면서 분명 많이도 탁해지고 바래졌을 마음이지만. 그러나 그 마음에 자라나 있는 감정은 그녀가 이십대 초반에 느꼈던 그 감정들이 대부분 유효하게 살아 있었다. 늙어가는 몸 안에서도 젊디젊은 그 마음이 연못처럼 맑게도 고여 있는 것이다.

그러고 보면 마음이란 게 본디 마냥 여리고 착한 것인 줄로만 알았었는데! 알고 보니 참으로 뻔뻔한 것이었다.

8장
악셀레이터와 브레이크

마우스

세상에서 가장 보고 싶은 것을 클릭합니다.

세상에서 가장 애틋한 것을 클릭합니다.

세상에서 가장 눈물나는 것을 클릭합니다.

세상에서 가장 날 행복하게 하는 걸 클릭하고

세상에서 가장 날 불행하게 지옥으로 만드는 것을 클릭합니다.

이 다섯 가지를 저마다 클릭해도 떠오르는 답은 언제나 똑같습니다. 내 마음 화면에 단 한 가지만 환하게 떠오릅니다.

모르시나요? 바로……. 당신입니다.

8장

악셀레이터와 브레이크

— 도저히 이 말, 안 할 수가 없네.

— 응?

— 젊은 애가 왜 이렇게 섹스를 잘해?

— 뭐, 뭐라구?

— 매번 정신을 차릴 수가 없어. 젊다는 게 이런 건가? 생각해 보면 그렇지도 않았는데……. 신기하다. 너무 잘 해서.

침대에서 일어나 앉은 혜연은 담배를 피워 물고 천장을 향해 연기를 후욱, 내뿜고 있는 그를 돌아보며 눈을 동그랗게 치켜떴다. 그의 가슴이며 팔은 자잘한 땀방울로 인해 윤기나게 반들거렸다. 그녀의 고개 갸웃거림에 잠시 눈을 멀뚱거렸던 승모는 이내 크득, 크드득, 옥수수를 베어무는 소리를 내며 웃었다.

— 왜? 내 질문이 우스운가?

— 아니, 그게 아니구. 거봐. 너와 난 너무 잘 맞는다니깐.

— 잘 맞아 그런 건가……?

그가 자세를 바꿔 엎드려서 담배를 탁자 위 재떨이에 부벼 껐다. 그리고는 다시 편하게 벌러덩 드러누웠다.

그녀는 양반다리로 앉았다가 상체를 앞으로 납작 구부려선 그의 가슴팍 위에다가 자신의 옆얼굴과 두 손을 얹었다. 그의 넓은 가슴팍에 이렇게 귀와 뺨을 대고 있으면 그녀는 기분이 좋아졌다. 가볍게 그러쥔 주먹에서 인지 손가락 하나를 뽑아든 그녀는 그의 가슴뼈가 드러난 선을 따라 손끝으로 그었다.

— 있잖아. 말 나온 김에 정말 물어보고 싶은데, 확실하게 물어봐도 돼……?

— 확실하게?

— 어쩜 그렇게…… 어떻게 그렇게, 길게 할 수 있는 거야? 애써 조절하는 거야? 아님 자연스럽게 그렇게 되는 거야?

— 사정? …….

그녀는 배시시 웃으며 대답대신 손가락으로 그의 가슴팍을 톡, 톡 두들겼다.

— 난 또 뭐라고. 그냥 뭐……. 열심히 하는 거지. 그걸 굳이 애까지 써가며 조절할 필요가 있나?

두 사람만이 있는 모텔 방안이었다.

— 왜 그딴 걸 물어?

— 매번, 한 번 하는 데에 시간이 너무 길어서.

— 길면 좋은 거 아닌가?

— 아니. 꼭 그런 것만은 아니다. 나 너 안고난 뒤 난 그동안 몇 번이나 가벼운 몸살까지 앓았었어. 온몸이 아파서……. 온몸이 욱신거릴 정도로 아팠었거든.

— 그래? 근데 왜 그렇지?

— 그걸 몰라서 물어. 니가 내 속에 들어오면 삼십 분 넘게 그 큰 몸으로 짓찧는데 어떻게 내 작은 몸이 남아나겠어? 그것도 하루에 한 번이 아니라 꼭 두 번, 세 번씩이나! 에이휴!

— 큿쿠쿠쿠……. 칭찬으로 들어도 되는 거지?

— 그런 게 아니고. 말해봐. 왜 그렇게나 시간이 긴 거야?

— 그거야 너랑 속궁합이 잘 맞아 그런 거겠지.

— 그런 빤한 답 말고. 뭔가 구체적이어야 내가 좀 이해되거나 수긍할 거 같은데?

— 글쎄, 가만있자…… 그런 게 방법이나 비법이 따로 있기나 한 건가……? 체력이래야 뭐 난 평균 정도일 테고……. 내가 무슨 몸에 좋다는 걸 먹어본 적도 없고……. 흐으음……. 아! 맞다! 그러고 보니 온도가 정확히 일치하는 것 같았어!

— 온도? 무슨 온도?

— 네 속의 온도하고 내 온도하고 말야. 그러니까 네 안이 나보다 더 뜨겁지도 않고 차갑지도 않으니까…… 내가 네 안으로 들어가면 아주

편안하고 전혀 힘들지가 않은 느낌이 매번 들었거든.

— 그런가……? 어머머! 또……!

그녀는 대화중에 그의 아이가 급작스럽게 팽창하는 것을 보고는 화들짝 놀라 상반신을 일으켜 세우며 앉았다.

— 큿크크크, 이건 내 책임 아니다. 순전히 니 책임이야. 니 말이 불러일으킨 사단이라니깐.

상체를 일으킨 그가 장난기 담긴 몸짓으로 다시 그녀를 덮쳤다. 조그만 몸집의 그녀는 이내 그의 가슴팍에 깔려 버둥질쳐댔다.

— 하, 하지 마! 벌써 두 번이나 했잖아. 나, 너무……. 아프고, 힘들단 말이야!

— 큿쿠쿠쿠……. 그러니까 누가 가만히 있는 잴 일으켜 세우래? 얘는 내가 아냐. 내 의지완 전혀 상관없이 재는 너한테만 맹렬히 반응한다니깐!

— 어휴, 제발! 하, 하지 마! 정말 니 늑골……. 이 밑 가슴뼈 때문에 내 여기 뼈가 부딪쳐 되게 아프다니깐!

— 그래……? 정말?

— 그렇다니깐. 이 쪽 내 살갗을 열어볼 수 있다면 아마도 이 안 갈비뼈들이 시퍼렇게 멍들어 있을 거야. 내가 며칠 전엔 스프레이 파스까지 다 뿌렸었다니깐. 그, 그러니깐……. 어휴, 자꾸 이러지 말고 오늘은 그만 하자. 얘기나 좀 해.

— 나야 그러고만 싶지. 하지만 얘가 자꾸만 싫다며 보채네.

— 걘 신경쓰지 마. 관심 주지 않으면 금방 얌전해지는 애니까.

그가 갑자기 그녀 몸에서 몸을 떼고 앉느라 침대 쿠션이 철렁거렸다. 상반신을 완전히 세운 채 무릎을 꿇고 앉은 그는 잠시 골똘한 표정을 지었다.

— 좋아. 그렇다면 내가 절충안을 낼게.

— 무, 무슨 절충안?

— 넌 그냥 편안하게, 아주 편안한 자세로 배를 깔고 엎드려. 이렇게!

— 엄마야!

그가 갑작스레 그녀 허리 쪽으로 두 손을 밀어넣어 순간적으로 그녀 몸을 뒤집었다. 반듯하게 누워 있던 그녀 자세가 순식간에 반 바퀴를 돌아 흰 엉덩이를 드러냈다. 그는 곧장 자신의 다리 사이를 그녀 엉덩이 사이에 맞추며 넓은 가슴팍으로 다시 그녀 등쪽을 완전히 뒤덮었다.

— 스, 스톱!

— 왜애?

— 잠간만!

— 왜 또 그래?

— 어휴, 한 번만 봐줘. 이 얘긴 안 하려고 했었는데……. 솔직히 속이 쓰려서 그래.

— 속이 쓰려? 어디가……? 아하……!

— 그래. 내 속 물기가 널 감당해내느라 다 소진되고나면……. 그때부터는 말라서 진짜로 아프고 무지 쓰리기까지 하다니깐. 정말이야. 그러니까 이제 우리 쉬면서 얘기나 좀 하자. 만났을 땐 딱 한 번씩만

하기로 하구.

— 풋! 그건 불가능한 얘기구. 그럼…….

그는 제법 심각한 표정으로 손가락 하나를 턱 밑에 괴었다.

— 그렇지, 이건 어때? 내가 말이지. 네 다른 데 들어가 보면 안 될까?

— 다른 데라니? 어, 어디?

그의 빙긋한 웃음을 등 뒤로 고개 돌려본 그녀는 화들짝 놀라 몸을 벌떡 일으켜 세우려 했다. 하지만 어느 사이 그의 튼실한 다리 한 짝이 허공에서 재빨리 내려지면서 그녀의 가는 허리 쪽을 위에서 감아 눌렀다. 단박에 그녀는 쉽게 몸을 뒤집거나 상체를 일으켜 세울 수도 없는 형국이 돼버렸다.

— 그건 안 돼! 절대로!

— 안 되긴 뭐가 안 돼? 가만히 있어봐!

— 어휴, 정말로 안 된다니깐!

— 왜 안 된다는 건데?

— 비위생적이잖아. 불결하기도 하고, 눈에 불꽃이 튀듯이 아플 것 같기도 하고…….

— 불결할 게 뭐 있냐? 생각하기 나름이지! 난 진작부터 들어가보고 싶었으니까 말 나온 김에 한 번 참아봐!

그가 다시 묵직한 가슴팍으로 그녀 등짝을 눌러오자 혜연의 몸은 지레 질겁을 해댔다. 몸을 뒤집거나 상체를 일으켜 세우기 위해 두 팔로 안간힘을 써댔다. 연신 버둥질을 쳐대던 그녀는 어느 순간 으왓!, 하고 죽는다며 날카로운 비명을 질렀다. 그 단말마 소리에 놀란 그는 황급히 엉덩이를 뒤로 쑥 잡아뺐다.

— 아후……!

그녀는 두 손바닥으로 엉덩이를 가리는가 싶더니 재빨리 몸을 돌려 반듯하게 누우면서 그를 힐난하는 눈빛으로 쏘아보았다. 그리고는 잽싸게 홑청 이불을 끌어당겨 그 위에다가 몸을 몇 번이고 굴려 탱탱탱 감았다. 그녀 몸은 순식간에 미라처럼, 고치집에 쏙 들어간 커다란 애벌레처럼 되었다. 그가 뒤늦게 두 손으로 홑청 끝을 잡아당겨 그녀 몸을 풀어내려고 하자 삐져낸 그녀 손이 그의 팔과 손을 찰싹 찰싹, 소리나게 때렸다.

— 어헛! 안 된다니깐!

— 해야 돼. 누가 뭐래도 난 해야 돼!

— 어휴, 귀찮아! 제발 나 좀 가만히 편안하게 놔둬.

— 글쎄, 한 번만 더 하면 깔끔하게 끝낸다니깐!

— 끝내긴 뭘 끝내. 내일이고 모레고 만나게 되면 이렇게 또 주구장창 날 못 살게 굴 거면서.

— 알았어. 알았다니깐!

그러면서도 그는 포기하지 않고 그녀 몸에 감긴 홑청을 연신 잡아당겼다. 그의 눈은 순진무구한 아이 눈빛을 띄우고는 딱 한 번만 더!, 를 연신 보채고 있었다.

— 좋아. 그럼 이렇게 하자. 내가 니 안에 삽입해서는 그냥 가만히 있을게. 마구닥지로 몸 안 움직이고……. 그러니깐 이번엔 혜연 씨가 내 위로 올라와. 그냥 연결만 시켜놓구선 우리 그 상태로 잠간이라도 잠

을 자자. 응?

— 어이구, 어째 넌 포기를 모른다니?

— 정말이라니깐. 그냥 연결만 시켜둔 채 잘 거라니깐!

— 그게 가능키나 하니? 정말 내가 못 산다 못 살아. 에휴, 나이도 어린 게 어떻게 저렇게 능글맞기까지 할까? 정말로 불가사의하다.

그가 사탕 달라는 아이 표정으로 계속해 응석을 부려대자 그녀는 하는 수 없다는 듯 몸에 둘둘 말린 흰 홑청을 풀어내기 시작했다.

M시에서 3킬로 정도 떨어진 J모텔 방이었다.

산기슭에 세워진 J모텔은 신축된 지 얼마 안 돼 실내가 깨끗했고 룸을 드나드는 시스템이 첨단으로 갖춰져 있었다. 방 입구마다 차 한 대만이 들어갈 수 있는 주차장 시설이 따로 돼 있다. 주차 울타리는 폐쇄형 격자 나무틀로 짜여 있어 세워진 차와 사람을 외부에선 일체 볼 수가 없다. 방 입구에는 마치 자판기처럼 만 원권 주입구가 설치돼 있어서 지폐 몇 장을 집어넣으면 자동적으로 방문이 열린다. 그러니까 모텔 출입구를 드나들며 운영자와 말을 섞거나 눈빛을 교차시킬 필요가 전혀 없는 시스템이다. 자동차 유리까지 선팅이 돼 있다면 그 누구도 모텔 이용객 그림자조차 볼 수가 없다. 비밀스런 정사를 원하는 사람들에겐 더없이 편리한 구조여서 승모가 J모텔을 알아낸 뒤부터는 두 사람은 주로 이곳을 이용하고 있었다.

혜연이 감쌌던 홑청이 다 풀려져서 다시 눈부시게 하얀 나신이 되는 순간이었다.

그 순간 그녀 가방 속에 든 휴대폰이 울렸다. 시각은 밤 열 시 사십 분. 그녀는 자신의 배 위에 얹힌 그의 손을 제자리로 거두어준 뒤 침대에서 일어났다. 그녀는 가방 쪽으로 걸어가 그 안에서 휴대폰을 집어 들었다. 액정화면에 뜬 발신자를 확인하는 순간 그녀 얼굴색이 확 변했다. 완연히 긴장한 얼굴이었다.

박현식 실장이었다.

무슨 일일까? 이 시간대엔 좀체 전화를 걸어오지 않는 사람인데! 그녀는 받기도 그렇고 안 받기도 그래서 요란스럽게 울려대고 있는 휴대폰을 든 채 어쩔 줄 몰라 하고 있었다.

— 누군데 그래? 받아봐!

그녀 등 뒤에서 그가 말했다. 그녀는 잠시 눈을 질끈 내려감은 채 서 있다가 의자로 걸어가 승모에게 등을 보인 채 앉았다. 잔 헛기침을 가볍게 한 그녀가 이윽고 휴대폰을 귀에 가져다댔다.

— 네에, 저예요…… 늦은 시간인데 웬일이세요?

— 그게 말야, 내가 깜박하고 얘기 못했었는데. 나, 내일 경주 가.

— 경주요?

— 그래요. 업무차 내려가는데 거기서 한 사흘 정도 머물러야 할 것 같아. 어때? 이번 주말에 경주 내려오지 않겠어? 우리 본 지도 꽤나 오래 됐고 한데.

— 이, 이번 주말에요?

— 응. 맛있는 저녁도 함께 먹고 말야!

토요일이면…… 이틀 뒤다. 그 남자와 경주에서 단 둘이 저녁밥을 함께 먹는다는 의미는……! 혜연은 내심 고개를 설레설레 가로저었다.

— 혜연 씨가 경주 남산에도 못 올라가봤다는 말이 불현듯 생각나서 말야. 왜, 언젠가 해 뜰 때 석굴암 보고 싶다고 했었잖아.

— 네, 그렇긴 하지만…….

혜연은 침대 벽에 등을 기댄 채 앉아 승모가 내뿜고 있는 자욱한 담배 연기 냄새를 맡았다. 돌아보지 않아도 알 것 같았다. 지금 그가 얼마나 기분 나빠하는 표정을 짓고 있는지.

혜연은 안 그래도 그에게 지난 2년 동안 간헐적으로 만나온 남자가 있다는 얘길 하려고 했었다. 그동안 몇 번 미루었었지만 오늘은 어떻게든 그 얘기를 할 작정이었다. 아까 자신을 쓰러뜨리는 그에게 얘기 좀 하자고 했던 말이 바로 그런 내용이었다. 얘기해서 뭘 어쩌자는 건 아니었다. 그런 일이 있으니까, 그게 사실이니까. 그녀는 솔직하게 말하려고 했었다. 설사 그때문에 김승모가 낙담하고 실망해 자신을 떠난다고 해도 어쩔 수 없었다.

박현식은 승모를 알기 훨씬 이전에 알게 된 사람이다. 그리고 그녀 자신은 김승모가 아는 것처럼 그렇게 정숙하지도 않고 착하지도 않게 살아왔다는 것을 그가 깨닫는다는 게 최악스런 일만은 아니라고 여겼다. 이제라도 그가 마음을 돌리거나, 마음이 변해 그녀 자신을 떠나는 계기가 되었으면 했다. 가슴이야 적잖게 아프겠지만. 어차피 승모와의 관계가 오래도록 지속될 순 없다고 보았다. 물론 그녀 가슴 한 켠에선 그가 떠나가지 않기를 바라는 또 다른 마음 하나가 강하게 존재하긴 하지만.

어쨌든 혜연은 이 순간 걸려온 박현식 전화가 차라리 잘 되었다 싶었다. 맞아야 할 상황이라면 언제고 각오해야 했고 이것으로 모든 관계를 제자리로 돌려놓을 수 있다면 그 계기를 마다할 순 없었다.

— 왜? 주말에 무슨 선약이라도 있어?

— ……. 아, 아뇨. 알았어요. 그렇게 할게요.

— 그래. 휴우, 정말 다행이군. 이번 주말 당신이 무슨 약속이라도 미리 잡아 놨을까봐 자꾸만 신경이 쓰이더라구. 그래서 전화한 거야.

— 아직 집에 안 들어가셨나 보죠?

— 아냐. 집이야. 서재구.

— 네에……. 그럼, 알았으니깐 그만 끊도록 해요.

— 그래. 잠 푹 잘 자구…….

— 네에. 주무세요…….

통화가 끝난 뒤 혜연은 휴대폰을 손에 쥐고 있었다. 등을 보인 채 의자에 앉아 있는 그녀는 그를 돌아보기는커녕 손가락 하나도 까딱 하기 힘들었다.

발가벗은 몸으로, 다 벗은 남자가 등 뒤에서 환히 지켜보는 앞에서 다른 남자에게서 걸려온 사적인 전화를 받는다는 것이……. 이토록 끔찍할 것인 줄 몰랐다. 살갗에 소름이 돋도록 민망했다. 경박하고 추하게도 느껴졌다. 벗은 몸이 아니라 불시에 발가벗겨진 듯한 마음이 더 부끄러웠다. 그런 감정 때문에 혜연은 자신의 벗은 몸이 더더욱 궁색했고 난처했다. 자연스럽게 일어나고 등을 돌려 그를 향해 몇 발자국을 걸어가야 하는데 뒤에서 지켜보고 앉은 그에게 앞의 가슴이든 뒤에 엉덩이든 필히 드러나고 보여져야만 한다는 게 여간 곤혹스럽지 않았다.

그런 그녀 심정을 이미 꿰뚫었다는 듯이 그녀 뒤에서 잠시 부스럭거리는 소리가 났다. 이어 그녀 어깨 위로 승모가 흰 홑청을 끌어다 덮어서 그녀의 벗은 몸을 감싸줬다.

— ……. 누구야?

— 감추거나 속이려고 했던 건 아니구……. 아까 내가 너랑 몇 번이나 얘기 좀 하자고 했었잖아. 이 사람……. 얘기를 진작부터 하고 싶었었어.

— 그래……? 해봐!

— 나……, 이렇게 등 보인 채 얘기해도 돼?

— 왜? 마주보고 하는 게 자연스럽지.

— 아니. 내가 편해서 그래. 지금 네 얼굴을 보기가…….

— 알았어. 좋을 대로 해.

승모 목소리는 건조하고 딱딱했다. 화가 난 게 분명했다.

잠시 고개를 떨군 채 두 엄지손가락을 겹쳐 번갈아가며 누르던 그녀는 이윽고 큰 숨을 한 번 들이마신 뒤 박현식을 처음 만난 시점부터 두런두런 얘기를 시작했다. 그녀는 그 사람과 있었던 일, 있는 그대로를 얘기했다. 박현식과 그녀 자신의 관계가 타인 관점에서 정당성이 결여된 만큼 얼마든지 비난받을 수 있겠지만. 혜연은 박현식에 대해 그동안 힘이 돼준 자상한 사람이라고 말했다. 승모 너를 안게 되었을 때, 그리고 안고 난 뒤에 혼자가 되었을 때, 제일 먼저 머릿속에서 떠올랐던 사람도 바로 그 사람이었다고 솔직하게 털어 놓았다.

김승모는 가끔씩 담배를 찾아 무느라 뒤에서 부스럭거렸을 뿐 그녀 얘기를 듣는 내내 일체 아무런 말이 없었다. 그녀가 얘기를 마치자 긴 침묵만을 지켰던 그가 물어왔다.

— 그 사람……. 사랑해?

— …… 그런다고 믿었는데, 이젠 내가 그렇다고 말할 자격이 없지.

— 내가 듣기엔……. 그 말은 좀 우습군. 멀쩡한 아내를 둔 남자한테 혜연 씨가 자격을 운운한다는 거 말이야.

— 니 말이 맞지만……. 하지만 나만 놓고 볼 때 지금의 내 처신이 반듯하지 않은 것만은 분명한 만큼…… 어쨌든, 그게 그 사람한테는 미안한 일이니까.

— 나한테는 안 미안하구?

— …… 미안해. 너한테도…… 많이 부끄럽기도 하구.

— 나 만난 후로 그 사람 만난 적은 없었어?

그녀는 고개를 천천히 가로저었다.

— 전화는 자주 걸려오지만 두 달에 한 번 정도 봐왔었으니까 그동안은…….

그는 화를 참아내느라 속이 타는지 다시 담배를 피워 물어서는 연기를 허공에다가 연신 후욱후욱, 뿜어냈다.

— 정말 무지무지……. 화가 난다. 아무리 그 인간이 날 만나기 훨씬 전이라 해도 말이야.

— …… 나도 …… 내가 그러네. 지금 많이 싫어지고 속도 많이 상하구……. 이렇게 되기를 한 번도 원한 적이 없었는데…….

— 그 말뜻은 뭐야? 지금 날 원망한다는 거야? 내 맘대로 널 안아서? 넌 원치 않았는데 널 이렇게 만들어서?

— 아니. 그게 아니구. 어쨌든 내 잘못이잖아. 난……. 그 사람에게도, 너에게도 떳떳지 못하게 돼버린 것 같아……. 그게 많이 속상하고 슬프구……. 맘이 괴롭고 그러네.

— ……!

혜연은 눈물이 흘러내렸지만 그 눈물조차 창피하고 속상해서 손을 뺨 쪽으로 가져가지 않았다. 참담해진 심경에 그저 고개만 떨구었다.

— 기분…… 나빠! 알아?

등 뒤에서 그의 목소리가 한층 더 커졌다.

— 난 너 가까이 이렇게 다 벗고 있는데, 그 인간은 저 멀리 떨어져 있는데도, 내가 지금 그 사람과 거의 똑같은 정도로만 너한테 취급당하고 있다는 게 무지무지 기분나쁘다구!

— …… 미, 미안해.

— 미안하단 말만 하면 다야?

— 휴우, 네 심정 이해하지만! 난……. 네가 더 이상은 날 다그치지 말기를 바라.

— 뭐야? 왜? 뭐 때문에?

— 난……. 너보다 훨씬 나이가 많기도 하고, 지금 내 맘이……. 그래, 더 이상은 너한테 미안하단 말하기가 싫어.

— ……!

— 비록 여자가 뭔가를 잘못했다고 하더라도 여자한테 미안하다, 는

말을 반복하게 만드는 거……. 그거 안 좋다고 난 생각해.

— 뭐야? 그 말투는? 지금 잘했다는 것처럼 들리잖아.

그녀가 한 손으로 가슴을 가린 채 그를 향해 돌아앉았다.

— 그게 아니잖아.

— 뭐가 아냐?

— 내가 말야, 널 안 뒤로 그 사람을 한 번이라도 몰래 따로 만났었다면 내가 너한테 몇 번이고 사과하고 사죄라도 하겠어. 하지만 그건 아니잖아. 그 사람은 너 만나기 훨씬 전에 이미 알던 사람이었고…….

— 그래, 내가 화나는 게 바로 그 지점이야. 나랑 관계가 깊어졌으면 그 사람을 진작에 정리했어야 하는 게 맞는 거 아냐? 전화 통화를 하든 그 사람을 직접 만나든 간에 깨끗하게 처리했어야지. 지금 너…… 나랑 그 인간 두 사람 세워놓고 재는 거야? 아님, 앞으로 두 사람 계속 번갈아 가면서라도 만나겠다는 거야?

그는 감정에 핏발까지 서린 분노감을 드러냈다.

— ……. 휴우, 알았어. 무슨 말인지 내가 잘 아니까, 우리 그 얘긴 여기서 그만하도록 하자.

혜연은 떨리는 손을 뻗어 주변 바닥에 있는 자신의 옷을 수습했다. 속옷부터 조심스레 하나씩 입기 시작했다. 얇은 팬티를 발목에 끼는 그녀 발끝이 심하게 떨렸다. 여지없이 참혹한 기분이었다. 차라리 동년배 남자였다면 이렇게도 처참하고 비참한 기분이 들지 않았을 것 같았다. 살림집도 아니고 모텔 방 안에서, 열아홉 살이나 어린 사내아이 앞에서, 남자 문제로 아이에게 야단이나 처맞고 있다니! 마흔여섯 살이나 먹은 내 꼬락서니가 이게 뭐고 이게 도대체 무슨 짓인가, 싶었다. 그래, 내가 미쳤지. 내가 미친년이야!, 하는 자괴심까지 슬며시 입안에 고여들자 그녀는 심정 같아선 허리를 구부리고 곧장 벽으로 돌진해서 머리를 세차게 들이박고 죽어버리고 싶었다.

혜연은 떨리는 손으로 옷을 다 챙겨 입은 뒤에서야 다시 그를 향해 천천히 돌아섰다. 하지만 그는 여전히 발가벗은 상태로 앉아 눈에 잔뜩 힘을 준 채 그녀만을 한껏 노려보고 있었다.

— 그만……. 가도록 하자! 옷 입구…….

— ……!

— 나 말야……. 지금 죽고 싶을 정도로 창피하고 괴롭거든……. 나, 너한테 미안하다는 말 더 이상은 안 할 거거든. 그러니까 오늘은 얘기 여기서 마치고…… 필요하다면 나중에 마저 하도록 해.

— 옆구리 찔러 절 받는 그런 사과 따윈 안 해도 돼.

— 흐으음……!

— 나도……. 나도 말야, 머리론 이해가 되지만 이 가슴 속이 말야……!

그가 화가 나 미치겠다는 듯 주먹으로 텅, 텅! 큰 소리가 울려날 만큼이나 자기 가슴을 세차게 때렸다.

— 스, 승모야!

고개를 숙인 그는 거친 숨결을 씩씩거리며 잠시 뭔가를 생각하더니 목소리를 건조한 어조로 바꾸었다.

— 그럼 내가 한 가지만 부탁할게.

— ……?

— 그 인간! 아니, 그 자식! 아주 나쁜 놈이라고 내 앞에서 말해줘.

— ……!

혜연은 머릿속이 아연해졌고 아득해졌다.

얘가 지금 뭐라고 말하는 건가? 아……. 결국 이 아이는 아이일 뿐이었고 그저 스물일곱 살에 불과했을 뿐이었던가! 어떻게 그런 말도 안 되는, 잔인한 부탁을 여자에게 할 수가 있단 말인가.

— 뭐야? 되게 놀란 표정이네. 그래, 나도…… 어거지란 거쯤은 알아. 하지만 상관없어. 날 위해서 한 번만 그렇게 말해줘. 그 인간 아주 나쁜 자식!, 이라고!

— 그건 안 돼!

— 왜? 왜 안 돼? 나보다 그 인간을 더 사랑해서?

— 아니. 그건 말이 안 돼서 그래. 본질적으로……. 그 사람과 나하고의 관계는 승모 너랑은 아무 상관이 없어. 지금 내가 두 사람 중간에 서 있는 것 같아서 네가 알지도 못하는 그 사람에게 그 인간이니, 나쁜 놈이니 하는 듣기 안 좋은 호칭을 쓰는데……. 그 사람 너한테 아무 잘못한 거 없고 너한테 그렇게 욕먹을 일 한 적 없어. 게다가 그 사람은……. 너보다 나이가 한참이나 더 많고, 어른이야.

— 흣, 또 그 잘난 나이 타령이군. 좋아, 인정해. 논리적으론 그 말은 맞고 옳아. 하지만 날 위해서, 라는 단서를 붙였잖아. 그냥 지금 되게 화나 있는 날 위해서, 네가 장난스럽게라도 눈 한 번 질끈 감고 해줄 수도 있는 거잖아. 질투심에……. 미쳐 날뛰기 일보 직전인 내 마음을

다독거려주기 위해서라도 그래줄 수 있는 거잖아. 그 말 한마디로 내가 그 사람보다 혜연 씨한테 훨씬 사랑받고 가치 있는 사람이란 거 느끼게 해줄 수도 있는 거잖아. 그게 뭐 어때서? 안 그래? 그렇잖아?

— ……. 이해는 해. 하지만 절대 그럴 순 없어.

— 왜?

— 그러면…… 그건 내가 아니니까!

— ……!

— ……!

— 그럼 이 일로 날 잃게 돼도…… 상관없다는 거야?

그녀는 한참이나 그의 절망이 깃든 눈을 바라보다가 천천히 고개를 끄덕거렸다.

— 나, 밖에 먼저 나가 있을게.

차를 타고 M시로 돌아오는 길 내내 혜연과 승모는 말이 없었다. 운전대를 잡고 있는 승모는 분노의 열기로 인해 얼굴 전체가 술을 마신 것처럼 불콰했다. M시 입구에 들어서서 차가 교차로 앞에 신호대기를 하고 있을 때 그가 그녀를 돌아보지 않고 중얼거리듯이 말했다.

— 그 사람과의 관계, 완전히 정리하도록 해!

— ……!

— 대답해. 끝내겠다고.

— 흐으음…….

그녀는 대답대신 아픈 신음소리를 삼켰다.

승모가 강요하지 않았어도 그녀는 조만간 날을 잡아 박현식에게 끝내잔 얘기를 하려고 마음먹었었다. 얼굴을 대면하게 되면 이제 그만 만나겠다고 말이다. 그것은 뒤에 승모가 있기 때문이라서가 아니다. 다른 남자를 그토록 깊이 매번 안고서 그 사람 앞에서 아무 일도 없었다는 듯 뻔뻔하게 행동할 수는 없었다.

두 남자를 한 기간 동안 번갈아 안아댈 만큼 그녀 자신이 싸구려고 난잡한 여자라고는 생각할 수 없었다. 그것만은 인정할 수 없었다. 자의든 타의든 승모를 깊이 안았을 때 이미 박현식과의 관계는 끝장난 것이었다.

박현식에 관해 그녀가 승모에게 말한 얘기는 가감 없이 솔직한 그녀 심정이었다. 그 사람 여자로서의 자격을 이미 잃었다고. 완전히 잃은 거라고. 승모가 이번 일을 계기로 그녀 자신 곁에 새로이 남든 안 남든 상관없이 박현식과의 관계만은 이미 완전히 끝난 것이다. 하지만 그건 그녀만의 판단이고 결정이지 승모가 끝내라고 해서, 끝내라고 강요한다고 해서 매듭지어질 성질의 일은 전혀 아니다.

여자가 사랑을 처리하는 데는 남자보다 선천적으로 훨씬 탁월하다는 것을 남자들은 왜 모르는가? 여자가 독하게 마음먹고 등을 돌려 세우면 한 순간에 남은 세계가 전부 다 빙하기 세상으로 변해버린다는 것을 남자들은 왜 모르는가?

역시 나이가 어려서인가? 이 아이는 여자를 아직 잘 모른다. 몸보다도 여자 마음을 훨씬 모른다. 그래, 모르는 것이 당연하겠지. 당장의 난처함과 궁색함을 모면하기 위해서 여자가 사랑했었던 남자에 대해, 그 자리에 있지도 않은 사람을 모욕하게 하는 것만큼 치졸한 일도 없다는 것조차 모르는 아이니까. 아니, 맹렬한 질투심에 의해 사리분별력을 모두 잃고 분노감으로만 흥분하고 날뛰는 모양새가 딱 스물일곱 살 그 나이가 제대로 맞긴 할 테니까.

도로변, 깨져서 불이 꺼진 가로등 하나를 슬며시 돌아보고 있는 혜연의 얼굴은 무표정했다.

그녀는 참혹했다. 지금껏 살아오면서 자신이 이토록 창피하고 구질구질하게 느껴진 적이 있었던가? 비참함의 구정물을 양동이째 뒤집어쓴 기분을 느낀 적이 있었던가? 아니, 없었다. 할 수만 있다면 지금 혜연은 자신의 얼굴에다가 침을 뱉고 싶었다. 꾸겨진 자존심이 상할 대로 상한 그녀는 승모가 몇 번이나 그와의 관계를 깨끗이 정리하라는 말을 거듭 요구해 와도 그녀는 입을 앙다문 채 차의 전면만을 뚫어지게 응시하고 있었다.

— 좋아. 끝내 정리하겠단 말 안 해주겠단 거지?, 지금? 그럼 그렇게는 안 하고 못하겠단 뜻으로 내가 받아들이면 되는 거겠네……? 좋아, 좋다구! 알았다구!

화가 날대로 난 승모는 갑자기 급 액셀러레이터를 밟아 교차로에서 급작스럽게 좌회전을 했다. 신호를 무시했고 차선도 무시한 위험천만한 행동이었다. 그녀는 동시에 악!, 하고 비명을 질렀을 만큼 그의 차는 교차로 좌측에서 달려오면서 우회전하려던 트럭과의 정면충돌을 간신히 피해냈다. 김승모는 눈 하나 깜박하지 않고 그 뒤에도 시내 길인데도 불구하고 시속 백 킬로 가까이 요란스럽게 속도를 밟아댔다.

까닥, 하면 사고는 눈에 불 보듯 뻔했다. 그녀는 얼굴빛이 새파랗게 질렀지만 오른손으로 차 실내 조수석 상단에 있는 손잡이를 꽈악 거머쥔 채 눈만 질끈 감고 있었다. 그녀 몸이 이쪽저쪽으로 마구 쏠릴 만큼 급커브가 연이어졌다.

사륜구동 차는 M시를 완전히 벗어나 어느새 강변길을 질주했다. 그녀가 눈을 떠 보니 콜타르가 깔린 아스팔트길이 아니고 시멘트길이었다. 이쪽 길은 외길이었다. 그의 차가 향하고 있는 곳은 오봉산 중턱에 있는 대형 저수지였다. 혜연도 가슴 답답할 때마다 몇 번 차를 몰고 올라가봐서 잘 아는 장소였다. 이 근역에서 2차선 아스팔트 끝이 유일하게 끊어지는 곳, 그 길 끝에서 차는 속도를 완전히 줄여 천천히 U턴으로 돌리게 돼 있다. 그곳에는 쇠난관이 설치돼 있다. 쇠난관 그 아래로는 높이가 사십 미터는 족히 넘는 깎아지른 절벽이고 절벽 밑은 드넓은 수면이 연결돼 펼쳐져 있다. 수면 아래로 수십 미터 깊이를 가진 거대한 저수지가 고여 있는 곳이다.

그의 차는 미친 듯이 그곳을 향해 경사진 급커브를 이리저리 틀어대며 산기슭 길을 숨가쁘게 올라갔다. 그는 2차선 길 끝이 저만큼 보이는, 길의 끝까지 백여 미터 정도가 되는 직선도로 구간에 도착해서야 차를 급정거로 멈춰 세웠다. 엔진은 끄지 않았다. 그는 액셀러레이터에 오른발을 올려놓고 핸들을 두 손으로 꽈악 움켜잡은 채 절벽 아래 거대한 물이 고여 있을 저수지 끝을 노려보았다.

— 마지막 기회야.

— 스, 승모야! 너, 왜 이래? 너……. 지금 대체 무슨 생각하는 거야?

— 분명하게 말해. 그 사람이랑 완전히 끝내겠다고!

— ……!

— 끝내 말 안 할 거야?

— ……!

— 알았어!

— 니가 내 맘을 어떻게 알았다는 거야?

— 더 이상 얘긴 필요 없어. 좋아, 그럼 같이 가자구!

그의 눈빛이 번뜩이는 순간 그는 저수지를 향해 급 액셀러레이터를 밟았다. 차체가 쏜살같이 난관을 향해 직선으로 질주해 들어갔다.

— 아악! 할게! 하, 할게!

비명과 같이 내지른 그녀 말과 동시에 그의 차에 급 브레이크가 걸렸다. 네 바퀴가 시멘트 바닥을 날카롭게 긁으며 내는 타이어가 찢어지는 듯한 마찰 소리! 그 소리와 동시에 그의 차 앞 범퍼가 쇠난관을 우지끈 찌그러뜨리는 소리가 났다. 이어서 오른쪽 전조등 유리가 깨지면서 아스팔트에 파편 조각으로 우수수 떨어지는 소리가 났다.

본능적으로 잔뜩 몸을 웅크린 채 두 손으로 머리를 감싸 쥐었던 혜연이 천천히 고개를 쳐들었다. 옆좌석의 그를 돌아보았다. 김승모는 두 팔로 핸들을 꽈악 거머쥔 채 온몸을 부들부들 떨면서 전면만을 향해 척추와 얼굴을 꼿꼿이 세워들고 있었다. 어금니를 콱 깨물고 뺨 위로 굵은 눈물을 줄줄 흘리고 있었다.

— 미, 미쳤어! 너! 이게, 이게 뭔 짓이야!

— 어서……. 말해. 그 남자 완전히 끝내겠다고! 앞으로 죽을 때까지 나만 사랑하겠다고!

— 그, 그래. 그 사람, 끝낼 거야. 이미 그러려고 했었어.

— 그래, 그리고 또! 또 말해!

— 앞으로, 앞으론! 너만 사랑할게. 내가 승모 너만 사랑할게!

그녀가 무서움에 바들바들 떨며 간신히 그렇게 따라 말하자 승모는 곧바로 참았던 커다란 울음을 터트렸다. 장소가 아무도 없는 산기슭이고 산 중턱 절벽이어서였을까? 그는 정말이지 어허헝, 어허헝!, 하고 산중의 호랑이 울음소리를 내며 엄청난 소리로 울었다. 혜연은 핸들 상단부에 이마를 연신 들이박아대며 울고 있는 그의 팔뚝을 손바닥으로 때리며 같이 흐득흐득 울기 시작했다.

— 이 바보야! 내가 뭐라구……. 대체 나 같은 게 뭐라구……. 이렇게까지 할 수가 있는 거니! 나쁜 녀석! 난 니가 이렇게 무모하기까지 한 녀석인 줄 정말 몰랐어…….

— 난 나쁜 놈이야!

— 그래, 맞아. 넌 정말 나쁜 녀석이야!

그녀가 그의 어깨에 이마를 대고 흐느껴 울자 승모는 어느 순간 자신의 울음을 큰 숨 한 번에 싸서 꿀꺼덕 삼켰다. 그리고 그는 폭풍이 지나간 허공을 주시하듯 한동안 앞만을 응시한 채 말이 없었다. 그녀만 가늘게 울고 있었다. 이윽고 그는 상체를 그녀를 향해 돌려서는 그녀를 자신의 넓은 품에다가 다정하고도 포근하게 감싸안았다.

— 이제 됐어. 울지 마.

— 무, 무서워서 그러잖아. 무서워 우는 것도 내 맘대로 못해?

— 못해.

— 왜?

— 넌 전부 다 내 거니까! 머리카락에서부터 발바닥까지!

— 못됐어! 정말! 이 독재자! 무법자! 어휴, 내가 왜 진작에 이런 널 못 알아챘을까?

그의 손이 그녀 머릿결을 한없이 부드럽게 쓸어내렸다.

— 사랑해…….

— 응?

— 알아줘! 난 정말이지, 널 아주 무지무지……. 미칠 것처럼 사랑한다구!

— 그래…….

그녀가 고개를 끄덕인 뒤 말을 이었다.

— 정말 그렇긴 하네, 백번 천번 그 말만은 오롯이 인정되는 밤이네. 아니? 지금 우리 까닥 잘못했으면, 니가 일 초라도 브레이크를 늦게 밟았다면……! 어휴, 끄, 끔찍해! 우리 모두 저 밑으로 곤두박질쳐 떨어져서 지금쯤 죽어버렸을 꺼야!

— 훗후후, 그럼…… 우린 용케 지금 다시 살아난 건가?

— 그렇지. 그런 셈이네 뭐.

— 잘됐지 않아?

— 뭐가?

— 우리, 지금 다시 태어났으니까.

— 응?

— 그렇잖아. 그렇게 생각하면 지금 난 너를 세상에서 처음 보고 있

는 거고 만난 거잖아. 좀 전에 우리 같이 태어난 셈이니까……. 너도 처음 날 보고 있는 거고……. 그러니까 우린 이젠 나이도 같고 생일도 같은 거야. 그리고 또…… 지금부터 우리 사랑은 그 누구의 손때도 타지 않은 첫사랑인 거고…….

— 얘, 얘기가……. 그렇게 되나?

— 알았지?

— 응?

— 지금 이 순간 꼬옥 기억해! 우린 이 순간에 함께 되살아난 이상 앞으로도 죽을 때까지 영원히 헤어지지 말아야 해!

— 응. 그럴게. 하지만 맘이 좀 걸리네. 첫사랑은……. 헤어진다고 하던데!

— 그런 게 어딨냐? 다 하기 나름이지.

두 사람은 입가에 엷은 미소를 머금었다.

— 근데 너, 먼저 분명하게 약속해! 다신 이런 위험한 짓 안 하겠다고! 사람 목숨 가지고 너의 생각 관철시키려는 이런 못된 짓을 절대로 하지 않겠다고 나한테 분명히 맹세해. 안 하면……!

— 안 하면?

— 너 내일부터 나 절대 못 만나.

— 정말?

— 물론이야. 나도 너만큼은 독할 수 있다니까.

— …….

— 말 안 해? 에이씨, 나 차에서 내릴 거야!

— 아니, 할게! 한다구!

— 어서 맹세해!

— 알았어. 나, 김승모는 앞으론 절대 목숨이 걸린 이런 위험하고 못된 짓은 절대 하지 않겠다고 이혜연 앞에서 손을 들어 맹세합니다…… 자, 됐지?

— 그래, 됐어.

그가 그녀 입술에 부드럽게 입을 맞췄다가 뗐다.

두 사람은 눈물자국 가득한 얼굴로 웃고 있었지만 두런두런 말하는 그들 목소리에는 아직도 서러운 울음기가 배여 있었다. 남자가 두 손으로 여자 뺨을 감싸 그 입술에 부드럽게 입을 맞추었다.

— 사랑해…….

— 나두.

— 나두는 싫어. 사랑해, 라고 말해줘.

— 사랑해…… 승모 널, 아주 많이많이 사랑해…….

9장
화가 나 견디기 힘들군

편두통

신기합니다. 내 마음속 부리 긴 작은 새는 당신과의 불화를 떠올린 지점마다 표시를 해놓는 듯 부리로 콕콕콕 쫍니다. 당신과 함께 한 장소와 행동 속에 무슨 몹쓸 푸른 씨앗을 심기라도 하듯 조그만 구멍을 냅니다.

몹시도 고통스럽습니다. 당신을 내 안에서 내쫓아버리고 싶을 지경입니다. 끝내는 이별을 예감하는 가슴 먹먹한 그 통증이 두 눈으로 몰려올 것입니다. 그 생각만으로도 지독한 아픔이 내 머리에서 가슴까지 곧장 구멍 뚫어버렸습니다.

9장

화가 나 견디기 힘들군

다음날 아침이었다. 혜연은 박현식으로부터 전화가 걸려왔을 때, 오늘 경주로 출발하느냐고 물었다. M시를 경유해 내려가실 시간이 있겠느냐, 고 연이어 물었다. 퇴근 후 M시 변두리인 낙동강 지류 퇴강변에 위치한 A원두전문커피숍에서 만났으면 좋겠다고 그녀가 말하자 '그래? 경주서 만나 얘기하면 될 텐데…… 그렇게 서둘러 할 얘기란 게 대체 뭐지? 하고 그가 되물어왔다. 그녀가 대답이 없자 잠시 침묵을 지켰던 그는 '그럼 그렇게 하도록 하지. 그 시간에 거기서 봅시다!' 하고 그가 전화를 끊었었다.

혜연은 사람과 사건이 연이어져 마음이 지쳤다. 두려웠다. 더 이상 미룰 수는 없었다. 박현식에게 이별을 고하고 그 사람과 헤어지는 수밖에는 다른 방도가 없었다.

박현식은 텅 빈 커피숍 2층에 혼자 앉아 있었다. 흰 반팔 와이셔츠에 감청색 면 바지를 입은 그의 깔끔한 모습을 보자 혜연은 목줄기에 서늘한 얼음 조각이 닿는 느낌이었다.

— 아, 여기야!

그는 그녀를 향해 한 손을 번쩍 쳐들어보였다. 그리곤 읽고 있던 영자판 시사주간지를 접어서는 유리탁자 한 켠에 밀쳐놓았다.

— 제가 제 시간에 맞춰 온 거 같은데……. 먼저 도착해 계셨네요? 많이 기다리셨어요?

— 아니, 삼십 분 정도. 근데, 얼굴이 핼쑥하니 좀 많이 야위었네. 무슨 일 있었어요?

— 네에, 뭐어…….

그녀가 한 손으로 뺨을 가리며 의자에 앉았다.

면직 중절모를 멋스럽게 쓴 가게 주인남자가 메뉴판을 들고 2층으로 올라왔다. 사십대 초반인 주인은 서울에서 내려와 퇴강변에 터를 잡은 지 얼마 안 된 사람이다. 낯선 그들 만남이 M시까지 번져나갈 우려는 없었다. 그들은 얼음을 띄운 아이스 원두커피를 주문했다.

— 많이 덥죠?

— 그렇군. 장마 끝난 뒤부터는 완전 여름이야. 도시는 열대야까지 생겨 그야말로 낮이고 밤이고 푹푹 찌는데. 여긴 나무가 많고 강바람까지 불어 한결 낫군 그래.

— 근데 경주는 무슨 일로……?

— 으응, 우리 도에서 주관하는 국제행사가 경주호텔에서 다음 주 내내 개최되거든. 자연 늪지 생태에 관한 아시아권 세미난데 그 일정 챙겨주는 것을 내가 책임진 거지.

— 그럼, 많이 바쁘시겠네요?

— 그렇지도 않아요. 준비는 이미 다 마쳐놓은 상태니까. 그런데 왜? 당신, 경주 내려오는 거 싫어? 나는 이참에 당신과 함께 남산에 올라가보려고 했었더니만. 무슨…… 바쁜 일이라도 갑작스레 생겼는가 보지?

— 그런 건 아니구……요.

— 그래?, 그렇다면 뭐지? 이렇게 서둘러 해야 할 얘기란 게……?

— 네, 그게…….

그의 눈을 보자 혜연은 입술이 떨어지질 않았다. 얘기를 시작하지도 않았는데 숨이 턱 막히는 느낌이었다. 혜연은 그의 시선을 피해 유리벽 저편에서 유유히 흐르는 강물과 그 뒤에 우뚝 서 있는 거대한 오봉산 능선들을 잠시 건너다보았다.

— 뭔 얘긴데 그렇게 뜸을 들여? 혹시……, 남자 얘긴가?

— ……!

— ……. 흐으음, 역시 그런……. 모양이구만. 어젯밤 당신과의 통화를 끝내고 느낌이 좀 그랬었는데. 그 뒤부터 맘이 통 안 잡히더니만 내 예감이 맞긴 맞았었네.

박현식 표정은 눈에 띄게 굳어졌고 어두워졌다. 조금 전까지만 해도 마음에서 스며나오던 아주 조그만 밝은 등들이 그의 얼굴에서 하나

둘 빠르게 꺼지고 있는 것이 눈에 보일 정도였다.

— 미안……해요. 정말 미안해……요.

— 아니, 그렇겐 말할 필요는 없고…….

— …….

— 흐으음, 그래요, 당신도 불편할 테니 내가 그 남자에 대해선 묻지 않을게. 근데, 대체 언제 만났던 거지?

— 네에, 한 달……. 조금 더 됐어요.

— 흐음, 한 달 남짓이라……. 그랬었군 그래, 이상하게도 이번에 당신 만나지 못한 기간 내내 가슴이 자주 답답했었는데. 결국, 이런 일이 터져버리고 말았군.

그가 마른침을 삼켜내느라 목울대가 위아래로 크게 움직이는 것이 보였다. 그는 원두커피 한 모금을 마셨다. 그리고는 허허로운 눈길을 사방에 뿌리면서 많이도 쓸쓸해진 표정으로 고개를 너댓 번이나 주억거렸다.

— 그래, 알아요. 다 내 잘못이야. 내가 당신 외롭지 않도록, 당신 흔들리지 않도록 더 잘 챙겼어야 했는데…….

— 아니에요. 믿음 저버린 건 저니까 그런 자책은 하진 말아요. 어쩌다보니…… 네, 이렇게 실망시켜 드리게 돼버렸네요.

혜연은 다시 한 번 그를 향해 죄스런 마음을 표하려는 듯 고개를 떨궜다. 눈물이 핑 돌았다.

김승모가 그녀 몸을 통해 마음까지 도착한 사람이라면 이 사람은 마음의 계단을 차근차근 밟아서 몸까지 왔던 사람이었다. 그녀 나이에 어울리는 연륜을 가진 남자였었다. 그녀가 고개 떨군 눈꼬리에서 물기를 손끝으로 문질러내는 동안 그는 그런 그녀를 멀거니 건너다보고만 있었다. 그는 망연자실했고 오래도록 말이 없었다. 마치 낯선 곳에 왔다가 막차를 놓친 사람처럼 그의 눈길은 먼 곳만을 더듬어내다가 결국 허공의 한 점만을 뚫어져라 응시했다. 깊은 한숨이 드문드문 새어나왔다. 이윽고 어느 순간 그의 가슴 속으로 분노의 불길이 일어나 삽시간에 번진 것일까. 수그린 그녀 이마를 바라보던 그의 얼굴이 잔뜩 찡그려지며 한껏 붉어졌다.

— 왜지?

— 넷?

— 왜 그 사람이냐구?

— ……!

— 내 말뜻 모르겠소? 그 사람이 뭐하는 작잔지 모르겠지만 당신이 왜 지금 그 사람이어야만 하느냐구?

— ……!

— 그래요, 아오! 내가 잘한 거 하나도 없소. 하지만 내 맘은 늘 당신을 향하고 있었다는 걸 당신이 누구보다 잘 알 텐데……. 대체 그 사람의 뭐가 당신에게서 날 밀쳐내게 만든 거요? 날 보고 이렇게 느닷없이 헤어지자고 하니 내가 그 이유만이라도 들어보고 싶군.

— 그게…… 아니구요. 네, 당신은 아주 좋은 사람이에요. 당신 싫어져서도, 당신 그 무엇이 부족해서도 아니에요. 그냥……. 네, 무책임하기 짝이 없게 들리겠지만……. 네, 어쩌다가……. 어쩌다가 이렇게 돼

버렸어요. 그래서 미안하고…….

— 그냥? 어쩌다가? 세상에 그런 말이 어딨소? 당신이 지금 내 가슴에 비수를 찔러 넣었는데! …… 그 이유가 그냥, 이라니? 그렇담 그 사람도 그냥 스쳐 지나갈 수 있는 사람 정도의 성질 아닌가? 누구나 살다가 외로움 때문에, 분위기 때문에 잠시 잠깐 실수도 하니까 말야.

그의 목소리가 한층 높아졌다.

— 화내지 말아요……!

— 나, 당신에게 화내는 거 아냐. 정말이지 나한테 화가 나 견디기 힘들군. 내가 당신, 이토록 많이 좋아하는데도……. 정작 난 당신 곁에 있어주지도 않았고, 자주 만나러 오지도 못했었고.

— 아니에요. 그간 당신 제게…… 아주 많이 신경써 주셨어요. 저, 힘들어할 때마다 도움도 주셨고. 모든 면에서 자상하고 세심하셨어요. 하지만 제가, 제가…… 네, 결국 당신 이렇게 힘들게 하고 말았네요.

— 아니. 그건 아냐. 난 당신 어떤 여잔지 이미 알 만큼은 알아. 당신은 사람에 대한 신의를 쉽게 저버릴 사람이 아냐. 일이 이렇게 된 건 순전히 내가 당신을 굳건히 잡아주지 못해서야. 일 바쁘다는 핑계로 당신 마음 쓰러지는 걸 눈치도 채지 못했으니…… 어리석기 한량이 없군 그래. 그래서 지금 난 이 지경까지 되도록 수수방관한, 무책임하고 무감각했었던 내가 싫어. 정말이지 용서가 안 될 것 같아!

— 제발……! 그러지 말아요.

— 뭘 그러지 마?

— 자책하실 필요 없다구요. 그 자책감이……. 분노가, 절 향하고 있

다는 것도 전 잘 알아요. 하지만, 달리 생각해 주세요. 그동안 우리 좋았잖아요. 제가 당신 많이 행복하게 해드리진 못했지만, 저만 행복해서 많이 미안하긴 했지만……. 그래도…… 이제 그냥……. 네, 절 나쁜 년이라 생각하고 미련 없이 보내주세요.

— 그 말은 모순이야. 당신이 이미 날 보냈는데 내가 어떻게 당신을 보내줄 수가 있어?

— ……!

그녀는 참담한 심경으로 다시 고개를 떨구었다.

무슨 말을 해도 그의 심기를 흩트려놓을 뿐이었다. 그가 이렇게 말꼬리를 잡으면서 노골적인 분노감을 나타내는 것은 처음이었다.

남녀사가 그렇다. 비가 왔기 때문에 만남이 물 흐르듯이 자연스럽게 이별로 흘러가는 흐름이 인간사에 어딨겠는가. 꽃이 피어 만났고 꽃이 지니 이별하는 순한 바람결 같은 헤어짐이 세상에 어딨겠는가.

남녀 간의 만남은 마음과 몸을 주고받은 만큼, 기쁨과 행복을 주고받은 만큼, 헤어지는 순간에는 그 누구나 예외 없이 대가를 치르게 돼 있다. 사랑이 몸으로만 이뤄졌고 몸으로만 사랑을 했다면! 여전히 몸은 제 것으로 남아 있으니 손해본 게 아무 것도 없을 것이다.

'잘 살아! 나도 잘 살 테니까!'라고 쉽게 털어버릴 수 있을는지 모르겠지만. 두 사람이 서로 마음까지 깊이 나누었다면, 그래서 그간에 서로를 많이 의지하고 신뢰했었다면, 필경 헤어지는 과정이 그리 간단치 않고 순탄치도 않다. 특히나 헤어짐을 통고받는 쪽에선 더더욱 어이없고 슬프고 화가 난다.

혜연은 가슴 한 켠이 미어졌다. 고개를 들어 그 사람 고통을 확인하며 절망을 지켜보고 있기가 더욱 힘들었다. 차라리 뺨이라도 한 대 후려치고 이 사람이 벌떡 일어나 뒤도 안 돌아보고 가버려 줬으면, 나한테 욕이라도 실컷 퍼부어 주었으면, 싶었다.

그래 그래, 역시나 그런 거였어! 그간 널 좋게만 본 내가 미친놈이야! 역시나 너란 여자는 말야, 이혼녀란 딱지가 제격이야! 아주 딱 잘 어울려! 뭐라구? 헤어지자구? 그동안 내가 너한테 어떻게 했었는데? 어떻게 이렇게 사람을 배신하고 내칠 수가 있어? 넌 아주 질이 나빠! 나쁜 년이야! 정말이지 배은망덕한 년이라구! 좋아, 알았어! 내가 더러워서라도 네 말대로 헤어져 준다. 미련 없이 헤어져줄 테니까. 넌 평생 이 남자 저 남자 품 옮겨 다니면서 그렇게 살아. 천박한 싸구려웃음이나 팔다가 이담에 혼자서 늙어 죽으라구! 반드시 그렇게 될 테니까!

그렇게 저주 섞인 악담을 퍼붓고 자리를 박차고 나가버린다면 차라리 견디기 쉬울 것 같았다.

근데 그녀의 그런 바람을 그가 알아채기라도 한 것일까.

갑자기 그가 자리에서 벌떡 일어섰다. 옆자리에 둔 서류가방을 낚아챈 그는 곧장 빠른 걸음을 걸어 층계를 걸어 내려갔다. 1층 중앙문을 힘껏 밀어젖히고 밖으로 나갔다. 그는 곧장 자신의 중형차가 주차돼 있는 곳으로 성큼성큼 걸어갔다. 뒤도 안 돌아보고 떠날 기세였다. 그랬던 그가 갑작스레 동작을 우뚝 멈춰 세웠다. 운전석 문 앞에서 차체 위에 한 손을 얹은 그는 등을 보인 채 고개를 깊이 떨구고 있었다. 한참이나 그 모습으로만 굳어 있었다.

2층 유리창가에 앉은 혜연은 그런 그를 내려다보았다.

지난 2년여 기간 동안 하루도 빠짐없이 아침과 저녁마다 다정한 목소리를 건네준 사람이었다. 마음의 부드러움을 느끼게 해준 사람이었다. 그녀가 거절했었지만 경제적인 부분도 그녀가 힘들지 않도록 간간히 챙겨주려 애썼던 사람이었다. 비록 삶의 양지가 아닌 그늘 속에서만 만났었지만 참으로 자상하고 고마웠던 사람이 아니었던가……. 그런데 그랬던 저 남자가 그대로 휑하니 떠나가는 것도 그녀에겐 아픔이었고 다시 몸을 돌려 되걸어온다는 것도 고통이었다.

가요……. 그냥, 떠나가세요. 박현식 씨…… 잘 가세요. 나같이 어리석고 못된 여자는 잊어버리고……. 언제 어느 곳에 가 계시든 간에 좋은 모습으로 잘 사세요. 나 같은 몹쓸 여자 때문에 더 이상은 힘들어하지 말구요. 절대 괴로워하지도 마시구요. 지금은 잠시 가슴 무너진 듯하겠지만……. 아시잖아요? 시간 지날수록 아픔은 덜어지고 고통도 무뎌질 거예요. 그러니까 하찮은 나란 사람은 내일, 아니 오늘 당장이 순간부터라도 말끔히 지워버리세요. 내가 무슨 염치가 있어 당신이 절 오래도록 기억해주길 바라겠어요. 하지만…… 제가 당신 잊는 일은 없을 거예요. 당신 그동안의 자상함과 깊은 배려를 사는 동안 내가 어떻게 잊을 수가 있겠어요.

연신 눈물을 훔치던 혜연은 황급히 손수건으로 입을 틀어막았다. 큭!, 하고 큰 울음이 터져 나왔기 때문이다. 그가 차를 타고 떠나가는 것을 차마 볼 수가 없어 그녀는 두 손으로 받쳐 든 손수건에 눈물과 마음을 동시에 파묻었다. 그렇게 한동안 그녀 어깨가 소리 없이 격하게 흔들렸다.

얼마의 시간이 흐른 것일까. 그녀는 앞좌석에서 털썩!, 하고 사람이 주저앉는 소리에 놀라 가렸던 손수건에서 얼굴을 꺼내 들었다.

박현식은 침통한 표정으로 얼굴이 잔뜩 일그러져 있었다.

— 혜연아! 아니 혜연 씨……! 우리, 제발 이러지 맙시다!

그의 얼굴엔 간절한 호소가 가득했다.

당신이야말로 제발…… 제발, 이러지 말아요. 당신에게 더 이상 아무 것도 해줄 게 없는 나보구……. 대체 뭘 어떻게 하라구요!

그녀는 가슴이 찢어지게 아파와 두 손바닥을 겹쳐 가슴 윗부분을 꼬옥 눌렀다.

— 당신 이러면 안 돼! 아니, 내, 내가 이렇게는 안 돼……. 내가 도저히 안 될 것 같아요. 그러니까 내게 한 번만 기회를 더 줘. 내가 앞으로 잘 할게. 내 편한 대로가 아니고, 내가 당신 원하는 대로만 할게.

그녀는 흐느끼면서도 고개를 천천히 가로저었다.

— 아냐. 지금 대답하지 말고 나중에 천천히 생각해보고 얘기해줘요. 지금 말고 다음 주 안까지, 이달 말까지 답을 줘.

— 혀, 현식 씨……!

— 나, 지금 이 순간 생각이 변했고 마음을 다시 분명히 정했어. 나는 올해까지만 일하고, 내년부터 당신과 함께 살 거야. 그동안 여러 가지가 복잡해 그 일을 정년 후까지 미뤘었지만……. 알고 보니 그게 바로 아주 잘못된 생각이었네 그려. 그게 크게 잘못된 거였어! 이렇게, 당신과 헤어진다는 게……. 이토록 무섭고 견디기 힘든 거라는 것을 내가

좀 전까지만 해도 잘 몰랐었으니까!

— ……!

— 부탁할게. 다시 생각해 봐줘요. 앞으론 내 문젠 내가 회피하지 않고 맞부딪쳐 해결할게. 정말이야. 그래서, 우리 이번 연말까지 각자 주변을 좀 정리하고 준비해선 내년 봄쯤 함께 외국으로 나가자. 필리핀이 괜찮을 거 같은데, 당신 생각은 어때? 거긴 햇빛이 많고 상대적으로 물가도 싸니까. 거기서 일 년 정도 체류하면서 나중에 국내로 다시 들어와 남은 신변정리 마저 하고……. 서류 구비되는 대로 이민 수속까지 다 밟는 거야. 필리핀 정부 고위관리가 나완 아주 막역한 사이니까 그 사람이 신경써주면 이민 관계 절차도 쉽고 아무 문제없을 거야. 그러니까 혜연 씨, 우리 그렇게 하도록 하자! 응? 우리, 그렇게 합시다!

하지만 그녀는 연신 고개를 세차게 가로젓고 있었다.

— 안 돼……? 정말 안 된단, 거요?

그녀는 분명하게 고개를 크게 끄덕거렸다. 그리고 이마가 탁자에 닿도록 얼굴을 깊이깊이 떨구었다. 절망으로 몸부림치는 듯한 그의 표정을 보는 게 너무나 힘들었다. 그녀 자신의 가슴 속뼈가 통째로 뜯겨 나가는 듯한 아픔을 그에게 보여주는 게 싫었다.

느닷없이 그의 큰 목소리가 그녀 머리 위로 왈칵 쏟아졌다.

— 이건 분명 반칙이야! 같이 시작한 건데, 당신 혼자 결정 내리고, 당신 맘대로 함부로 통보하고!

— …….

그는 거친 숨결을 애써 고른 뒤 다시 한 번 목소리를 차분하게 낮추려 애썼다.

— 좋소, 그럼 이렇게 합시다.

— …… 네?

— 당신, 그 사람 좋다면 사귀어봐. 원하는 만큼 사귀어보라구. 내가 감수할 거고 충분히 이해해줄 테니까.

— 제발……!

— 아냐! 그렇잖소. 나도 아내까지 있는데, 당신에게 어떻게 나 한 사람만 바라봐 달라고 할 수 있겠어? 다 내 욕심이지. 그러니까 이제부터 혜연 씬, 혜연 씨 원하는 대로 해. 얼마든지 그렇게 하라구. 그동안 난 당신 만나지도 않을 거고 연락도 하지 않을 테니까. 하지만……! 만약 그 사람과 사이가 안 좋아진다면, 그래서 언제고 헤어지게 된다면! 그땐 반드시 나에게 다시 연락주겠다고 약속해줘. 앞으로 1년이든 2년이든 3년이든 상관없어. 10년이라도 괜찮아. 지금 사람과 헤어지게 된다면 그때 다시, 우리가 예전처럼 돌아가겠다고만 내게 약속을 해줘. 응?

— ……!

— 그렇게 해주는 게 차라리 내겐 백 번 덜 힘들어. 네가 나한테 아예 없는 사람이라고 여겨지는 것보담……. 그래, 그게 내가 훨씬 한결 숨 쉬어내기가 좋아. 그러니까, 그렇게만이라도 해줘.

— 그럴 순 없어요……. 일이 있었는데, 사람으로 인해 이처럼 매몰차게 당신을 돌아섰는데…… 어, 어떻게? 제가 그렇게 할 수가 있어요?

— 흐으음…….

— 미안해요. 그리구 죄송하구요.

— 저, 정말 그런가? 이럴거야? 내가 자존심 다 내버리고 이렇게까지 호소했는데!……. 당신 처음 보는 면이지만 정말 잔인하군 그래. 어떻게 내게 준비할 마음의 틈도 주지 않고 이렇게 일방적으로, 단칼에……!

그는 한참 동안이나 말없이 그녀를 노려보았다. 그 눈빛이 너무나 무겁고 음울했다. 차갑고 건조했다. 혜연은 그의 눈빛을 맞닥뜨릴 엄두조차 내지 못해 얼른 다시 고개를 숙였다. 두 사람 사이는 침묵으로 얼어붙었다. 슬픔으로 인해 그녀 가슴에선 푸른 피가 번져 나왔다.

물론 그들은 떳떳한 관계는 아니다. 그리고 박현식은 지금껏 자신의 방식대로만 그녀와의 관계를 유지시켜 왔었다. 그럼에도 불구하고 왜 이렇게 그녀가 이별에 저자세인지, 마음을 아파해야하는 건지 혹자는 이해 안 될 수도 있겠다. 사람 만나고 헤어지는 것을 원나잇스탠드쯤으로 가볍게 여기는 현 시류에 비춰보면 더더욱 그렇다. 하지만 혜연에게는 그 누가 뭐라고 해도 박현식은 마음을 깊이 내준 사람이다. 불확실한 미래지만 인생을 함께 꿈꾼 사람이다. 그녀 삶에서 몇 안 되는 아주 소중한 사람이었다. 그런 마음이 그녀 성품이었다.

그렇다면 말이다. 그렇게 사랑했다면 왜 이 사람을 끝까지 기다리지 않았느냐, 왜 좀 더 조신하게 행동하지 않았느냐고 누군가 반문할 수 있겠다. 백 번 맞는 말이다. 하지만 김승모의 출현은 그녀 삶에서 전혀 예상 밖이었었다. 그녀가 정신을 차릴 사이도 없이 태풍처럼 휘몰아쳐 들어온 사람이다. 그녀의 방어벽보다도 훨씬 강한 의지와 행동으로 곧장 직선으로만 그녀 삶 속으로 순식간에 쳐들어온 사람이다. 분명한 건 혜연 입장에서 박현식은 과거 사람이 돼버렸다. 현재 사람은 김승모다. 까닭에 박현식 앞에서의 그녀 슬픔 자체가 가식적이고 뻔뻔하게 보일 수 있겠지만, 아니 뭐 그럴 필요가 있느냐, 전혀 그럴 필요가 없다고 생각할 수도 있겠지만. 그와의 관계를 정리하는 그녀 마음은 진심으로 슬프고 괴로운 것만은 사실이었다.

정녕 돌이킬 수 없는 일이던가……?

침묵하던 박현식은 한참 만에서야 천천히 고개를 끄덕거렸다.

그녀로부터 등을 돌린 그는 이번엔 비교적 차분한 걸음걸이로 층계를 내려갔다. 주차장으로 걸어간 그는 자동차 문을 열고 들어가 곧장 차 시동을 걸었다. 그리고 급발진하듯이 차를 출발시켰다. 그는 차를 몰고 눈 깜짝 할 사이 그녀 시야에서 사라져 버렸다.

10장
고기 반찬 해줄까?

저녁밥을 먹다

당신과 마주 앉아 밥을 먹습니다. 국과 반찬들이 참 예쁜 표정을 가진 식구들처럼 밥상 위 동그랗게 모였습니다. 그 사이엔 당신과 나의 숟가락과 젓가락이 오가는 따뜻하고 맛있는 길이 있습니다. 나는 당신의 눈빛을 바라보며 당신 마음을 먹고 당신은 내 미소를 바라보며 내 가슴을 떠먹습니다. 건강해집니다. 저녁이 밤으로 부풀어지듯 참 착하게만 우리들 사랑이 배불러옵니다.

10장

고기 반찬 해줄까?

그로부터 두어 달이 흘러 시월 초가 되었다.

그동안 혜연과 인영은 모녀 사이가 다시 좋아졌다. 딸은 직장에서 김승모가 이전보다 더 잘 챙겨주자 얼굴에 늘 화색이 돌았다. 자잘한 일에도 자주 웃음소리가 났다. 김승모가 '제일 아끼는 직장 후배'란 단서를 달긴 했지만 인영은 자신의 말이라면 무엇이든 들어주는 그로 인해 직장생활이 한껏 즐거워졌다. 그런 딸에 대해 그 사람을 만나라 마라 할 처지가 아니게 돼버린 혜연으로선 이러지도 저러지도 못한 채 어정쩡한 미소만 머금을 수밖에 없었다.

저 녀석이 좋아하는 정도를 넘어 정말 사랑하게 되면 어떻게 하나, 우려가 되고 걱정이 되었다. 혜연이 김승모와 그 문제에 대해 상의를 했을 때 '내가 잘 알아서 할 테니까 그런 염려는 하지 마!'라고 그가 자신있게 말했었다. 어쨌든 혜연은 딸이 김승모에 대한 얘기를 일상생활 안에서 즐겁게 해올 때마다 내심 무척이나 난감했고 곤혹스러웠다. 본의 아니게 딸을 속이는 있는 것만 같아서 마음 한 구석이 불편하고 속이 체한 듯 자주 답답해졌다.

아들 진철이는 충주에 소재한 예술대학 쪽으로 진로를 결정했다. 책상에 삼십 분 이상 앉아 있는 것을 못 본 혜연으로선 어쩔 수 없다는 심정으로 동의했다. 지방 예술대는 원서만 내면 들어갈 수 있는 곳이다. 합격이 문제가 아니라 학비가 문제였다. 이왕이면 서울에 있는 예술종합대학으로 갈 수 있다면 좋았을 텐데. 우리나라 문화의 메카인 수도 서울에서라면 관련 인맥도 제대로 쌓을 수 있지 않겠는가. 거기서 대중음악인 능력을 제대로 키워서 본인 꿈을 활짝 꽃피워 제 살고 싶은 직업과 삶을 경제적으로도 성취해내기를 바라지만, 아들 하는 짓을 보면 역시나 마뜩치가 않다. 혜연이 그렇게 아쉬운 넋두리를 늘어놓을 때마다 아들 진철이가 하는 대꾸가 걸작이었다.

— 엄마! 우리나라 별로 크지 않거든. 작은 나라거든. 나 같은 수준급 래퍼라면 충주 아니라 제주도에 갖다놔도 두각 나타내는 건 시간문제니까 어디 두고나 보시라구. 대학 2학년 마치기도 전에 텔레비전 안에서 내가 떡, 하니 스타가 돼 있을 테니까!

— 에이그 이 녀석아! 세상이 어디 그리 만만한 줄 알아? 하여튼 간에 나중에 너 잘못 돼도 절대 엄마 원망하지 마라. 다 네가 부득부득 고집해서 선택한 길이고 네 인생이니까!

혜연이 아들에게 타박을 하면서도 예전처럼 대놓고 연예인이 되는 길을 가로막진 않았다.

연예인이 되고 스타가 되는 게 어디 말처럼 쉬운 일인가? 그 방면에 타고난 천재가 아닌 이상 불가능에 가깝다. 재능이 뛰어나다 할지라도 그와 관련된 튼튼한 인맥이나 집안배경이 뒷받침되지 않으면 불가능하다. 하지만 십대 나이 때는 아무리 말해주고 타일러도 도무지 알아듣지를 못한다. 꿈만 꾸면 되고 이뤄진다고 생각하는 십대 시절의 특권은 알고 보면 세상을 모르기에 비롯되는 무모함과 치기이다. 어쨌든 아들은 그 길이 아니면 안 된다고 하니 그 길을 끝까지 가는 것을 뒤에서 지켜봐야만 할 뿐 달리 방도가 없었다.

세상 모든 엄마들이 그렇듯 혜연 또한 자식 앞날에 대한 걱정이 컸다. 깊은 한숨이 절로 나왔다. 어디 요즘 세상이 좀 살기 힘든 시대인가? 지방인 M시 경우에도 제대로 된 안정된 직장은 눈 씻고 찾아도 찾기 힘들다. 두 집 건너 한 집이 백수 가장이거나 백수 대졸자가 넘치고 있는 게 작금의 현실이다. 아들 녀석은 시대가 그럴수록 먹고 사는 것보다 꿈을 먹어야 그게 청년정신이라고!, 어디서 주워들은 바를 철딱서니 없이 부르짖긴 하지만. 분명한 것은 사람이 최소한의 품위를 유지하면서 인생을 평범하게라도 탈 없이 살아낸다는 게 점점 힘들어지는 세상으로 빠르게 변해가고 있다는 것만은 명확한 사실이다.

아무튼 아들 녀석은 도무지 답이 안 나온다. 현실이 갑갑하고 답답할수록 그녀는 언제부턴가 퇴근 무렵이면 김승모로부터 걸려오는 전화나 문자메시지를 받기 위해 휴대폰 쪽으로만 눈길이 갔다. 그를 떠올리면 위로가 되었다. 그래서 이젠 그녀가 먼저 전화를 걸어 '퇴근시간인데 뭐해?'하며 은근히 만남을 재촉했다. 그와 전화 연결이 되지 않으면 그 즉시 마음이 불안해졌다. 일이 바빠서 그런 모양이지, 생각은 하면서도 두절된 그 시간이 길어지면 길어질수록 입술이 바짝바짝 마를 만큼 마음이 다급해졌다.

섹스에도 점차 그녀가 더 적극성을 띠었다. 정사 중엔 몸을 동그랗게 말며 끊임없이 그의 목을 끌어당겨 안았다. 그의 몸 구석구석을 손으로 어루만지고 코로 냄새 맡으며 행복해 했다. 이제껏 남녀 관계에 있어서 수동적이고 소극적으로만 살아왔었던 그녀가 김승모를 만나고난 뒤부터는 완연 적극성을 띠게 되었다. 나이 차가 많이 나는 연하남자라는 게 일정 부분 그만큼 편했고, 편한 만큼 의욕적이고 주도적이게 되었다.

김승모는 그런 그녀 변화에 대해 긍정적이었다. 아주 즐거워했다. 만약 혜연에 대한 애초의 그의 마음이 고운 중년의 여자에 대한 호기심 정도였다면 그는 분명 찰거머리처럼 달라붙기 시작하는 그녀가 점점 더 부담스러워지고 싫어졌을 것이다. 하지만 그는 그러지 않았다. 한결같은 열정이었다.

혜연은 그를 만나 몸을 나누면서 자기 나이를 점차 잊어갔다. 그와 섹스를 할 때마다 자신의 몸에 든 나이를 한 살씩 몸 바깥으로 밀어내 없애는 기분이었다. 남자들이 왜 자기보다 훨씬 젊은, 어린 여자를 그렇게나 좋아하는지 그 심리가 이해되었다. 그와 함께 있으면 자신도 모르게 젊어지고 어려진다는 즐거운 느낌이 몸의 강한 자극만큼이나 컸다. 그의 몸 자체가 삶에 찌든 눅눅한 기색 없이 밝고 맑고 신선했다.

그래서 혜연은 김승모와의 정사가 매번 새롭고 즐거웠다. 처음과 초기에는 여자가 한참이나 연상이었지만 이젠 정말 동갑내기 남녀가 나누는 섹스 느낌이었다. 그만큼 그녀가 그에게서 번져 나오는 싱그러움과 욕망을 즐길 수 있을 만큼 동화된 것이다. 그리고 마침내 최근 들어서는 그가 그녀보다 두어 살 위의 사내인 것처럼 그녀는 코맹맹이 애교까지 자연스럽게 떨게 되었다.

두 사람이 같이 있을 때의 호칭도 승모 씨!,에서 자기!,로, 요즘엔 간혹 오빠!,라고까지 진화되었다. 만약 사람들이 그간에 빠르게 변모하는 그녀 모습을 쭈욱 지켜봤었다면 그녀의 퇴행과정에 여지없이 손가락을 쳐들고 '저 여자 이젠 확실히 미쳤네!' 했을 테지만. 혜연은 자신의 그런 변화가 자연스러우리 만큼 나이를 덜어낸 감정에 익숙해졌다. 그리고 그녀의 그런 여우짓을 상대자인 승모 본인이 장난을 치며 끊임없이 유도했다. 까닭에 그와 함께 하는 매 순간이 청량한 자극이어서 행복했다.

혜연은 무엇보다도 몸의 나이가 아니라 마음의 나이로 돌아가 그와 깊은 사랑을 나눌 수 있다는 것이 좋았다. 경이로웠다. 젊음으로 윤기 나는 그의 가슴판을 손으로 매만지면 더없이 만족스러웠다. 그가 자신의 얼굴에 수없는 입맞춤을 퍼부어갈 때면 그녀는 영락없이 다시 이십대의 한 여자로 돌아가 있었다.

섹스가 몸의 쾌락일 뿐이고 섹스가 끝나면 그만큼의 진한 허무와 허탈감이 찾아올 뿐이라고 누군가는 말하겠지만, 혜연은 전혀 그렇지 않았다. 기쁨과 환희로 가득 충만된 몸만큼이나 마음의 여운도 오래도록 눈부신 활기로 가득 찼다. 그렇게 그와 함께 있는 시간이 달콤한 꿈만 같았다. 그래서 그녀는 요즘 그와 단 둘이 있을 때마다 욕심 섞인 응석까지 부려대곤 했다.

'자기야, 나 정말 안 버릴 거지?' '나 버리면 절대 안 돼. 그럼 나 확 죽어버릴 거야!' '정말이지? 나 죽을 때까지 이렇게 내 곁에서 변함없이 나만 사랑해줄 거지?' '절대 그 마음 변하면 안 돼!' '어때? 지금도 내가 세상에서 젤 이뻐?' '다른 여자한테 눈 돌리면 죽여버릴 거다. 자기가 날 이렇게 만들었으니까.' '난 승모 오빠가 너무 좋아. 세상에서 젤 좋아. 그러니깐 오빤 영원히 내 거야만 해, 알겠지?'

그녀가 그의 품에 안겨 한 그런 말들은 분명 얼굴이 화끈거릴 만큼 낯간지러웠다. 그녀는 지금껏 살아오면서 한 번도 그런 콧소리가 섞이고 색이 스민 말들을 사용한 적이 없다. 그녀가 한창 예뻤던 이십대였을 때도 못해 본, 애교가 넘치다 못해 교태스럽기까지 한 대사들이었다. 그녀는 혼자 있을 때 자신이 한 그런 말들이 생각나면 어느 순간 뺨이 뜨거워질 정도로 낯부끄럽고 민망했다. 쥐구멍이라도 찾고 싶은 심정이 되었다. 하지만 처음에만 그랬었지 그에게 한 번 두 번 사용하다보니 이젠 완전히 그녀 입에 익었다. 그리고 그런 가장 유치하고 가장 속되게 느껴지는 말들이 그녀의 가장 솔직한 진심이었다. 할 수만 있다면 정말로 그를 영원히 가지고 싶었다. 죽을 때까지 그를 나만의 남자, 나만의 사랑으로 독차지하고 싶은 바람이었다.

김승모는 혜연이 그렇게 자기만을 욕망하도록 조금씩 변모시켰다. 그런 점에서 그녀에게 있어 그는 이 세상에서 감춰진 또 하나의 작은 세상이었다. 봉인된 완전한 비밀의 세계였다. 그 세상 속에선 그녀는 마흔여섯 중년의 나이가 아니라 그와 엇비슷한 이십대였다. 그 안에서 실제 그녀가 이십대였을 때도 해보지 못했던 원색의 연애 감정을 그와 나누었다. 지금껏 그 누구도 그녀가 민망해 할까봐 요구하지 못했던 외설적인 체위를 그가 요구해왔어도 그녀는 기꺼이 함께 즐겼다. 그녀에게 있어 그는 감각의 제국이고 신천지였다.

이틀 전, 거친 정사가 끝난 뒤 담배를 찾아 무는 그의 겨드랑이 사이에다가 혜연은 땀으로 젖은 작은 얼굴을 파묻었다.

— 읏훗후, 가, 간지럽다!

— ……!

— 응? 왜 그래?

왠지 그녀는 꼼짝도 하지 않았다. 그가 머리를 들어 그녀를 들여다보려 했지만 그녀는 얼굴을 보여주려 하지 않았다.

— 갑자기 왜 그래? 우, 우는 거야?

— ……. 아니.

그녀는 마음이 무거워 참지 못하겠다는 듯 깊은 한숨을 내쉬었다.

— 갑자기 왜 그래? 무슨 일인데?

— 그게 아니고…… 자꾸만 한숨이 나오네.

— 왜?

— 문득…… 아기를 가지고 싶단 생각이 마구 마구 드네. 나, 미쳤

지……?

— 아, 아기?

— 그래, 승모……. 네 아기말야. 하지만 난……. 그럴 수가 없잖아. 이젠 나이가 많아 잘 안 될 테니까…… 근데, 생각하면 할수록 그 사실이 되게 슬프다. 여자는 사랑하게 되면 그 사람 아기가 낳고 싶어지거든……. 그건 아마도 본능인 것 같아. 근데 우린 너무 늦게 만나서 그게 어렵잖아. 불가능할 거야. 그 생각이 요즘 끊이지 않고 내 맘을 심란하게 만드네. 어떻게 해? 너와 내가, 십 년만 더 빨리 만났어도…….

— 십 년……? 핫하하하하!

갑자기 그가 난데없이 큰 웃음을 터트렸다.

— 뭐야? 난 되게 심각한데…….

— 아니, 그렇잖아. 십 년 전으로 우리가 똑같이 돌아가는 건 곤란해. 난 미성년자일 테니까.

— 그렇긴 하구나, 생각해보니…… 그건 문제가 더 심각하네. 그렇다고 십 년 후로 간다는 건 더더욱 말이 안 되고. 그래, 어쩔 수 없는 한계가 우리 사이엔 분명히 있긴 있는 거구나. 휴우…….

— 자꾸 한숨 쉬지 마. 그리고 말야, 난 아기 별로 안 좋아해.

— 응? 왜?

— 너 듣기 좋으라고 하는 얘기가 아니고. 난 혜연이 너 한 사람만 사랑하기에도 벅차. 설령 내 아기라고 할지라도 사랑을 너 이외에 나눠주는 거, 나 되게 싫어.

— 그러니? 어휴, 말은 참 무지 이쁘게 해요. 날 위로해주려 하는 괜

한 말인 줄은 알면서도 고맙긴 하네.

— 아냐, 진짜라니깐. 우리 사이에 아기가 왜 꼭 필요하냐? 나한테는 니가 어떨 때는 세상에서 젤 예쁜 아기처럼 보여지기도 하는데?

— 핏! 거짓말! 그건 좀 심했다. 마흔여섯 먹은 여자가 어떻게 아기로까지 보이냐?

— 진짜라니깐. 너, 곤하게 잠들어 있을 때 네 숨소리 들어보면 쌔근쌔근, 하는 옅은 숨소리가 난다니까. 그리고 잠든 네 얼굴이 얼마나 순하고 이쁜데! 절대 넌 몰라 나만 알지!

— 그러면 정말 내가……. 아기로 보여질 만큼 니가 날 무지무지 사랑한다는 거네?

— 딩동댕!

— 어쩜……. 넌 여자 감동시키는 말을 그렇게 잘 하니? 정말 감격스럽네. 어디 살짝 깨물어줄까?

— 핫하하, 그건 됐고. 다시 기분 좋아졌니?

— 응.

— 그래. 그러니까 우리 사이에 다신 아기는 생각하지 마. 내 삶에는 다른 존재는 아무 것도 필요 없어. 난 오직 너 하나면 돼. 나한테는 네가 엄마도, 누나도, 여자도, 어린 여자아이도, 아기도 다 되니까.

— 저, 정말……?

— 그렇다니깐.

— 어휴, 못 살아! 나, 더 이상은 못 살 것 같아!

그녀는 장난스럽게 그의 겨드랑이 속으로 다시 파고들면서 얼굴을 마구 부벼댔다.

— 으힛힛! 가, 간지럽다니깐. 이번엔 또 왜? 왜 또 못 살아?

— 너무 좋아서. 너무 좋고 행복해서 난 못 살 것 같아.

— 쿳쿠쿠쿠. 그러면 다행이구.

— 어떻게 해……. 어떻게 하니…….

— 응? 뭐가?

— 네가 너무 좋아져서……. 네가 너무 너무 사랑스러워져서…… 아무래도 난 행복에 겨워서 빨리 죽을 것만 같아.

— 그건 곤란하지. 앞으로 오십 년은 나랑 끄덕없이 살아줘야 하는 게 니 의무고 기본 아닌가?

— 오, 오십…… 년? 그럼, 그때 내 나이가……. 아흔여섯인데! 과연 내가 그때까지 살 수나 있을까?

— 염려하지 마. 내 사랑을 니가 먹을수록 넌 앞으로 계속해서 많이 많이 줄창 어려지기만 할 거니까. 내 옆에 있는 한 넌 백 살도 끄떡없어. 내가 장담하고 책임질게!

— 으힛? 배, 백 살? 어머나, 끔찍해. 백 살이면 이가 하나도 없는 쭈그렁 호호할멈이 될 텐데……. 난 그딴 거 싫어. 어떻게 너한테 귀신 직전까지 간 머리가 하얗게 센 쭈그렁방탱이 노파 모습을 보여준다니?

— 그것도 걱정하지 마. 그땐 나도 이미 그만큼은 늙어 있을 테니까.

— 왜애?

— 나이 차이가 웬만큼 돼도 부부는 같이 늙어간다잖아. 만약 니가 조금 앞서 늙으면 내가 더 빠르게 늙어가면 되지 뭐. 아님 내가 끊임없

이 네 몸 속에 내 젊음을 넣어주고 나눠줄게. 그래서…….

— 그래서?

— 아주 나중에, 우리 한 날 한 시에 같이 손잡고 기분 좋게 저승나들이 가는 거지 뭐.

— 그땐 아마도 내가 걷지도 못할 텐데?

— 걱정하지 마. 내가 업고 가줄 테니까. 너에 한해서만은 삶도 죽음도 내가 다 알아 할 거고, 완전 책임져줄 테니까.

— ……!

혜연은 자신의 허벅지살을 손톱으로 세게 꼬집고 싶었다. 눈물이 날 것 같아서, 눈물을 참기 위해서였다. 세상에 이런 남자가 있을 수 있었던가, 그것도 한참이나 나이가 어린 남자가 바다와 같은 마음으로 자신 옆에 누워 있다는 게 믿겨지지 않아서였다.

— 알았지? 넌 그냥 이대로 내 곁에 쭈욱 있기만 하면 돼. 내 옆에서 무조건 많이 기뻐하고, 즐거워하고, 아주 행복해 하기만 하면 돼. 네 걱정과 불안과 두려움 같은 건 내가 알아서 다 처치해줄 테니까. 난 너의 영원한 흑기사거든! 나만 믿어.

— 어쩜……?

— 응?

— 내가……. 무슨 복이 많아 널 만날 수 있었는지……. 지금도 이해가 안 가고 믿겨지지도 않아!

— 훗후후, 아마도 네가 전생에 나라를 구했겠지.

— 어머나, 그랬구나. 내가 나라를 구했던 거였구나. 아이구 이뻐라!

우리 승모는 어쩜 이리도 이쁘고 든든할까?

— 엇허! 서방님 보고 승모라니! 내가 그렇게는 부르지 말랬지!

— 이크, 그렇지. 서방님! 잘못했사와요!

— 말로는 안 돼. 잘못했으니까 엉덩이 맴매해 줘야지!

— 어떻게?

— 이렇게!

승모가 혜연이의 엉덩이를 손바닥으로 가볍게 찰싹찰싹 소리나게 때렸다. 서로의 엉덩이를 두드려대느라 한참이나 깔깔거리며 웃었던 두 사람은 코가 닿을 듯이 얼굴을 마주한 채 모로 누웠다.

— 나……, 아직도 정말 그렇게나 이뻐?

— 응. 이뻐!

— 세상에서 누가 젤 예뻐?

— 니가 세상에서 제일 이뻐.

— 어이구, 답 맞췄어요. 너무너무 기특하고 대견해라. 뭐든 말해 내가 다 들어줄 테니까.

그녀는 손바닥으로 그의 등과 엉덩이를 연이어 토닥이고 두들겼다.

— 맛있는 고기반찬 해줄까?

— 아니.

— 그럼 안마해줄까? 시원하게?

— 괜찮아.

— 아님…… 다른 거 뭐 해줄까? 원하는 거 말만 해.

— 정말 얘기한다.

— 그렇다니깐. 뭐든 말만 해.

— 그럼……. 내가 엄마, 라고 한 번 불러 봐도 돼?

— 어, 엄마?

그녀가 눈을 동그랗게 뜨고 고개를 갸웃했다.

— 뭐야? 이건 또 네가 새로 개발한 놀이버전인가? 어쨌든……. 내겐 좀 별로긴 하지만 지금 내가 기분 무지무지 좋으니까 한 번 거하게 인심 쓸게. 어디 맘 놓고 한 번 불러봐.

— 어 엄마!

— 어이구, 그래. 귀여운 내 새끼! 젖 줄까? 배 고파쩌?

— 응.

혜연은 자신의 가슴에 얼굴을 묻고 젖꼭지를 빠는 승모 뒷머리를 가볍게 그러안았다. 남은 손으로 그의 넓은 등판을 쓸어주었다. 문득 그녀는 정말이지 자기 젖가슴에서 뽀얀 젖이 돌았으면 좋겠다는 생각을 했다. 자신의 가슴에서 나온 기름진 젖이 몸속으로 흘러들어가 그의 삶을 더욱 튼튼하게 만들어줬으면 하는…….

혜연은 어제도 그랬고 오늘도 그렇고 최근 들어 어떤 한 생각에 완전히 골몰하고 있었다.

승모에게 진짜로 말해볼까? 정말로 우리 혼인신고서를 제출하는 게 어때?라고 말이다. 진지한 표정으로 그렇게 요구하면 그는 과연 어떤 얼굴로 변할까?

'그래. 바라던 바야. 그동안 내가 여러 번 말했었잖아. 내일이라도 당장 하자고!' 라고 흔쾌히 말해 온다면……! 아, 생각만 해도 너무너무

기쁠 것만 같았다. 정말 그가 그렇게 기뻐하면서 나서준다면 그녀 마음은 평생토록 바람에 눈부신 춤을 추는 거대한 갈대밭 같을 것이다.

혜연은 그렇게 그의 진심을 떠보고 싶어 안달이 날 지경이었다. 물론 그가 펄쩍거리며 손뼉을 치면서 그러자고 해도 그녀는 자신이 근무하는 군청 호적계로 걸어가 신고서를 제출할 용기는 전혀 없었다.

혼인신고서를 들여다본 담당공무원은 놀라 두 눈을 휘둥그레 뜰 것이다. 김승모의 앳된 얼굴과 그녀 얼굴을 번갈아 뚫어져라 쳐다볼 것이다. 마음이 그렇다는 거지 호적에 두 사람 이름을 동시에 올리는 일은 결코 쉬운 일이 아니다. 그 전에 혼인신고서 란에 반드시 기재해야 하는 증인 두 사람을 구하는 것조차 어려울 것이다. 친구고 가족이고 친척이고 간에 모두 다 기가 차 입을 다물지 못할 게 뻔한데 어떻게 혼인신고서를 완성시킬 수가 있단 말인가. 우여곡절 끝에 사람을 사서라도 증인을 구했다 쳐도 혼인신고서를 제출한 그 순간부터 그들 세상은 발칵 뒤집어질 것이다.

조그만 M시에 그 얘기가 삽시간에 파다하게 퍼져나갈 것이다. 그렇게 되면 그녀는 내일 M군청에 일하러 나갈 수도 없고 그 또한 직장에 출근하기가 쉽지 않을 것이다. 까닭에 무턱대고 그렇게 일을 저지를 만큼 그녀는 어리석지도 않고 배짱도 없었다. 하지만 그녀 생각과 마음은 하루에 열두 번도 더 그와 함께 호적계로 당당하게 걸어가 혼인서류를 제출하는 밑그림을 그려대고 있었다.

또 다른 생각도 연일 하는 중이다. 혜연은 조만간 날을 잡아 승모가 말한 대로 내년 초는 그렇고, 내년 중반기쯤 두 사람 거주지와 직장을 서울로 옮기는 것에 대해 진지하게 상의해 볼 작정이었다. 그가 그런 얘기를 그녀에게 처음 해오던 무렵엔 '그야말로 말도 안 되는! 씨알조차 안 먹히는! 얼토당토않은! 도대체가 있을 수가 없는!' 여지없이 미친 헛소리로만 들렸었다. 하지만 이제 그녀 마음이 백팔십도 변해 간절하게 그쪽만을 가리켰다. 그와 함께 하는 미래의 일상적인 나날의 평범한 순간순간들을 언뜻언뜻 떠올릴 때마다 그녀는 매번 가슴이 터질 듯이 벅차올랐다. 하지만 말이다. 꿈을 꾸는 듯한 그런 그녀 생각의 끝은 언제나 여지없이 두 아이에게로 귀결되었다.

두 아이들은 어떻게 생각할까……?

혜연은 두 아이에게 점점 더 조심스러워질 수밖에 없었다. 만약 김승모와의 결정을 언제고 내리게 된다면 세상에서 알던 사람들이야 경우에 따라 애써 모른 척 등져버릴 수도 있겠다 싶었다. 배은망덕이고 너무나 염치가 없기 때문에 아버지나 형제, 일가친척, 고향의 많은 친구들까지도 최악의 경우엔 모두 안 보고 살 수도 있겠다 싶었다. 그렇지만 두 자식인 진철이와 인영이 경우엔 그런 극단의 경우로 처리할 수는 없었다.

내년에 진철이가 대학생이 된다 한들, 인영이가 스물네 살이고 직장인으로 자리잡는다고 한들, 두 아이들 모두 세상 속에 완전히 독립시켜 내놓기엔 아직 미숙한 존재들이었다. 두 자식 각각에게 제 짝을 지어줘야 그나마 마음이 놓일 것이다. 까닭에 김승모와 함께 살려면 가장 어렵고 힘든 일이 역시나 두 아이들을 설득해내는 일이었다. 진철이가 어떻게 나올지 예상이 안 되고, 특히나 인영이 같은 경우엔 눈앞이 캄캄했다. 도무지 입이 안 떨어질 것 같았다. 시간이 더 흐른다고 해도 별 뾰족한 대책이 생겨날 것 같진 않았다. 두 자식들이 그녀가 살고 싶은 세상을 거대한 벽으로 가로막은 사람들로 뒤바뀐 것이다.

언제고 두 아이들을 앞에 놓고 말해본다.

너희들에게 얘기할 게 있다고. 엄마에게 남자가 생겼다고. 염치없지만 엄마가 그 남자를 너무나 사랑한다고. 그러니 너희들이 엄마 삶이 행복해지기를 바란다면 조금이라도 이해해 달라고. 근데 그 남자가 엄마보다 나이가 열아홉 살이 어리다고…… 한다면, 두 아이 반응은 어떠할까? 아마도 여지없이 황당해하고 어이없어 할 것이다. 경악스러워서 입을 따악 벌린 채 그 어떤 말도 하지 못할 것이다. 두 아이는 젊은 남자에게 푹 빠진 제 엄마에게서 지독한 배신감부터 먼저 느끼고 혐오감까지 드러낼 수도 있다.

뭐야? 울 엄마, 미친 거 아냐?, 제발 정신 좀 차려!, 하며 소리를 내지르고 길길이 날뛸 수도 있겠다. 그래도 두 아이들 손을 부여잡고, 엄마 좀 제발 이해해 달라고 설득하고 또 설득한다면……! 지금껏 너희들만 바라보고 너희들만 키워내며 살았었다. 하지만 이제 그 일을 거의 마쳤으니 엄마도 이젠 진정 한 여자로서 행복해지고 싶다고……. 그렇게 눈물로 호소한다면 마지못해 둘 중 한 아이라도 고개를 끄덕거려주지 않을까?

그래, 어쩌면 그럴지도 몰라. 한 아이 정도는……. 두 아이 모두가 엄마 속을 조금은 헤아려줄 만큼 자라긴 했으니까 말이다, 하는 일말의 기대감도 있었다.

혜연은 그렇게 김승모와 아이들을 번갈아 생각할 때마다 하루에도 수십 번씩 희망과 절망 사이를 오갔다.

11장
그녀가 사는 법

저금통장

당신을 처음 만났을 때부터 당신의 친절과 예의, 그리고 눈빛과 미소를 내 가슴속 차곡차곡 모아두고 재어두었습니다. 나는 그것으로 당신에 대한 존경과 사랑으로 이자를 쉼 없이 불려나갈 것입니다. 아마도 전 평생 동안 당신을 향한 내 사랑의 잔고가 바닥나는 일은 결코 없을 것입니다. 고로 당신으로 인해 제 삶은 가슴이 어마어마한 부자입니다. 기쁨과 그리움으로 마음이 재벌입니다. 까닭에 당신……. 당신을 제 삶 속에서 주셔서 정말 너무나 고맙고 감사합니다.

11장
그녀가 사는 법

시월 중순이었다.

M군청 담장가에 둘러 선 아름드리 은행나무들이 노란 빛으로 물결치던 어느 날이었다. 군청 사무실에서 퇴근하던 혜연은 1층 중앙 현관 어귀에서 자신을 향해 곧장 걸어오는 한 여자를 보았다. 균형 잡힌 몸매에 세련된 옷차림을 한 사십대 여성이었다. 우아함과 지성미까지 스민 아름다운 얼굴이었다.

— 저어, 실례하겠습니다. 이혜연 씨 되시죠?

— 네, 맞아요. 근데……. 누구신지?

— 미리 연락 못 드리고 와 죄송합니다만. 제게 잠간 시간을 내주실 수 있을는지요? 얘기 좀 나눴으면 좋겠는데요.

— 그럴 수는 있긴 한데, 대체 무슨 일로 그러시죠? 공무적인 용무라면 내일 오전 업무시간 때 오시는 게…….

— 아뇨. 개인적인 일입니다만.

그녀는 손목시계를 슬쩍 들여다보았다.

— 혜연 씨 퇴근하시길 기다리면서, 제가 군청 옆문 저쪽에 있는 조용한 카페 하나를 미리 봐뒀는데 거기로 가실까요? 제가 앞장서도록 하겠습니다.

대답을 기다리지 않고 돌아서 걷는 그녀가 내는 힐 소리가 군청 입구 홀 바닥을 명징하게 울렸다. 혜연은 고개를 갸웃했다. 그녀가 갖춰 입은 원피스와 들고 있는 손가방은 조그만 M시에선 보기 힘든 고가의 명품이었다.

한 번도 본 적이 없었던 여자인데. 대체 누구지……?

군청 건물을 나와 그녀를 뒤따라 몇 발자국을 걷던 혜연은 어느 순간 뇌리에서 한 사람 얼굴이 휙 스쳐지나갔다. 그녀는 경직된 표정으로 걸음을 멈추었다.

박현식! 혜연은 그 사람을 만났던 기간 동안 아내 되는 여자 이름을 물어본 적이 없었다. 사진도 본 적 없었다. 하지만 군청 옆문을 나가 좁은 차도를 건너 인도 위로 마악 발을 올려놓고 있는 저 여자가 변호사 일을 한다던 박현식 그 사람 아내일 것만 같은 예감이 온몸을 훑고 지나갔다.

그녀가 카페 이층으로 오르는 층계 앞에 잠시 멈춰서 뒤를 돌아보았다. 혜연은 황급히 고개를 숙여 핸드백 속을 뒤지는 척했다. 혜연은 걸려오지도 않은 무진동 상태의 휴대폰을 찾아 귀에 갖다대고는 공연히 '여보세요?'……. 그냥 전화가 끊겼네! 누구지?' 하고 중얼거린 뒤 최근 발신자 기록을 찾아보는 척했다. 그녀가 등을 돌려 층계를 오르자 혜연은 '이게 대체 뭐하는 짓이람?' 하고 가벼운 한숨을 내쉬며 휴대폰을 핸드백 속에 던져 넣었다.

둥근 테이블을 사이에 두고 두 여자는 마주앉았다. 두 사람은 카푸치노를 주문했다. 그녀는 입가에 엷은 미소를 머금고는 혜연의 이목구비를 찬찬한 눈길로 살폈다. 혜연은 그녀 눈길을 피하기 위해 물이 든 유리컵을 향해 슬몃 손을 뻗었다.

— 저어, 혹시……. 대구에서 오셨나요?

— 네, 그렇습니다. 이젠 제가 누군지 추측하셨겠군요?

— ……. 네. 짐작은 됩니다만…….

혜연은 불편한 긴장감으로 인해 얼굴이 벌써 상기돼 있었다.

— 박현식 실장이 제 남편입니다. 초면이고 하니까 정식으로 인사드리죠. 전 정재희,라고 합니다.

— 네, 네……. 이혜연입니다.

혜연을 건너다보는 그녀 눈빛은 의외로 부드러웠다.

재희는 주문한 두 잔의 카푸치노가 테이블 위에 놓아지는 동안에도 상냥한 표정과 자세를 흩트리지 않았다. 혜연 얼굴에서도 호의적인 듯한 눈길을 떼지 않았다.

— 놀랍군요.

— 네?

— 사십대 중반이신 걸로 아는데 참 표정이 맑으세요. 여전히 피부도 깨끗하고 희시구…….

— 아, 네에……. 감사합니다.

— 그래요, 직접 이렇게 만나 뵈니 알겠네요. 현식 씨가 당신을 왜 그렇게나 좋아했는지를.

— ……!

그녀는 남편,이란 호칭 대신 이름을 사용했다. 그녀가 몇 모금 카푸치노를 마시는 동안 혜연은 여전히 시선을 어디다 둘지를 모를 만큼 자리가 곤혹스러웠다.

지난 2년여 기간 동안 남편과 내연의 관계였던 여자를 찾아온 그 사람 부인이라니! 차라리 맞은편에 앉은 여자가 도끼눈을 뜨고 앉았다면 이후의 상황이 예측 가능해 한결 나을 텐데. 그녀 눈에 깃든 부드러움과 잔잔함이 마치 태풍의 눈처럼 느껴져 혜연은 등골에서 식은땀이 날 지경이었다.

— 어머, 그렇게 긴장하지 마세요.

— 넷?

— 전 혜연 씨에게 어떤 악의감을 가지고 찾아온 게 아니니까요. 네, 솔직하게 말씀드리자면 그동안 전 당신에 대해 많이 궁금했었어요. 도대체 어떤 여자일까? 어떻게 생겼고 어떤 분위기를 가진 여자일까 하고요. 혜연 씨, 현식 씨 알고 지낸 지 2년은 넘었죠?

— …….

혜연은 대답 대신 고개를 숙였다.

도대체 이 여자가 원하는 게 뭔지, 어떻게 맞대응을 해야 하는 건지 갈피가 잡혀지지 않았다. 정재희 눈빛과 표정은 한결같이 부드러운 여유가 있었다. 마치 정다운 사람과 오랜 만에 마주 앉은 듯했다. 이해가 안 됐다. 그녀 직업이 변호사란 전문직이라고 해도 사람은 사람이고 여자는 여자 아닌가. 남편 내연녀라면 일말의 적개심이든 경멸감이든 느껴져야 하는데 전혀 그렇지가 않았다. 혹시, 일단 상냥한 미소로 상대를 방심케 만들고 난 뒤 어느 순간 차가운 독설로 비수를 가슴에다 꽂으려 이러는 건가, 싶었다. 그렇다고 해도 이제 와선 어쩔 수 없다.

혜연은 고개를 들어 그녀 얼굴을 정면으로 응시했다. 슬쩍 눈길을 피해주는 그녀 눈빛 처리가 자연스러웠고 세련되었다. 하지만 두 사람 시선이 중앙에서 언뜻언뜻 맞부딪칠 때마다 정재희 눈매에선 어느 순간 사람 마음을 꿰뚫어보려는 듯한 예리한 눈빛이 느껴졌다. 법조인으로 살아오면서 사회의 다양한 사람들과 접촉을 통해 터득한 내공 같은 거라고 여겨졌다.

— 뜬금없이 들리실 수도 있겠지만 전, 한 번은 당신을 꼭 만나봐야 한다고 생각했어요. 그 이윤 말씀드리지 않아도 잘 아실 테고요. 어쨌든 지금이 그 순간이 되었네요.

— 제게 하고 싶은 말씀이 무엇이신지……?

— 허락해 주신다면 얘기를 서둘지 않았으면 싶네요. 물론 이 자리가 우리 모두에게 편한 자리만은 아니겠지만요. 하지만 전, 오늘 혜연 씨와 심중을 터놓고 대화를 충분히 나눌 수 있었으면 합니다. 우리에

겐 공통되는 부분이 있을 테니까요.

— 네에……. 그렇다면 어쨌든 먼저 심려를 끼쳐 죄송하단 말씀부터 제가 드리고 싶군요. 그동안 많이 언짢고 불쾌하셨을 텐데…….

— 아뇨. 아닙니다. 그건 오해예요. 전혀 그렇지 않아요!

— 넷? 그게, 무슨……. 말씀이신지?

— 그 이에게 얘길 들으셨는지 모르겠지만 우린 부부애가 아니라 동지애로 함께 삶을 꾸려온 사람들이에요. 저희가 일반적인 케이스가 아니어서 약간 혼란스러우시겠지만……. 사실은 사실이니까요.

— 네에…….

— 혜연 씰 덜 불편하게 해드리기 위해서…… 저희 얘기를 먼저 해드렸으면 하는데, 괜찮으시겠죠?

— ……!

— 네, 그럼 말씀드릴게요. 저희 부부에게 가장 어려웠던 문제는…… 자식 문제였어요. 평생 풀 수 없는 숙제이기도 하지요. 저희에겐 자폐아 아들 하나가 있어요. 아마도 들은 적 있으실 거예요?

— …….

— 자꾸 질문을 달아 죄송하네요. 직업에서 배인 어투가 대화중에도 본의 아니게 섞여 나오게 되네요. 죄송합니다. 아무튼, 네, 제 아들은 현재 스무 살 성인이지만 지금도 집 밖으로 도무지 나가려들지 않죠. 그래서 현식 씨와 전 상심이 아주 크답니다. 특히나 걔가 어렸을 땐 제가 오랜 기간 항우울성 약을 복용하지 않으면 사회생활이 어려웠었을 정도였어요. 저 또한 상태가 꽤 심각했었죠.

— 네에…….

— 고마워요. 얘기를 받아주셔서요. 제 남편 박현식 씨는 좋은 면이 많은 사람이지요. 다정다감하고요. 하지만……. 피해의식에서 기인했던 과민한 제 결백성 탓일 텐데, 어느 순간부터 전 그 사람을 남자로 받아들이는 것을 거부했어요.

— ……!

— 무척이나 자존심이 쌨던 제가 장애아를 낳았다는 자격지심 탓일 텐데요. 아무튼 당시에 제가 좀 심하게 예민했고 신경질적이었어요. 스트레스가 많은 일을 마치고 집에 돌아오면 제겐 늘 거대한 벽처럼 느껴지는 아들이 기다리고 있었기 때문이죠. 집안 생활 대부분이 아들과 씨름을 해야 했는데 그게 지속되다 보니 너무나 힘들더군요. 물론 아들이 정서적으로 심한 장애를 가지고 태어난 게 누구 잘못도 아니란 건 알아요. 굳이 따진다면 열 달을 배 안에서 길러낸 제 탓이 제일 크겠지요. 하지만 전 어릴 때부터 자존심이 강했고 어떤 면에선 아주 오만하기까지 했었죠. 결혼해서 언젠가 낳을 제 아들에 대한 기대가, 아주 컸었기 때문에……. 네, 저는 그 상실감과 자책감과 분노를 이겨내질 못했어요. 그래서 그 비난과 원망을 남편에게 집중해 퍼부었더랬죠. 제가 현식 씨에게 했던 그런 행동과 생각들이 올바르지 않다는 것은 저도 인정해요. 하지만 전 꽤 오랜 세월 동안 그렇게 남편 탓만 하며 살았었어요.

— 흐음……!

— 그러다가…….

정재희가 잠시 숨을 끊어 쉬고는 가벼운 한숨을 내쉬었다.

— 네, 오 년 전쯤, 전 한 남자와 사랑에 빠졌어요.

— ……?

— 놀라시는 눈치군요. 네, 사법연수원 동기생이었고 유부남이었죠. 그 사람과 전 대구에선 가장 큰 로펌에 함께 속해 있었는데 두 사람이 업무차 서울로 함께 출장을 갔다가 그런 일이 벌어진 거죠. 그 후 그 사람이 사무실을 따로 옮겨나갔지만…… 네, 지금까지도 전 그 사람을 지속적으로 만나오고 있어요.

이 여자는 대체 왜 이런 얘기까지 내게 하는 걸까……?

혜연은 잠시 고개를 숙이고 빠르게 머릿속에 고여드는 갖가지 생각들을 짐작해보았다. 사람 산다는 것이 모두가 엇비슷하구나 싶었다. 남 보기엔 부러울 만큼 멋있고 화려해보지만 그 안을 들여다보면 저마다 삶이 심각하게 균열돼 있고 위태위태한 것이다. 씁쓸하고도 착잡한 기분이 들었다.

— 왜냐구요? 현식 씨 같은 좋은 남자를 남편으로 두고 뭐가 아쉬워 그러는 거냐고 누군가 묻는다면……. 글쎄요, 대답하기가 아주 애매하고 궁색해지긴 하는데요……. 뭐랄까요, 이건 감정적 사치도 아니고 변명도 아닌데! 그냥 그렇게 하지 않았으면 제가 미쳐버릴 것 같았어요. 삶이 단단한 밀폐용기에 봉인된 것처럼 하루하루가 너무나 답답하고 우울해서 높은 건물만 보면 옥상으로 뛰어올라가 뛰어내리고 싶었거든요. 실제로 난관 위에 몇 번 올라가 서보기도 했었구요. 수시로 드는 그런 충동 때문에 아무래도 제가 기어이 저를 죽일 것만 같아

서……. 그래서 저도 살고 싶어서 외도라는 은밀한 틈이, 숨쉴 공간이 필요했었다고 여겨져요. 간단히 말씀드리면 사는 낙이 없어 살아갈 만한 은밀한 즐거움 한 가지를 만들었다는 게 제대로 된 이유일 것 같군요. 물론 여지없는 핑계로 들리긴 하겠지만요.

— ……!

— 지난 오 년 동안 만나온 그 변호사 친구가 남녀 관계에 있어선 저와 아주 잘 맞더라구요. 그 사람은 사무실 안에서는 날카롭고 명석하지만 둘이 있을 땐 굉장히 와일드해지죠. 어떤 면에선 점잖음과 교양 같은 것은 와이셔츠와 넥타이를 풀어 던지면서 함께 내던져버리는 스타일인데, 이를테면 밀림 속의 타잔이랄까. 훗후후후……. 그 사람 부인은 그에 대해 이렇게는 얘기 않겠지만 제게 한해선 그래요.

— 그렇다면 왜……?

— 네?……. 아하!, 왜 그 사람하고 같이 제대로 된 인생을 도모하지 않느냐구요? 지금 그걸 물으신 거죠?…… 네, 그런데 그건 이미 혜연 씨도 잘 아시지 않나요? 세상과 사람 관계가 너무 복잡하고 너무 단단하게 얽혀져 있잖아요. 제가 그 사람과 함께 살려면 그 사람이 같이 사는 여자와 또 헤어져야 하고, 저도 현식 씨와 헤어져야 하고, 그러면 양쪽의 아이들 문제도 그렇거니와……. 네, 먼저 우리 부부 경우만 보더라도 이혼하는 일이 절대 그리 만만치는 않아요.

— ……!

— 그 사람 본가와 우리 본가, 두 집안 모두 다 이혼을 아주 금기시하는 가풍이죠. 저희 아버지 같은 경우엔 대학 학장까지 지내신 분인

데 그 어떤 이유로든 부부가 갈라서는 것에는 사람간의 신의와 책임을 들어 절대 반대하는 원칙주의자시죠. 현식 씨 집안도 크게 다르지 않구요. 그리고 그 이는 고급공무원이니까……. 공무원사회 잘 아시잖아요? 이혼 경력이 모든 것을 가로막는 장애가 된다는 것을요. 하지만 그 어떤 이유에서든 현식 씨와 제가 서로에 대해 존중해주는……. 서로간의 최소한의 신뢰와 예의가 없었다면, 미움과 증오뿐이었다면, 갈라서도 벌써 오래 전에 갈라섰겠죠.

— 근데, 네…… 그렇게까지 말씀해주시니 여쭤보고 싶군요. 박 실장님께서도 재희 씨가……. 그렇게 하는 걸 아시나요?

— 네, 한 번도 물어오진 않았지만 당연히 알겠지요. 한 집에 살다보면 굳이 뭐가 들통나지 않아도 저절로 알게 되는 거니까요. 용인되지 않는 사랑은 위험스런 만큼 강도가 쎄고, 어쨌든 사람 행복과 관련된 감정이잖아요. 아무리 티 안 내려고 해도 사람 표정과 마음에 은밀하게라도 배어들게 마련이죠. 관찰력과 통찰력이 뛰어난 현식 씨를 속인다는 것은 애초 불가능한 일이죠. 하지만 현식 씬 제가 그러는 것에 대해 제게 뭐라고 직접적으로 감정표현을 한 적은 없어요. 그 이가 문제 삼지 않았기에 저도 일부러 거론할 필요가 없었던 거고……. 서로가 민감할 수밖에 없는 그 사안에 대해서 지금껏 그렇게 스쳐지나온 거죠.

— 네에…….

— 아, 그러고 보니 생각이 나네요. 그 사람이 재작년 연말인가 만취한 상태로 집으로 돌아와 제게 그렇게 얘기한 적은 있었네요. '이제

야…… 당신이 충분히 이해가 되는군!'하고 그 사람이 혼잣말처럼 중얼거린 적이 있었거든요. 그 말이 이상하게 들렸었는데 지금 돌이켜 생각해보면 아마도 그 무렵이 현식 씨가 혜연 씨를 본격적으로 만나기 시작한 무렵일 거라고 여겨지는군요.

— 흐으음……!

혜연은 미간을 찡그렸다.

— 기분 나쁜 표정 짓지 마세요.

— ……?

— 전 그 사람이 내가 다른 남자 만났기 때문에 그 화풀이로 당신을 만났다고는 절대 여기지 않아요. 혜연 씨도 잘 알겠지만 그 사람은 천성이 반듯한 선비 같은 사람이에요. 본인 일에 대한 자긍심도 아주 강하고 매사가 원칙주의자에 가깝죠. 부인 몰래 다른 여자를 만나는 남자를 두고, 그것도 고급공무원이란 사람이 그런다면 세상 사람들 전부가 어이없어하고 비웃긴 할 테지만. 저만큼 그 사람에 대해 잘 아는 사람이 누가 있겠어요? 그 사람, 살아온 내내 아들하고 저밖엔 몰랐던 사람이에요. 혜연 씨 만나기 전까진 말이에요. 그러니까 혜연 씨는 그 사람 생각과 가치관을 송두리째 바꿔놓았을 만큼 그 사람에겐 아주 중요한 사람이었던 거죠.

— 잘 이해가 안 되는군요. 지금 와서 왜 이런 말씀을 제게 하시는 건지……?

— 두 분 관계, 무슨 일 있으셨죠?

— 네?

— 요즘 그 사람 아주 많이 달라졌어요. 지난 여름 경주 국제세미나에 다녀온 뒤부터 눈에 띄게 말수가 줄고 표정이 어두워졌어요. 점점 더 밥도 잘 못 먹고, 잠도 잘 못 자는 것 같고……. 우린 십 년 넘게 각방을 써왔는데요, 늦게까지 그 사람 방에서 기척이 있는 걸로 봐서, 언제부터인지 몰라도 새벽녘까지도 자주 잠을 못 이루는 것 같더라구요. 그래서 얼굴도 많이 수척해졌고……. 이틀 전에는 그 사람 직장에서 실신해 쓰러지기까지 했었습니다. 병원으로 실려가 링거를 맞고 귀가 했었죠. 오늘 출근은 하긴 했습니다만…….

— 흐음……!

혜연은 착잡한 표정이 되어 잠시 고개를 돌려 창밖을 쳐다보았다.

참, 바보 같은 사람! 맘고생이 그리도 심하시구나. 난 그렇게 할 만한 가치가 전혀 없는 여잔데, 왜 그렇게 맘을 잡지 못하구서. 그냥 애시당초 안 만난 듯 잘 살지 않고서. 이 세상에 아예 없는 사람 취급해 버리고 세월에 맡겨두고 무심하게 살아가면 되는데. 바쁜 일상에 생각 전부를 던져두고 지내다보면 언제고 없었던 일인 듯 까마득하게 잊혀질 것인데…….

혜연은 눈 속에 눈물이 스며들 것 같아 창문 쪽을 향해 고개를 돌렸다. 그 사람 부인 앞에서 그에 대한 마음으로 눈물을 보일 수는 없는 노릇이었다. 그녀는 어떻게든 눈물기가 마를 수 있도록 시선을 하늘 위에다가 걸어놓고 젖은 마음이 펄럭거리는 것을 바라보았다. 정재희는 모른 척 해주었다.

— 그동안 전, 많은 생각을 했습니다. 그 사람이 그만큼 고민하고 괴

로워할 일이 대체 뭐가 있을까, 하구요. 이것저것 그와 관련해 알아도 보고 주변 사람도 만나보기도 했구요. 별다른 문제점을 찾을 수 없었습니다. 결국 혜연 씨 존재에 귀착되더라구요. 아마도 혜연 씨와 무슨 일이 있었나 보다, 아마도……. 두 사람 사이가 심하게 틀어졌나 보다, 근데 그렇다면 대체 무슨 일로 그랬을까? 제 생각이 그렇게 모아졌죠. 제 말이 맞지요?

— ……!

— 두 분 무슨 일, 있었던 거죠?

혜연의 얼굴빛이 발갛게 상기됐다.

— 무슨 일이 있었고 아니고를 떠나, 그런 질문을 제가 받는다는 게 마뜩지가 않군요. 그것도 그 사람 아내인 당신으로부터요. 마주앉아 이런 대화를 한다는 자체가 처음부터 불편했구요…… 네, 어이없어 하실 테지만 온당치 못했던 제 입장에서조차 맘이 언짢아지려 하네요. 그러니까 도대체 얘기의 본론이 뭔가요? 지금 재희 씨는 남편 문제를 저와 상의하고자 이렇게 제 앞에 불쑥 나타나신 건가요?

— 초면에 예의는 아니겠지만…… 그렇습니다. 이해해주실 수 있으리라 기대했던 게, 제 과욕이었던가요? 물론 저희 관계가 유쾌하지 못한 전제가 깔려 있긴 하지만, 박현식 씨가 우리 두 사람 모두에게 중요한 사람이란 사실만은 부정할 수는 없잖습니까?

— 아뇨. 아닙니다.

— 네?

— 전 괜찮습니다. 제겐……. 네, 이미 상관이 없게 돼버렸습니다. 혜

어졌고 이미 헤어진 사람이니까요.

— 네에, 역시 그렇게 된 거였군요. 그렇다면 제가……. 두 사람 헤어진 이유를 여쭤 봐도 되겠습니까?

— 제가 먼저 그러자고 했습니다. 제 심경에 대해선 말씀드리고 싶지 않군요.

— 남자 때문입니까?

— ……!

— 부인하시지 않는 걸 보니, 그런 모양이군요.

— 지금까지 제게 예의를 갖춰주셔서 감사합니다. 마음을 열고 용기를 내지 않으셨으면 들려주실 수 없는 얘기까지도 흔쾌히 해주신 것도요. 하지만 주제넘은 말인 줄 알면서도 이 말씀은 꼭 드리고 싶군요.

— 네…….

— 남편 분을 많이 이해해주고 걱정하시는 것 같아서 말씀드리는 겁니다. 이렇게 남편 분과 알고 지냈던 여자를 멀리서까지 찾아오실 마음까지 갖고 계시다면……. 앞으로 그 분에게 더 잘해주는 건 어떠신지요? 다른 남자 만나면서 남편을 이처럼 많이 생각하신다는 것도 이상하고, 더군다나 그 사람 아내 입장에서 제게까지 그 사람 걱정을 해달라고 하시는 건…….

— 말의 앞뒤가 안 맞고 너무 뻔뻔한 일이다 그 말씀이신가요?

— 아뇨. 굳이 뻔뻔한 쪽이라면 우리 두 사람 관계에선 제가 되겠지요. 사회 통념상 철면피한 쪽은 저일 테니까요. 제 말은, 정재희 씨가 바깥분을 상당히 이해해주고 염려해주는 지금의 그 마음이 제겐 깊은

사랑으로 느껴지거든요. 그런데 당신 행동이 마음과 일치가 되지 않는 것 같아서요. 원래 마음 가는 곳에 몸도 따라가게 마련 아닌가요?

— 네, 무슨 뜻인지 알겠어요. 옳으신 말씀이에요.

— ……!

정재희는 몇 번이고 고개를 끄덕인 뒤 잠시 말이 없었다. 이쯤 해서 서둘러 얘기를 끝내는 게 좋겠다 싶었다. 혜연이 일어나려고 옆에 놓은 손가방에 손을 뻗으려는 찰나 그녀가 다시 입을 열었다.

— 하지만 말예요. 살아보니 그 어느 것 하나 마음 같진 않더군요. 사람이 현명하고 지혜롭다면 주어진 조건 내에서, 네, 법적으로 인정되고 유효한 것들만을 가지고서 삶을 의미있고 행복하게 꾸려나가야 한다는 것을 잘 알지만……. 그러나 안타깝게도 진정 그리운 것들은 자신의 주어진 삶 안이 아니라 늘 바깥에서 발견된다는 점이죠. 단순히 남의 떡이 커보인다는, 욕심이나 탐욕으로만 그 마음을 몰아붙이기엔 그 간절함이 너무나 진하고 애잔하더군요.

— ……!

— 뭔가, 사람 산다는 게……. 삶의 모순에서 비롯되는 근원적인 불일치 같은 게 일상 속에 또아리 틀고 있는 거 같더라구요. 이를테면 말이죠……. 사랑,이란 감정을 예로 든다면요, 사랑을 일상생활 안에 가두어 놓으면 사랑이란 감정은 이내 식고 죽어버리는 것 같아요. 그래서 사랑해서 결혼한 많은 부부들이 마지못해 의무감으로 산다든지, 별다른 수가 없어 삶의 주요 부분을 포기하는 방식으로 살아가고 있는 부부들이 현실에 절대 다수인 것이 그런 사실을 설명해주죠. 그렇다

면 사랑은, 사람에 대한 사랑하는 마음이란, 원래부터가 법적인 안전한 테두리 안에서는 살아남기 힘든 근원적이 속성이 있는 게 아닌가 그런 생각이 들어요. 그 어떤 사랑이든 생활이란 일상 테두리 안에 잡혀지는 순간 함께 사는 사람에 대한 간절함이 죽어버리고 애틋함도 이내 사라져버리니까요. 잡으려고 해도 잡혀지지 않는, 그 안타까운 곳에서만 사랑이란 게, 그리움이란 게 생존할 수가 있나 봐요.

— ……!

— 가질 수 없는 것, 현실에선 절대 가져선 안 되는 타인에 대한 감정과 마음……. 그게 지금의 제게 있어 사랑이거든요. 그런 점에서 저는 사랑이 삶의 신기루 같다고도 여겨져요. 이뤄지지 않는, 이룰 수 없는 꿈이죠. 하지만 그 꿈이 신기루라고 해서 꿈꾸지 않는다면, 갈구하지 않는다면……. 삶은 사막처럼 삽시간에 무미건조해지죠. 삶의 외관은 더 튼튼해지고 번듯해질지 모르겠지만 가슴 속에선 아무런 생명력을 느낄 수가 없게 돼버리죠. 살아 있다는, 간절하고도 애틋한 마음의 울림을 살아가면서 더 이상 들을 수가 없게 돼버리죠.

— 흐으음……!

— 제 마음과 감정에 대한 얘기가 조금 길어지네요. 괜찮으시다면 그런 얘기를 좀 더 드려보고 싶군요. 될까요?

— 네…….

— 고맙습니다. 전 이런 생각도 했어요. 사람이 먹고 사는 것을 벗어난다면 여자 인생에서 가장 큰 딜레마는 사랑이 아닐까, 하구요. 저만 느끼는 건지 잘 모르겠지만. 왜, 사랑하는 사람과는 결혼하지 말라는

얘기도 있잖아요. 하지만 사람 누구나 삶의 중요한 목표가 사랑하는 사람과 함께 사는 거잖아요. 좀 전에 드린 말씀과 중첩되는 것 같기도 하지만 사람들은 막상 그렇게 함께 살게 되면 너나 할 것 없어 어떻게 변하던가요? 저희 부부도 서로 사랑해 결혼했지만 두 사람이 함께 한 공동의 삶의 내면을 깊이 들여다보면 그 사랑 때문에 행복해지는 게 아니라 그 사랑을 죽여가면서 불행을 맛보는 게 바로 삶이더군요. 물론 예외적인 부부들도 있을 수 있겠지만 제 주변의 대다수 부부의 삶을 보면 사랑을 미움으로, 일상이 사랑을 참혹하게 죽여가는 것을 매일매일 확인하는 과정일 뿐이란 거죠. 아닌가요?

— ……!

— 그렇잖아요. 한 사람과 살면서도 더 이상 그 사람을 전혀 사랑하지 않는 상태에서 절대 다수의 부부들이 인생의 대부분을 함께 보내고 마무리를 짓는다는 거죠. 누구는 정 때문에 산다고 그러고, 누구는 책임감 때문에 산다고 그러고, 누구는 자식 때문에 할 수 없이 산다고 그러고, 누군가는 경제적인 이유 때문에 산다고 그러고, 누군가는 노년에 반드시 복수하기 위해 산다고들 그러죠. 그러니까 인생 전체가 사랑으로 인해 아이러니가 되고 모순덩어리가 되는 거죠.

— 말씀을 듣다보니 노, 놀랍네요.

— 네? 뭐가요?

— 법조인이시잖아요. 법망을 다루고 법의 테두리 안에서, 법의 잣대로 여타의 사람들 삶을 안전하게 설계하고 기획하는 일을 하는 분이 그렇게까지 감성적인 얘기를 하신다는 게…….

— 훗후후, 제가 좀 모자라고 어리숙하게도 보인다는 얘기로 들리는군요. 사십대 중반인 여변호사가 생활이 웬만큼 풍족해지자 어울리잖게 뒤늦게 사랑타령이나 해대는 철딱서니로…….

— 아뇨. 그런 뜻은 전혀 아니구요. 근데 그런 얘기를 장황하기까지 제게 하시는 의도가 뭔가요? 그렇게까지 사람 마음과 사랑을 변론하는 의도가 있으실 것 같은데요? 혹시……, 네, 제가 그 사람을 다시 만나주길 원하시는 건가요?

정재희는 처음으로 긴장하는 기색이었다.

— 네, 그렇습니다. 할 수만 있다면, 부탁드리고 싶습니다만.

— 헛! …….

이혜연은 잠시 할 말을 잃었다.

— 굉장히 이상하게 들릴 거라는 건 이해하시죠? 저한테요?

— 네.

— 재희 씨가 제게 원한 게 그것이었다면 이젠 저도 단도직입적으로 여쭤보고 얘기해야겠군요. 왜죠?

— ……!

— 혹시, 재희씨 마음의 가책을 피하고자, 자기합리화를 시키기 위한 의도는 아닌가요? 당신은 계속해 남자를 따로 만나는데 그 사람은 다시 혼자 고립되는 것이 부담스럽고 해서…….

— 아뇨. 그건 절대 아닙니다.

— 그럼 뭔가요? 이렇게 말이 안 되는 부탁까지 해야 하는 그 이유가 대체 뭡니까?

— 네, 말씀드리지요. 지난 2년 내내, 그 사람의 감춰진 여자로 인해 제가 마음이 안 좋았던 건 사실입니다.

— 그런데요?

— 하지만, 그 기간 내내 그 사람 표정이, 마음이, 일상이 많이 밝아지고 행복해진 것을 제가 많이도 느꼈었습니다. 믿지 않으실는지 모르겠지만 저는 그 사람 그렇게 변한 게 점차 나쁘지 않았습니다. 좋았습니다.

— 아, 글쎄요. 이제 그 역할이 아내인 정재희 씨 몫으로 모두 돌아갔으니까 앞으로 잘 알아서 하시란 얘기예요. 도대체가 말이 돼요? 세상에 어느 아내가 남편이 몰래 만났던 여자를 찾아와 남편 마음과 행복을 책임져 달라고 부탁하는 사람이 어딨어요? 몰랐으면 또 모를까, 이렇게 사람 면전에다 대구선……. 사람을 대체 어떻게 보구 그런 얘길 하시는 거냐구요? 듣는 입장에서 정말 어이가 없잖아요.

— 네, 백 번 천 번 맞는 말씀이에요.

— 네? 뭐라구요? 그걸 그렇게 잘 아시는 분이……!

— 그래서요, 제가 말입니다. 늦긴 했지만…… 이제라도 제대로 용기를 내보려구요.

— 넷? 무, 무슨 용기를요?

정재희가 잠시 고개를 숙였다가 다시 쳐들었다.

— 그동안 혜연 씨, 주변 시선을 피하느라 지치셨을 거예요. 제가 그 마음 잘 알지요. 만약 헤어지신 근본 이유가 마음에 심한 부담감과 도덕적 자책감 때문에 그 사람을 안 보겠다는 생각을 굳히셨다면…….

네, 제가, 그 사람 아내 자리를 지금이라도 포기하는 게 맞다고 봅니다.

— 네, 넷?

— 진심이에요. 전……. 네, 요즘 그 사람 절망감만을 매일 뒤에서 지켜보게 됩니다. 한 점 빛도 느껴지지 않을 만큼 그 사람 마음 가득한 절망 말입니다. 하루하루의 삶에 의미를 전혀 찾을 수 없는, 죽음과 다름없게 느껴지는 절망감입니다. 결국 당신과의 사랑의 상실이 그 근원이고 보면 그 사람이 당신을 정말로 참 많이도 사랑하는구나, 하는 진실을 새삼 깨닫고 인정하게 되었지요. 생각해보면, 사람 사는 거 잠깐인데……. 그러면서도 또 지리멸렬할 정도로 길게 느껴지는 게 사람 사는 거잖습니까? 제가 혼자가 되더라도 두 사람이 다시 좋아지고 두 사람이 사람 살듯이 살 수 있다면 그게 더 좋은 거 아니겠습니까? 이제 우리들 나이가 삶을 살고 싶은 대로 한 번은 바꿔볼 수 있는 힘을 어느 정도는 가지게 되었구요.

— 재희 씨가, 혼자가 되다니요……?

— 말 그대롭니다. 제가 아들과 둘이서만 살겠다는 겁니다. 아……!, 부탁인데 다른 생각은 하시지 마세요. 제 성격은 저 하나 좋자고 제가 만나온 그 남자에게 아내와 자식들 모두 버리고 저한테 오라곤 절대 강요하진 못하니까요.

— ……!

— 그동안 저도 그 사람 지켜보며 참 많은 생각을 했었습니다. 오늘 새벽녘에는 그 사람 방에서 새나오는……. 입을 손으로 틀어막고 흐느껴 우는 그 사람 비통한 울음소리를 듣고서야……. 저도 비로소 이

렇게 가까스레 용기를 낼 수가 있었습니다.

혜연은 입술을 질끈 깨물었다.

아! …….

가끔씩 드러나지는 삶의 구석진 일면은 얼마나 가혹하고 잔인한가!

김승모를 알기 전에, 박현식 씨만을 그녀가 알았을 때 이 얘길 들었다면 그녀 마음은 지금 얼마나 구름처럼 둥둥 떠다녔겠는가. 그러나 시간과 관계의 엇갈림에 치일 수밖에 없는 인간은 그 만큼 나약하고 또 어리석다. 주변에 있었던 뭔가를 놓쳐봐야, 있었던 것이 사라져봐야, 함께 있었던 사람과 시간이 다신 제자리로 돌아올 수 없는 강을 건너가고 나야지만 그 사람의 중요성과 그 세월의 의미를 깨닫는다.

— 자, 잠깐만요!

— 네…….

— 재희 씨가 맘 굳혔다고 해서 되는 일이 아니에요.

— 물론입니다. 그래서 전 오늘 처음부터 맘을 열어놓고 혜연 씨와 많은 얘기를 나눠보고 싶었던 거예요. 어쨌든 제 결심 이전에 혜연씨 마음이 가장 중요하니까요.

— 얘기를 다 듣고 나니, 제가…… 오해한 것 같아 많이 미안하고 죄송하네요. 진심입니다.

— ……!

— 하지만 우린, 완전히 헤어졌어요.

— ……!

정재희 눈빛이 심하게 흔들렸다.

— 전 이미 정리 다 했구요. 말씀 듣는 내내 아무리 곰곰이 생각해봐도 제가 해야 할 일은 없을 거 같군요.

— 혜연 씨……!

— 죄송합니다.

혜연이 일어서자 그녀도 천천히 일어섰다.

— 나중에라도, 다시 한 번 생각해줄 순 없으신가요?

— 네…….

정재희는 고개를 끄덕인 뒤 깊은 한숨을 내쉬었다.

— 그렇다면 하는 수 없군요. 제가 드린 얘기가 불쾌하진 않으셨음 해요.

— 천만에요, 주제넘은 말이겠지만, 네, 재희 씬 정말 박현식 씨와 잘 어울리는 좋으신 분이세요. 아름다우시구요. 저를 처음부터 끝까지 이해하고 배려해주신 그 마음, 제가 다시 한 번 이렇게 머리를 숙여 그간의 죄송함과 함께 감사함을 표할게요.

혜연이 고개를 숙이려 하자 그녀가 황급히 손을 내저었다.

— 아뇨, 아뇨. 그러시지 마세요. 오늘 저도 혼자 여길 찾아오면서 많은 갈등이 있었지만, 뵙고 나니 혜연 씨를 만나러 잘 왔다 싶군요. 마음 한 켠이 아주 후련해진 것도 같구요.

— 고맙습니다.

— 제 긴 얘기를 들어주고 마음까지 나눠주셔서 제가 더 고맙지요. 솔직히 저도, 제가 혜연 씨에게 이 정도로 많은 얘기를 하게 될 줄은 몰랐어요. 저로서도 낯선 좋은 경험이었죠. 그러고 보면 혜연 씬 장점

이 참 많은 사람이에요. 맑구, 이쁘시구……. 초면임에도 사람 마음을 아주 순하고 편하게 해주는 눈빛과 표정을 가지셨어요.

— 고맙습니다. 전 그저 부끄러운 사람일 뿐인데 좋게만 봐주시는군요. 진정 재희 씨야말로 재색을 모두 겸비하셨어요. 제게는 부러운 면을 너무나 많이 가지고 계세요. 잘 해나가시리라 믿어요. 그럼…….

— 잠깐만요. 마지막으로 악수 한 번 청해도 될까요? 어쩌면 우린 앞으로 다신 못 볼 수도 있을 것 같은데요?

정재희가 손을 내밀자 혜연은 잠시 그 손을 내려다보았다. 손가락이 가늘고 길었지만 그 끝이 살짝 떨리고 있었다. 살아가면서 치유될 수 없는 아픔이고 고통 때문일 터였다. 얼굴 표정에선 결코 드러나지 않는 깊은 마음에서 울려나오는 흔들림과 떨림 말이다.

혜연은 담담하게 그녀 손을 잡았다. 차갑게 느껴질 것만 같았던 손이었는데 막상 잡아보니 부드럽고 따스한 손이었다.

12장

언제고 드러난다

꽃과 꽃병

당신을 알고 난 뒤 나는 향기로워졌습니다.

누군가는 절 보고 눈빛이 맑아졌다고도 하고 누군가는 미소가 고와졌다고 했습니다. 굳이 거울을 보지 않아도 저는 제 표정이 탐스러워졌다는 것을 압니다. 그 이유는 당신 때문이죠. 당신을 만날 때마다 당신의 미소와 눈빛, 당신 웃음소리를 한 아름씩 꺾은 나는 밤마다 내 마음 가득 당신을 꽂아 왔었습니다. 당신이 내 마음 깊이 꽂혀져 있으므로 내 맘은 예쁘고 향기롭게 피어날 수 있었습니다. 진정 고맙습니다.

당신으로 인해 내 삶은 더없이 아름다워졌습니다.

12장

언제고 드러난다

— 지금, 어디 갔다 오는 거야?

커다란 비닐봉지를 양 손에 들고 혜연이 아파트 문 안으로 들어섰을 때 현관 입구에서 팔짱을 끼고 선 인영이가 물었다. 십일 월 첫 번째 일요일, 오후 네 시 반을 마악 넘긴 시각이었다.

— 보면 모르니? 마트 다녀오는 길이잖아. 그런데 고등어며 채소 값이 너무 많이 올랐더라. 다음 번엔 재래시장을 가봐야겠어.

혜연은 저녁 찬거리를 주방 식탁 위에다가 풀어놓으며 아들 방쪽을 돌아보았다.

— 진철이는……?

— 없어.

— 아직도 안 왔어? 지금 전화해. 독서실에 있으면 제 시간에 저녁 먹고 다시 가라고 해. 근데 인영이 넌 친구랑 영화 보고 저녁까지 먹고 들어온다고 하더니만, 일찍 집에 들어왔네?

— ……!

파와 배추 한 포기, 시금치 같은 채소류와 햄과 두부를 제 장소에 분류해 넣느라 냉장고 문을 열었던 혜연은 딸이 아무 대답이 없자 딸 얼굴을 돌아보았다. 딸의 표정은 마른 빵처럼 딱딱하게 굳어 있었다. 꿈쩍도 하지 않고 서서 쳐다보기 무서울 정도로 매서운 눈빛으로 엄마를 쏘아보고 있었다.

— 바른 대로 말해! 지금 어디 갔다 오는 거냐구?

인영이가 한 발로 거실 바닥을 쾅, 구르며 소리를 빼액 내질렀다.

— 얘, 얘가 갑자기 왜이래……!

— 엄마가 어떻게 그, 그럴 수가 있어? 내 엄마가 어떻게 이럴 수가 있느냐구!

인영이는 분노감을 참지 못해 온몸을 부르르 떨었다.

이, 이런! 혜연은 불현듯 어떤 생각이 머리를 스치자 눈앞이 캄캄해졌다.

마트에서 장을 보기 전, 그녀는 세 시간 남짓 승모와 함께 있었다. 그의 차를 타고 M시에서 3킬로 정도 떨어진 J모텔로 가서 그와 함께 늦은 점심으로 패스트푸드와 과일도 먹으면서 시간을 보내고 왔던 것이다. 딸은 뭔가를 본 게 틀림없었다. 김승모와 같이 있는 것을 봤다면 대체 어디쯤에서 본 것일까? J모텔에서 나와서는 다시 M시 외곽인 우회도로로 차가 돌았었다. M시 서편 입구에 위치한 E마트에서 그의 차가 멈춰 서고 그녀가 내렸었는데. 아마도 그때 딸이 우연히 본 모양이었다. 하지만 마트 앞에서라면 그 누가 봐도 이상스러울 게 없었을 텐데……. 길을 가다가 그 누구든 아는 사람이고 같은 방향이라면 얼마든지 차를 얻어 탈 수 있는 일이고 보면. 서, 설마? 그, 그렇다면 차가 J모텔 쪽으로 진입해 들어가는 것을 봤을까!? 그럴 리가! 그의 차창은 선팅이 짙게 돼 있어 안에 누가 탔는지 볼 수가 없을 텐데!

— 이, 인영아……!

— 내 이름 부르지 마, 불결해!

— ……!

가시눈을 뜬 인영은 제 엄마를 살벌하게 노려보았다.

인영은 오늘 오전 11시 무렵, 같은 병원 동료이자 대학 동기이기도 한 미경이와 함께 인근 도시인 안동시로 가서 영화 한 편을 관람하고 M시로 돌아 왔었다. 예전 M시에는 낡은 극장이 하나 있었다. 하지만 시설이 낙후돼 손님이 들지 않자 몇 년 전 문을 닫아버렸다. 그 뒤로 M시엔 영화관이 없어졌다. 그래서 M시 사람들은 영화를 보려면 차를 타고 안동이나 상주로 나갔다. 젊은 사람들은 대개 안동으로 나가는데 차로 달리면 30~40분 정도 거리다. 안동 신시가지에 여러 영화관이 한 건물에 밀집된 멀티시네마센터가 있어서 영화를 골라보는 재미가 있었다.

인영은 오후 한 시에 시작된 할리우드 신작 영화 한 편을 관람하고 나왔다. 영화관 안에서 먹다 남은 팝콘을 먹으며 친구가 운전하는 경차를 타고 M시로 돌아오다가 산기슭 외따로 떨어진 커다란 건물에서 빠져나와 마악 국도로 옮겨 타는 한 대의 차를 발견했다. 낯익은 검정색 SUV 차였고 번호판을 보니 김승모 차였다.

— 어머, 저거 중환자실 김 팀장님 찬데?

인영과 미경은 동시에 그 차가 빠져나온 길을 놀란 눈으로 돌아보았다. 외길과 연결된 산기슭에는 높다란 성채처럼 지어진 J모텔이 서 있었다. 그것을 확인한 인영 얼굴빛이 단번에 칠흑처럼 변했다. 그녀 표정은 금방이라도 균열이 갈 것처럼 건조하게 경직되었고 피가 맺히도록 아랫입술을 질끈 깨물었다.

— 이상한데? 저긴 모텔밖엔 없는 길인데…….

미경이 한 호흡을 빠르게 삼킨 뒤 눈을 동그랗게 뜨며 황급히 말을 이었다.

— 어, 어머어머!, 얘! 웬일이라니? 평소 김 팀장님이 애인하구 벌건 대낮에 저런 델 다 드나들었나 보네. 와아! 완전 토픽감이다, 토픽!

미경은 호들갑을 떨다가 인영이의 싸늘한 표정을 돌아보고는 머쓱해하면서 목을 어깨 속으로 쏙 움츠려 넣었다. 인영 얼굴은 심하게 일그러졌다. 잔뜩 화가 나 있었다. 그녀는 갑자기 2층 중환자실에 소속된 동갑내기인 정 간호사 얼굴이 뇌리를 스쳤다. 평상시 직장 내에서 정 간호사가 김승모 팀장에게 꼬리까지 살살 치며 관심을 받으려 무진 애를 썼다. 그의 시선이 제 몸에 닿을 때마다 허리를 옆으로 꼬며 배시시 웃는 꼬락서니라니! 인영이는 보다 못해 지난 달 그녀를 따로 만나 따끔한 경고까지 미리 했었다.

김 팀장님이 날 얼마나 잘 챙겨주는지 너도 잘 알지? 그러니까 괜스레 수시로 커피 가져다 바치면서 쓸데없는 눈웃음치지 마. 코맹맹이 소리도 내지 말고. 알았어? 그러다가 한 번만 더 내 눈에 띄면 내가 가만 안 둘 테니까!

그렇게까지 분명히 일러뒀었는데 결국 그 가시나가 뒤에서 호박씨 까듯이 저런 짓거리를 해대고 있었단 거지?

인영의 직감에는 저 차 조수석에 올라탄 여자가 틀림없이 정 간호사일 것만 같았다.

— 좋아, 제대로 걸렸어. 이제 넌 죽었어. 야!, 저 차 뒤에 차 붙여.

— 응? 뭐라고?

— 저 차 놓치지 말고 바짝 따라붙으라구.

— 왜? 어쩌려구?

— 어쩌긴 뭘 어째! 어떤 가시나진 내 눈으로 뜩똑히 확인해야지. 만약에 정유진, 그 년이면 걔 오늘 내 손에 완전 죽었어. 내가 아작을 내고 끝장내고 말 거야!

— 정 간호사?

— 그래. 그 가시나가 평소 얼마나 김 팀장에게 살살 앵겨붙는지 중환자실 직원 모두가 눈꼴시려서 못 보겠다고 할 정도로 말 많았다구. 지가 집에서 정성 들여 말았다고 찬합 김밥까지 싸와서 팀장에게 몇 번이나 안겨줬었다니깐.

— 찬합까지? 헛! 그 가시나가 왜 그런다지? 팀장님이 널 특별하게 생각한다는 건 우리 병원 사람들이면 다 아는 사실인데? 근데 어쨌거나 대체 이 일을 우짼다니? 저 안에 탄 여자가 정말 그 가시나라고 해

도 벌써 그렇고 그런 사이가 돼버렸는데.

— 상관없어. 생각은 차후에 하더라도 일단 내가 그 가시나 머리털부터 다 뽑아놓을 거야. 그래야 직성이 풀릴 테니까.

— 휴우, 우예됐던지 간에 난 정말 실망이다. 그간에 난 김 팀장님 되게 멋있고 굉장히 반듯한 사람인 줄로만 알았는데 어떻게 저렇게 대놓고 낮거리까지……?

— 야!, 너도 말 좀 가려서 해. 낮거리가 뭐냐 낮거리가? 그럼 기집애가 그렇게 엉덩이를 흔들며 노골적으로 꼬셔대는데 안 넘어갈 남자가 누가 있겠냐! 흥! 저 가시나도 벌써부터 저렇게 헤프게 놀면 그 끝이 안 봐도 뻔한 거지. 아무튼 썅!, 저 년이 그 누구라 해도 상관없어. 오늘 나한테 전부 다 죽었어!

인영이 이를 부득부득 갈며 온몸을 파르르 떨었다.

— 무섭네, 기지배……. 정말, 오늘 뭔 일을 내도 단단히 내겠네.

팀장의 사륜구동 차는 M시로 곧장 들어가지 않고 서편 우회도로를 달렸다. M시의 서편 쪽이면 대형 E마트 쪽 가는 길이다.

저것들이 설마 같이 저녁밥까지 해먹을 부식거리를 사러 마트까지 함께 들어가려는 건 아니겠지. 아니, 우회도로 쪽으로 괜찮은 커피숍들이 몇 군데 있으니까 커피 마시러 갈 수도 있을 거야.

그러나 아니나 다를까 잠시 후 팀장 차는 속도를 줄이더니 E마트 입구 도로변에 멈춰 섰다. 인영이는 재빨리 휴대폰을 꺼내 멈춰진 팀장 차에다가 앵글을 맞추었다.

— 사진 찍게?

— 찍어야지 그럼. 정 간호사 그 가시나라면 나중에 틀림없이 딴소리 해댈 게 뻔하니까 일단 증거부터 확보해서……. 찍소리도 하지 못하게 해놓고 조져야지!

이윽고 팀장의 차 조수석 문이 열리고 한 여자가 내렸다.

인영이는 휴대폰 렌즈를 눈앞까지 들어올렸다. 그 순간 그녀는 셔터를 누르지도 못하고 팔을 들어올리던 동작과 경악스런 표정이 동시에 굳어버렸다. 빨간 물결무늬 블록이 깔린 인도 위에 서서 안 보이는 운전석 안을 들여다보며 환하게 웃고 있는 여자는 정 간호사가 아니라 바로 엄마였던 것이다. 눈을 휘둥그레 뜰 만큼 놀라기는 운전석에 있던 미경도 마찬가지였다. 그녀는 인영이와 대학 동기이기도 해서 인영이 엄마를 잘 알고 있었다.

이, 이게 대체 어떻게 된 일이지?!

경차 안에 탄 두 사람은 경악했고 숨소리도 나지 않았다. 그 사이 사륜구동 차는 출발해 도로 저편으로 사라졌다. 돌연한 충격에 얼굴빛이 노오랗게 변한 인영은 E마트 노란 중앙문을 향해 잰 걸음으로 걸어가고 있는 엄마 뒷모습만을 멀거니 바라보고만 있었다.

아냐, 이건 아냐. 내가 잘못 본 거야. 난 지금 헛것을 보고 있는 거야. 이건 있을 수가 없는 일이잖아.

인영은 자신의 두 눈을 연신 손등으로 부볐다. 두 눈이 벌겋게 충혈돼 물기가 어릴 정도로 몇 번이고 심하게 부볐다. 그렇게 그녀는 엄마가 E마트 안으로 사라질 때까지 넋 나간 표정으로 바라보았다. 하지만 아무리 도리질을 쳐대도 꿈이 아니고 현실이었다. 잠시 후 돌처럼 굳은 얼굴을 한 인영이가 친구에게 신신당부를 했다.

제발, 이 얘길 아무에게도 말하지 말아달라고. 얘기하면 그날로 나는 직장에도 못 나가는 것은 물론이고 이곳 M시에서 다른 곳으로 이사까지 가야만 한다고.

절친이자 막역한 동료 사이인 미경은 그렇게 하겠다고 약속을 했다. 미경 또한 적잖은 충격을 받았기에 핏기 사라진 얼굴로 눈물까지 글썽거려대며 인영이를 향해 연신 고개를 크게 끄덕거렸었다.

그걸 니가 다 봐, 봤었다구!? …….

딸 얘기 몇 마디로 정황을 다 파악한 혜연은 갑자기 두 다리에서 힘이 좌악 풀렸다. 그녀는 엉덩방아를 찧듯이 거실 바닥에 풀썩 주저앉고 말았다.

그래, 옛말 하나 그른 게 없다. 꼬리가 길면 밟히는 법이다. 감춰진 것은 언제고 반드시 드러난다는 세상 이치를 혜연이 모르진 않았다. 하지만 발각되고 들통난다고 해도 이렇게 빠를 줄을 몰랐다. 그 순간이 마트 바코드가 찍힌 두부나 콩나물 봉지와 함께 너무나 자연스럽게 일상 사이에 끼여 있을 줄은 전혀 몰랐다.

분노감을 이기지 못한 딸이 온몸을 부들부들 떨며 서 있는 것을 보자 혜연은 도대체 무슨 말을 어떻게 해야 할지 그저 눈앞이 캄캄했다.

— ……. 엄마?, 울 엄마 맞아?

— …….

— 응? 엄마, 엄마 미친 거 아냐?

— 이, 인영아……!

— 그래, 입이 있으니까 어디 말해 봐. 어떻게 우리 팀장이랑 그, 그런 짓을 할 수가 있어? 아니, 정말……? 정말로 그렇게 한 거야? 아, 아니지? 설마 그런 건 아니겠지?……. 응? 뭐라고 말 좀 해봐! 나, 엄마 그런 불쌍한 눈빛 따윈 무지무지 보기 싫으니까 지금 그딴 식으로 날 쳐다보진 말고 어디 딱 부러지게 말이나 해보라구! 대체, 대체 어떻게 된 거야? 내가 어떻게 이해해야 해?

— 인영아! 그게 아니라…….

— 응? 그래? 그게 아니면 뭐? 엄마가 그 사람 차는 왜 타고 다니는 거야? 도대체 언제부터 그렇게 타고 다닌 거야? 나한테는 이제껏 그런 얘긴 한 마디도 없었잖아!

— 얘기하려고 했었어. 하지만 차마…….

— 차마……?

— ……!

— 그렇담 저, 정말 엄마 그 남자랑 잔 거야?……. 어머, 어머나! 이를 어째! 지, 진짜 자, 잤구나……?

— …….

— 맙소사! 어, 어떻게……. 어떻게, 그럴 수가 있지? 나이가…… 나이가, 그렇게나 한참이나 어린 젊은 남자와 내 엄마가 어떻게……! 그것도 그 사람이랑……! 이건 마, 말도 안 돼.

— ……. 미안해. 때가 되면 언제고 내가 다 얘기하려고 그랬는데…….

— 언제고? 무슨 언제? 그 언제가 대체 언제인데? 아니, 엄마가 무슨

말을 어떻게 내게 하겠단 거야? 그게 말이 돼? 이 상황이 말이 되느냐구? 엄만, 그 사람하고 같이 있을 때 내 얼굴 안 떠올랐어? 내가 팀장님 얼마나 좋아하는지, 너무나 잘 알면서……. 나 때문에 그 사람을 만난 엄마가…….

— 그건 아니지만……. 그래, 어쨌든 지금으로선 네게…… 내가 할 말이 없다.

— 하, 할 말이 없다구? 지금 그게 엄마가 딸한테 할 소리야? 어떻게 엄마란 사람이! 자기 딸이 좋아하는 남자와 그, 그런 짓거릴…….

인영이는 점점 더 흥분하고 격분했다. 분을 참지 못한 딸은 미친 듯이 거실 이쪽저쪽을 왔다갔다 빠르게 걸어 다녔다. 그러다가 거실 벽 탁자 위에 올려놓아진 제 엄마가 아끼는 도자기를 돌연 손바닥을 휘둘러 쓰러뜨렸다. 구한말에 만들어진 모양새가 참 참한 백자였는데. 도자기는 거실 바닥에 떨어지면서 요란스런 소리를 내며 산산조각 나버렸다. 그걸 지켜만 봐야 하는 혜연 심경은 참담했다. 아이가 너무나 흥분 상태여서 이렇고 저렇고 차분하게 얘기를 나눌 수 있는 상황이 아니었다. 혜연은 분을 이기지 못해 거실 내를 마구 돌아다니고 있는 딸이 혹시라도 깨진 도자기 파편이라도 밟을까 싶어 황급히 일어났다. 그녀는 주방 한 켠에 있던 실내용 빗자루와 쓰레받기부터 양 손에 챙겨 들었다.

— 일단, 네 방으로 들어가 있어. 흥분이 좀 가라앉으면 그때 다시 얘기하도록 하자.

— 나한테 이래라저래라 명령하지 마. 엄마가 그럴 자격이나 있어?

— ……!

— 자격이나 있냐구? 내 눈에 지금 엄마가 얼마나 뻔뻔해 보이는 줄 알아? 내가 지금 엄마!, 엄마! 라고 부르는 것조차 불결하고 수치스러워 못 견디겠어. 알아? 그걸 아냐구!

— 알아. 네 맘 충분히 아니깐 일단 발 조심하면서 네 방에 들어가 있어. 아, 아니다, 내가 먼저 빗질하고 걸레로 바닥 훔칠 때까지 넌 그 자리에 꼼짝하지 말고 서 있어. 발 다칠 수도 있으니까.

— 흥! 그깟 발 다치는 게 대수야? 엄마가 지금 나한테 무슨 짓을 했을 거 같아? 여기……. 이, 내 가슴에 칼을 푹 찔러 넣은 거야! 맹세코 죽을 때까지 도저히 용서가 안 되는 짓을 내 엄마인 당신이 나한테 저지른 거라구!

— 인영이, 너 정말……! 부탁한다. 제발 이 순간만 좀 참아줘!

— 풋훗후후후, 왜? 내가 왜 참아? 왜 참아야 하는데? 몰래 개막장 같은 짓은 잘도 하면서도 딸한테 차마 막말은 듣기 싫은 모양이지?

혜연은 입술을 질끈 깨문 채 한쪽 무릎을 거실 바닥에 꿇고는 거실 바닥을 빗자루로 쓸기 시작했다. 턱끝이 덜덜덜 떨렸고 빗질을 하는 손도 부들부들 떨렸다. 눈앞이 물기로 뿌옇게 차올라 아무 것도 보이지 않았다. 마음 같아선 그대로 주저앉아 엉엉 소리내 울고 싶었지만 딸 앞이어서 차마 그럴 수도 없었다.

침착해야 돼. 정신을 바짝 차리자. 일단 이 순간만이라도 잘 넘겨야만 했다.

혜연은 도자기 파편을 쓸어 담으며 무릎걸음으로 딸이 우뚝 서 있는 곳 가까이 다가갔다. 딸은 징그러운 벌레가 다가오기라도 하듯 미간을 잔뜩 찌푸리며 흥!, 하며 콧방귀를 뀌었다. 그리고 곧장 몸을 돌려 자신의 방 쪽으로 빠르게 걸어갔다. 딸은 자신의 방문 바로 앞에서 아얏!, 하며 한 쪽 무릎을 반쯤 주저앉혔다. 딸의 오른쪽 엄지발가락 바로 아래 발바닥에 사기 파편이 박혀든 것이다.

— 다, 다쳤니? 어디 보자!

— 냅둬!

딸은 피가 묻은 사기 파편을 발바닥에서 빼내 거실 바닥에 내팽개쳐 버린 뒤 방안으로 들어가서는 방문이 부서져라 처닫았다. 혜연은 황급히 거실 장식대 한 켠에 있는 가정용 구급상자를 들고 딸의 방문 손잡이를 돌렸으나 역시나 문이 굳게 잠겨 있었다.

— 인영아, 인영아! 우선 약부터 바르자. 여기 약상자 가져왔으니까 얼른 문 좀 열어봐.

— 뭔 상관이랑? 그냥 냅둬!

— 그러다가 덧나. 소독만이라도 하자니깐!

— 엄만 딸 발바닥 피는 보이고 내 가슴에서 지금 철철 흘러내리는 피는 안 보이는 모양이지?

— 그래그래, 엄마가 무조건 잘못했어. 어쨌든, 이 문부터 열어봐. 안 열면 나, 안방서 열쇠 가져와 네 방문 따고 들어갈 거다.

— 글쎄, 지금 난 엄마 꼴도 보기 싫으니까 약상자 문밖에 그냥 놔둬. 그러면 내가 알아서 바를 테니까. 괜한 걸 가지고서 호들갑이야!

— 그래…… 알았다. 문 앞에 뒀으니까 네가 직접 발라. 엄마는 안방에 들어가 있을 테니까.

— 흥! 엄마는 무슨 엄마?

— ……!

— 무슨 엄마가 그래? 무슨 엄마가 그러냐구?

인영이가 제 방 안에서 미친 듯이 고래고래 소리를 질러댔다.

혜연은 거실 빗질을 마친 뒤 안방으로 들어와 문을 닫자마자 거의 반쯤 꼬꾸라지듯이 방바닥에 주저앉았다. 결국 앞으로 엎어졌다. 서러움이 밀려들고 뒤이어 거센 두려움과 무서움이 해일처럼 가슴 속으로 밀려들었다.

어, 어떻게 하나, 대체 이 일을 어떻게 하면 좋단 말인가? 다른 사람도 아니고 가장 예민한 딸의 눈에 정통으로 들켜버린 사실이 도무지 감당이 안 돼 그녀는 온몸을 와들와들 떨었다.

엄마로서 이 무슨 꼬락서니란 말인가. 아이에게 쩔쩔 맬 수밖에 없는 지경에 스스로를 처하게 만들다니!

그녀는 한 손으로 황급히 입을 틀어막았다. 커다란 울음이 손가락 사이로 비집고 나와 줄줄 흘러내렸다. 자식이 행여나 그 소리를 들을까봐 민망했다. 그녀는 안방에 깔아둔 담요 쪽으로 무릎걸음으로 기어가 다시 엎어지면서 담요 끝으로 입을 틀어막고 끄윽, 끅, 대면서 거친 울음을 토했다. 조금 전 거실 바닥에서 닦아냈던 딸의 붉은 핏방울 자국이 그녀 손가락에 묻어 있어 더욱 슬프고 끔찍했다.

그로부터 두어 시간 뒤, 아들 진철이가 독서실에서 돌아와 늦은 저녁 식탁 의자에 앉았다.

— 누나는?

엄마가 시무룩하니 국자로 국을 푸는 것을 본 진철이가 일어나 제 누나 방 쪽으로 걸어갔다. 문 손잡이를 이리저리 돌려보았다. 잠겨 있자 방문 앞에 놓인 구급상자를 내려다보고서 '이 약상자는 대체 뭐야? 누나! 그 안에 있는 거 같은데! 누나 저녁은 먹었냐? 어디 다쳤어?' 하고 바쁘게 소리쳤다. 하지만 방 안에선 일체 아무런 대꾸가 없었다. 다시 식탁으로 돌아와 의자에 앉은 진철이가 반찬 그릇 하나를 식탁에 내려놓는 엄마 얼굴을 빤히 올려다보았다.

— 대체 집안 분위기가 왜 이래? 싸웠어?

— ……. 너는, 기말고사 다 본 거야?

— 다음 주 화요일까지잖아. 이틀 남았어.

— 저녁 먹고 독서실 갈 거지?

— 물론, 기분 내키면 거기서 밤샐 수도 있어.

— 그래…….

— 엄만 저녁 먹었어?

— 나중에, 나중에 누나랑 함께 먹을게. 너나 어서 많이 먹어. 계란프라이 하나 더 해줄까? 아님 계란 너댓 개 쪄줄까? 공부하다가 배고프면 먹게?

— 아냐, 됐어. 배부르면 잠만 오지 뭐.

진철은 들고 있던 젓가락으로 제 누나 방을 가리켰다.

— 쟤, 또 무슨 사고 친 거지?

— 아냐. 넌 어서 밥이나 먹어.

— 어휴, 내가 엄마 속 썩이지 말라고 그렇게 일렀었는데. 하여튼 간

에 누나 방, 저 문 잠금장치부터 떼내버려야 돼. 툭하면 문 걸어 잠그고. 도대체 언제까지 저럴 거야!

— 누나 저러는 건 엄마 잘못이니까 넌 얼른 밥이나 먹고 공부나 하러 가.

— 엄마가 뭘 잘못했는데? 엄마도 잘못할 일이 있나?

혜연이 더 이상 대꾸가 없자 아들은 내가 골치 아프게 두 여자 문제에 관여할 바 아니라는 듯 씩씩하고 빠르게 밥을 퍼먹기 시작하였다.

밤 열 시가 넘어 혜연 아파트 안으로 긴장한 낯빛의 김승모가 들어왔다. 밤 아홉 시쯤 승모가 혜연 휴대폰으로 전화를 걸어왔을 때 그녀는 전화를 받지 않았다. 하지만 그의 전화는 두 번, 세 번 연이어 걸려왔다. 안 받으면 집전화까지도 요란스럽게 울릴 기세였다. 혜연은 휴대폰 전화를 받았다. 그녀 목소리는 몹시도 침울해서 바다 밑바닥만큼이나 가라앉아 있었다.

— 목소리가…… 왜 그래? 무슨 일 있어요?

— 아냐. 그냥 좀 그래……. 나중에 통화해

— 그러지 말구 대체 무슨 일인데 그래요? 말해 봐요. 날 뜬 눈으로 밤새우게 만들 작정이 아니라면?

— ……!

— 뭔데 그래요? 뭐든 얘기해 봐요. 내가 다 해결해줄 테니까. 지금 당장 큰 집 사달라는 것만 빼곤 그 나머진 내가 즉시 다 해결해줄 수 있다니깐!

그 말에 위로를 받은 그녀는 왈칵 울음부터 터져나왔다. 그녀는 울

먹거리면서 오늘 초저녁 인영이와 있었던 일을 떠듬떠듬 얘기했다. 정말 그녀로서는 인영이가 도저히 감당이 안 됐다.

딸은 저녁도 안 먹고, 약상자도 문앞에 놓아둔 채 그대로고, 소변도 마려울 텐데 화장실도 안 가고, 방 안에서 부스럭거리는 소리도 전혀 나지 않고……. 만사가 귀찮고 싫어 이불을 뒤집어쓰고 잠이라도 든 걸까?

혜연은 딸의 흥분이 가라앉으면 대화를 시도해보려 했었지만 딸은 도무지 비집고 들어갈 틈을 주지 않고 있었다. 이 일을 어떻게 수습해야 하는지 대책이 떠오르지 않았다. 혜연은 처음엔 이 문제를 어떻게 하던 자신이 해결해보려고 작정했었다. 하지만 방법을 찾지 못해 두려움과 공포스런 슬픔 속으로 잠겨들던 차에 김승모가 거듭거듭 캐묻자 그에게 오늘 있었던 일을 말한 것이었다. 김승모와 인영이는 한 직장이다. 또 그가 당사자인 만큼 이 사실을 알고는 있어야 그도 대처를 할 수 있다는 판단도 섰었다. 그래서 김승모가 그녀 집으로 달려온 것이었다.

그는 손잡이가 달린 종이케이스로 된 브랜드 커피 석 잔을 사서 한 손에 들고 왔다. 김승모가 닫힌 인영이 방문을 계속해 두드렸지만 역시나 아무 반응이 없었다.

— 스페어 열쇠 없어요?

— 있어요. 하지만…….

— 가져 오세요.

혜연이 안방 화장대 서랍에서 스페어 열쇠를 가져다주자 김승모가 인영의 방문을 따서 열었다. 방문을 열어보니 인영은 두꺼운 이불을 얼굴까지 푹 뒤집어쓴 채 꼼짝도 하지 않고 누워 있었다.

— 인영 씨! 오는 길에 원두커피 사왔거든요. 한 잔 같이 마십시다.

승모가 얘기했지만 인영은 꿈쩍도 하지 않았다.

— 우리 얘기 좀 해요. 인영 씨! 네? 내 말 좀 들어줘요. 인영 씨 제가 이렇게 부탁 드릴게요. 제발 일어나 앉아 봐요.

그가 몇 번이나 거듭 간청하자 어느 순간 인영이가 갑자기 두꺼운 이불을 확 걷어붙였다. 무서운 눈을 흡뜬 채 상반신을 일으켜 세워서는 우뚝 앉았다.

— 뭐요? 뭔 데요? 무슨 얘기를요?

이불 속에서 얼마나 울었던 것일까?

인영이 두 눈두덩이는 개구리눈처럼 눈물에 한껏 부풀어 있었다. 눈가가 마치 벌에 쏘인 것처럼 되어 있어 두 눈동자가 잘 안 보일 지경이었다. 그런 딸의 얼굴을 본 혜연의 가슴이 미어졌다.

— 인영 씨, 우리 모두 성인이잖아요. 어른이잖습니까. 그러니까 엄마한테나 나한테나 해명할 기회를 줘요.

— 해명요? 변명이겠죠? 네, 그래요. 기횔 달라니 드리죠. 어디 얼마든지 해보세요.

혜연은 걱정이 가득한 얼굴로 방바닥에 앉은 승모 뒤쪽에 서 있었다. 그러다가 딸이 가늘고 매서워진 눈매를 치켜떠 자신을 쏘아보자 그 광기어린 눈빛에 놀라 살이 벌벌벌 떨렸다. 살면서 이제껏 한 번도 본 적이 없는 딸의 표독스런 모습이었기 때문이다.

— 혜연 씨도 앉으세요.

그녀가 슬그머니 그의 등 뒤에 앉았다.

— ……. 네.

— 흥!, 뭐요? 혜, 혜연 씨!? 차암…… 듣기 좋네. 남자 한 입에서 딸 이름도 인영 씨, 엄마 이름도 혜연 씨!

인영은 두 사람 얼굴을 번갈아보며 가멸찬 냉소를 입가에 머금었다.

— 흐으음, 인영 씨!

— 네, 팀장님! 아니, 아예 이참에 새 아빠라고 불러드릴까?

— 우리 너무 감정만 앞세우지 말고 차분하게 얘기합시다. 부탁드립니다. 먼저……. 네, 일이 이렇게까지 된 건 순전히 내 탓입니다. 내 의지가 컸습니다. 이 모든 게 내가 인영 씨 엄마인 혜연 씨를 너무 많이 사랑했기 때문에 벌어진 일입니다.

— 핫, 참 내! 말이면 다 말인 줄 아나요? 당신이 어떻게 울 엄마를 사랑할 수가 있어? 당신이 뭔데 울 엄마를 여자로 만드냐구?

— 감정이 격해진 것은 이해하지만……. 네, 가능하다면 목소리는 높이지 말고 얘기합시다. 난 인영 씨 직장 선배이기도 하니까요.

— 흥? 선배? 웃기고 있네.

— 이, 인영아!

— 괜찮습니다. 제가 얘기해 볼게요.

— 하이구, 정말 눈꼴 시려워 못 보겠네요. 아주 쌍으로 마음이 딱 딱 맞습니다요.

인영이가 계속해 야멸차게 두 사람을 비꼬아대자 김승모 표정이 천천히 굳어졌다.

— 솔직하게 말하면 말입니다. 내가 인영 씨한테 지금 왜 이런 모욕

을 당해야만 하는지 잘 모르겠군요.

— 뭐, 뭐라구요?

— 내가 무슨 죄 졌습니까? 비도덕적인 짓이라도 했습니까? 아니잖습니까? 만약 그렇다면 내가 인영 씨 엄마를 사랑하는 게 잘못됐다는 건데, 내가 이혜연 씨를 사랑하면 안 되는 이유를 인영 씨가 한 가지라도 대보시죠?

— 하, 한 가지라도…… 대보라구요? 에구머니나! 사람이 어쩜! 뻔뻔하기도 해라. 적반하장도 유분수지…….

— 글쎄, 내가 왜 뻔뻔하다는 소리를 직장 후배인 인영 씨한테 들어야 하느냐구요? 말해 보세요.

— 그럼 당신이 잘했다는 거예요? 엉! 엄마뻘 되는 여자와 모텔을 드나드는 게……. 그것도 다른 여자도 아닌 내 엄마하고!

— 얘기하지 않았습니까? 내가 인영 씨 엄마를 사랑한다고요.

— 사랑? 늙은 여자와 섹스나 하는 게 사랑인가 보죠?

— 말 함부로 하지 말아요. 대상이 엄마이고 직장 선배입니다.

— 왜요? 제가 틀린 말 했나요? 늙은 여자 아닌가요? 엄마는 나이 마흔여섯이구 그 쪽은 스물일곱인 걸로 아는 데요?

— 두 사람 나이가 뭐 어때서요? 내 눈에는 혜연 씨가 나이 많은 여자로 절대 보이지 않습니다.

— 풋, 그럼 얼마로 보이는 데요?

— 네?

— 말해 보라구요. 그쪽 눈엔 울 엄마 나이가 얼마로 보이는지? 네?

— 흐으음……, 굳이 말하라고 하니까, 네, 솔직히 말씀드리죠. 삼십대로 보입니다. 삼십대 중반으로요.

— 사, 삼십대? 그것도 삼십대 주, 중반? 어휴, 팀장님 안경 쓰셔야겠어요. 눈이 아주 안 좋아진 모양이네요……. 엄마는 참 좋겠수? 젊은 남자가 삼십대 중반까지 봐줘서……. 큿키키키키, 그럼 엄마는 초등학교 이삼 학년 때 날 낳은 게 되겠네. 낼 기네스북이라도 당장 찾아봐야겠어. 아무래도 엄마 이름이 등재돼 있을 것 같아서 말야.

— ……!

— 비아냥거리지 말고요. 서로의 생각이 정돈될 수 있게 얘기를 풀어나갔으면 좋겠습니다. 인영 씨는, 내가 인영 씨 엄마와 사랑을 하면 안 되는 이유가 대체 뭡니까? 나이 차에 대해선 더 이상 언급하지 마세요. 제겐 아무 문제 없고 우리 관계에도 아무 문제가 되지 않으니까요.

— 저, 정말요? 정말로 그렇게 생각하세요?

— 네. 물론입니다.

— 오! 서프라이즈!

— 흐음…….

— 좋아요, 그렇다치자구요. 그래서요? 그래서 앞으로 어쩔 건데요? 울 엄마랑 연애만 하고 말 건가요? 아님 무슨 또 다른 계획이라도……?

인영의 질문에 김승모는 뒤에 앉은 혜연 얼굴을 잠시 돌아보았다. 혜연은 납처럼 창백한 얼굴을 하고 입술을 깨문 채 지그시 눈을 깊이 내려감고만 있었다.

— 네.

— 네,라뇨?

— 우린 결혼해서 함께 살 겁니다.

— ……!

인영은 눈을 크게 뜨고 입을 따악 벌렸다. 자신이 방금 들은 귀를 잠시 의심하는 표정이었다.

— 지, 지금 뭐라고 해, 했어……요?

— 결혼해 같이 살 거라고 했습니다.

— 마, 맙소사! 어, 엄마! 이 사람 말 사실이야?

— ……!

혜연은 긍정도 부정도 하지 않은 채 침묵으로 대답을 대신했다. 그리고 딸을 향해 고개를 더 깊이 떨구었을 뿐이다.

— 엄마 미, 미쳤어? 그래, 틀림없이 미친 거야! 두 사람 모두 다 제정신이 아냐! 그게……. 그게, 어떻게 가능하다는 거야?

— 사랑이 꼭 무슨 틀이 있는 것도 아니고, 두 사람 다 성인인 담에야 그 어떤 일정한 범주에 꼭 들어야만 한다는 룰이 있는 것도 아니잖습니까. 인영 씨!, 난 인영 씨 또한 성인인 만큼 엄마에 대해서 조금 더 깊고 넓게 이해해주셨음 합니다. 엄마도 엄마 이전에 여자이고, 행복을 꿈꾸는 한 여자란 점을 살펴줬음 합니다. 인영 씨도 엄마가 행복해지는 것을 누구보다 원하지 않겠습니까?

— 이봐요, 팀장님!

— 네, 인영 씨!

— 전 도무지 이해가 안 되네요. 근데, 팀장님이 왜 그래야 하는데

요? 울 엄마요, 돈도 별로 없어요. 직업도 계약직이고 보조직이에요. 나이도 팀장님보다 열아홉 살이나 더 많구요, 이혼한 데다가 저 같은 큰 자식이 둘이나 있어요. 그런데 팀장님이 뭐가 부족해서……. 그렇잖아요. 팀장님은 이십대 총각이고 잘 생기셨고 성격까지 좋으셔서 팀장님 눈길 한 번 제대로 받기를 원하는 간호사들이 우리 병원에 얼마나 많은지는 제가 너무 잘 알아요. 그런데 하고많은 여자들을 놓아두고 팀장님이 어떻게 울 엄마 같은 사람과 결혼까지 할 생각을 한다는 거예요? 안 그래요? 도무지 믿겨지지가 않잖아요? 나말구도 그 말을 곧이 믿을 사람이 이 세상에 누가 있겠어요? 절 설득시키시려면 제가 납득할 만한 다른 이유나 증거 같은 걸 대보세요. 그런 뻔한 얘기 말고 다른 뭔가가 분명히 있겠죠!

— ……!

— 안 그래요? 뭔가 있죠?

인영에게 추궁을 당하는 김승모 눈빛이 심하게 흔들렸다. 그의 입술이 바짝 메말라 있었다.

— 그렇잖겠어요? 팀장님이 상식을 뛰어넘어 울 엄마를 사랑하는 거라면, 그렇게까지 사랑해야만 하는 무슨 절대적인 이유 같은 게 있겠죠, 그것도 반드시 꼭 있어야 하는 게 맞지 않나요? 울 엄마가 연세에 비해 귀엽고 예쁘시긴 하지만. 그런 걸로만 치자면 우리 병원 아가씨들이 훨씬 더 예쁘죠. 독신이고 나이가 서른아홉인 3층 수간호사님도 팀장님께 맘 있어 하잖아요. 그 분이 오히려 키도 크고 늘씬하고 얼굴 예쁘기도 절대 울 엄마 못지않죠. 그러니까 근거를 댈 수 없는 마음이

네, 사랑이네 하는 타령만 하지 마시고 왜 꼭 울 엄마여야만 하는지를 가지고 절 설득시켜 보세요. 무슨 내놓을 분명한 증거 같은 거라도 있으면 더 좋구요.

— 흐으음!

김승모는 긴 신음소리를 삼켰다. 그는 잠시 곤혹스런 눈빛으로 혜연을 다시 한 번 돌아보았다. 잠시 사이에 결정을 하고 마음을 굳힌 그는 혜연을 향해 몸을 반쯤 돌려서 앉았다.

— 사실……. 네, 혹시라도 오해하실까 싶어 제가 미처 말씀드리지 못한 게 있었습니다.

— ……. 네?

김승모는 뒷주머니에서 지갑을 꺼내 낡은 흑백사진을 꺼내 두 손으로 혜연에게 내밀었다.

그 사진을 받아본 순간 혜연은 헛!, 하고 짧은 탄성을 내지르면서 눈동자를 크게 떴다.

꽃이 만개한 수국나무 아래에서 한 가족이 단란하게 활짝 웃고 있는 모습이 사진에 담겨 있었다. 여름 양복을 입은 학자풍의 준수한 남자와 그 옆에 서 있는 단아한 몸매의 고운 여자……! 그런데 그 여자 얼굴이며 몸매가 혜연과 아주 흡사했다. 깨끗한 하얀 피부에 이목구비가 오종종하니 아주 여성스러웠다. 특히나 반원진 까만 눈동자 하며, 섬세한 입술선과 갸름한 턱선까지 사진 속 여자는 혜연의 얼굴과 거의 빼다박았다.

— 제 어릴 적 사진입니다. 아버지 엄마가 함께 재직하셨던 대학 캠

퍼스에서 어린 저와 함께 찍은 사진입니다. 두 분께서는 차를 타고 지방 장례식장에 내려가셨다가 서울로 돌아오는 길에 빗길 추돌사고로 두 분 다 운명을 달리 하셨습니다. 그때가 제 일곱 살 때였으니까……. 그러니까, 그 사진은 사고 나기 1년 전쯤에 찍은 가족사진입니다.

— 아……. 네에…….

— 보시다시피, 제 엄마와 혜연 씨가 아주 많이 닮았습니다.

— ……!

— 제 마음이……. 네, 제가 혜연 씨에게 남다른 사랑의 열병을 앓은 계기가 엄마에 대한 깊은 그리움과 당신 이미지가 겹쳐져 있다는 것은 저도 부정하지 않겠습니다. 하지만 계기만 그랬을 뿐이지 그것이 다는 아닙니다. 이젠 절대 그런 게 아닙니다. 당신이 제 엄마와 몹시 닮은 이미지라서가 아니라 혜연 씨 당신이기에 사랑합니다. 이 세상에 단 한 사람뿐인 당신이기에 전 정말로 당신을 깊이 흠모합니다.

— ……!

— 그러니까 절대 다른 오해는 하지 마십시오. 누가 뭐래도 제 삶은 당신과 함께일 때만이 의미가 있고 행복하다는 것을 제 자신이 너무나 잘 알고 깊이 느끼고 있으니까요. 전 우리가 완전히 함께 살게 되면 언제고 그 사진을 보여드리려고 했습니다. 지금처럼 심각한 상황에서가 아니라 '당신 정말 우리 엄마 많이 닮았지? 봐봐, 그래서 우린 분명 하늘이 맺어준 천생연분이고 운명이었다니깐!' 하고 즐겁게 얘기를 하려고 했었습니다.

— 어디 그 사진 나도 좀 줘봐.

혜연은 딸이 사진을 빼앗다시피 가져가 그 사진을 뚫어져라 보는 동안 표정이 급격하게 어두워져 있었다. 자신에 대한 김승모의 광적인 사랑이 엄마에 대한 그리움의 연장선이 아닐까, 여겨졌던 적은 있었다. 하지만 이토록 닮았다는 건 충격적이었다. 그가 사랑을 촉발시킨 마음이 단순하지 않고 과거로부터 중첩되었기에 그녀는 혼란스러웠다. 하지만 엄마에 대한 그리움이 사랑을 점화시키는 일부 요소가 되긴 했지만 지금의 마음과 사랑은 그게 절대 아니라고 얘기하는 이 남자. 혜연은 찬찬히 마음갈피를 뒤적거려봐야만 할 것 같아 어쩔 수 없이 깊은 한숨을 내쉬었다. 그녀의 그런 한숨을 돌아보는 김승모 눈빛이 흔들렸다. 그는 그녀를 향해 자신의 얼굴을 좌우로 천천히 가로저었다.

'아냐! 당신이 생각하는 그런 거 절대 아냐. 날 믿어줘. 난 정말 당신만을 사랑해!' 하듯이. 그는 혜연의 표정이 일순간 낙심한 듯하자 조용히 손을 뻗어 그녀 손을 따스하게 한 번 쥐었다 놓아주면서 슬몃 미소까지 머금어 보여줬다.

— 우리 어머닌 혜연 씨보다 열 살이나 더 많습니다. 외국에서 공부하고 오느라 아버지와 늦게 결혼하셨거든요.

혜연은 자신이 낙담할까 싶어 애쓰는 그가 안쓰러워 짐짓 고개를 끄덕거려 주었다.

인영은 뚫어져라 내려다본 사진에서 눈길을 거두다가 그런 두 사람 행동을 보고는 못 본 꼴 봤다는 듯이 미간을 잔뜩 찌푸렸다. 인영은 그에게 흑백사진을 되돌려주었다.

— 정말이지 닮긴 많이 닮았네요. 울 엄마라고 해도 믿겠어요.

— ……!

— 그런데 팀장님! 이것만 봐도 그거, 사랑 아니에요. 일찍 돌아가신 엄마에 대한 병적인 집착 같은 거죠. 비정상이잖아요? 자기 엄마와 얼굴이 꼭 닮았다고 해서 엄마뻘 되는 여자와 결혼하려고 하는 사람이 세상에 누가 있겠어요?

— 없지요.

— 그렇죠? 이제 좀 말이 통하네요.

— 내가 좀 전에 말했잖습니까. 그래서가 아니라 혜연 씨라서!, 세상에 단 한 사람뿐인 혜연 씨라서 사랑한다고 제가 분명히 말했을 텐데요.

— 풋! 세상에 단 한 사람 아닌 사람이 누가 있다구?

— 그건 맞습니다만…….

그는 가벼운 한숨을 내쉬었다.

— 내 뜻은 내가 삶 끝까지 인영 씨 엄마를 사랑하겠다는 제 의지와 마음이 담긴 표현입니다. 어쨌든 인영 씨가 쓴웃음이라도 그렇게 웃어주니 참 좋네요. 그러니까 인영 씨! 엄마와 나를 조금이라도 이해하고…… 지금 아니고 나중에 천천히라도 인정해줘요. 그렇게 되면 내가 정말 인영 씨 엄마를 책임지고 행복하게 해줄게요.

— 큿쿠쿠쿠쿠…….

인영이는 키들거렸다.

— 야하, 정말 되게 감동적이긴 한데! 웃겨서 눈물까지 다 나려고 하네! 그래요, 만에 하나 정말 그렇게 된다면 내가 당신한테, 기껏 네 살 차이밖에 안 나는데 내가 아빠,라고 불러야 되겠네요? 그거 되게 웃기

지 않아요?

— 호칭이 뭐 그리 중요한가요? 부르고 싶은 대로 부르면 되죠. 호칭을 아예 쓰지 않아도 상관없고요. 중요한 건 어떻게 사느냐, 아닌가요? 하루하루 서로를 위해주며 즐겁고 행복하게 사는 게…….

— 흥! 역시나 우리 팀장님은 잘나셨어. 생각도 깊고 특별하시고…… 아무래도 정신연령이 너무 높으셔서 젊은 여자들은 도무지 성에 차지도 않으신가 봐요?

— ……!

— 재미없어요. 이런 얘기 그만하도록 하죠. 난 받아들일 수 없어요. 반대예요. 그것도 결사반대!

인영이 토막 치듯 내린 결론에 김승모 얼굴이 딱딱하게 굳었고 서서히 표정이 일그러졌다. 혜연 또한 머리와 가슴이 너무나 무거워져 얼굴을 가슴께까지 푹 떨구고 있었다.

— ……. 왜지?

— 어머나, 우리 팀장님 화나셨나 보네? 근데 여긴 직장이 아니고 우리 집이거든요? 반말은 삼가시죠!

— 으흐으음! …….

— 좋아요. 제가 절대 반대하는 이율 제대로 말씀드릴까요? 팀장님처럼 내용이 복잡하지도 않고 단순 명쾌해요. 그 이유는요, 세상 사람들이 모두 다 비웃을 테니까요. 여지없이 손가락질 하겠죠! 또…… 일정 부분 내 이기심 때문이기도 해요. 이런 거 생각해보긴 했나요? 만약 두 분이 그렇게 돼버린다면! 제가 어디 정상적으로 시집이나 갈 수

있을까요? 그렇다면 두 분 그냥 함께 살다가 결혼은 제가 시집간 뒤에 하시겠다? 그것도 마찬가지지요. 어느 시댁인들 그런 걸 이해해줄 수 있겠어요? 한마디로 너네 부모 또라이들 아니냐고, 시댁에서 제가 쫓겨나기 딱 좋겠죠! 또라이들! 참 적절한 표현이네요!

— 이, 인영아! 어떻게 그런 막말을 해?

— 엄만 좀 가만 계시지? 응? 엄만 지금 딸인 내 앞에서 무지무지 창피하고 쪽 팔려야 하는 게 지극히 정상이거든.

인영이의 표독스런 말에 온몸을 부르르 떤 사람은 혜연이가 아니고 김승모였다. 그의 얼굴이 분노감으로 목까지 시뻘겋게 달아올랐다.

— 어머, 팀장님! 정말 울 엄마 진짜 사랑하시긴 하나 보다. 엄마가 딸한테 수모 당하는 걸 전혀 못 참아 하시네요? 칠면조 같아 보여요. 그러니까요, 왜 이런 무리수를 두셨어요? 울 엄마가 당신 때문에 사리 분별력 없는 얼빠진 늙은 여자이고, 욕정에 눈이 멀어 젊은 남자 인생 제대로 망쳤다는 소리를 세상 사람들에게 한평생 들으실 게 뻔한데! 당신이 뭔 재주로 그걸 다 막아줄 수가 있어요? 울 엄마 어디 델꼬 가서 남 안 보이는 곳에 꼭꼭 숨겨다놓고 당신 혼자서만 볼 작정인가요?

— ……!

— 사람 사는 게 사랑이 다가 아니잖아요. 나도 아는데 팀장님이 그걸 왜 몰라요? 엄마가 그걸 왜 모르느냐구!

인영이는 갑자기 발작을 하듯 목청껏 소리를 내질렀다.

— 인영 씨! 가보지 않은 길에 대해 그렇게 함부로 예단하지 말아요. 사람 사는데 있어 가장 중요한 건 서로를 아껴주고 위해주고 염려해주

는 것이란 것쯤은 나도 잘 아니까.

혜연은 딸과 김승모가 나누는 말들이 팽팽한 대치관계에 빠져들자 뒤에서 슬쩍 그의 옷깃을 잡아끌었다.

— 오늘은 그만……. 그만, 얘기하고 돌아가는 게 좋겠어요.

— 흐으음……!

긴 신음소리를 삼킨 뒤 김승모가 인영이에게 말했다.

— 어쨌든 오늘 인영 씨를 많이 놀라게 하고 힘들게 한 점에 대해선 진심으로 사과하겠습니다. 그리고 다시 한 번 부탁하는데, 인영 씨가 시간을 두고 엄마와 나의 진심을 깊이 살펴주길 바라요. 지금 시간도 많이 늦었고 우리 모두 내일 출근도 해야 되니까, 이만…….

승모가 자리에서 일어서자 인영이 무표정한 얼굴로 중얼거렸다.

— 끝까지 울 엄마를 포기하지 않겠단 뜻인가요……?

— 네, 그래요. 그렇습니다.

— 정말로요? 어떤 일이 있어도요?

— 네, 물론입니다.

— 엄마 생각도 그래?

— 이, 인영아! 제발……. 그만하자.

인영이가 갑자기 자리를 박차고 일어났다.

— 그럼 나도 하는 수 없네요.

— ……?

— 알았어요. 그럼 내가 이제부터 두 분 사이를 깨끗하게 끝장내 드리면 되는 거죠?

13장
반칙

커피포트

가끔씩 내 마음이 열병처럼 들끓습니다. 당신이 너무나 보고 싶어 미칠 것처럼 핏방울이, 눈물이, 숨결이 뜨겁게 달은 내 가슴 밑바닥에서 무섭게 튀어 오릅니다. 아시고 계신가요? 저는 쓰디쓴 그 진한 그리움으로만 가슴 끓입니다. 만날 수 없는 당신이 내 가슴에 고여들수록 제 입술은 메말라 쩍쩍 갈라지고 내 마음은 슬픔에 데어 자지러집니다. 아……! 이 삶 속에선 정녕 당신을 향유할 수는 없는 겁니까?

13장
반칙

인영이는 책상 옆에 놓인 잠금장치가 번호로 돼 있는 커다란 사물함 덮개를 열어젖혔다. 그 안에서 라면박스 크기의 박스를 꺼내 두 사람 앞에 가져다가 내려놓았다.

— 두 분 모두 다시 앉으시죠. 저도 이런 얘기 오늘 말구는 다신 하긴 싫으니까. 네, 지금 이 자리서 양단간 마무리를 짓자구요. 어차피 이런 밤에 잠이 쉽사리 올 리도 없고…….

혜연과 김승모는 멀뚱거리는 눈빛으로 서로의 얼굴을 쳐다본 뒤 다시 방바닥에 천천히 주저앉았다.

— 두 분 이제부터 잘 들으세요!

— ……?

— 엄마와 팀장님이 왜 안 되는지, 왜 제가 그것을 절대 용납할 수 없는지에 대해!, 그러니까 왜 제가 두 분 사이를 갈라놓을 자격이 있는지 지금부터 차근차근 설명드리죠.

— ……!

혜연과 김승모 눈길이 인영 손이 올려놓아진 커다란 종이박스에 쏠려졌다.

— 엄마!

— 응……?

— 내가 어릴 때부터 피, 굉장히 무서워했다는 거 잘 알지? 초등학교 땐 내가 피를 보고 몇 번 기절까지 했었으니까.

— …… 그랬긴 했지. 넌 코피가 나면 손을 못 대고 사색이 돼 파들파들 떨기만 할 정도로 겁내 했었으니까.

— 그렇지? 근데 내가 왜 내 직업을 피가 일상사인 간호사가 됐을까? 엄마도 예전에 내가 간호대 간다니까 '피를 그렇게나 무서워하는 녀석이 어떻게 간호대를 간다고 그래?'라고 말했던 말 생각나?

— 그래…….

인영은 종이박스 덮개를 반쯤 열고는 그 안에서 오래된 구형 휴대폰을 꺼냈다.

— 이거요. 제가 여고생일 때 쓰던 거예요. 이 안엔 제가 여고 2학년 때 정말로 좋아했던 사람 모습을 찍어둔 몇 장의 사진이 저장돼 있어요. 하지만 지금은 쓰지 않는 거여서…….

인영은 일어나 책상 위에 놓인, 현재 쓰고 있는 휴대폰을 들고 와서는 다시 제자리에 앉았다.

— 그 소중한 사진을 이 핸드폰 속에 옮겨 저장시켜 놓았죠. 제가 찾아드릴 테니까……. 두 분 모두 그 사진을 봐주셨음 해요.

인영이는 휴대폰 사진 저장고 가장 밑바닥에 있던 사진을 찾아 액정화면에 띄워 두 사람이 앉은 방바닥에다가 밀어놓았다.

혜연은 딸의 휴대폰 액정화면을 들여다본 순간 흡!, 하고 짧은 숨을 끊어내 쉴 만큼 무척이나 놀란 기색이었다. 그 사진을 들여다본 김승모는 혜연보다 더 경악하는 눈빛이었다.

— 훗후후후……. 팀장님! 그때 기억나세요? 팀장님 사 년 전 모습이죠. 우리 종합병원에 입사한 초창기 무렵이셨을 텐데. 그땐 응급실에서 근무하셨죠. 그때 일하는 모습을 제가 몰래 몇 컷 찍은 거예요. 이 당시 사건 기억하시죠? 여고 2학년생 하나가 점심시간 때 손목을 커트칼로 그어 응급실로 실려 온 사건이잖아요. 저랑 친한 친구였기 때문에 저도 그때 응급실까지 따라왔었거든요.

— 그러면……, 그때 응급실 안으로 잘 들어오지도 못하고 입구에 서서 온몸을 바들바들 떨면서 울기만 했었던 그 여학생이 바로……?

— 네, 바로 저였어요. 그때 전 크레졸 냄새와 피 내음이 가득한 응급실에서 아이보리색 유니폼을 입고 일하는 당신을 처음 봤었죠. 당신은……. 핏물을 두 손 가득 묻힌 채 바쁘게 응급처리를 하고 있었어요. 그때 전 당신 그런 모습이 참 좋았어요. 의사 선생님보다 훨씬 더 멋있고 수려해 보이기까지 했었으니까요. 그래서 휴대폰을 들어 손목을 바들바들 떨어가면서, 남은 한 손으로 손목을 이렇게 움켜잡고는, 일

에 열중하고 있는 당신 모습 몇 컷을 몰래 담아냈었죠.

— 그, 그렇다면……!

— 응, 엄마! 이젠 눈치채셨겠지만 내가 대학을 굳이 간호대학으로 정한 건 저 사람으로 인해서야. 난, 저 사람 가까이서 일해보고 싶었거든. 그래서 나 졸업할 때도 얼마든지 큰 도시 종합병원으로 취업할 수 있었지만 지금 우리 병원을 택해 기꺼이 입사했던 것이고…….

— 인영 씨!, 인영 씨 마음이 오래 전부터 이랬으리라고는 내가 전혀 몰랐었지만…….

김승모 얼굴은 곤혹스러운 기색이 완연했다.

— 아뇨. 잠깐만요! 팀장님은 아셔야 할 게 아직도 더 있어요.

— ……?

인영의 눈빛은 그의 눈만을 주시했다.

— 화이트엔젤!

— ……?!

— 기억하시겠죠? 당연히?

— 뭐, 뭐라구? 그, 그럼 그 '화이트엔젤'이 바로……?

그는 부지불식간에 뒷머리를 세차게 가격 당한 듯 잠시 입을 다물지 못했다. 눈만 휘둥그레 뜬 채 몇 번을 끔벅거렸다. 그런 그의 반응은 인영의 눈빛을 쓸쓸하게 했다. 절망감이 깃든 스잔함으로 그런 그를 말없이 지켜보던 그녀는 참기 힘든 슬픔이 치밀어 오르자 그것을 간신히 제어하느라 이마를 깊이 떨군 채 몇 번이고 고개를 천천히 끄덕거렸다.

'화이트엔젤'은 백의의 천사고 간호사를 상징한다.

— 그 사람이 이, 인영 씨……였단 거야?

— 네…….

— 어, 어떻게 이럴 수가 있지? 인영 씨가……. 어떻게?

김승모는 꼿꼿했던 자세가 앞으로 심하게 구부러질 만큼 패닉 상태에 빠져들었다. 그의 표정은 소독수 묻힌 탈지면으로 박박 문질러대는 것처럼 급작스레 창백해졌다.

약 삼 년 전부터였다. 매 주 한두 통의 편지가 M종합병원 김승모 앞으로 배달됐었다. 겉봉투에 발신자 주소나 이름은 전혀 없었고 그저 '화이트엔젤'이라고만 적혀 있었다. 우체국 직인이 김천시로 찍혀져 있었었다.

— 네. 제가 보냈어요. 김천간호전문대학에 원서를 내러 갔던 날부터 졸업식 날까지 사흘에 한 번 꼴로 보냈었죠.

— 그랬었군……. 그런데 왜 인영 씬 지금까지 자신을 한 번도 드러내지 않은 거지? 같은 병원에 근무하면서도 왜 그 얘기를 내게 하지 않았던 거지?

— 잊은 건가요? 아님 편지를 아예 읽지 않았던 건가요? 제가 당신에게 첫 번째 편지를 띄운 날로부터 천 일이 채워지는 날, 당신 앞에 나타나겠다고 편지에다가 분명하게 써놓았었잖아요.

편지에 그런 구절이 있었던가? 그런 내용이 쓰였던 편지가 그의 손에 닿는 과정 도중 분실된 게 아니라면 그가 기억하는 한도 내에선 읽은 기억이 없었다. 병원 사람들이 공용으로 쓰는 우편함이니 분실됐을 수도 있었다.

— ……!

— 모르시고 있었군요. 난 그런 내용을 분명히 써 보냈었는데……. 흐으음, 그렇다면 그날이 바로 당신 스물여덟 번째 생일인 이달 17일이란 것을 알게 된다면 더더욱 놀라시겠군요. 제가 첫 편지를 당신에게 띄운 날부터, 꼭 천 일이 되는 날이……. 네, 그날이 바로 당신 생일날에 맞춰져 있었거든요.

눈물이 그렁그렁한 인영 얼굴엔 그에 대한 원망이 가득 담겨졌다. 딸의 얘기를 듣는 동안 혜연 얼굴은 점점 더 백지처럼 무표정하게 변했다. 그녀의 얼굴 위에서 티끌 같은 감정조차 다 날아가 버린 듯했다. 하지만 그녀 귀청에선 천둥소리가 울렸고 그녀 가슴 속은 하늘이 무너져 내리는 것 같았다. 딸이 얼마나 오랫동안 그를 사랑해왔었는지 알게 되자 숨조차 쉬기가 힘들었다. 그러나 그녀는 두 손바닥으로 방바닥을 짚어 간신히 버팅기면서 용케도 방바닥에 쓰러지지 않고 잘 견뎌내고 있었다.

인영은 종이박스 덮개를 완전히 열었다.

— 요즘 여자 애들은 이젠 소녀 때도 이런 유치한 짓은 안 하죠. 저도 잘 알아요. 유치하게 보이겠지만 부디 유치하게 여기진 말아주세요. 오래도록 한 사람을 향한 눈처럼 깨끗했던 제 마음이니까요.

종이박스 안엔 셀 수 없이 많은 종이학과 학의 알이 항아리 형태의 두 개의 투명한 플라스틱 병 안에 가득 담겨져 있었다.

— 제가 매일 밤 하루에 한 마리씩, 그리고 한 개씩 알을 접어서 여태

껏 모아왔었죠. 그러니까 어제까지 구백구십한 마리, 구백구십 한 개의 알이에요. 팀장님 생일이 앞으로 구 일밖에 안 남았으니까요. 여기……학의 양 날개에 깨알 같은 이 글씨가 보이시나요? 오른쪽 날개에 '승모' 라고 적혔고 왼쪽 날개엔 '인영'이라고 쓰여 있는데 한 번 보시겠어요?

쓰디쓴 미소를 머금은 그녀가 플라스틱 뚜껑을 천천히 돌렸다.

— 이, 인영아……!

— 인영 씨…….

— 훗후후후, 확인시키는 건……. 그래요, 그건 관두기로 하죠. 어쨌든 이제 확실해진 건 있네요. 이젠 제가 더 이상 학을 접을 수 없게 돼버렸다는 거……. 매일 밤 전 이것들을 접으면서 참 행복했었는데. 잠도 잘 자고 좋은 꿈도 자주 꿨구요. 그래선지 내 삶 속에서도 이 많은 학들이 한꺼번에 하늘로 날아오르는 것을 보고 싶었는데……. 이젠……. 그럴 수 없게 돼버렸네요. 이 모든 날개가……. 모두, 단숨에 꺾여 버렸어요. 먼지가 돼버렸어요.

인영의 눈에서 눈물이 방울방울 흘러내렸다.

혜연은 그저 기가 막혔다.

혜연은 절망과 냉소가 가득한 딸의 얼굴을 차마 볼 수가 없어 고개를 떨구고 있다가 이윽고 비통하게 흐느껴 울기 시작했다. 너무나 괴롭고 참담해서였다. 김승모 또한 여지없이 괴롭고 당혹스럽긴 마찬가지였다. 그는 고통과 허탈감으로 한껏 일그러진 표정이 되어 눈물을 흘리고만 있는 인영이에게 무슨 말을 어떻게 해야 할지…… 그 어떤 말이 소용이 있을지를 몰라, 그저 무겁게 고개만 떨구고 있었다.

— 훗후후후……. 제가, 두 분 더 고통스럽게 해드릴까요?

아무도 대답하지 않았다.

— 하지만 아무리 그렇다고 해도 지금 제 마음 고통에 비하면 절반도 안 될 거 같은데?

— 인영아, 알았다. 알았으니까 제발 그, 그만하렴.

— 아니, 엄마! 엄마는 끝까지 들어야 돼.

인영은 싸늘한 표정으로 소리를 내질렀다. 그녀는 박스 안을 뒤적거리더니 붉고 푸른 두 자루 커다란 양초를 꺼냈다. 그리고 바닥비닐로 봉인된 하얀 실크 속옷을 꺼내 그 두 가지를 양 손에 들어보였다.

— 이게 다 뭔지 아세요?

— ……!

— 이건요, 원래 계획대로라면 앞으로 9일 후, 팀장님 자취집을 찾아가기 위해 제가 오래 전부터 준비한 것들이에요. 천 마리 학과 알을 들고서……. 그래서 소녀 마음으로 접은 제 천 일의 그리움을 당신께 생일 선물로 드리고……. 이 두 자루 양초로 당신 방의 밤을 따스하고 은은하게 밝히려고 했었어요. 전 이 하얀 속옷을 입고, 하얀 천사가 수놓아진 이 속옷만을 입고서! 김승모 씨, 내가 당신에게……! 제 전부를 드리고 싶었어요.

— ……!

— ……!

— 모르실 거예요. 바로 그날을 위해 제가 그동안 얼마나 예뻐지고

현명해지려고 노력해 왔는지 두 분은 상상하기 힘들 거예요. 저는요, 학교 다닐 때 도서관에만 들어앉아 지독하게 많은 책을 읽었고요, 끊임없이 다이어트를 해 몸매를 다듬었더랬죠, 매일 밤 피부 관리하느라 팩이 떨어진 적이 없었죠. 전 대학 기간 내내 남자들 데이트 신청이 꽤나 많았어도 그 사람들 한 번도 거들떠보지 않았었죠.

— 그만……! 그만해! 제발 그만해! 인영아, 엄마가 정말 잘못했어.

혜연이 터져 나오는 울음을 손바닥으로 막으면서 허물어졌다. 딸의 깊은 상처에서 흘러나온 마음의 푸른 피가 엄마 가슴을 적셨다. 엄마가 구슬피 울자 딸도 소리내 흐느껴 울었다. 딸이 소리내 울자 엄마가 비통하게 울었다.

아……!

이런 것이 그토록 가혹하다는 운명인가? 어떻게 이렇게 공교로울 수가 있는가. 남자는 한 여자를 미치도록 사랑하고, 그런 남자를 그 여자의 딸이 오래도록 애절하게 사모해 왔었다니! 삶의 한 시절의 사랑은 그 무엇보다 소중하고, 그래서 모든 걸 기꺼이 걸 수 있기 때문에 숨겨진 그 사랑의 모습이 드러날 때 그리도 무서운 마각의 얼굴이라고 그 누가 일찌감치 통찰했었던가.

김승모는 울고 있는 모녀 그 누구에게도 말을 건넬 수가 없었다. 물론 인영이의 간절한 바람을 저버린 사람은 자신이었다. 하지만 미지에서 온 소녀 같은 편지가 쌓여 자신의 삶을 뿌리째 흔들게 되리란 생각을 해본 적은 없었다. 너무나 깨끗한 마음이 담겨 있던 하얀 편지지는 늘상 비현실적이기까지 해서 세월이 흐르면 그냥 눈처럼 녹아 사라지리라 여겼었다. 물론 편지를 보내는 사람이 누굴까, 궁금하기도 했었다. 하지만 실제 이렇게 자신의 앞에 나타나게 되리라곤 전혀 예상하지 못했었다.

한바탕의 격한 울음이 휩쓸고 지나간 뒤에도 세 사람이 앉아 있는 방 안에선 대화가 뚝 끊겼다. 바윗덩어리 같은 무겁고 깊은 침묵만이 공기를 짓눌렀다. 세 사람의 시선들이 제 각자 서로 흩어져 있었다.

제 마음들이 홀로 저마다의 고비사막을 건너고 있었다. 모래 먼지 같은 방안 공기여서 그 누구의 입 속이라도 바싹바싹 말라 있었다. 꺼끌꺼끌함으로 가득 찬 그 빽빽한 공기 속에서 움직이는 것이라곤 혜연 뺨에서 흘러내리는 눈물방울과 아직 채 멎지 않은 인영의 흐느낌 소리뿐이었다.

넋이 빠질 만큼 기가 막혔다.

왜……? 왜, 하구 많은 사람들이 있는데, 하필이면 왜……!

우연이 시간을 먹고 자라 뿌리와 줄기를 번져내게 되면 결국 꼼짝할 수 없는 필연이 돼버린다. 그런 필연이 삶에 잘못 접붙여지면 그 사람은 삶 내내 한탄과 비탄만을 무성하게 피워낸다. 그게 운명이란 거다. 마른 공기 입자를 태우는 듯한 가혹한 운명의 냄새가 세 사람의 가는 목줄기를 한 손아귀로 조르고 있어 저마다 침묵 속에서 금방이라도 질식할 것만 같았다.

— 휴우…….

인영이가 깊은 한숨을 토해냈다.

— 이제들……. 아셨어요?

— ……!

— 두 분, 이젠 이의 없으시겠죠? 이 정도 준비된 마음이고 이 정도 오랜 정성이라면 제가 제대로 된 김승모 씨와의 사랑을 해낼 자격이 있었다는 것 말이에요.

— ……!

— 하지만 안타깝네요. 너무나…….

인영이가 그에게로 애틋한 눈길을 돌렸다.

— 당신과 함께……. 나는 참 많이 행복할 것 같았는데요. 정말이지 내가 행복한 이상으로 당신 아주 많이 행복하게 해줄 자신이 있었는데요……. 훗후후, 그런데 지금 생각해보니 그동안 내가 참 어리석었어요. 남 몰래 마음과 정성을 다해 공든 탑을 쌓아도 그것이 이렇게 속절없이 허무하고 처참하게 무너지게 되리란 것을 난 전혀 몰랐었거든요.

— 흐음…… 정말이지……. 내가 뭐라 말할 수 없을 만큼 인영 씨에게 많이 많이 미안하고 또 미안하네요.

— 왜? 도대체 왜!…….

— ……?

인영의 송곳 같은 눈빛이 김승모 눈동자를 꿰뚫어버릴 듯이 무섭게 노려보았다.

— 결국 난 가장 가까운 거리에서도 당신을 지킬 수 없었네요! 왜? 조금만 더 기다려주시지 그랬어요?

— 미안해요. 하지만 나로선……. 내가 정말 사랑하는 사람을 찾았었기에…….

— 훗후후, 그런가요? 그 사람이, 근데 그 여자가…… 하필 제 엄마라는 거죠?

— ……!

— 어이휴! 제가 오늘 제대로 된 절망을 경험해보네요.

인영은 혼자서 고개를 주억거렸다.

— 그래요, 많이 안타깝네요. 만약……. 그 상대가 내 엄마가 아니었다면, 당신이 울 엄마만 아닌 다른 여자를 사랑한 거라면, 전 얼마든지 당신이 날 다시 사랑하게 만들 노력을 했을 거예요. 내가 꿈꿔온 사랑을 위해 그 어떤 전쟁도 기꺼이 치를 자신도 있구요. 그런데…… 이젠 도저히 그렇게 할 의지도, 자신도 없고, 그 어떤 용기도 못 내게 돼버렸네요. 그렇잖아요. 당신 앞에서! 엄마가 눕고, 그 엄마의 딸마저 몸 눕히는 일은 결단코 일어나선 안 되는 거니까!

— ……!

두 사람을 번갈아 쳐다보는 인영의 원망은 하늘을 찔렀다.

— 이, 인영아, 어떻게 할까? 엄마가 어떻게 할까? 이 엄마가 어떻게 했으면 좋겠어? 네 말대로 무조건 다 하, 할게.

— 혜연 씨! 그러지 마세요! 어, 어떻게 그런 말을 함부로?…….

— 풋큿쿠쿠쿠…… 그럼, 팀장님은 이 상황에서도 앞으로 엄마와의 관계가 계속 유지될 수 있다고 생각하는가 보죠?

— 인영 씨! 그, 그건……!

— 이건 반칙이에요! 반칙을 저지른 건 내가 아니라 그쪽들이에요.

— ……!

— 대체 사랑이 뭔가요? 사랑이 세상 안에 있는 거지 세상 밖에 있는 건 아니잖아요. 사람 사는 세상 안에서 두 분이 사랑이라고 주장하려면 최소한의 상식과 원칙 정도는 지켜주셨어야죠. 그래주는 게 더불어 사는 주변 사람들에 대한 예의니까요. 그냥, 두 분만 좋다면 다인가요? 주변 모두가 깊은 혼란에 빠지고 상처를 입어도요? 안타깝지만, 그리고 더없이 분하고 억울할지 모르겠지만……. 두 분이 나눈 사랑이란 게 제겐 그저 이기적이고 독단적인 반칙 행위로만 여겨질 뿐이에요.

— ……. 그렇게만 생각한다면 대체 뭐가 남습니까? 인영 씨가 정말 원하는 게 뭡니까?

— ……!

— 겨, 결국……. 인영 씨가 원하는 게 우리가 헤어지는 겁니까? 꼭 그래야만 하는 겁니까?

— 네, 그래요. 맞아요.

— ……!

— 당연히 두 분 헤어지셔야 해요. 그뿐만 아니죠…….네, 이렇게 된 이상 팀장님은 이곳을 떠나주셔야겠어요. 언제까지가 좋을까요? 아, 팔 일 안까지가 좋겠네요. 팀장님 생일 날인 그 날이 되기 전에 팀장님은 직장과 본인 원룸을 깨끗하게 정리하고 반드시 여길 떠나주셔야 겠어요.

— 이, 인영아!

— 인영 씨! 인영 씨 지금 심정은 충분히 이해하지만……. 그렇게 내 삶까지 무 자르듯 가타부타한다는 건 월권 아닌가요?

— 풋훗후후후……. 그 말씀, 일정 부분 맞아요. 인정해요.

그녀는 순하게 고개를 끄덕거렸다.

— 직장 후배고 아랫사람인 저로서 예의가 아니죠. 경우에도 맞지 않고요. 그러나 팀장님! 죄송하지만 꼭 그래주셔야겠네요. 이 일을 몰랐으면 모를까 알게 된 이상 서로의 얼굴을 보며 길게 참아낼 수 있는 성질은 아니죠. 제 마음이 치기 가득한 짝사랑일 뿐이라고 몰아붙일 수도 있겠지만. 어쨌든 그간의 세월로 사리를 따지자면 전 나름 분명한 피해자구요 팀장님은 가해자예요. 그러니까 가해자 쪽에서 내일이라도 직장에 사표 내는 게 맞죠. 사표 내시고 수도권 쪽 일자리를 알아보세요. 그간에 팀장님 스카우트 하려는 대형병원도 여럿 있었으니까 일터 옮기는 게 그리 어렵진 않으실 텐데!

— 아뇨. 싫습니다. 난 그렇게 할 수 없습니다.

— 아뇨. 제가 반드시 그렇게 만들어드릴게요.

인영의 입가엔 싸늘한 냉소가 흘렀다.

— 그건 또 무슨 말입니까? 무슨……, 폭로라도 하겠단 겁니까?

— 훗후후후, 그럴 수야 없죠. 내 엄마와 관련된 일인데 내가 누워서 침 뱉는 짓 따위는 할 수가 없죠. 하지만 앞으로 그때까지 팀장님이 이곳의 모든 것을 정리하고 떠나지 않으시면……. 네, 대신 저라도 가야겠죠.

— 인영아, 가, 가다니? 그건 또 뭔 말이야?

혜연은 화들짝 놀란 표정이었다.

— ……!

— 제가 간다는 뜻은……. 직장을 옮기거나 이곳을 떠난다는 의미가 아닌 줄은 두 분 이미 눈치 채셨겠죠?

— 넷……?

— 이, 인영아! 그게, 그게, 대체 뭔 말이냐구?

— 엄마, 소리지르지 마! 엄마!, 사는 게 이처럼 구질구질한 거라면 미련 없이 뜨는 것도 괜찮지 않겠어?

얘가 지금 무슨 말을 하고 있는 거지……? 그럼, 그렇다면! 이 일로 내 따, 딸이 죽어버릴 수도 있다는 건가?!

딸의 말을 한 발 늦게 이해한 혜연은 눈앞이 캄캄해졌다.

전신이 와들와들 떨렸다. 두려움과 무서움으로 가슴과 머리가 동시에 금방이라도 폭발할 것 같았다. 정말이지, 이 녀석이 아무리 무슨 일이 있다고 해도 제 엄마에게 할 말이 있고 끝까지 안 해야 할 말이 있는 거지. 뭐라구? 주, 죽어버리겠다구?…….

딸을 보는 혜연의 눈에서 퍼런 불꽃이 튀어나오는 듯했다.

— 인영아! 너, 내 말 못 들었어? 너, 방금 뭔 말 한 거냐구 엄마가 물었잖아! 아니, 아니, 그래! 됐어. 너, 이제부터 그만 그 입 다물어! 앞으로 한 마디라도 더 떠들면 내가 너 정말 가만 안 둘 거야! 팀장님도 어서 일어나 그만 집으로 가보세요.

혜연이 자리에서 벌떡 일어났다!

— 혜, 혜연 씨!

— 모두 그만요! 여기까지만요. 난 모두에게 그 어떤 얘기도 더 이상 듣고 싶지 않아요.

혜연이 갑자기 실성이라도 한 듯 마구 그의 옷을 뒤에서 잡아당겨서는 결국 김승모를 자리에서 일으켜 세웠다.

— 빨리 나가요.

— 혜, 혜연 씨! 잠간만……!

— 아뇨. 그만요! 이러다가 얘 잡겠어요. 우리 잘못으로 얘가 마음을 저렇게 심하게 다쳤는데 정말 얘까지 잡을 수는 없잖아요. 그러니까 그만 돌아가세요. 내가 인영이 마음 가라앉으면 그때 다시 얘기해볼게요. 부탁이에요!

그 말에 김승모가 하는 수 없이 등을 돌려 방을 나서려 하자 인영이가 여전히 제자리에 붙박여 앉은 채 저주가 섞인 음울한 목소리로 중얼거리듯이 말했다.

— 기억하세요. 팀장님! 제가 드린 기한은 딱 팔 일이에요.

— 이, 인영 씨! 이거 정말 너무하는 거 아닙니까?

— 너무하신 건 팀장님이죠. 제가 허튼말 따윈 안 하는 건 우리 엄마가 잘 아실 거구요. 저는 팀장님이 제 말을 무시할 것을 대비해 내일부터 병원에서 필요한 것들을 하나하나 챙겨갈 거예요.

— 인영이 너!, 제발, 제발 그 끔찍한 입 닥치지 못해! 팀장님! 그만 나가달라니까요. 이렇게 내가 부탁하고 손까지 잡아끄는데 왜 얘한테 저런 말까지 하게 하고……. 내가 듣게 만드나요? 어서, 어서, 나가라구요!

혜연이 분노해서 울부짖으며 두 손으로 그의 팔을 잡아끌었다. 김승모는 참담한 표정으로 현관 쪽을 향해 걸어 나갔다. 현관에서 그가 구두를 꿰신고 있는 동안 인영이 방에서 목소리가 화살처럼 날아왔다.

— 팔 일이에요!

— ……!

— 나도 살고 싶거든요. 살게 해주세요!

— 으흐음……!

김승모 표정은 사색이었다. 혜연이 아파트 문을 열고 그의 손을 문 밖으로 잡아끌며 아주 작은 목소리로 말했다.

— 우리 나중에, 나중에 따로 얘기해요. 내가 전화할게요.

— ……!

혜연은 그가 엘리베이터를 타고 내려가는 것을 본 뒤 다시 아파트 안으로 들어왔다. 그녀는 조심스럽게 문 열린 딸의 방안을 들여다보았다. 인영이는 쓰레기통을 가져다놓고 비닐통 안에 모아온 종이학과 알들을 한 손으로 짓구겨서 쓰레기통에 던져 넣고 있었다.

— 인영아……! 어쩐다니 엄마가 너한테 너무 미안해서…….

— 아냐. 됐어. 지금 생각해보니까, 누구 탓도 아닐지도 몰라. 그냥 이렇게 될 운명이었나 보지 뭐…….

혜연은 딸의 눈을 피해 딸 등 쪽으로 가 소리 없이 주저앉았다.

— 인영아, 엄마는…….

— 다른 말 하지 마, 엄마!

— 응? 그, 그럴게!

— 훗후후후후…….

인영이가 갑작스레 다정한 눈길로 엄마를 돌아보며 웃었다.

— 왜애……? 왜 웃어?

— 난 평소 엄마가 곱고 이쁘다고는 생각했었는데……. 정말 이 정도일 줄은 몰랐네. 질투가 다 나네.

— 아, 아냐, 인영아. 네가 백 배 천 배는 훨씬 더 예뻐.

— 글쎄, 그 사람은 전혀 그게 아니라잖아.

— 우리 더 이상은 얘기하지 말자. 오늘은 밤도 많이 깊었고 하니 그냥 자도록 하자.

— 그래.

— 그래…….

혜연은 반쯤 몸을 일으키며 한 손을 들어 딸의 머리에 가져다대려 하다가 허공에서 멈추었다. 딸의 깊은 상처가 만져질 것 같아 두려웠다. 혜연이 딸의 방에서 나가려는 찰나 딸이 무심한 목소리로 엄마를 불렀다.

— 잊지 말아줘.

— 뭐, 뭘 말야?

— 엄마도 그 남자를 택할지 날 택할지 팔 일 안에 선택해야 돼. 그때 부디 날 잊지 말아줘. 나, 진짜로는 살고 싶으니까!

— 이, 인영아! 어, 어쩜……! 이, 이, 몹쓸 것아! 어떻게 이 엄마 가슴을 칼로 베고 송곳으로 후벼 파는 소리만 골라 해대니!

— 미안. 내일부턴 일체 아무 말 안 할게. 그리고 참, 나 내일부터 미경이랑 같이 지낼게. 앞으로 당분간만.

— 왜애? 뭐 때문에? 그럴 필요가 뭐 있다구?

— 아냐, 그렇게 할게. 내가 엄마 보기 힘들어서 그래. 그리고 엄마도 혼자 생각할 시간이 필요할 테니까.

혜연은 희미하지만 쓰디쓰게 웃었다.

— 정말이지……. 우리 딸, 엄청 독하고 잔인하네!

— 풋후후후, 그런가?

인영은 고개를 몇 번 주억거린 뒤 한숨 섞은 말을 이었다.

— 아마도 나와 엄만 생각이 다른 모양인가 봐. 난 말야, 사랑은 가질 수 없다면 그 사랑은 반드시 죽여야 한다고 생각해. 가슴 속에서 완전히!, 그래야 내 가슴이 또다시 사랑의 싹을 틔워 사랑을 꿈꿀 수 있게 될 테니까. 그리구…….

— ……?

— 난 이 일로 엄마한테 절대 미안해하는 일 없을 거야. 그러니까 엄마도 나한테 미안해하지 마. 서로 미안해하지 말자구. 팔 일 뒤 그 어떤 결과가 나타나더라도 말야! 내 방에서 그만 나가줘!

— ……!

혜연은 질릴 대로 질렸다.

자식만 아니라면 이렇게 모든 게 모래성처럼 한꺼번에 속절없이 무너지진 않았을 것이다. 혜연은 더 이상 버텨낼 힘이 없었다. 뒷걸음질 치듯이 방에서 나와서는 딸의 방문을 살며시 닫아주었다.

'딸까닥!'

그녀 마음 깊은 곳에서 낙원이었던 한 세계가 닫히는 소리가 깊디깊게 아스라이 울려퍼졌다.

14장
어떻게 살아야 하니?

불면

밤이 깊을수록 내 안은 밝아집니다. 내 가슴속 스며든 당신이 자정이 넘고 새벽이 오도록 제 안에서 걸어 다닙니다. 그리운 이여, 왜 제 마음은 당신을 도무지 잠재울 수 없는 건가요?

전 괜찮습니다. 아무래도 상관없습니다. 당신이 원하신다면 이제부터 제 불면 속에 당신 잠을 편안히 누이십시오.

별의 눈을 뜬 내 사랑 속에서 깊고도 편히 잠드십시오. 제가 밤 내내 당신에 대한 사랑을 지킬 것입니다.

14장
어떻게 살아야 하니?

오전부터 하늘은 우중충하게 가라앉은 잿빛이었다.

낮에도 실내에 전등을 켜야 했을 만큼 어두침침했던 11월 16일이었다. 바람도 매서운 채찍같이 느껴질 만큼 갑작스레 추워졌다.

— 녹차 드시겠어요? 아님 커피……?

— 커피요…….

김승모 생활공간인 원룸 안이었다.

전기스토브가 빨간 뼈대를 드러내고 열기를 뿜어내고 있었다.

— 밤엔 커피 안 드신다고 하지 않았나요?

— 괜찮아요. 상관없어요.

혜연은 그를 향해 살짝 미소를 머금어 보였다.

그랬다. 남은 생을 살면서 이 밤은 결코 잊혀지지 않을 특별한 시간일 것이다. 잠이 올 리도 없고 잠 따위는 필요치도 않았다. 그녀는 원룸 한 켠에 놓인 동그란 탁자에 딸린 나무의자에 어깨를 움츠리며 앉았다. 실내 공기는 미적지근했지만 바닥은 차가웠다. 바닥에서 올라오는 냉기로 인해 발바닥이 시릴 정도였다. 뒤늦게 튼 보일러 때문이기도 하지만 원래부터 배관 흐름에 문제가 있어 방바닥이 여간해서는 잘 데워지지 않는다고 했다.

— 설탕은요?

— 그냥, 원두 한 스푼에 뜨거운 물만 충분히 부어줘요.

혜연은 1회용 종이깔때기에 커피물을 내리고 있는 그의 모습을 힐끗 바라보았다. 방에 단 둘이만 있는데도 불구하고 두 사람은 서로에게 말을 높이고 있었다. 마치 그들 관계가 처음으로 되돌아가기라도 한 것처럼 말이다.

혜연은 오늘에서야 그의 개인 생활공간 안에 처음 들어와 봤다. 원룸은 십삼 평 정도 크기로 혼자 쓰기에 적당했다. 두꺼운 유리를 얹은 책상과 철제 스탠드, 그리고 다양한 종류의 책들이 빼곡하게 꽂힌 커다란 책장이 제일 먼저 눈에 들어왔다. 붉은 벽돌을 쌓고 그 위에다가 삼나무 재질의 통판을 걸쳐 만든 장식대 중간엔 턴테이블이 놓여 있었다. 양 쪽으로 레코드판이 가득 꽂힌 케이스 박스가 피라미드 꼴을 이루었다. 방 한 쪽 구석에는 옷과 이불이 들었을 붙박이장이 있고 달력이 붙은 벽 아래 일인용 침대가 놓였다. 문 입구 오른쪽에 설치된 가스레인지와 전자레인지, 각종 주방 기구들도 잘 정돈돼 있다. 무늬 없는 엷은 베이지색 벽지도 깨끗했다.

그의 방 안에서 어울리지 않은 게 있다면 철 지난 얇은 망사형 커튼뿐이었다. 창틈으로 새어드는 칼바람을 막기에는 천의 재질이 역부족으로 보였다.

혜연 아파트에서 인영이와 긴 얘기가 있었던 그 밤으로부터 한 주일이 지난 후에서야 두 사람은 다시 만났다. 그동안 매일 승모가 수시로 전화를 걸어왔었다. 하지만 그녀는 만남을 미뤘고 기피해 왔었다. 그녀는 딸 얘기를 모두 들었던 그날 뜬눈으로 밤을 지새웠다. 혼자 무릎을 싸안고 앉아 들판에 있는 사시나무처럼 떨었다. 그리고 그녀는 새벽녘에 이르러서야 김승모와의 관계를 포기했다. 그와 행복한 삶을 함께 도모할 수도 있으리란 기대며 가슴 설레던 꿈을 깨끗하게 접었다.

그토록 쉽게……? 그처럼 빠르게……?

아니다. 그녀는 죽을 것같이 괴롭고 가슴 아팠다. 또 절벽 속에 갇힌 것처럼 두려웠었다. 그러나 아무리 생각하고 또 생각해도 별 수가 없었다. 그에 대한 미련 때문에 결단을 내리지 못하고 미적거리다가 딸의 가슴이 돌이킬 수 없게 망가질 수 있었다. 까딱 잘못하면 딸 목숨까지 위험에 처해질 가능성도 다분했다. 자신으로 인해 딸이 삶을 망가뜨리게 되는 그 경우만은 어떻게든 막고 싶었다. 설사 딸이 극단으로 치닫지 않는다손 치더라도 그녀가 그를 포기하지 않는다는 건, 곧 자식인 딸과의 연을 포기해야만 했다. 엄마인 그녀로선 딸을 포기하는 것보다는 남자를 포기하는 게 쉬웠다. 자식에 대한 사랑을 죽이는 것보다 남자에 대한 자신의 사랑을 죽이는 것을 택했다.

그녀는 딸과의 그 일이 있고 난 그날 오전 시간, 김승모로부터 전화가 걸려 왔을 때 여기서 모든 것을 멈추자고 말했다. 그만두자고 말했다. 자신은 완전히 손들었다고 말했다. 그녀가 그런 포기 의사를 강력하게 비춰올 때마다 김승모는 결코 그럴 수 없다며 목소리를 높였다. 일단 만나 얘기하자고 했다. 울음이 스민 듯한 그의 목소리를 들으면서 그녀는 입술을 질끈 깨물었다. 하지만 그 무엇이든 갈림길 앞에서 선택해야 한다면 대세란 게 있는 법이다.

김승모는 통화 중에 긴 침묵을 지켰다.

이젠 인영 씨가 아니라 당사자인 혜연 씨 마음을 돌이킬 수 없게 돼버렸다는 것을 깨달았다. 자식을 보호하려는 엄마 마음은 한 치의 틈없이 굳게 잠긴 거대한 철문 같았다. 그 철문을 손바닥으로, 두 주먹으로, 애타게 두드려봤지만 그녀 마음을 돌이킬 수 없었다.

결국 그도 인정했다. 그녀를 향해서만 열려 있던 제 마음을 혼자 폐쇄해야만 했다. 제 손으로 대못을 제 가슴에 박으면서 그는 며칠 내내 두문불출한 채 방 속에서 머리를 싸안고 비통하게 울었다. 그래서 감당키 힘든 슬픔으로 인해 목이 완전히 쉰 그는 이틀 전 새벽녘에서야 혜연에게 전화를 걸어 당신 뜻을 따르겠다고 말했다. 그때 두 사람 모두 휴대폰을 움켜쥐고 기나긴 침묵을 지켰었는데……. 그 침묵 이면에는 두 사람 모두 송신구를 손바닥으로 틀어막고서는 격하게 흐느껴 울었다.

그가 마음을 정리했다는 통보를 받은 뒤 혜연은 하루를 넘긴 오늘 오전에 그에게 전화를 걸어왔다. 만나자고 했다. 그녀는 직장에서 퇴근해서는 바깥에서 그를 보자마자 처음으로 그가 사는 공간에 가보고 싶다고 말했다.

— 생각한 것보다 훨씬 깔끔하게 해놓고 살았네요.

— 살림살이가 간단해서 그런 겁니다…….

그녀에게 커피가 든 머그컵을 넘겨준 그는 자기 방인데도 불구하고 새삼스럽다는 듯 내부를 쭈욱 눈으로 훑어보았다.

— 창문 커튼이 좀 그렇네요. 여름용인데 언제부터 바꿔 끼운다 끼운다 하다가 결국은 못하게 돼버렸네요.

그의 쉰 목소리는 스산한 눈빛만큼이나 허허로웠다.

혜연은 훈기가 피어오르는 머그컵을 두 손으로 감싸쥔 채 얇은 커튼을 보며 고개를 끄덕거렸다. 창문이 주단 재질의 두툼한 커튼을 달 기회를 잃어버렸다는 건 두 사람의 상실에 비해선 아주 사소한 일이다. 하지만 그 상징성이 마음 깊이 울렸다.

시청 마당에 서 있는 거대한 얼룩버즘나무는 가지의 낙엽을 거의 다 떨궈버렸다. 그것을 내다보는 그녀 마음도 나무와 똑같게 느껴졌었는데. 지금 방 안에 있는 두 사람의 내면 풍경이 그러했다. 한 시절 너무나 다정했고, 재미있고, 활기차고, 친근했던 장난과 농담과 반말이 두 사람 관계에서 모두 다 떨어져버렸다. 그래서 이제 완전한 타인으로 되돌아가기 위해 정리를 서두르는 듯한, 그래서 관계의 처음처럼 다시 깍듯해진 그의 말투와 행동이 그녀에겐 무척이나 서럽게 느껴져 왔다.

김승모는 혜연과 떨어진 책상 의자에 앉아서는 머그컵을 입으로 천천히 가져갔다.

— 그러고 보니…… 티브이가 없네요?

— 아, 네에…….

— 여기 뭔가 특별함이 느껴졌었는데 그게…… 바로 티브이가 없어서가 아닌가 싶네요?

— 제가 어릴 때 티브이를 전혀 안 접했었거든요. 그래서 그런지 커서도 필요성을 별로 못 느끼겠더라구요?

— 왜요? 그러긴 참 힘든 건데?

— 제 부모님 영향 탓일 거예요. 그 분들께선 집안에 티브이를 두지 않고 사셨거든요. 어릴 때 저도 또래친구들처럼 만화 드라마가 보고 싶어서 우리 집만 왜 티브이가 없냐고, 사달라고 떼를 쓰고 조른 기억이 있지만, 끝내 들어주시지 않으셨어요.

— 바보상자라서요?

— 글쎄요. 아마도 그 분들은 집에 가족만 있길 바라셨던 것 같아요. 조용히 책도 보고, 가족끼리 이런저런 대화도 나누고, 함께 음악도 듣고요.

— 아, 그래서 음악을 많이 들으셨나 봐요. 레코드판이 저렇게도 많은 걸 보니…… 저기 턴테이블이 눈에 두드러지네요? 상당히 오래 되고 좋은 거 같은데?

— 네, 부모님께서 거실에 두고 쓰시던 거예요. 저기다가 에디뜨 피에프 판을 걸어놓고 두 분께서 샹송 리듬에 맞춰 손을 잡고 자주 춤을 추셨던 기억이 나요.

— 어머, 참 낭만적이셨나 보네요. 어디, 내게도 그 노래 들려줄 수

있어요?

— 그럴 수도 있겠지만……. 네, 오늘은 다른 곳에 제 마음을 얹어두고 싶지가 않군요. 이해해 주신다면…….

이 시간이 부모님을 추억하기엔 마뜩지 않다는 뜻일 것이리라. 혜연은 대답 대신 천천히 고개를 끄덕거렸다. 승모는 머그컵을 책상 위에 올려놓은 뒤 가벼운 한숨소리와 함께 두 손으로 얼굴을 거칠게 몇 번 쓱쓱 부볐다. 창백함이 사라지고 초췌해진 기색이 드러났다. 잠시 눈을 즈려 감은 그는 집게손가락으로 연일 수면 부족으로 피곤해진 양 눈두덩이를 지그시 눌렀다.

사흘 전, 승모는 직장 내에서 인영이를 따로 한 번 만났다. 점심시간이 되기 직전 그는 병원 전화를 인영이 일터 쪽으로 연결해서는 옥상에서 잠시 봤으면 한다는 말을 전했다.

— 네에, 팀장님! 무슨 일로…….

인영이는 아무 것도 모른다는 평소 표정으로 상급자인 승모 앞으로 공손하게 걸어와 두 손을 모아쥐었다. 입가에 옅은 미소까지 머금고서 말이다.

— 인영 씨……!

— 네, 팀장님!

— 요즘 집을 나가 나흘째 윤 간호사와 함께 생활하고 있다고 하던데, 불편하진 않나요?

— 괜찮습니다. 전혀요. 걱정해주셔서 감사합니다.

— 이, 인영 씨! 그렇게 사무적으로만 반응하지 말고…….

— ……?

— 우리 얘기 좀 나눕시다.

— 팀장님, 좀 이상하시네요? 지금 얘기는 얘기 아닌가요?

인영의 어투에서 냉소가 스몄고 가시가 돋아났다.

— ……!

한숨을 내쉰 김승모는 그녀를 향해 두 손바닥을 펼쳐 들어보였다.

— 정말이지 내가 어떻게 해야 할지 몰라서 물어보는 겁니다. 내가 어떻게 해야 할까요? 인영 씨한테 내가 어떻게 해야 인영 씨 맘이 조금이라도 풀리겠어요?

— 그 점에 대해선 전 이미 말씀 다 드린 걸로 아는데요?

그녀는 불쾌한 듯 미간을 찌푸린 뒤 허공 쪽으로 눈길을 돌렸다.

돌이켜 생각해보면 사랑의 시작은 마음이다. 누군가를 남 몰래 마음에 들인 순간 사랑의 싹이 텄다. 그러고 보면 지난 몇 년 동안 이 남자를 애틋하게 그리워하는 것만으로도 얼마나 마음이 유순해지고 분홍물이 곱게 들었던가. 그에게 편지를 쓰는 내내 그녀 입가에 미소가 떠나지 않았었다. 그리고 직장에 발을 들여놓은 뒤 가까이서 그를 보는 기쁨이 얼마나 컸던가. 혼자 비밀을 감추고 있는 아릿한 즐거움! 그가 일하는 모습을 훔쳐볼 때마다 매번 가슴이 설렜고 근무시간 중 갑자기 그가 보고 싶어서 무작정 그가 있는 곳으로 달려가곤 했었다. 봄꽃 같은 그 많은 설렘과 가슴 속을 물들이던 그 많은 단풍잎들은 어디로 다 져서 날아가버린 것일까.

가시눈을 뜬 그녀는 앞에 서 있는 그를 증오했고 저주하고 있었다.

— ……!

— 그러지 말구요…… 다른 방법이 있다면 얘기해 주세요. 정말로……. 정말 내가 직장에 사표를 내고 짐까지 싸야만 하는 겁니까? 내가 꼭 그렇게 여길 떠나야만 인영 씨 직성이 풀리겠어요?

— 네.

그녀는 단호했다.

— ……!

— ……!

그는 한참이나 고개를 떨궜다가 그늘진 이마를 들었다.

— 휴우, 나도 그간에 많은 생각을 했습니다. 그래요, 생각하면 할수록 내 잘못이 크고 내 탓이 큽니다. 내가 본의는 아니었을지라도 인영 씨 마음 많이 다치게 하고 낙담시켜 드린 점 거듭거듭 사과드립니다.

— ……!

— 말로서의 사과는 부족하겠지요. 내가 어떻게 하면 될까요? 인영 씨가 무릎을 꿇으라면 꿇겠습니다. 엎드려 사죄하라면 백 번이라도 그렇게 하겠습니다. 지금 그렇게 할까요……? 인영 씨 맘에 맺힌 것이 조금이라도 풀릴 수 있다면 당장이라도 그렇게 하겠습니다.

김승모는 진짜 무릎을 꿇기 위해 허리를 구부정하게 낮추었다.

— 아뇨 아뇨, 됐구요, 그런데 이러시는 게……. 엄마 때문인가요?

— 넷?

— 제 엄마 때문에 이렇게까지 하시려는 거냐구요?

— 아니, 그것보다도…….

— 네에, 물론 그러시겠죠. 엄마를 잃기 싫어하니까…….

그녀 얼굴은 분노감으로 한껏 상기돼 있었다.

— 차암, 그 사랑도 대단하긴 하네요. 네에, 그 점은 제가 지금 인정할게요. 하지만! 그렇다고 해도 변하는 건 아무 것도 없어요!

— 이, 인영 씨! 지금 난 당신 마음을 괴롭게 하거나 성가시게 하고 싶은 생각 추호도 없습니다.

— ……?

— 그렇지만 한 번만 더 간절하게 부탁해보고 싶습니다. 인영 씨! 날 용서해줄 순 없습니까? 정말 조금이라도 이해해줄 순 없는 겁니까? 나와 인영 씨 엄마는 정말 서로를 많이 사랑합니다. 아니 내가 더 그렇습니다. 정말로 평생 행복하게 해드릴 자신이 있습니다. 그리고 앞으로 인영 씨에게도 진철 학생에게도 잘 하겠습니다. 약속하겠습니다. 지금에야 여러 가지 생각과 감정이 한꺼번에 겹쳐 힘든 마음이겠지만, 궁극적으론 인영 씨에게도 기쁘고 좋은 일 아니겠습니까? 자식인 딸이 엄마 행복을 바라는 건 너무나 당연한 거니까요.

— ……!

— 내년에, 진철이가 대학 들어가고 나면 내년 중반기나 후반기쯤 그때 내가 인영 씨 엄마와 함께 이곳을 떠나겠습니다. 서울 쪽으로 가서 서로를 아껴주면서 잘 살겠습니다. 물론 진철 학생 공부도 내가 책임지고 뒷바라지도 할 거구요…… 그러니까 인영 씨, 한 번만 더 생각해주길 바랍니다. 부탁입니다. 난, 정말이지 인영 씨 엄마와 간절히 삶을 함께 하고 싶습니다.

— 몹시 듣기 거북하군요. 인영 씨 엄마,라는 그 말!

— ……. 네, 그렇다면 더 이상은 안 쓰도록 하지요.

— 들어보니, 업무와 관련된 얘긴 아닌 거 같은데요, 저도 이렇게 편하게 팔짱 껴도 되겠죠? 두 팔이 어색해서요.

인영은 팔짱을 끼며 한껏 비웃음을 머금었다.

— 이봐요, 김승모 씨!

— …… 네.

— 아직도 모르시겠어요? 이건 처음부터 안 되는 일이었어요. 설사 제가 끼어들지 않았다고 하더라도 두 분 일, 생각처럼 그렇게는 절대 되지는 않았을 거예요. 안 되는 건 안 되는 거니까……. 제 눈을 똑바로 들여다보세요. 아직도 모르시겠어요?

— ……?

— 제가 얼마나 당신을 증오하는지 보이지 않나요? 당신은 왜 그렇게 이기적이고 몰염치한가요? 내게 어떻게 끝까지 이럴 수가 있어요? 어디, 당신을 향한 오랜 제 가슴앓이가 그렇게 모른 척한다고, 될 수 있는 성질인가요? 당신 존재가 오랫동안 내 삶의 방향과 목적까지 돼버렸었는데도요……? 안 돼요! 어쨌든 그건 절대 안 돼요. 당신이 차라리 다른 여자 엄마의 남자는 될 수 있을지 몰라도 내 엄마의 남자는 될 순 없어요. 결코 되어서도 안 되구요.

— 흐으음!

— 왜냐구요? 그래도 못 알아들으시는 눈치니까…… 솔직하게 말씀드릴까요?

— ……!

— 이, 이런 말까지 하는 게……. 여지없이 부끄럽고 자존심 상하지만 하는 수가 없네요.

그녀의 눈밑살이 파르르 떨렸다.

— 솔직히 제가요, 네! 먼저 제가 당신이 도저히 감당이 안 돼요. 당신과 엄마가 같이 있고 함께 웃는 것을 보면, 전 사나운 질투심에 미쳐 길길이 날뛰게 될 거예요. 잠시 괜찮은 척은 할 수 있겠지만 언젠간 엄마가 없는 틈을 타서라도 제가 당신 가지려들 거예요. 무섭죠? 이런 제가 무섭지 않나요? 그럼, 어, 어떻게 되겠어요? 지금은 어떻게 이렇게라도 멈춰 설 수가 있지만 그때는 정말 세 사람 모두에게 끔찍한 비극이 될 거예요.

— 왜? 그, 그렇게까지 극단적인 생각을……?

— 네? 아하! 왜 제가 그렇게 미친 생각까지 해야만 하느냐구요?

그녀는 가슴에 한 손을 가져다대며 안타까운 얼굴로 고개를 설레설레 가로저었다.

— 당신은 여자를 몰라요. 제가요, 제가 제 마음을 장담 못해요. 내가 그동안 당신을 얼마나 열렬히, 간절히 꿈꿔왔는지 당신이 조금이라도 온전히 느낄 수 있었다면 우리가 지금 새삼스레 이런 얘길 다시 나눌 필요가 전혀 없었을 거예요.

— ……!

— 그러니까 지금 당신이 억울하다고 여길지 모르겠지만……. 참기 힘든 괴로움일 수도 있겠지만요, 이 지점에서 해결 방법은 딱 하나예

요! 세 사람 다 공평하게 이별을 동시에 감행해야 해요. 당신은 엄마를 보내고, 엄마는 당신을 보내고, 나는 당신을 보내고……. 네!, 우린 그렇게 해야만 해요.

김승모의 검은 눈빛이 심하게 흔들렸다. 하늘이 무너져도 솟아날 구멍이 있다고. 무슨 방법이 있으리라. 어떻게든 마지막 실낱 같은 기대와 희망을 놓지 않고 있었는데. 그는 인영의 냉랭한 눈빛과 미소를 멀거니 바라보며 이젠 그 어떤 바람도 가질 수 없게 돼버렸다. 순간순간 가슴과 마음이 커다란 해머질로 짓찧어져 푸른 즙이 되고 하얀 가루가 돼버리는 것처럼 참혹했고 그저 무참해질 뿐이었다.

김승모는 이제껏 자신만 잘해내면 된다고 생각했었다. 혜연과 삶을 함께 하는 데 있어 그 어떤 어려움이 있어도 본인만 꿋꿋하게 잘 견뎌내면 그녀와의 삶을 행복하게 만드는 데 별 문제가 없으리라 믿었었다. 그녀만 곁에 있어 준다면 자신이 있었다. 성실함과 용기를 가지고서 어떻게든 세상과 사람 관계를 잘 헤쳐 나갈 수 있으리라 의심치 않았었다.

그런데 세상 속으로 그 구체적인 첫 걸음도 떼기 전에 모든 게 단숨에 끝장나버렸다. 너무나 허망하고 허탈했다. 사랑하는 여자의 가장 가까이 있는 딸의 존재가 알고 보니 한 치 앞의 태산이었다. 세상 전체가 아니라 그녀 단 한 사람이 가로막자 그것이 두 사람에겐 넘을 수 없는 빙벽이 돼버렸다. 그의 가슴 속은 발기발기 찢어져 누더기가 돼버렸다.

지금도 계속 진행 중인 그 고통을 참아내느라 김승모는 거친 숨을 간헐적으로 내뱉었다.

왜 그런 그의 마음을 모르겠는가. 짐짓 모른 체 외면만 해오던 인영의 눈가에서도 어쩔 수 없이 안타까운 물기가 촉촉이 스며들었다.

— 애초……. 제가 할 수 있었던 한계는 당신이 다른 여자를 너무 사랑한다면, 모가지를 잡고 질질 끌어서라도 당신 마음을 제게로 돌려세우는 것이었어요. 하지만 그 다른 여자가 타인이 아니라 내 엄마라고 하니까, 내 엄마이니까, 나로서도 더 이상 물러날 곳이 없어요. 그건 한 발자국만 물러나도 천 길 낭떠러지니까요. 그래서 당신도, 저도, 엄마도, 모두 안 됐긴 하지만……. 당신은 제게, 제가 당신에게 원했던 사랑 대신에 엄마라도 제게 돌려주셔야 해요. 당신이 다시 당신 자리로 돌아가고 나면 엄마도 다시 저를 예전의 딸로 되돌려 받게 되겠지요.

— ……!

— 방법이 없어요. 떠나주세요. 제가 마지막으로 부탁드릴게요.

인영이는 두 손을 모아쥐고 김승모에게 허리까지 깊숙이 구부려 인사를 했다. 그리고 곧장 돌아선 그녀는 옥상 출입구를 향해 총총히 걸어갔다. 그는 그녀를 멈춰 세울 수가 없었다. 더 이상 그녀에게 매달릴 수 있는 그 어떤 말도 가슴에 남아 있지 않았기 때문이다.

— 사표를…… 냈다구요?

혜연은 그를 보지 않고 무심한 어조로 물었다.

— 네.

— 그래요, 어디…… 갈 직장은 새로 정했나요?

— 아직은요. 당분간 마음부터 정리해야겠지요. 그 다음에 천천히

알아볼 겁니다. 몇 군데 오라던 데가 있었으니까 다시 일하는 데엔 별 어려움 없을 거예요.

— 네에…….

— 짐은 많지 않으니 내일 오전에 이삿짐을 쌀 겁니다. 서울 구로 쪽에 아는 선배가 있는데 자기 공간에 방 하나가 비었다고 와서 지내라고 하네요. 제가 사표를 냈다고 하니까 앞으로의 진로도 같이 상의하자구 하구요.

— 네에…….

혜연은 습관적으로 고개를 끄덕거렸다. 그녀는 무표정했지만 무수한 생각들이 물기를 빨아들여 머금어진 슬픔의 무게로 인해 가슴 속에 늪이 들어앉는 느낌이었다.

아……! 정말 이 사람이 가는구나……. 결국 이렇게 내 곁을 떠나가는구나, 하는 생각이 들자 서러움이 가슴 밑바닥부터 빠르게 차올랐다. 그러나 어쩌겠는가. 마음에 손이 천 개가 달려 있어도 이 사람을 잡을 수 있는 손이 몸에 하나도 남아 있지 않는 것을.

세상에는 사랑 때문에 가족을 작파하고 떠나는 여자들도 더러 있지 않은가. 그녀들은 정말 초인적인 사람들이다. 날카로운 칼로 가장 사랑하는 주변 사람들의 가슴을 북북 찢어낼 수 있어야 한다. 하지만 혜연은 도저히 그렇게 할 수는 없었다. 차라리 혼자 밤마다 자기 가슴에 대못을 치며 붉은 울음을 손바닥에 묻히더라도 더 이상 자식 가슴에 못은 칠 수 없었다.

— 혜연 씨……!

어느 새 그가 눈을 즈려감고 있는 그녀 앞으로 걸어왔다. 그리고 커다란 두 손으로 그녀의 떨군 머리를 자신의 배 쪽으로 포근하게 감쌌다. 그녀는 그의 커다란 두 손등 위에다가 자신의 두 손을 얹었다. 다시 만져진 그의 손등이 변함없이 따스했다. 그래서 눈물이 났다. 한동안 그렇게 가만히 서 있기만 하던 그가 갑자기 장난스레 그의 아랫배에 정면으로 닿아 있는 그녀 얼굴을 힘주어 감싸안았다.

— 에, 에구! 숨 막혀라.

— 아하, 그렇구나. 숨막히는지 몰랐네.

— 뭐야? 아예 날 숨 막혀 죽게 만들고 싶은 모양이지?

— 큿훗후후, 역시나 내가 초범이라 범행이 어설퍼 들켜버렸네.

— 핏! 내가 그렇게나 미워?

그의 장난짓 한 번으로 그들 어투는 단박에 다시 연인스러워졌다. 계면쩍어질 틈이 전혀 없을 만큼 친밀감의 빠른 회복력은 아주 자연스러웠다.

— 응.

— 왜……? 죽이고 싶을 정도면 대체 얼마만큼 미운 거야?

혜연은 그가 자신의 손을 침대 쪽으로 잡아끌자 못이기는 체 하면서 끌려가주었다. 두 사람은 침대 턱에 엉덩이를 걸쳐 앉아서는 말없이 서로를 마주 보았다. 김승모는 찬찬한 눈길로 그녀 머리끝에서부터 발끝까지 몇 번이고 훑어보았다. 동시에 그녀 머릿결과 이마, 뺨, 어깨와 팔을 두 손으로 쉼 없이 매만져보고 쓸어내렸다.

— 휴우……!

그는 눈물까지 글썽거리며 고개를 설레설레 가로저었다.

— 뭐야? 한숨에 방바닥이 다 꺼지겠다!

— 쿳쿠크크크, 정말이지 돌아버리겠다!

— 왜애? 뭐가?

— 생각해 봐라. 나 말고 다른 남자가! 아니, 다른 놈이 이렇게 널 만질 것을 생각하니 내 심장이 펄쩍펄쩍 길길이 날뛰어서 미치겠다.

— 어휴, 뭔 말을 그렇게 해?

— 아니, 정말 그렇잖아. 언젠가는 어떤 놈이 이렇게 네 까맣고 초롱초롱한 니 눈을 들여다보면서, 이렇게, 이렇게…….

승모가 말 도중에 그녀 입술에 자신의 입술을 몇 번이나 붙였다가 떼기를 반복했다.

— 입도 맞추고, 이렇게……. 네 옷까지 벗길 것을 생각하니…… 정말로 나, 홰까닥 돌아버릴 것만 같다!

승모 손이 그녀 가슴께에 있는 단추 하나를 끄르자 혜연은 두 손으로 그의 손을 가볍게 밀어냈다. 허리를 좌우로 틀어 조금 뒤로 물러나 앉으며 새초롬하게 가시눈까지 치떴다.

— 싫어. 안 벗을 거야. 어떻게 그런 말을 하면서, 여자 옷단추를 끄를 수가 있어? 내가 정말 어이가 없네.

— 뭐 솔직한 내 감정이 그렇단 거야. 나 아닌 다른 남자가 널 안는다고 생각하니까…….

— 멈춰! 그만 둬. 왜 자꾸 말 같잖은, 그런 터무니없는 얘길 해서 남의 속을 뒤집어놓아? 내가 언제 다른 사람 다시 만났댔어?

— 그러면……. 내가 떠나고 나면, 다른 남자 안 만날 거야?

— 안 만나!

— 평생?

— 그래, 평생!

— 거짓말!

— 거짓말은 무슨! 너만한 사람이 세상 어디에 있다고 다시 만나니? 네가 내 눈을 하늘까지 한껏 높여줬는데!

— 그런가?

— 그럼.

— 훗쿠쿠쿠, 하긴 여기서 나만한 남자 찾기 힘들지. 아마 서울에서도 구하기 힘들걸.

— 픗, 그건 좀 자만 아닐까?

— 어쨌든 말야……. 내 말은 말이지, 어떻게 산 사람이 사랑을 안 하고 살 수가 있어? 설령 니가 가만히 있는다고 해도 남자들이 이렇게 고운 널 절대 가만두진 않을 텐데?

— 별 걱정 다 하네. 염려하지 마. 난 니가 가고 나면 하루에 일 년씩 팍팍 늙어갈 테니까. 한 달쯤 지나고 나면 필경 허리도 못 펴는 할망구가 돼 있을 테니까. 알아둬. 그게 다 너 때문이니까!

— 알았어. 알았으니까 옷 벗자. 근데 어떻게 넌 오늘 따라 이렇게 단추가 유독 많은 옷을 입고 나왔냐?

— 풋후후, 그야 나 쉽지 않은 여자였다는 걸 너한테 제대로 각인시켜주려고……. 아니, 야! 자꾸 단추만 끄르려 하지 말고 먼저 사과부텀

해. 다른 남자 운운한 거 말야.

— 무슨 사과씩이나?

— 해! 아님 나 일어나 가버린다!

— 아, 알았어. 사과할게. 됐지? 그럼 앞으로 니 몸은 절대 다른 남자 손이 닿지 않을 거라고 내가 믿어도 돼? 응? 되는 거지?

— 어휴, 또……. 정말 유치의 끝을 달린다. 아마도 넌 오늘 작정하고 나한테 유치한 말만 골라하기로 맘 먹었나봐.

— 그럼, 뭐 유치한 게 사랑이지. 유치하지 않고서야 어떻게 제대로 된 사랑을 하냐? 사랑이 무슨 몸으로만 거래하는 고깃덩어리 정육점이 아닌 담에야. 마음이 스밀수록 간절해지고……. 그러면 필경 단순해지고 유치해지고 마는 건데…….

김승모는 두 손으로 그녀 단추를 끌면서 혼잣말처럼 끊임없이 중얼거렸다.

얘가 갑자기 왜 이럴까? 그렇게 자신을 빤히 쳐다보고만 있는 그녀 눈을 슬몃 들여다보는 김승모 눈은 쓸쓸하게 웃고 있었다.

그는 자신에게 앞으로 닥쳐올 시간들을 가슴으로 가늠하고 있었다. 내일이면 엄마 같고 소녀 같은 이 여자를 떠나야 한다.

이 여자는 정말 이 시간이 지나면 마음을 단단히 처매 몸도 완전히 봉해버릴까? 평생 갑옷을 입고 살지도 모른다. 이 순간이 지나면……. 이 밤이 지나면 말이다. 이토록 그리운 사람을 다시 만나지도 못하고 못 볼 수도 있을 것이다. 안타깝고 눈물겹다. 바라만 봐도 마음이 눈물로 젖어드는 이 한 여자와 햇빛 아래서 잘 살아보고 싶었는데……. 결코 이 여자처럼 많은 빛깔과 많은 향기를 가진 사람은 세상 그 어디에서고 절대 만날 수가 없을 것인데!

승모는 혜연의 겉옷을 다 벗겼다. 그녀가 속옷만은 자신이 벗겠다고 했지만 그는 자기가 하겠다고 고집을 부렸다. 그녀 옷을 다 벗긴 뒤 그는 단번에 자기 옷을 짐승 껍질 벗듯이 단 몇 번의 몸짓으로 통째 다 벗어던졌다.

그들은 촉촉한 몇 번의 입맞춤 뒤에 깊은 키스를 나누었다. 그리고 그가 입술을 그녀 귓불에 가져갔을 때 갑자기 근처 도로에서 불자동차가 달리면서 내는 소리가 요란스럽게 들려왔다. 여러 대가 연이어 지나갔다. 어디선가 큰 불이 난 모양이었다. 날씨가 추워지면 사람들은 불이 필요해지고 불은 부주의한 사람들의 집을 태우는 것이 초겨울의 오래된 관행이다.

— 큰 불이 아니었으면 좋겠는데.

— 그래……. 근데, 네 발목이 왜 이렇게 차?

— 날씨가 갑자기 추워지면 그래. 그래서 겨울엔 발목이 두꺼운 양말은 내겐 필수야.

— 피가 잘 안 통해서 그러나? 어디 보자.

— 괜찮아.

— 가만있어 보래두!

승모가 그녀 양말을 벗기고는 발등을 자신의 뺨에 대본 뒤 '정말 무지 차네. 얼음장 같아!' 하고 중얼거렸다. 그는 그녀의 작은 두 발을 커다란 손으로 주무르기 시작했다.

— 괜찮은데…….

— 한약방에라도 한 번 가봐. 건강해야지.

그는 자신의 두 손바닥 사이에 그녀 발등과 발바닥을 끼우고는 빠르게 비볐다. 발바닥도 번갈아 손가락으로 꾹꾹 눌러주다가 그녀 맨발을 들어 자기의 가슴팍에다가 가져다가 댔다.

— 왜, 왜 그래? 미안하게스리…….

그녀는 흠칫거리며 두 발을 빼려 했으나 그가 그녀 두 발목을 두 손으로 꽈악 거머쥐고는 자신의 가슴에다가 두 발바닥을 단단히 밀착시켰다.

— 가만있어 봐……. 어때? 좀 따뜻해지는 것 같지 않냐? 난 열이 많은 편이거든.

— 그래……. 그러네, 한결 기분이 따스해지네. 근데 미안하기도 하고…….

— 미안은 무슨! 앞으로 다른 건 다 해도 절대 아프지는 마!

— 알았어. 고마워…….

두 사람은 다시 서로의 몸을 부둥켜안고는 모로 누웠다. 일인용 침대라서 두 사람이 편히 눕기에는 협소했다. 그들 얼굴 사이 거리가 십 센티미터가 채 못 되었다. 그들은 말없이 서로의 눈동자만을 지켜보았다. 서로의 검은 눈동자가 또륵, 또르륵 좌우로 움직이고 구르는 것이 보였다. 그녀 눈동자 위에 그의 얼굴이 어려 있고 그의 눈동자 속에 그녀 얼굴이 떠 있었다. 그러고 보면 사랑하는 사람의 까만 눈동자는 자신의 얼굴을 비춰볼 수 있는 세상에서 가장 작은 거울이다.

말없이 상대 눈동자의 굴림만을 지켜보던 두 사람 눈빛이 어느 순간 슬몃 젖어 들었다. 그녀가 새하얀 덧니만한 미소를 붉은 입술에 살짝 머금어냈다. 승모가 인지 손가락을 들어 코의 물기를 가볍게 빨아들이는 그녀의 앙증스런 코끝을 살짝 눌렀다가 뗐다.

— 어떻게 하니?…… 우리, 이렇게 돼버려서?

— 글쎄……. 어떻게 그렇게 돼버렸네.

— 괜찮을까, 넌? 난, 네 걱정 무지 많이 되는데?

— 나? 훗후후, 난……. 힘센 무적의 아줌마잖아. 그냥……. 뭐, 아무 일 없었다는 듯 난 잘 살아갈 거야. 난 니가 더 염려스러운데?

— 나도 뭐 서울 어디쯤서 잘 살아가겠지. 중환자 분들 열심히 체크하면서, 그래도 난 저 분들보단 상태가 나으니까…… 그렇게, 턱도 없는 위로를 해대면서 하루하루를 잘 살아내겠지……. 그러니까, 너도 끄떡없이 잘 지내야 해. 알았지?

— 몰라!

갑자기 속이 상해진 그녀가 그의 눈길을 피해 이마를 그의 가슴팍에다가 붙였다. 그리고 그의 가슴팍을 애살궂게 파고들면서 연신 뺨을 부벼댔다.

— 말해봐. 그래야 내가 조금이라도 안심을 하지.

— 글쎄, 그것까지는 나도 가늠이 잘 안 되네.

— 왜? 무적의 아줌마라면서?

— 아무리 그래두 니가……. 너무나 특별했었잖아.

그런가?, 그가 가벼운 한숨을 내쉬자 그녀가 혼잣말처럼 중얼거리듯이 말을 이었다.

— 실은 나도, 내가 너 없이 혼자 잘 견뎌낼 수 있을까 걱정되긴 해. 내가…… 너로 인해……. 이십대 시절을 다시 향유할 수 있었던 만큼, 내가 그동안 너무나 겁도 없이 함부로 행복했었던 것만큼, 함부로 널 소유하고 만끽했던 만큼 말이야……! 하지만 그렇게 남을 그 공백감이란……. 세상 전체가 텅 빈 것 같을 텐데…….

그녀 목이 천천히 메여왔다. 그녀는 뭔가를 힘들여 꿀꺼덕 삼키고는 천천히 말을 이었다.

— 분명 감당키 힘든 상실감일 테지. 널 만났던 지난 반 년의 시간 동안 내가 너무나 많이 즐겁고 행복했었으니까…… 이젠 그 대가를 어금니 콱 깨물고 감당해내야 하는 거겠지.

그녀가 안쓰러워진 그는 그녀 뒷머리결을 손바닥으로 길게 쓸어내렸다.

— 어째, 내가 많이 미안하고 그러네. 이렇게 될 줄 모르고 내가 자신만만하게 무작정 네게 밀고 들어가기만 했었으니까. 결국 이렇게 뒷감당도 못해낼 거였으면서…….

누가 그랬던가? 사람 관계에서 안 좋은 일이 생겼을 때 '조금만 생각하면 이게 다 니 탓이고 조그만 더 깊이 생각하면 전부 다 내 탓이라고!' 결국 생각의 깊이에 의해 책임지는 마음이 확연히 달라진다고.

— 훗후후, 그게 어디 승모 씨 탓인가? 순전히 내 탓이지. 내가 자식을 포기할 수 없었으니까 결국 내 탓인 게지. 그래서 내가 너한테 많이 많이 미안해. 그동안 나한테 너무 잘해줬는데……. 그리구…….

— 그리고?

— 그리구……. 실은, 내가 나한테도 되게 미안하다? 그동안 내가 나한테 밤에 몰래몰래 많이도 속삭여 줬었거든.

— 어떻게?

— 내가, 너와 함께 살게 될지도 모른다고, 아니, 틀림없이 함께 살게 될 거라고 참 많이 속삭여 줬었거든. 그랬었는데, 나한테 한 약속을 지키지 못하게 됐네. 내가 어겨버렸으니까…….

그의 가슴팍에 붙인 그녀 뺨에서 뜨거운 눈물이 흘러내렸다. 승모는 그녀의 눈물줄기 따라 자신의 마음이 가슴 밖으로 흘러내리는 것처럼 느껴졌다. 그가 흐린 웃음을 머금어내며 엄지 손가락으로 그녀 볼의 눈물줄기를 닦아냈다.

— 울지 마…….

— 안 울려고 했는데. 오늘은 정말 눈물 안 보여주려고 작정했었는데. 그것마저도 잘 안 돼 속이 상하네……. 하지만 뭐 어때? 울고 싶으면 우는 거지 뭐. 이럴 때 안 울면 언제 울라구? 이왕 이렇게 된 거 난 펑펑 울 거야. 막지 마…….

— 그래그래, 원하는 대로 해…….

김승모는 천천히 두 눈을 즈려감았다.

그녀가 그의 가슴판에다 이마를 대고 울기 시작했다. 소리는 작았지만 가슴을 짓찧어 푸른 즙을 내는 것같이 비통한 울음이었다. 그는 참아내려 했지만 그의 눈꼬리에서도 소리 없는 굵은 눈물이 주루룩 흘러내렸다. 그는 쉼 없이 한 손으로 그녀의 가는 어깨와 두드러진 쇄

골을 어루만졌다. 그녀의 머리칼을 쓰다듬어 내렸다. 그녀 등과 척추 마디마디를 피아노 치듯이 손가락 끝으로 가볍게 두드렸다.

괜찮아. 괜찮아질 거야. 다 괜찮아질 거야, 하듯이.

자신의 몸을 어루만지는 그의 손길이 얼마나 다정하고 부드러운가. 그의 손에서 얼마나 애틋한 마음이 묻어나는가. 온 몸으로 느끼던 그녀는 그의 뺨에서 흐르는 뜨거운 물기를 알아채는 순간, 다시 한 번 흑!, 하고 멈췄던 울음을 재차 터뜨렸다. 혜연은 그의 넓은 가슴팍에다가 얼굴을 묻고 더욱 큰소리로 엉엉 소리내 울기 시작했다.

— 싫어! 싫어! 너무 싫다구!…….

— ……!

— 너랑 헤어지는 거 정말 싫단 말야!

— 그럼, 우리 헤어지지 말까?

— 그건…… 안 돼!

— 그럼, 할 수 없네. 헤어져야지 뭐.

— 그것도 안 돼! 싫어!

— 휴우, 그럼 어떡하냐? 헤어지는 것도 싫다, 헤어지지 말자는 것도 싫다?

— 몰라! 나도 몰라!

— 그럼 말이야, 시간이 좀 지난 뒤에……. 우리, 인영이 몰래 다시 만날까? 서울과 여기와 중간인 곳을 정해놓고? 아니, 내가 훨씬 더 내려올게. 수안보 정도가 괜찮겠다.

— 그건 안 돼! 우리 애가 눈치가 구 단이어서 단박에 들통날 거야.

그렇게 되면, 으흐! ……, 생각만 해도 끔찍해!

— 그러면 뭐 별 도리가 없네!

얘기 중에도 그의 손이 그녀의 귓불을 만지작거렸다. 울먹거리는 그녀 등을 연신 토닥거렸다. 그는 손 밖에는 그녀를 위로해줄 게 아무 것도 없었다.

가슴살이 베여지고 에이는 듯한 지극한 슬픔인데 사람의 슬픔은 왜 눈물 밖에 없을까?

가만히 있어도 입술이 짓붉게 터져버릴 것이지, 하다못해 멈추지 않는 코피라도 쏟아져 가슴 앞섶을 짓붉게 물들여주어야 이처럼 저미는 아픔에 어울리지 않겠는가. 그리고 가슴뼈 한두 개 정도는 저절로 부러져야 제격이 아닐런가. 손등으로 닦아 훔치면 흔적도 없이 사라지는 눈물과 한숨 따위는 지금 이 순간에 비해 너무나 가벼운 것일 텐데!

혜연은 무서웠다. 갑자기 내일이 끔찍했다. 이 아이가 없는 하루하루의 삶을 앞으로 혼자 살아내야 한다는 게 눈앞이 캄캄해질 정도로 너무나 두려워졌다.

어, 어떡해……. 대체 이 일을 어떻게 하고……. 어떻게 살아낸다니……? 내 몸이, 이 아이가 그리워서 목놓아 울 텐데…… 내 마음이 이 사람 보고 싶어서 머리칼을 풀어젖히고 길길이 날뛸 텐데…… 그래서 내 마음이, 내 몸이, 결국은 허기지고 지쳐 텅 빈 소라 껍데기로만 남아버릴 텐데……. 그걸 알면서도 난 속절없이 그런 날 지켜봐야만 하는데……. 텅 비고 말라가야만 하는 그런 내 마음과 몸이 가엾어서 난 어떻게 해…….

갑자기 그의 커다란 두 손이 그녀 얼굴을 가슴팍에서 떼내었다.

— 이젠 다 울었지? 그만 훌쩍거리고 예쁜 니 얼굴 좀 보여줘라.

— 시, 싫어.

— 핫하하하, 왜 싫어?

— 우는 거 보여주기 싫다니깐…….

— 괜찮아. 한 번만…… 이렇게 보자. 갑자기 무지 보고 싶어져서 그래. 어이구 이뻐라, 우리 혜연이……!

그녀를 껴안고 있던 승모가 자신의 몸을 아래로 이동시켜 그녀 얼굴과 자신의 얼굴을 마주했다. 그리곤 코와 코가 닿을 듯이 얼굴을 바짝 가까이 가져갔다. 두 사람 눈길이 손가락 길이밖에 안 되는 거리를 둔 채 그 사이에서 단단히 맺어졌다 풀어지기를 몇 번이고 반복했다.

— 이렇게 가까이서 보니까……. 너, 되게 못생겼다!

— 핏!, 뭐야? 그럼 나 돌아누울래!

— 핫하하하, 아냐 아냐. 반어법이잖아.

— 흥!

— 그래 그래, 확실히……. 니가 이쁘긴 이쁘다. 어떻게 그만큼 나이를 먹고도 눈동자가 이렇게 까맣고 머루 같니? 안에 영롱한 불빛이 켜진 것처럼 초롱초롱해. 청사초롱이 네 두 눈 속에 걸려 있는 것 같아.

— 피이!

— 혹시 너, 컬러렌즈 낀 거 아니지? 어디, 살펴볼까……? 흣후후 아니구나. 근데, 너 앞으로 어떻게 하냐?

— 뭘?

— 나 말고는, 이렇게 널 이쁘게 봐줄 사람이 앞으로 다신 없을 것 같은데……?

— 핏! 본인 걱정이나 잘 하시지!

— 아냐……. 정말 내 맘이 그래. 진짜로 나처럼 널 곱고 예쁘고 한참이나 어리게만 봐줄 수 있는 사람이 너한테 다시 있었으면 좋겠지만, 그게 되게 불가능할 것 같아서 그래…….

— 그런 말 자꾸 하면 나, 다시 서럽게 울 거다!

— 울어라!

— 못됐어, 정말!

— 핫하하하…….

승모가 호탕하게 웃어젖힌 뒤 이내 깊은 한숨을 내뿜었다.

— 휴우, 생각하면 할수록…… 진짜 맘 아프다. 이렇게 널 어루만져주고, 다정하게 말해줄 나 같은 사람이 다신 없을지도 모르는데……. 니가 가엾어 어쩌지? 눈물이 앞을 가리네!

— 어휴, 궁상맞게스리! 차암 걱정도 팔자네. 사람 맘 아프게 하려고 작정한 사람 같아. 아주 못됐어. 고약하고…….

혜연이가 그의 팔을 살짝 꼬집어대도 그는 꿈쩍도 하지 않았다. 그가 다시 그녀를 가슴에 와락 끌어안고 손바닥으로 그녀 벗은 등을 척추 마디를 따라 길게 쓸어내렸다.

— 정말인데……. 지금 내 맘이 진짜 그런데…….

— 그만해. 누가 어루만져주지 않아도 난 꿋꿋하게 잘 살 테니까. 차라리 잘 됐지 뭐. 솔직히 정말로는 나, 늙어가는 거 너한테만은 보여주

기 싫었다. 흰 머리도 나고, 주름살도 가득해지고, 등도 구부러질지도 모르는데. 내가 이도 다 빠져서 이렇게……. 검버섯이 가득한 쪼글쪼글한 얼굴에 팥빛으로 변한 입술을 흐물거리면설라무네, 그때도 한창 젊음 있을 너한테 '영감!'하고 부르지 않게 되어서 천만다행이야.

— 그래? 정말 그런 걸 다 걱정했었니?

— 응.

— 쓸 데 없는 걱정을 했었네. 난 너에 한해서만은 그런 모든 게 되게 좋을 것만 같았는데?

— 응? 내가 늙는 것을 보는 게 좋았을 거라구?

— 그래……. 아주 나중까지 내가 네 곁에서 이렇게, 네 얼굴에서……. 꽃잎이 하나하나 하얗게 져내리는 것을 보면, 난 되게 가슴 뻐근할 정도로 눈물겹게 행복할 것 같았거든.

— 왜지? 이상하네? 차암 별나구!

— 네가 흰 머리카락 뽑아달라면 내 다리에다가 네 머리 베게 해서는 네 흰 머리카락도 쏙쏙 뽑아주고……. 어깨 결리고 아프다고 하면 어깨도 내가 시원하게 주물러주고……. 다리가 아프다면 종아리도 주물러주고……. 때론 둥가둥가 업어도 주면서 말야.

— 풋훗후후, 그게 어디 사랑이니? 봉양이지!

— 사랑이 어디 꼭 젊고 예쁜 것이어야만 하나? 마음이 애틋해지면 몸이 변해가는 것마다 다 사랑인 게지. 사랑과 가장 가까운 말이 측은지심이란 것도 모르나? 곁에 있는 상대가 한없이 측은하고 애틋해지는 그 마음…….

— 젊은 애가 별걸 다 아네. 근데 과연 그게 가능한가……?

— 그럼. 네가 내 옆에서 앞서 하루하루만큼 늙어가는 것을 지켜보는 게 내가 꿈꿔온 또 다른 커다란 기쁨이란 것을……. 아마도 넌 가늠도 못했을걸. 그런 게 나만의 즐거움이 되고 행복이라면…… 그런 게 바로 진짜 오롯한 사랑 아닌가? 해거름녘처럼, 사랑하는 사람의 인생이 고즈넉이 저물어지고 천천히 어두워지는 것을 곁에서 지켜보는 게 난 얼마나 좋은데…….

— 사람 늙는 거 보는 게 뭐가 그리 보기 좋다구? 그저 보기 흉할 뿐일 텐데…….

— 아냐. 다른 사람은 모르겠지만 난 절대 안 그래. 내가 많은 사람들을 저 세상에 보내드리는 직업을 가져서인지 모르겠지만 난, 나도 모르게 그런 눈을 갖게 돼버렸어. 저물어지는 세상 풍경만큼이나 삶이 저물어가는 사람이 가장 아름답게 여겨지는. 더군다나 내 곁에서 사랑하는 사람이 늙어가는 모습이야말로 비견할 바가 없겠지.

— ……!

— 미안하다. 그렇게 내가……. 너, 세상 떠날 때까지 곁에서 내가 꼬옥 지켜주고 싶었는데…… 정말 꼭 그렇게 해주고 싶었는데…….

— ……!

가슴이 미어져 내렸다. 눈을 깊게 내려감은 혜연은 그의 가슴에 연신 뜨거운 입술을 맞추었다.

그래, 네 말이 맞는 것 같아……. 인생의 모든 희로애락이 그려져 있는 주름진 노인의 얼굴만큼 감동스럽고 아름다운 얼굴이 어디 있겠어? 정말 내가 너한테서 아주 많은 것을 배우네. 맞아, 처음에 했던 네 말처럼 사람 나이는 아무런 문제가 아니었어. 마음 나이가 진짜 나이였어. 그런 면에서 네 마음 나이가 나보다 훨씬 많고 깊은 것 같아. 내가 그냥 나이는 너보다 훨씬 많지만 그 대신 네 마음 나이가 나보다 훨씬 많아서 그간에 우리들 사랑이 그토록 자연스럽고 행복했었던 것 같아. 그걸 알게 해줘서 정말 고마워.

하지만 정말 아쉽고 슬프다. 내가……. 어떻게 너 같은 남자를 다시 만날 수가 있겠니? 전에도 없었고 앞으로도 영원히 없을 거야. 너 같은 사람을 다시 만난다는 건 꿈조차 꿀 수가 없게 되겠지. 삶은 콩을 땅에 심고 싹 나기를 바라는 것과도 같을 테니까. 내 몸에 꽃이 남아 있을 때도, 꽃이 다 떨어지고 난 후 꽃 진 자리마저도……. 너처럼 이렇게 애틋하게 사랑해줄 수 있는 사람이 이 세상에 누가 있겠니? 그런 깊고 넓은 마음을 그 누가 가슴 속에 지닐 수가 있겠니? 너는 다시 없는 사람이지. 그저 하루하루 먹고 살기 바빴던 지난 내 삶에서 꿈조차 꿀 수 없는 사람이었던 게야.

혜연은 목이 마른 듯 연신 그의 가슴골을 혀로 핥았다.

그냥……. 이대로 죽어버렸으면……!

이 아이 품에서 이 밤 내 목숨이 완전히 끊어져버리고 스러져버렸으면 싶었다.

잠깐 고개를 돌려 탁상시계를 보니 밤 열한 시가 가까워지고 있었다. 한 시간 뒤면……. 이 아이가 날 떠나고, 나에게서 사라지는 날이 들이닥칠 것이다. 그것을 생각하니 그녀는 마냥 슬픈 생각에만 빠져

숨만 내쉬고 있는 이 시간이 너무나 아까웠다. 그녀가 불현듯 드는 어떤 생각에 갑자기 상반신을 오도카니 세워 앉았다.

— 응……? 왜?

— 그냥…….

혜연은 그가 따라 일어나려고 하자 손을 뻗어 그를 부드럽게 제지했다.

— 그냥 눈 감고 가만히 있어 줄래?

— ……. 왜애?

— 네 몸이 보고 싶어서. 그러고 싶어. 그동안 제대로는 한 번도 보지 못했잖아…….

그래, 이젠 못 보게 됐으니까 보고 싶어지는 게지.

그가 반듯하게 자세를 고쳐 누웠다. 그리고 눈을 깊이 내려감았다. 혜연은 그의 머리 위로 팔을 뻗어 천천히 손을 얹었다. 그녀의 조그만 한 손이 그의 머리칼을 쓰다듬고 어루만졌다.

이 아이 머리숱은 검은 빛이 무성해서 손가락으로 이렇게 헤집으면 바람소리가 들려나올 거 같았어……. 그리고 이 아이의 반듯한 이마, 흠! 남자는 모름지기 이마가 반듯해야 돼. 주름살 하나 없는 이 아이 이마가 아주 먼 훗날 땅에 묻히게 되면 그땐 사슴뿔 같은 게 이 이마에서 돋아날 것만 같아. 단단하고 깨끗한, 흰 대리석 같아서 애만큼 향기로운 관(冠)이 더없이 잘 어울릴 이마는 없을 거야.

그녀는 잠시 눈을 감고 시각장애자가 두 손으로 얼굴을 더듬어 보듯이 그의 얼굴에 담긴 눈과 코, 뺨과 턱, 그리고 입술을 세밀하고도 섬세하게 어루만졌다. 먼 훗날 기억 속에서도 얼굴이 떠오르지 않게 되면 두 손이라도 이 아이 생김새를 기억할 수 있도록!

그리고 그의 견고한 어깨와 넓은 가슴팍, 매끄러운 배와 배꼽……. 헤엄치듯 매끄럽게 내려가던 그녀의 두 손이 더 이상 밑으로 더듬어내려 가기를 주춤거렸다. 그녀는 눈을 천천히 즈려 떴다.

윤기나는 검은 풀을 주변에 무성하게 거느린 채. 두 다리를 뻗어낸 그 가장자리 지점에서 조금씩 부풀어지고 있는 그의 아이……. 그녀는 손을 뻗어 살그머니 그의 아이를 두 손으로 부드럽게 감싸쥐었다. 그의 전신은 숨결만이 가늘게 가슴에 오르내릴 정도로 고요했지만 그의 아이는 그녀 손아귀에 잡혀지는 순간 흠칫! 놀라 했다. 아이는 온몸을 부르르 떨며 멀리 떨어진 심장의 붉은 피톨을 빠른 속도로 자신을 향해 불러 모으고 있었다.

훗후후후……. 귀여워라! 어쩜 이렇게 딱부리 아이처럼 금방 성을 낸다니? 응? 왜, 그렇게 불뚝거리며 골을 내? 가만히 잠자는 널 왜 건드려 깨웠느냐고? 미안해. 하지만 내가 너한테 인사하려고. 앞으로 내가 귀여운 널 못 볼 것만 같아서……. 너에게만은 따로 인사를 나눠야겠다고 생각했거든. 왜냐구? 너는 내 몸 가장 깊은 곳까지 직접 날 찾아와줬으니까. 내 가슴과 마음 안까지 밤 새워 따뜻하게 불 지펴주던 착한 그 아이니까!

그 아이는 그녀 손바닥 안에서 움칠거리며 가볍게 떨고 있었다.

남자의 가장 중심에 위치해서 남자 몸에 대해 가장 많은 이야기를 담고 있는 그 아이가 어느 사이 한껏 팽창해서 단단한 살기둥이 되었다. 한껏 발기된 그 아이는 험악한 인상을 쓰며 여기저기를 향해 불뚝거리고만 있었지만, 그녀에겐 여전히 귀엽고 사랑스럽게만 보였다. 그와 그녀 자신의 몸을 사랑으로 연결시켜주던 착한 아이는 그녀에게 연신 고개를 끄덕거렸다. 마치 그녀를 알아보고 그녀에게 마지막 인사라도 하려는 듯이.

그래……. 훗후후후, 안녕!

네가 열렬하게 날 반겨주니 무척이나 반갑네. 하지만 이젠 어쩐다니? 네 아빠를 못 보게 되면 다신 널 볼 수가 없을 텐데. 그래서 난 또 얼마나 네가 따로 보고 싶어질는지 지금으로선 상상이 안 되네. 그렇다고 미리 풀 죽지는 마. 너는 씩씩하고 튼튼한 게 훨씬 더 보기 좋은 아이니까. 봐봐, 네 몸 전체를 휘감고 오르는, 싱싱한 두꺼운 혈관으로 인해 전신이 울퉁불퉁해져 있는 게 영락없는 용감한 꼬마 병정 같잖아. 그래, 난 네가 아주 많이많이 보고 싶어질 거야. 네 의젓하고 똘망똘망한 네 모습을 다신 못 볼 것 같아 내가 많이많이 슬프지만……! 널 보내줘야겠지. 그동안 정말 고마웠어. 정말이지 내 몸 가득, 내 마음 가득 채워주었던 니가……. 이 사람 그립고 난 뒤에도 몰래몰래 네가 많이 보고 싶어질 거야. 네 아빠는 가야만 하니까 어쩔 수 없이 보내줘야겠지만. 어떻게 너만이라도 나와 함께 살면 안 될까? 쿳쿠쿠쿠, 과한 욕심이겠지? 너만 달랑 내게 남겨두고 가라고 할 수도 없을 테니까. 하지만 도마뱀 꼬리처럼 네가 다시 자라나는 거라면, 내가 틀림없이 이 사람에게 말했을 거야. 내가 널 잘 돌보고 키울 테니까 내게 널 남겨두고 가라고 말이야…….

아냐…… 내가 음란하고 음탕해서 이러는 건 아냐. 그건 절대로 아냐. 슬퍼서 그래. 정말이지 내 안을 드나들어준 네가 남의 아이 같지 않아서 그래. 정말 내 감촉이 좋아서 그래. 내가 너를 통해 이 사람 전부를 느꼈거든. 매번 깊은 마음도 함께 느낄 수 있었거든. 그래서 너의 방문만큼 내가 기쁘고 즐거웠던 적은 없었던 것 같아. 마치 네가 기다란 코르크 마개처럼 날 깊숙이 메우고 봉해주고 있으면 정말이지 난 마음까지 향기롭게 익는 것 같았어. 네가 내 안에 있을 때만큼은 결핍되고 상처투성이인 내 삶 전체가 한꺼번에 아물어지는 것 같았거든. 그러니까 넌 정말 대단한 아이인 거야. 그동안 내 몸과 마음에 사랑을 가득 꽃 피워준 너니까. 그 고마움의 표시로 내가 너한테 축복의 세례를 줄게.

혜연은 남자의 아이를 두 손으로 소중하게 받쳐들었다.

그리고 피와 살로 탱탱하게 일어나 있는 그 아이 머리를 그녀 입술 속에 담았다. 입안 깊이 담은 채 그녀의 부드러운 혀가 아이 머리를 한없이 쓰다듬고 휘감았다.

— 흐으…….음!

눈을 감고 누워 있던 그의 몸이 용처럼 꿈틀거렸다. 더 이상 참을 수 없게 되자 그의 등이 용수철 탄력으로 일어나 단번에 그녀를 되눕혔다. 그가 그녀 몸 위로 올랐다. 그의 뜨거운 입술이 그녀 목줄기를 아래위로 훑어 내렸다. 그녀 가슴 끝에서 부드럽게 입술 속의 혀를 몇 번 굴리는가 싶더니 이윽고 세차게 젖꼭지를 빨기 시작했다. 몹시 젖이 허기진 거대한 아이처럼. 그는 그녀 두 가슴을 번갈아가며 그 소리가 방안을 가득 울릴 정도로 세차게 빨아댔다.

아……!

그래, 그래, 승모 씨……. 내 마음을 맘껏 빨아 먹어. 이후 내 그리움이 홀쭉해지도록, 내 슬픔이 바짝 마르도록, 지금 다 빨아 삼켜줘. 이 밤 이후에는 다시는 내 가슴에 사랑이니, 슬픔이니, 외로움이니, 그리움이니 하는 그런 몹쓸 물기진 것들이 고여들지 않도록……. 아예 고일 수 없도록 내 가슴에 든 마음 전부까지 빨아 마셔서 한 방울도 남김없이 삼켜줘.

혜연은 뜨겁게 달아오르는 몸을 연신 비틀었다.

그의 입술과 혀가 옆구리를 핥았다. 그녀 배꼽을 혀끝으로 파냈으며 그녀 다리 사이에도 얼굴을 깊숙이 파묻었다. 이윽고 단단한 근육을 뽐내듯이 용머리를 닮은 그의 아이가 그녀 몸 틈을 비집고 세차게 파고 들어왔다.

15장
즐거운 만찬

혼자 아프지 마

살다보면 아플 수 있어. 얼마든지, 감기야 기본이고 응급실에 실려갈 수도 있겠지. 하지만 혼자선 절대 아프지 마. 당신이 혼자 나 모르는 시간 위에 누워 끙끙 앓았다는 것을 나중에 알게 된다면 그 순간 난 가슴이 찢어져 곧바로 실신하고 말 거야.

난 당신이 외로운 거 싫어. 당신이 잠시라도 고독해지는 거 싫어. 당신 삶 어느 순간일지라도 혼자 아픈 건 난 너무나 싫어. 내가 있음에도 당신 혼자 아픈 것은 결국 내 맘 병들게 하는 짓이야. 그러니까 아프면 꼭 내게 말해줘.

내가 어디에 있든지 반드시 당신에게로 가 당신 마음에 손 얹어줄게. 몸살감기라면 따스한 차 끓이고 밤새워 당신 저린 팔다리도 주물러줄게. 몸이 추우면 내 맘으로 감싸줄게. 내가 아픈 게 백 번 낫겠단 맘으로 간호해줄 테니까 당신 혼자선 아프지 마. 내 앞에서 아프기만 한다면 내 사랑으로 당신 틀림없이 낫게 해줄게. 알았지?

약속해줘. 당신 절대 혼자 아프진 않겠다고.

15장

즐거운 만찬

시간 속으로 핏줄이 흐른다는 것을 사람들은 알까?

시간과 시간 사이, 하루와 하루 사이, 그리고 한 달과 또 다른 한 달 사이에는 일목요연한 빛의 흐름이 연결돼 있고 어둠의 마디가 아로새겨져 있다. 시간은 또 다른 차원의 거대한 생명체로서 그 안에 모든 것을 쓸어 담고 흐른다. 사람들은 자신을 관통해 지나간 거대한 시간의 일부를 생로병사로 반응한다. 그러나 진정 지혜로운 자와 사람을 사랑하는 마음을 가진 이들은 자신이 아니라 함께 삶을 공유한 사람을 통해 시간을 깨닫는다. 세월에 의해 흔적도 없이 스러져갈 인간의 유한함을 통해 영원한 사랑을 익히고 깨닫는다.

— 우와앗! 이거 뭐…….

진철이가 아침 식탁을 보고 탄성을 내질렀다.

— 아이구, 뭘 이렇게 애써 많이 차렸누? 상다리 부러지겠다!

혜연 아버지가 노릇노릇 구운 조기와 소고기볶음, 잡채와 다양한 전부침까지 놓인 식탁머리 쪽 의자에 천천히 주저앉으며 눈을 휘둥그레 떴다.

— 오늘이 무슨 날이야? 할아버지 생신도 아니시고……. 나머지 가족, 생일도 아닌데……?

인영이가 미역국이 담긴 국그릇을 식탁 위에 내려놓는 엄마 얼굴을 의아하게 쳐다보았다.

— 날은 날이지. 좀 있으면 우리 가족 모두가 다시 뿔뿔이 헤어지잖아. 진철이는 학교로 돌아가야 하고, 아버진 직장으로 가셔야 하고……. 그러니까 자, 맛있게들 드세요!

혜연이 앞치마를 벗고 의자에 앉았다. 가족의 즐거운 식사가 시작되었다.

해가 바뀌어 봄이 가고 태풍 볼라벤이 한반도를 할퀴며 북상한 뒤 시베리아 상공에서 소멸되었다는 뉴스가 흘러나오는 여름 끝 무렵이었다.

진철이는 대학생이 되어 한 학기를 마쳤다. 봄에 충주에 소재한 G대학에 입학했는데 본인 적성에 맞는 실용음악과인지라 녀석 얼굴은 한층 더 밝아졌다. 원래가 낙천적인 성격이지만 대학생이 되고 나선 제법 사내다운 의젓함까지 갖춰가고 있었다.

아버지는 얼마 전 직장에서 경비반장이란 직책을 맡게 되었다. 경비직 연차가 햇병아린데 무슨 반장씩이냐 하며 본인이 손을 홰홰 내저으며 만류했다지만 여덟 명 경비원들이 투표를 해서 당당히 뽑혔다고 한다. 그렇다면 오랜 무직자였던 아버지 이력으로 볼 때 아버지의 사회 적응력과 대인관계 친화력은 놀라운 것이다.

— 아버지, 반장 되셨으면 뭐가 달려져요? 월급이 많이 오르나? 권력 같은 것도 생기나?

— 헤잉, 권력은 무슨! 그런 거 일체 없다.

— 뭐가 그래? 명색이 장이 됐다면 좋은 점이 한 가지라도 있을 거 아냐?

— 좋은 건 일체 없다니깐. 그저 되게 성가시고 귀찮은 일의 대표지.

— 뭐가 그렇게 귀찮고 성가신데?

— 말도 마라. 매주 부녀회 모임에도 참석해야 하고, 아파트 주민대표회의에도 의무적으로 참석해야 하고, 구내 무슨 조그만 배관공사라도 있을 양 치면 내내 그거 지켜보고 앉아 있어야지……. 이건 뭐 그것도 꼴난 감투라고 온통 의무만 있고 권리는 없는 완전 허당 자리일 뿐이야.

— 설마 그러려구? 직책 수당이 따로 붙을 테니까 월급은 오르셨겠지?

— 헤잉! 그 꼴난 몇 만 원? 차라리 안 받고 몸이라도 편하고 말지!

아버진 내내 볼멘소리를 하고 있었지만 얼굴 표정엔 '봐라. 내 어딜 가도 사람들한테 단박에 인정은 받는다'는 자부심이 배여 있었다.

혜연은 아버지를 향해 고개를 끄덕거려주며 국물을 뜬 숟가락을 입에 가져갔다.

— 참! 좀 있다가 내 가기 전에 새로 바뀐 그 통장번호 적어줘라. 그동안 모았던 것 별로 많진 않지만 그거라도 부쳐주마.

— 아니야. 통장은 무슨! 아버지 모은 건 아버지가 쓰세요. 요긴하게 쓸 데가 많으실 텐데.

— 늙은이가 돈 쓸 데가 어디 있누? 우리 손주 공부 배우는 데 쓰이는 것 이상이 없지? 진철아, 안 글냐?

— 감사합니다. 할아버지…….

— 그랴그랴, 니도 학교 돌아가면 더 부지런히 공부해야 한데이. 니 학비 대주는 엄마하고 누나 실망시키지 말고.

— 네, 알겠습니다. 다음 번엔 과수석 한 번 노려보죠 뭐.

— 헛허허, 녀석! 대답 한 번 시원해서 좋네. 어여어여 네 엄마가 새벽 댓바람부터 일어나 공들여 만든 음식이니만큼 많이 먹고 가거라. 아무래도 기숙사 밥이 부실할 텐디.

할아버지의 바람대로 한층 더 씩씩하게 수저질을 하는 아들을 건너다보는 혜연은 엷은 미소를 머금었다.

이혜연은 연초 직장에서 보낸 해고통지를 휴대폰 문자메시지로 받았다. 군청 조직의 효율화을 기하기 위해서,란 명분이 담긴 내용이었지만 속뜻은 정권 말 더욱 빠듯해진 군 재정을 아끼기 위해서였다. 문자메시지 하나로 사람을 잘라낼 수 있다니! 세상은 분명 편리해지긴 했다.

그녀가 자기 물건을 챙기기 위해 사무실에 갔을 때 그녀 책상 위에

해고통지서가 든 봉투가 한 켠에 따로 놓여 있었다. 그녀가 무심한 표정으로 그것을 집어들자 공무원들은 그녀와 시선을 맞닥뜨리지 않기 위해 일제히 자신의 일감에 눈길을 떨어뜨렸다. 그녀가 물건이 든 박스를 들고 책상에서 일어서서야 계장이 뒷머리를 긁적이면서 그녀에게 걸어와 말했다.

그동안 많이 애써주셨는데 죄송하다고. 언제고 자리가 나면 최우선적으로 재고용할 것을 약속드리겠다고.

계장은 곤혹감에 얼굴이 벌겋게 상기돼 있었다.

딱딱한 표정인 그녀는 흐린 미소를 잠간 머금었을 뿐 아무 말이 없었다. 하지만 따지고 보면 그 상황은 누구 잘못도 아니었다. 그녀 신분이 비정규직이고 1년마다 갱신되는 계약직이니만큼 이런 날이 언제고 기어이 온다는 게 당연하지 않겠는가.

실직을 한 그녀는 한동안 바깥출입을 않고 거의 집안에만 틀어박혀 있었다. 남들은 직장을 잃은 상실감 때문이리라 짐작했겠지만 기실 그것만은 아니었다.

그녀는 김승모를 떠나보낸 뒤 혼자 남몰래 기나긴 마음의 전쟁을 치러오고 있었다. 처음엔 그렇게만 생각했었다. 날이 가고 달이 가고 세월이 흐를 것이다. 그렇게 되면 그에 대한 모든 것들이 시간의 흐름에 따라 엷어지고, 차츰 희미해지고 바랠 거라고. 그게 당연한 거고 그렇게 돼야지 맞는 것이었다. 지금껏 모든 일이 그러했었고 삶이 그러한 거니까. 그러나 그녀 예상은 완전히 빗나갔다.

어느 날부턴가 그녀는 눈길이 그 어디고 잠시라도 멎을라치면 자신도 모르게 그 눈에서 먼저 눈물부터 흘러나왔다. 혼자 지난 밤 불면이 가득 묻은 이부자리를 개다가, 집안 청소를 하다가, 저녁준비를 하다가, 베란다 창문을 여닫다가도 부지불식간에 그 사람 생각이 났다. 그러면 그 즉시 마음에 깊이 고인 보고픔이 눈밖으로 흘러넘쳤다.

내가 왜 이러지? 철모르는 소녀도 아닌 것이! 체신머리 없게스리!

그녀는 한숨을 내쉬며 매번 그렇게 읊조렸다. 하지만 마음이 깨진 것 같고 넋이 빠지게 되는 그런 현상은 좀체 사라지거나 감해지지 않았다. 날이 갈수록 점점 더 심해졌다. 전 남편과의 이혼 과정에서도 경험하지 못했던 지독한 고통에 그녀는 숨조차 쉬지 못할 만큼 가슴이 저몄다.

그녀는 그런 자신이 이해되지 않았다.

자신이 사십대 중반인 만큼 그와 함께 한 모든 것들을 어렵잖게 기억의 반닫이 안에 잘 정리해 넣을 수 있으리라 다짐했고 확신하지 않았던가. 어깨를 짓누르는 생활의 무게나 매일매일 더께더께 끼이는 지독한 삶의 때에 비해 사랑이니 슬픔이니 하는 감정들은 때때로 얼마나 부질없고 하찮게까지 여겨지던가. 그녀는 일상에서 폐지와 병들과 음식물쓰레기를 깔끔하게 분리해 집안에서 치워내는 선수가 아닌가. 삶 안에 마음이 일부인 만큼 뭐 그리 대단하겠는가 했었다. 물청소하듯이 감정덩어리를 닦아내고 수세미로 박박 문지르면 그가 자신에게 남긴 마음의 얼룩과 흔적들을 쉽사리 지워나갈 수 있으리라 여겼었는데. 명백한 오산이었다. 그녀가 할 수 있는 게 전부 다 의지에 속하는 것이라면 가능했겠지만 그 사람과 관련된 모든 것들은 그녀 의지와는 애시당초 한참이나 다른 성질의 그 무엇이었던 것이다.

그가 떠오르면 마음이 젖고 몸도 젖었다. 급습하듯이 들이닥치는 그에 대한 그리움이 전신 세포 구멍마다 스며들고 숨 쉬는 틈마다 물컥물컥 솟구치기 시작하는데……. 그 무엇으로든 막아지지가 않았다. 도무지 감당이 안 됐다. 아무래도 치유키 힘든 병이 될 것만 같았다. 죽거나 미치거나 둘 중 하나로만 삶이 곧장 치닫고 말 것만 같았다.

아! 그래…….

지금 내가 쓸데없는 시간이 지천으로 남아돌아 사치스럽다 못해 유치하기 짝이 없는 감상에만 빠져 허우적거리고 있는 게야. 잡념에는 역시 몰두할 수 있는 일이 가장 좋지. 생각할 틈도 없이 몸을 바쁘게 움직이다 보면 그에 대한 생각이며 감정이 빠르게 휘발될 거야.

그렇게 여긴 그녀는 지난 몇 달간 M도시 근방 비닐하우스에서 농작물 아르바이트를 했었다. 예전 같았다면 돈 버는 효율성이나 손에 거머쥐는 하루 수입을 생각한다면 결코 할 수 없었던 고된 육체적 노동이었다. 방울토마토를 따고 상추와 쑥갓을 따 종이박스에 채워 일정한 무게로 저울에 다는 일, 허벅지까지 올라오는 장화를 신고 늪이나 다름없는 진흙밭으로 들어가 미나리를 베어 한 단씩 묶고, 그 수백 단을 산처럼 쌓는 일들이었다. 하지만 아무리 그렇게 몸을 혹사시켜도 그에 대한 생각만은 떨쳐지지가 않았다. 귀가하는 밤, 그녀가 덜컹거리는 버스에 앉은 채 무심코 차창 밖을 바라보면 그의 맑은 얼굴이 어김없이 떠 있었고 눈을 감으면 그 속에도 그의 미소며 몸짓이 해밝게 가득했다.

그에 대한 생각과 그리움에서 한 치도 벗어날 수가 없었다.

그녀는 죽고 싶었다. 김승모, 라는 남자! 그가 너무나 보고 싶은데 볼 수 없으니 그만 죽고 싶었다. 일상이 하찮아졌고 세상 살기가 싫었다. 그럴 때마다 그녀는 그녀 자신이 세상에서 가장 무섭고 위험하게 느껴졌다. 그녀 자신이 그녀를 죽이려드는데 주변 사람들은 아무도 모르고 있고 정작 그녀는 목을 길게 늘어뜨려 자신을 방임하다 못해 동조까지 하고 있으니까.

그녀는 주기적으로 집으로 돌아오는 아버지와 대학생이 된 아들, 그리고 딸 인영이 앞에서는 짐짓 미소를 머금어 보였지만 속에서부터 삶과 살이 바짝바짝 메마르고 있었다.

그러던 중 지난 주 말 전혀 예상도 못한 한 통의 전화가 혜연에게 걸려왔다.

예전에 그녀가 몇 년간 이곳 M시에서 엔티크 가구 장사를 했을 때 주로 물건을 떼어오던 도매점 여사장에게서 걸려온 전화였다. 육십대 초반의 여자 사장은 당시의 혜연을 아주 괜찮은 사람으로 기억하고 있었던 모양이다. 이미 혜연이 이혼한 것까지 아는 여사장은 처음에 그녀 안부와 근황을 물었고 그녀가 현재 일자리가 없다는 것을 파악한 뒤 '그렇다면 나와 함께 일해 보는 게 어떻겠어요?'하고 말했다. 말인즉슨 이번에 큰 맘 먹고 자리를 옮겨 엔티크 가구 대형매장을 동대문 상권 내에 새로이 여는데 매장 매니저로 일해 볼 의향이 없느냐는 제안이었다. 대형매장 한 켠에 원룸이 있으니 거기서 숙식을 하면 되고 일주일에 하루 정기적인 휴일이 있으니 그때 고향집을 다니러 가면 되지 않겠냐고 했다. 더군다나 여사장이 제시한 연봉은 군청에서 계약직으로 일하던 연봉에 비해서 거의 갑절이나 되었다. 혜연은 가슴이 들뛰었다. 서울에서 걸려온 그 제안을 듣는 내내 그녀 머릿속은 한 사람 생각으로만 가득 차 있었다.

서울에 있는 김승모.

그는 M시를 떠나 서울로 간 뒤 한 달이 마악 지났을 무렵 엽서 한 장을 그녀에게 보내왔다.

엽서 전면이 한강변에 위치한 현대아산병원 전경이 담겨 있었고 엽서 뒷면에는 '잘 지내시죠? 저 다시 일하기 시작했어요. 제 걱정은 조금도 마세요. 그리고 꼭 잘 지내셔야 해요'라고 적혀 있었다. 그때 그녀는 며칠 동안 그 엽서만 들여다봤었다. 그러니까 혜연이 서울에서 직장을 갖게 되면 그 사람 일하는 서울에서 같이 일하게 되는 것이고 그 사람과 함께 서울에서 살게 되지 않는가. 그렇다면……! 그 생각만으로도 숨 쉬기 힘들 만큼 가슴이 벅차올랐고 동시에 딸 인영이가 시퍼런 도끼날처럼 가슴에 박혀 들었다.

그가 M시를 떠난 뒤 모녀관계는 외견상 천천히 다시 회복된 듯싶지만……. 짐짓 서로가 아무 일도 없었다는 듯 가장을 해오고 있지만 실상은 서로가 상대의 일상을 주의 깊게 주시해오고 있었다. 특히 딸 쪽에서 엄마의 그 어떤 변화라도 민감하게 감지할 태세를 갖추었다. 혜연은 간혹 딸과 눈이 정면으로 마주치면 인영이가 건네 오는 무언의 의미를 단번에 읽어냈다.

'잘 견디고 있는 거지? 이제 많이 괜찮아진 거지? 그래…… 엄마와

나 사이에 그 남자는 없었던 사람이야! 그러니까 그 남자 이름이라도 다시 들먹거려진다는 건 끔찍한 일이야. 그건 지난 상처를 새로 헤집는 어리석은 짓이니까 지금처럼 우리 의연히 잘 살아 나가자구! 알았지?'

까닭에 혜연은 여사장과 통화 내내 인영이가 맘에 걸렸다. 그래서 그녀는 생각할 시간을 달라고 했고 결정을 내릴 수 있는 말미를 허락받았다.

— 내가 얘기할 게 있는데……요?

식사가 거의 끝나갈 무렵 혜연이 아버지와 두 자식을 천천히 돌아보았다.

— 뭔데?

— 으응, 나 말야, 일자리가 생겼거든.

— 응? 그래?

— 어떤 곳인데 엄마?

— 엔티크 가구를 취급하는 대형매장인데……. 거기서 나보고 매니저를 해보지 않겠냐는 연락이 왔네.

— 우왓? 그래?

— 엔티크? 대형매장? M시엔 그런 게 없잖아?

— 여기가 아니고 서울. 예전에 내가 그 일 했을 때 물건을 떼어오던 곳인데…….

서울, 이란 말이 나오자마자 인영 얼굴이 단번에 딱딱하게 굳었다. 제 엄마를 주시하는 표정이 땡감을 씹은 듯 떨떠름해졌다. 하지만 혜연의 아버지와 아들 반응은 기쁨으로 가득 차 있었다. 군청에서 계약직 일을 잃고서 한동안 힘들어 하는 기색이었고 몸도 약한데 비닐하우스 속에서 호미질을 하는 걸 안쓰러워했던 두 사람은 혜연 취향에 맞는 일자리가 나타났다고 하니 무척 반가웠던 것이다.

— 월급은 많이 준대?

— 이 녀석아, 돈이 문제겠냐? 네 엄마가 좋아하는 일이 생겼다는 게 먼저지. 난 말이지, 네가 그 일을 했으면 좋겠다만. 그래, 결정은 내린 게냐?

인영은 할아버지와 동생의 반김이 호들갑스러운 식탁 자리를 박차고 일어나 자기 방으로 곧장 들어가버렸다. 그러고는 뭔가 잔뜩 화가 난 사람마냥 상의 하나를 손에 거머쥐고 현관으로 나가 신발을 바삐 꿰신더니 밖으로 나가 철문을 소리나게 꽝, 쳐닫았다.

— 헛! 갑자기 저 녀석이 왜 저런다냐?

— 냅둬요. 누난 엄마가 서울 가면 혼자서 밥해 먹고 직장 다니는 게 싫어서 그렇겠지요 뭐. 엄마!, 신경 쓰지 마! 누나 저러는 게 어디 하루 이틀이야?

혜연은 고개를 가볍게 끄덕거렸다.

자신의 새로운 일자리가 생겼다는 것을 떠들썩하게 축하해주는 아버지와 아들 얘기를 묵묵히 듣고는 있었지만 집을 뛰쳐나간 딸 인영이 생각에 그녀 마음은 천근만근 무거워졌다.

— 꼭 거길 올라가야겠어? 그냥 집에 있으면 안 돼?

밤이었다. 아버지는 직장이 있는 상주로 가고 아들은 대학교가 있는 충주로 가버려 집안에는 혜연과 인영이만 남아 있었다.

인영은 오후 내내 집에 돌아오지 않더니 해거름 무렵 땅거미를 밟고서야 집안으로 돌아왔다. 딸의 몸에선 술 냄새가 났다. 그렇다고 몸을 가누지 못할 정도는 아니었지만 속이 상할 대로 상해 어느 정도 술을 들이켠 모양이었다. 혀가 풀리지도 않았고 제 엄마를 쏘아보는 눈빛도 말짱했다. 혜연은 팔짱을 끼고 거실 소파에 앉은 딸 앞에 훈기가 피어나는 차를 탁자에 내려놓고는 맞은편 소파에 앉았다.

— 그렇게 반대하는…… 이유가 뭐야?

— 엄마가 그걸 몰라서 물어? 서울이잖아!

— 서울? 서울이 뭐 어때서? 여기서 겨우 두세 시간 남짓 거린데!

그 말에 인영이 피식 웃었다. 제 엄마가 여지없이 뻔뻔하게 느껴져 어이없다는 투다.

— 내가 그 속을 모를 줄 알아? 정말……. 이렇게 막나올 꺼야?

열이 뻗친 인영이가 두 주먹을 움켜쥐곤 한 발로 거실바닥을 쾅, 소리나게 굴렀다. 혜연은 녹차잔을 들어 차분하게 입가에 가져갔다. 예전 같았다면 딸의 기세에 놀란 토끼눈을 하고 어깨를 움칠했겠지만 그녀는 전혀 미동도 없을 만큼 아랑곳하지 않았다.

— 뭐, 뭐야? 왜…… 이래? 정말 거기 취직하려고 작정한 거야? 응? 엄마가 여기서 출퇴근 할 거 아니잖아. 직장 가지게 되면 거기 살아야 하잖아. 안 그래?

— 당연하지. 염려하지 마. 내가 일주일에 하루는 꼭 내려와서 그동

안 밀린 집안일 해놓을 테니까.

— 어휴, 내가 그깟 집안일 때문에 지금 이러는 거야? 나 다 컸어. 나 혼자서도 충분히…….

— 그래, 맞아. 너 다 컸어!

— 응? 뭐라구?

— 너, 다 컸다구. 성인이니까 엄마한테 이러지 말라구.

— 뭐야? 그러니까…… 엄마와 내가 서로 성인이니까 서로의 일에 간섭하지 말잔 거야? 앞으로 어떻게 하던……. 신경 꺼달란 거야? 구속처럼 느껴진다는 거야?

— ……!

— 풋! 오홋호호호! 나 원 참 어이가 없네!

인영이가 갑자기 커다란 웃음을 터트린 뒤 냉소를 머금자 혜연의 미간에 살풋 주름이 잡혔다.

— 흐음, 최소한의 예의는 지켜라.

— 아니, 그렇잖아. 언젠가 있었던 나와 엄마 입장이 지금 완전히 뒤바뀐 것 같잖아? 안 그래?

— …….

잠시 침묵하는 엄마를 쏘아보던 인영은 이윽고 천천히 고개를 몇 번 주억거렸다.

— 나도 말야, 엄마가 적성에 맞는 일 하는 거 기본적으로 찬성이야. 내가 아까 왜 화가 치밀어 집을 박차고 나간 줄 알아? 엄마 일자리가 서울이라니까……. 그렇다면 가족들에게 공개적으로 말을 꺼내기 전

에 나하고 먼저 얘기를 나눴어야 하는 거 아냐? 엄마는 내가 거세게 반대할 줄 알았던 거지! 그것이 싫었던 거잖아. 아냐?

— 흐음…….

— 그래. 맞잖아. 내가 엄마 딸인데 딸이 엄마를 모르겠어? 그러니까 엄마는 결과적으로 날 무시한 거야. 설득하기 힘드니까 아예 건너뛰잔 심산이었던 거지? 그래, 좋아! 일단 여기까지 얘기를 정리해 보자구. 엄마, 내가 반대하더라도 기어이 거기 취업할 거야?

— 그래.

— 그렇겠지. 좋아, 그렇다면 거기서 일만 할 거야? 일만 하고 거기 있는……. 그 사람 안 만날 거야? 좋아. 절대 안 만나겠단 그 약속만 해주면 나도 기꺼이 엄마 취업 축하해줄게.

— …….

— 왜 말을 못해? 그 사람 다시 안 만나겠단 약속만 하면 내가 손뼉치면서 엄마 서울에서 일하게 된 거 축하해준다니깐?!

— ……!

딸이 약속을 채근하고 닦달해대자 혜연은 눈을 지그시 내려감았다. 마음이 모래성처럼 허물어지는 것같이 아팠다. 저절로 아랫입술이 깨물어졌다. 그를 절대 만나지 마라……. 그러면 보내주겠다는 딸! 하지만 그를 다시 만나보고 싶다는 간절함이 그녀 속마음이었다. 그녀는 딸과 결국은 맞닥뜨리고 대치하게 될 이 지점에 대해 많은 생각을 했고 많은 고통과 슬픔으로 의지가 흔들렸었다.

그래, 물론이야. 난 그냥 일만 열심히 할 거다. 왜 얼토당토않게 그 사람 얘기를 다시 꺼내니? 그 사람은 애시당초 나와는 아무 상관이 없는 사람이었어야 했어. 그런데 내가 또다시 그런 어리석은 짓을 저지르겠니? 난 가장 소중한 내 딸인 인영이 네게 조금이라도 상처가 되고 네가 속 상해하는 일은 절대 하지 않아. 엄마를 믿어. 내가 너를 다시 실망시키는 일이 생긴다면 네가 엄마라 부르지 않아도 돼. 아니, 네가 나를 사람 취급하지 않아도 돼.

그렇게 혜연은 딸을 안심시키고 싶었다. 하지만 그 말이 새빨간 거짓말이란 것을 자신이 너무나 잘 안다. 서울 엔티크 매장 숙소에서 혼자 맞는 첫날밤일지라도 그녀는 그를 다시 만나고 싶다는 생각에 잠을 이루지 못할 것이다. 가까이 있는 그를 만나 다시 안고 싶다는 폭풍 같은 그리움에 온몸이 사시나무처럼 떨릴 것이다. 그리고 십여 개월이 흐른 만큼 그에 대한 변화된 모든 것이 너무나 궁금했다. 일단 너무나 보고 싶었다. 그리고 여전히 밝고 환한 얼굴인지, 만에 하나 새로운 애인이 생겼는지……. 자신을 향한 그의 사랑이 변함없이 태산같이 무거우면서 한없이 부드럽고 따스한지를 어서 빨리 확인하고 싶었다. 그를 만나자마자 말 대신 깊디깊은 키스와 살과 뼈가 불타는 정사를 밤새워 나누고 싶었다.

하지만 그런 행동이 더 이상 선불러서는 안 된다.

그녀 자신이 다시 그의 앞에 서게 된다면 예전과 다른 마음으로 그를 향해 걸어가고 싶었다. 비록 남보기에 꼴같잖게 보일지라도, 설령 늙은 한 여자의 욕망으로 비춰질지라도……. 새롭게 가진 마음만은……. 밝고 반듯하고 싶었다. 예전처럼 딸아이를 속이고 또다시 몰래 그를 만난다는 것은 모든 것을 그녀 자신에게 준 그의 사랑을 욕되게 하는 것이다. 그를 다시 만날 수만 있다면 예전처럼 남의 눈을 피해 음습한 곳으로 가 허겁지겁 몸 눕히는 짓 따위는 해선 안 된다. 그의 삶이 담긴 그의 방에서만 옷을 벗을 것이다. 그와 오래도록 삶을 도모하려면 양지 쪽으로, 최대한 정상적인 울타리를 향해서 재회의 첫 발이 서 있어야만 한다.

이젠 그 사람 앞에서 사랑이든 삶이든 절대 비겁하지 않아야 한다. 자식 때문에 또다시 우물쭈물하고 뒷걸음질 치고 손을 홰홰 내저으면서 사랑과 삶에서 꼬리를 자르고 도망치는 비겁한 짓거리 따위는 다신 없어야 한다. 만약 그럴 가능성이 조금이라도 있다면 그녀 스스로 그 사람 앞에 결코 나타나지 말아야 한다. 혜연은 그것이 그 사람 사랑에 대한 최소한의 예의라는 결론을 내렸었다.

혜연은 엔티크 여사장의 전화가 걸려온 뒤 다시금 자신이 살아온 삶을 찬찬히 되짚어봤었다.

한 사람으로, 한 여자로 지금까지 걸어온 길 말이다.

모든 게 평이했고 순탄했었고 이혼과 그 뒤의 일부 생활고까지 일반적인 범주에 속해 있었다. 짧지만 때론 무한하게 길게 느껴지는 삶이란 것이 어떻게 좋을 때와 나쁠 때가 없겠는가. 하지만 그녀가 주목한 것은 자신의 삶에서 사람에 한해, 단 한 번도 의지적 선택이 없었다는 점이다. 남자에 대해서, 사랑에 대해서 그녀는 언제나 선택을 받는 쪽이었고 그 선택만으로 그녀는 여태껏 삶을 꾸려왔었다.

그녀는 이제 자신의 의지만으로 단 한 번뿐일 인생의 선택을 하겠다는 맘을 굳혔다. 생각하면 할수록 김승모는 그녀 삶에 있어 기적 같은 사람이었다. 모든 것을 감내할지라도 사랑하고픈 남자였다. 만약 선입관과 고정관념에 짓눌려 여기저기 눈치나 보다가 이대로 그를 다시 볼 수 없다면, 그래서 그와 타인인 채 그녀 삶이 의미 없이 유지되다가 끝나버린다면! 그 삶의 끝에서 그녀는 치명적인 후회감에 비참하고 비통하기 짝이 없을 것 같았다. 아니, 죽어서도 땅 속에 묻힌 그녀 살과 뼈가 그에 대한 그리움으로만 썩어갈 것이란 생각이 들자 그녀는 저절로 입술이 질끈 깨물어졌다.

그를 알기 전에는 몰랐다. 하지만 그를 알고 겪은 이상 누가 뭐라고 해도 난 그를 품어내고 안아내고 싶어. 욕심이래도, 추악한 욕망이라고 해도 괜찮아. 지독한 이기심이라고 비난해도 난 끄덕하지 않을 거야. 그가 진정 나를 원하고 내가 그 남자를 지독하게 사랑하니까. 다른 건 아무 것도 필요 없어. 우리 둘만 볼 거야! 우리는 노력한 만큼 밥을 먹을 거고 서로를 애틋하게 여기는 만큼만 행복해질 거야.

아! 다시……. 제발 다시 그의 손길이 내 몸에 닿기를!

그의 입술이 내 입술에 닿을 수 있다면 당장 죽어도 좋아. 그와 다시 하룻밤만이라도 지새울 수 있다면 죽어도 상관없어. 정말이야. 내게 그런 가없는 사람을 어떻게 무슨 수로 내가 모른 척하면서 잊어갈 수가 있겠는가. 아니, 결코 아니지. 세상에는 세월이 흐르면 자연스레 잊혀지는 사람이 있고 절대 잊을 수 없는 사람이 있어. 사람과의 사랑이 추억이 될 수 있는 사람이 있고 시간이 흐를수록 실연의 상처는 더욱 심해져 가슴에 푸른 피를 뚝뚝 흘리게 되는 아주 특별하고도 유일한 사람이 있어. 후자가 바로 운명적인 사람이지.

운명적인 사람은 삶에 모든 것을 허무는 걸음걸이로 걸어오는 사람이라고 하지 않던가!

내 삶과 청춘과 사랑은 그 사람만이 다시 회복시킬 수 있어. 그는 나만의 완전하고도 독자적인 세계이니까!

혜연은 그런 간절한 생각과 다짐의 말미에서 눈을 천천히 즈려떴다. 그리고 딸의 얼굴을 정면으로 응시했다. 그리고 이윽고……. 딸 앞에서 미끄러지듯이 거실바닥에 무릎을 꿇었다. 두 무릎 위에 두 손을 모으고 딸을 향해 머리까지 깊이 조아렸다.

— 어, 엄마! 이게 대체 뭐, 뭐, 뭐하는 짓이야?

— 미안하다……. 엄마가 너한테 아주 많이 미안해.

— 글쎄 이게 뭐 하는 짓이냐구? 보기 싫어. 어서 일어나라니깐!

— 아냐. 내가 너한테만은 앞으로 많이 잘못할 것을 아니까……. 네 마음을 많이 아프게 하고 더 힘들게 할 것을 아니까……. 네 삶을 힘들게 만들 것을 아니까……. 엄마는 너한테 지금 진심으로 용서를 구하는 거야!

— 그렇다……면, 엄만 기어이……!

— 그래. 그 사람…… 다시 만날 거야!

— 엄마!

인영이가 목청껏 날카롭게 제 엄마를 불렀다.

— 미, 미친 거 아냐? 어, 엄마가 어떻게 나한테 또다시 대놓고 이럴 수가 있어?

— 그래, 뭐라 해도 좋아. 난 무엇보다도 소중한 딸인 널 더 이상 속이고 싶지 않다. 그리고 이젠 나 자신도 속이고 싶지 않아.

— ……!

— 또한 내가 그 사람, 다시 만나게 되면…… 난 그 사람에게 조금이라도 떳떳한 사람이고 싶다.

— 으읏……!

백짓장처럼 얼굴이 창백해진 인영은 입술을 질끈 깨물었다.

분노가 한껏 치민 얼굴이었지만 엄마가 무릎 꿇은 자세를 풀지를 않자 인영은 서둘러 일어나 엄마 앞으로 몇 걸음 걸어갔다. 그리고 엄마 앞에서 똑같이 무릎을 꿇었다. 두 사람 거리는 무릎이 거의 맞닿을 만큼 가까웠다. 혜연은 애틋하고도 너무나 아픈 눈길로 딸아이의 괴로움을 피하지 않고 조용히 바라보았다.

— 인영아! 네가 당장은 이런 엄마를 이해하거나 용서할 수 없으리란 것도 잘 알아. 그러나 난……. 그간 숱한 밤을 지새우며 많은 생각을 했단다. 그리고 결심을 굳혔어.

— 엄마와 내 관계가…… 완전히 끝장이 나도?

— 내가 좋은 엄마가 아니고 못될지라도 모녀 관계가 끊어지길 바라는 사람은 없을 거다.

— 그렇다면 내가 죽어도?

— ……!

— 말해봐. 내가 죽어버려도 엄마는 상관없다는 거야? 엄마 그 결정으로 내가 죽어도 엄만 괜찮단 건가? 나, 정말 죽어버릴지도 몰라.

— 그 얘긴…… 듣지 않은 걸로 하마.

— 왜? 겁나? 양심이 찔리다 못해 견딜 수가 없어? 딸이 엄마로 인해 죽어버릴 수도 있다니까?

— 그건 대꾸할 가치가 없는 비열한 위협이야.

— ……!

— 네가 내 품안에서 자랄 때는 너와 내 삶이 하나일 수 있지만 이제 너는 다 성장한 만큼 나와는 완전히 다른 너만의 삶이고 네 인생이다. 그 사람에 대한 한때의 너의 간절성을 모르는 바는 아니다만 그 간절함이 모든 것을 허물어뜨리고 위협할 수 있는 무기로 사용한다면 그건 온당치가 않다.

— 훗후후, 그러니까 엄만 결국 딸보다도 사랑을 택하겠단 거네!

— 그건 비교 대상이 되지 못해.

— 대상이든 아니든 지금 난 엄마가 두 가지를 다 가질 수 없단 것을 분명하게 말하고 있는 거야. 지금 엄만 나를 버리고 그 남자를 택하겠단 거잖아.

— 난 말이다, 지금껏 살면서 사람이 사람을 버린다는 생각을 해본 적이 없다. 네 아빠 경우에도 삶의 형편이 그렇게 됐을 뿐이지 네 아빠가 날 버렸다고는 결코 생각하지 않아. 단지 남편과 아내 관계가 지나갔을 뿐이지.

— ……!

— …….

— 야하, 엄마 정말 말씀 잘 하시네. 난 엄마가 이렇게 똑똑한 분인

줄 예전에 미처 몰랐어.

— ……. 칭찬으로 들으마.

— 흐으음……. 근데 말이야. 엄만 진짜 영원한 사랑이 있다고 생각해?

— ……!

— 그 남자가 엄마가 다시 자기 앞에 나타나면 정말 좋아할까? 설사 처음에는 반겨준다고 해도 그 사랑이 얼마나 오래 갈 것 같아? 주변에 있는 사람들이, 세상 사람들 모두가 고개를 갸웃거리고 손가락질을 하면서 비웃을 그런 관계가 얼마나 지속될 수 있을 거라고 생각해? 엄마! 절대 오래 가지 못해! 제발 정신 좀 차려!

— 내가 왜 그런 생각을 수백 번 수천 번 안 해봤겠니? 하고 또 하고 또 해봤었다. 어떻게 생각하면 난 그 사람이 날 다시 보게 되는 순간 뒷머리를 긁적거리거나 이맛살을 찌푸리거나 내 앞에서 냉담한 표정으로 돌아서주는 게 차라리 낫겠다 싶다고도 여긴다. 난 노력을 하겠지만 그가 마음이 완전히 달라지거나 변했다면 도리 없이 난 제자리로 돌아오는 수밖에는 없겠지.

— 그래, 내 말이 그 말이야! 그런데 꼭 그 일을 겪어봐야 알겠어? 뻔해! 엄만 자존심도 없냐구? 그러니까 엄마, 그 사람에 대한 좋은 기억조차도 추하게 만들어버릴 심산이 아니라면 지금이라도 여기서 멈춰!

— …….

— 제발! 내가 엄마한테 간절하게 부탁할게!

인영이가 두 손을 모아 비는 시늉을 했다.

— 미안하구나…….

— 저, 정말 이럴 거야?

인영은 무릎 꿇은 자세에서 벌떡 일어났다.

— 정말로 꼭 그렇게 해야만 직성이 풀리겠냐구?

혜연은 고개를 천천히 끄덕거렸다.

— ……!

— …….

— 알았어! 맘대로 해!

— ……!

— 그래, 엄만 그렇게 엄마 맘대로 살고 난 앞으로 내 맘대로 살고! 됐지? 지금 엄마가 바라는 게 그거지?

인영은 얼굴 표정에 전혀 변화가 없는 엄마를 잠시 내려다보며 고개를 설레설레 가로저었다. 엄마는 태산처럼 꼼짝도 하지 않았다. 꽤 기나긴 침묵 속에서도 눈만 그러감고 있을 뿐이었다. 그 사이 인영은 몇 번이고 바닥이 꺼질 만큼 깊은 한숨을 내쉬며 서 있었다.

— 그래, 좋아……. 좋다구, 엄마가 이겼어.

— …….

— 이겼다니깐! 그런데 딸 앞에서 이게 대체 뭔 짓이야? 빨리 무릎이나 풀어! 너무너무 보기 싫으니까!

인영은 소리를 빽 내지르곤 자신의 방으로 곧장 들어갔다. 그리고 문짝이 떨어져나갈 만큼 방문을 소리나게 닫았다.

그로부터 사흘 후, 혜연은 서울행 버스에 몸을 실었다.

인영이는 그 뒤부터 입을 닫았다. 엄마 행동을 제지하려고 하지도 않았고 비난 섞인 눈빛도 보내지 않았다. 인영이는 단지 엄마의 뒷모습만을 바라보았을 뿐이다. 혜연은 그런 딸이 고마웠다. 언젠가 때가 되면 상처가 깊었을 딸을 밤 내내 보듬고 자고 싶었다. 딸이 자신의 일에만 몰두해주리라 믿고 싶었다.

M시 터미널 구역에서 리무진 버스가 빠져나온 후 십여 분이 지나자 버스는 문경새재로 가는 고속도로에 올라탔다. 또 십여 분이 지나자 차창을 내다보고 앉은 혜연의 눈에 익숙한 간판석이 보였다.

산길 초입에 세워져 있는 '산원(山園)'이었다.

산 속의 정원…… 김승모가 처음으로 자신의 속마음과 사랑을 자신에게 내비쳤던 곳이고 그의 깊은 첫 키스를 맞은 장소이다. 버스가 이미 산원을 스쳐 지나친 지 오래지만 그녀는 눈을 감은 채 자신도 모르게 손을 들어 자신의 입술을 손가락으로 부드럽게 매만지고 있었다.

너무나 뜨거웠던 그의 격정적인 입술 느낌이 아직도 여전히 자신의 입술에 배여 있는 듯했다. 너무나 그리운 그 사람 입술이 손끝에 만져졌다.

혜연은 엔티크 매장 일이 자리잡히고 손에 익는 그 즉시 김승모를 만나러 갈 작정이었다.

매장 쉬는 날이 수요일인 만큼 그녀는 그날 오전에 맑고도 순한 연둣빛 투피스를 입고 그가 일하고 있는 현대아산병원을 찾아갈 것이다.

그는 점심을 먹기 위해 사무실에서 무심코 걸어 나오다가 그 복도 끝에서 함초롬히 서 있는 그녀 자신을 발견하게 되리라. 그 장면만 생각하면 혜연은 머릿속에 플래시가 수없이 터지는 것 같았다. 정말이지 그녀를 느닷없게 발견한 그의 표정은……. 어떨까? 처음엔 엇!, 하고 놀랄 테지만……. 그 다음 순간으로 그녀 삶은 빛과 어둠처럼 확연하게 달라질 것이다.

말은 필요 없다. 그의 표정 하나로 모든 것을 다 알 수가 있다.

그가 예전 마음 그대로라면 그의 얼굴은 터질 듯한 기쁨으로 함지박 마냥 부풀어질 것이다. 만약 그렇지 않다면 그의 얼굴에 한 줄기 그늘이 걸쳐져 있으리라. 그러나 그가 어떤 얼굴이든 그녀에게 있어 두려움은 없다.

— 잘 있었니?

혜연은 그에게 미소 머금은 인사를 건넬 것이다.

만약 그가 두 손을 높이 쳐들고 그녀에게 한달음에 달려온다면 그녀는 그의 품에 덥석 안겨 그의 귓바퀴에다가 입술을 대고 속삭일 것이다.

— 너와 살려고 왔어! 나, 무지 잘한 거지?

만약 그의 표정 귀퉁이가 어색하거나 잠시라도 행동이 쭈뼛거린다면 그녀는 이렇게 말할 것이다.

— 부담 갖지 마. 밥 한 끼 같이 먹으려고 온 거니까!

그리고 그녀는 속으로 이렇게 말할 것이다.

'네가 너무 보고 싶어서 온 거야. 설령 네가 날 외면해 내가 받을 상처나 무참해질 자존심 따윈 아무래도 상관없어. 난 널 한 번이라도 더 보는 게 그보단 훨씬 소중하고 간절하기 때문에 이렇게 용기를 낼 수

있었던 거야!'

하지만 난 널 잘아. 나와 함께 죽을 수도 있었고 내가 호호백발 할멈으로 늙어가는 것까지 사랑할 수 있다는 너였잖아. 그런 네가 일 년이 채 안 되는 시간을 서로 못 봤다고 해서 바다 같은 네 맘이 말라버릴 리가 없겠지. 그치? 아암, 절대 그런 일 없을 거야!

혜연은 순하게 고개를 가로저었다.

그리고 조붓한 흰 턱이 앞가슴에 닿도록 깊게 고개를 연신 끄덕거렸다.

그녀는 눈을 살풋 뜨고는 그에 대한 그리움으로만 터질 것 같은 부푼 가슴을 두 손바닥을 겹쳐 지그시 눌렀다.

세상에서 가장 행복한 표정인 그녀를 태운 리무진 버스는 어느 사이 중부고속도로 구간을 끊어내면서 여주 회선도로를 휘어돌고 있었다. 그리고 이내 이천 서울 방향 고속도로 위를 질주하고 있었다.

세 가지 사랑

지은이_ 김하인
펴낸이_ 조현석
기　획_ 신승철
펴낸곳_ 북인
디자인_ 푸른영토

1판 1쇄_ 2013년 4월 19일
출판등록번호_ 313－2004－000111
주소_ 121－842 서울 마포구 서교동 467－4, 301호
전화_ 02－323－7767
팩스_ 02－323－7845

ISBN 978－89－97150－22－9　03810